フローベール研究
―作品の生成と構造―
金﨑　春幸
Genèse et Structure des œuvres de Flaubert
Haruyuki Kanasaki

大阪大学出版会

目　次

典拠および略号について ……………………………………………… iv
はじめに …………………………………………………………………… 1

第Ⅰ部

第1章　『ボヴァリー夫人』における鏡像 …………………… 9
　シャルルが見る鏡 ……………………………………………… 10
　エンマが見る鏡 ………………………………………………… 14
　ロドルフ、レオンが見る鏡 …………………………………… 20
　オメーが見る鏡 ………………………………………………… 24

第2章　『サラムボー』における時間 ………………………… 31
　小説全体の時間の枠組み ……………………………………… 31
　各章における時間の枠組み …………………………………… 35
　日付や月名をめぐる問題 ……………………………………… 50

第3章　『感情教育』における空間と主語 ………………… 54
　ダンブルーズ邸 ………………………………………………… 55
　アルヌーの店と住居 …………………………………………… 61
　空間の中のフレデリック ……………………………………… 67
　空間の中に入る人物たち ……………………………………… 71

第4章　『聖アントワーヌの誘惑』における空間 ………… 75
　第1稿 …………………………………………………………… 76
　第2稿 …………………………………………………………… 86
　第3稿 …………………………………………………………… 91

第 5 章　『三つの物語』の構造と意味 …………………………108
『純な心』……………………………………………………………108
『聖ジュリアン伝』…………………………………………………118
『ヘロデヤ』…………………………………………………………129
『三つの物語』………………………………………………………141

第 II 部

第 1 章　ルーアン大聖堂 ……………………………………153
「私の郷里の教会」…………………………………………………153
『聖ジュリアン伝』とルーアン大聖堂のステンドグラス………155
『ボヴァリー夫人』におけるルーアン大聖堂……………………161
サロメの踊り…………………………………………………………177

第 2 章　蛇崇拝 ………………………………………………180
『聖アントワーヌの誘惑』の草稿…………………………………181
オフィス派……………………………………………………………183
『聖アントワーヌの誘惑』におけるオフィス派…………………193

第 3 章　アポロニウス ………………………………………210
第 1 稿…………………………………………………………………211
第 2 稿…………………………………………………………………224
第 3 稿…………………………………………………………………227

第 4 章　アドニス ……………………………………………233
クロイツェルの『古代の宗教』……………………………………235
第 1 稿…………………………………………………………………237
第 2 稿…………………………………………………………………245
第 3 稿…………………………………………………………………249

第 5 章　イエス・キリストの死とその復活 ････････････････････259
　　プランにおけるイエス・キリスト ･･････････････････････････261
　　近代都市におけるイエス・キリストの死 ････････････････････263
　　イエス・キリストの復活 ･･････････････････････････････････278
第 6 章　エピローグ－糞あるいは堆肥････････････････････････285
　　『聖アントワーヌの誘惑』の豚 ･･････････････････････････････286
　　『ボヴァリー夫人』から『ブヴァールとペキュシェ』へ･･････････291

結論 ･･･305

　【資料】･･310
　書誌 ･･315
　初出一覧 ･･327
　最後に ･･329

典拠および略号について

○フローベールの作品を引用する際は、原則としてオネット・オム版全集（*Œuvres complètes de Gustave Flaubert*, Édition établie sous la direction de Maurice Bardèche, Club de l'Honnête Homme ［以下、CHH と略］, 16 vol., 1971-1975）を用い、本文中に括弧に入れて、以下の略号とともに、頁数を示す。

MB: *Madame Bovary*, CHH, Tome 1, 1971.

S: *Salammbô*, CHH, Tome 2, 1971.

ES: *L'Éducation sentimentale*, CHH, Tome 3, 1971.

T1: *La Tentation de saint Antoine* [première version], in *Première et deuxième Tentation de saint Antoine*, CHH, Tome 9, 1973.

T2: *La Tentation de saint Antoine* [deuxième version], in *Première et deuxième Tentation de saint Antoine*, CHH, Tome 9, 1973.

T3: *La Tentation de saint Antoine* [version définitive], in *La Tentation de saint Antoine*, CHH, Tome 4, 1972.

CS: *Un cœur simple*, in *Trois Contes*, CHH, Tome 4, 1972.

SJ: *La Légende de saint Julien l'Hospitalier*, in *Trois Contes*, CHH, Tome 4, 1972.

H: *Hérodias*, in *Trois Contes*, CHH, Tome 4, 1972.

BP: *Bouvard et Pécuchet*, in *Bouvard et Pécuchet I*, CHH, Tome 5, 1972.

○オネット・オム版以外の版を参照するときは、その都度、出典を脚注に示す。

○フローベールの書簡を引用する際は、すべてプレイアード叢書の書簡集（Gustave Flaubert, *Correspondance*, Édition présentée, établie et annotée par Jean

Bruneau〔et Yvan Leclerc（Tome V）〕, Gallimard, « Bibliothèque de la Pléiade », Tome I, 1973 ; Tome II, 1980 ; Tome III, 1991 ; Tome IV, 1998 ; Tome V, 2007) を用い、本文中に括弧に入れて、*Corr.* という略号とともに、巻数をローマ数字で、頁数をアラビア数字で示す。

○フランス国立図書館およびルーアン市立図書館に保存された草稿を引用する際は、できるだけ書かれた通りを再現するため、フランス語原文は、改行はそのままにし、また抹消された箇所は線を引き、行間や余白の加筆部分はイタリック体にしてできるだけ書かれた通りの場所に置く。解読し難い文字はXXXXと表記する。日本語訳は、引用箇所の大意をあらわすものなので、抹消された箇所は省略し、加筆部分は本文に組み込む。意味が不分明になるときには改行を／であらわすことがある。

　図書館は以下のように略記し、各フォリオの表頁および裏頁については、f° (folio)、v° (verso) という略号を用いる。

　BnF, N.a.fr. : Bibliothèque nationale de France, Nouvelles acquisitions françaises
（フランス国立図書館の草稿に繰り返し言及する箇所では単にN.a.fr.と表記する）
　BmR : Bibliothèque municipale de Rouen
　なお、引用した草稿の転写がオネット・オム版全集に収録されている場合は、図書館の番号の後に、CHHという略表記とともに巻数と頁数を記す。
　例）BnF, N.a.fr.23671 f°218 ; CHH, Tome 4, pp. 360-361.

○フローベールの作品や書簡のフランス語原文を引用する際は、原則として日本語訳もつけた。ただし、訳はあくまでもフランス語原文を理解するための補助であり、翻訳用のこなれた日本語は目指していない。

○聖書からの日本語引用はすべて新共同訳に拠った。
　『聖書　新共同訳』、日本聖書協会、1987.

はじめに

　1857年4月、ギュスターヴ・フローベールという当時無名の作家から『ボヴァリー夫人』の上製本を受け取った批評家サント＝ブーヴは、翌月『モニトゥール・ユニヴェルセル』紙に好意的な批評を掲載した。サント＝ブーヴは、地方の生活を理想郷として描いたジュルジュ・サンドと比較しながら、抒情を排して厳しい容赦のない真実を追求し、平凡で卑小な人物像を描いたところにこの作品の新しさを見いだし、最後に「優れた医者の息子であり、弟でもあるギュスターヴ・フローベール氏は、医師がメスを握るようにペンを握る。解剖学者たちや生理学者たちよ、あなた方を私はいたるところに見いだす」と結んでいる[1]。サント＝ブーヴは批評を書くときに「文学的肖像」という形式を好んで用いており、フローベールに対してもルーアンの市立病院長の息子にふさわしい作家としての肖像をあてはめたのである。この文学的肖像を踏まえて、作家の戯画的肖像を描いたのが、アシル・ルモであった。1869年『パロディー』紙に掲載されたルモのカリカチュール（図1）には、サント＝ブーヴの言のままに、手術台の上のボヴァリー夫人を解剖して、その肉を冷然と観察しているフローベールの姿が描かれている。サント＝ブーヴとルモによってつくりだされた「肖像」は、すくなくともこの作家が生きている間、人々にとって支配的なイメージであった。『ボヴァリー夫人』は「解剖学者」と「生理学者」の文学、つまり科学的精神や観察精神があふれる一方で冷酷さもそなえたリアリズム文学の傑作であり、フ

---

[1] Charles-Augustin Sainte-Beuve, « *Madame Bovary* par Gustave Flaubert », in *Pour la critique*, Édité par Annie Prassoloff et José-Luis Diaz, Gallimard, « Folio Essais », 1992, p. 349.

図1 ボヴァリー夫人を解剖するフローベール（ルモによるカリカチュール）

ローベールという作家も『ボヴァリー夫人』抜きには語れないものであった。フローベールは晩年、『ボヴァリー夫人』以外の作品がほとんど無視されることを嘆いているが[2]、当時の読者にとってフローベールは何よりも『ボヴァリー夫人』の作家であり、その峻厳なるリアリズムは称賛の的となったものの、それを超えるものではなかった。

このようなフローベール像が変化したのは、『ボヴァリー夫人』が執筆されてから約100年後である。ロラン・バルトは『零度のエクリチュール』の中で、フランス文学における言語の役割の歴史を概観しながら、1850年頃に「古典主義的なエクリチュールは砕け散ったのであり、フローベールから今日にいたるまでの『文学』全体は、言語についての問題提起となったのである」と書いている[3]。つまり、19世半ばに普遍的なものの規範が崩壊し、作家はどんな言葉を選びとるのか自らに問いかけないと文学を構築できない状況の中で、フローベールは最初にそのことを自覚し、執筆していった作家なのである。このバルトの指摘とともに、フローベールを、マラルメやプルーストなどを経てヌーヴォー・ロマンへと

---

2) 1879年2月16日、ジョルジュ・シャルパンティエ宛書簡でフローベールは「『ボヴァリー』にはうんざりです。［…］あれ以降に書いたものはすべて存在していないのです」と書いている（*Corr.*, V, p. 543）。
3) Roland Barthes, *Le degré zéro de l'écriture*, Seuil, 1953, p. 9.

流れる現代文学の源に据えるという認識が、徐々に一般化したと言えるだろう。

　20世紀文学の先駆者としてフローベールを位置づける際にしばしば引用されるのが、« un livre sur rien » という言葉である。この表現は、フローベールが『ボヴァリー夫人』第1部を執筆中の1852年1月16日に、ルイーズ・コレ宛てに書いた手紙の中に出てくる。

> 　Ce qui me semble beau, ce que je voudrais faire, c'est un livre sur rien, un livre sans attache extérieure, qui se tiendrait de lui-même par la force interne de son style, comme la terre sans être soutenue se tient en l'air, un livre qui n'aurait presque pas de sujet ou du moins où le sujet serait presque invisible, si cela se peut. (*Corr.*, II, p. 31)
> 　（僕にとって美しいと思われるもの、僕がつくりたいと思っているもの、それは何について書かれたのでもない書物、外部とのつながりがなく、ちょうど地球が何の支えもなしに宙に浮いているように、文体の内的な力によって自分で支えているような書物、もしそんなことが可能なら、ほとんど主題がない、あるいはほとんど主題が見えない書物なのです。）

「何について書かれたのでもない書物」は、「地球が何の支えもなしに宙に浮いているように」という比喩から分かるように、まだ自らの書物を生み出していないフローベールにとって、いわば天空の高みにぽっかり浮いた理想の書物であった。彼がめざすのは、「外部とのつながりがなく」「ほとんど主題がない」もの、つまり主題がほとんど見えなくて、内的な力によって完璧な調和を保ちながら自らを支えているような作品なのである。バルトの言葉を借りれば、古典主義的エクリチュールの支えから離れて、作家が自ら選び取った新たなエクリチュールによってのみ支えられているような文学を、フローベールは理想として描き出したのである。

　一方、「何について書かれたのでもない書物」について書かれた文の前にある段落を見てみると、そこにはかつて執筆に没頭した『聖アントワーヌの

誘惑』について述べられ、以下のように続く。

> Prenant un sujet où j'étais entièrement libre comme lyrisme, mouvements, désordonnements, je me trouvais alors bien dans ma nature et je n'avais qu'à aller. Jamais je ne retrouverai des éperduments de style comme je m'en suis donné là pendant dix-huit grands mois. Comme je taillais avec cœur les perles de mon collier ! Je n'y ai oublié qu'une chose, c'est le fil. (*Ibid.*)
> （僕は抒情や動きや無秩序として全く自由にふるまえる主題を選んだので、自分の本性の中にいて、ただ先に進みさえすればよかったのでした。18ヵ月もの間わが身に与えていた、あの文体の熱狂を、もう二度と見出すことはないでしょう。自分の首飾りの真珠を、何と心をこめて彫琢したことか！忘れていたのはただ一つ、珠に通す糸です。）

ここで問題になっているのは1848年5月から翌年の9月にかけて執筆された『聖アントワーヌの誘惑』第1稿であり、この作品には「珠に通す糸」がなかった、つまり失敗作であったとフローベールは断じている。« un livre sur rien » は、この « ma nature » の中にあるものに没頭していた時期の反省から生まれたものなのである。

『ボヴァリー夫人』が « un livre sur rien » の理想をどれだけ実現したものであるかどうかは措くとして、1852年頃の書簡には『聖アントワーヌの誘惑』第1稿を『ボヴァリー夫人』の対蹠点として捉える文言が多い。たとえば、同じルイーズ・コレ宛てに2月8日に送った手紙で、自分が今執筆している小説は「『聖アントワーヌ』の神話や神学で燃え上がる炎とは遥かに隔たっています」(*Corr.*, II, p. 43) と書いている。一方、1853年1月29日の手紙には『聖アントワーヌの誘惑』を「僕のすべてをこめて」« avec mon moi tout entier » 書いたと述べているように (*Corr.*, II, p. 243)、この作品はフローベールの全存在を賭けたものでもあった。『聖アントワーヌの誘惑』に見られる「神話や神学で燃え上がる炎」« [les] flamboiements mythologiques et théologiques » はフローベールの本性に存在するものであり、彼の意識の中では理想の書物はその本性にあるものをいわば真珠として彫琢し、さらに背後に糸をはりめぐらせて、その糸の力によって自らを支えるようなものであった。このようにフローベールの中には、燃え上がる炎と、それを冷まして完璧な調和をもった理想の書物へと高めようとする意識が同居している。両者は対立するものではなく、フローベールという作家は本質的に二重であり、その二重性から生まれる運動こそが彼の文学だと言えるだろう。

このようなフローベールの文学の特質を踏まえて、本書では、書物のかたちで作家が生み出した作品の内的なつながりを中心に論じたものを第Ⅰ部とし、宗教や神話に熱狂する作家の本性を中心にして論じたものを第Ⅱ部とした。言うまでもなく、第Ⅰ部と第Ⅱ部の区分はフローベールの文学へのアプローチの仕方を反映したものであり、第Ⅰ部でも宗教や神話が取り上げられるし、第Ⅱ部でも文章の彫琢の過程が問題になっている。

第Ⅰ部では、フローベールという作家が完成作品として発表した「書物」、刊行された順に『ボヴァリー夫人』(1857)、『サラムボー』(1862)、『感情教育』(1869)、『聖アントワーヌの誘惑』(1874)、『三つの物語』(1877)を章ごとに論じていく。未完の遺作となった『ブヴァールとペキュシェ』は除かれている。ただ、『聖アントワーヌの誘惑』に関しては、1874年に刊行された決定稿のみならず、1849年の第1稿および1856年の第2稿も作家が出版を意図して一旦は完成させた版であるし、また本書第Ⅱ部の準備のためにも、3つの稿を扱った。第Ⅰ部では作品を論じる際、構造(ストリュクテュール)という語をしばしば使っている。ジャン・ルーセは、「ある一致やある関連、力強い線、何度もあらわれる表象、さまざまな存在や反響が織りなす糸、収束の網が描き出されているところでなければ、形式(フォルム)は捉えられない。このような形式(フォルム)の定数を、芸術家が自己の必要に応じて再発明し、精神的宇宙をあらわにする諸関係を、私は構造と呼ぶ」と述べている[4]。つまり、テクスト内の「ある一致とかある関連」などを通して、作家の精神的宇宙のあらわれである形式(フォルム)を読み取ることが、即ち構造を読み解くことになるということである。ただし、

本書では、特定の概念や理論をテクスト分析にあてはめるということはしていない。作品ごとに異なる語りの形式(フォルム)や描写方法があるので、分析はそのテクストのリズムにあわせたかたちで、章ごとに違った観点から捉えている。
　第Ⅱ部では、「テクスト」の背後にある作家の本性を探るために、対象を「アヴァン・テクスト」つまり草稿や、草稿に刻印された同時代あるいは過去の知に広げている。章によっては生成論の論考のようになり、草稿の分類といった技術的な面に力点が置かれる場合もあるが、あくまでフローベールの文学創造の根底にあるものを探ることが主眼である。第Ⅰ部のように一つの章で一つの作品全体を扱うのではなく、たいていはある場面、あるテーマをめぐって複数のテクストあるいはアヴァン・テクストを経巡っていくことなる。ただ、フローベールの作品のすべてを公平に扱うのではなく、宗教や神話に対する熱狂が中心になるので、必然的に『聖アントワーヌの誘惑』が多く取り上げられることになる。第1章はルーアン大聖堂、第2章は蛇崇拝、第3章はアポロニウス、第4章はアドニス、第5章はイエス・キリストの死とその復活、第6章はエピローグとして、糞あるいは堆肥を扱っている。特に第Ⅱ部の章構成は「珠に通す糸」がなくなって、最後は珠が肥溜めに落ちたような感じであるが、全体としてフローベールの内部にある「燃え上がる炎」を浮かび上がらせようとしたつもりである。
　フローベールの作品の構造や生成過程を追いながら、この作家の新たな「文学的肖像」を描き出すことが、本書のねらいである。『ボヴァリー夫人』のストーリーや人物の分析からのみ肖像を引き出そうとしたサント＝ブーヴの場合とは異なり、論の対象は多岐にわたり、道筋も一本ではなく、錯綜した道を迷いながらもたどっていき、作家の内的な肖像といったものに何とか近づきたいと思っている。

---

4) Jean Rousset, *Forme et signification : Essais sur les structures littéraires de Corneille à Claudel*, José Corti, 1962, pp. XI-XII.

第Ⅰ部

『ボヴァリー夫人』(1857年) のタイトルページ

第1章 『ボヴァリー夫人』における鏡像

　ジャン・ルーセは『形式と意味』の第5章で、フローベールの小説において、語り手がしばしば作中人物の視点から世界を見ることによって、読者を人物の意識の中に入り込ませる手法が顕著に見られることを指摘し、そこから『ボヴァリー夫人』全体の構造に言及している[1]。また、クローディーヌ・ゴトー＝メルシュはこの小説における視点の問題をさらに詳しく論じ、シャルルがエンマの視点から見られることはほとんどないこと、レオンやロドルフが最初にエンマに出会ったとき語り手は男性の視点からエンマを見ること、語り手がオメーの目から周囲を見る例はほとんど見られないことなど、興味深い指摘をしている[2]。確かに、小説冒頭で « nous » の視点からシャルルを見た語り手は、第1部第2章でエンマがベルトーの農場にあらわれるときはシャルルの目からエンマを見、やがて語り手は徐々にエンマの視点から結婚生活を眺める。第2部第2章でレオンがあらわれて彼の視点からエンマが描かれると思うとまもなく語り手はエンマの視点に戻り、第2部第7章でロドルフが登場するとまた同じリズムが繰り返される。第3部でエンマが破滅して毒をあおるまではエンマの目から見ることが多かった語り手は、彼女の死とともにシャルルの視点に戻り、最後は語り手がシャルルの死やオメーの勝利に立ち会う、といったように『ボヴァリー夫人』全体が視点のリレーでできあがっていると言ってもいいくらいである。

---

1) Jean Rousset, *op. cit.*, pp. 109-133.
2) Claudine Gothot-Mersch, « Le point de vue dans *Madame Bovary* », *Cahiers de l'Association Internationale des Études Françaises*, n° 23, mai 1971, pp. 243-259.

このように視点の問題はすでに古典的となった感があるが、本章では新たな切り口からとらえるために、見る主体と見られる客体との間に「鏡」を介在させたい。作中人物が鏡(あるいは鏡に相当するもの)に映った自分や他の人物などを見る場面を取り上げ、その視点や視野を分析することにしたい。このような場面の分析を踏まえて、セナリオに記されたエピローグとの対応などを含め、小説全体の構造を考察することになる。

シャルルが見る鏡
　『ボヴァリー夫人』第1部で、まず鏡を手にして自分の姿を見るのはシャルルである。第3章で、最初の妻の死後、シャルルはエンマのいるベルトーの農場に通うようになる。

> Son nom s'était répandu, sa clientèle s'était accrue ; et puis il allait aux Bertaux tout à son aise. Il avait un espoir sans but, un bonheur vague ; il se trouvait la figure plus agréable en brossant ses favoris devant son miroir. (*MB*, p. 67)
> (彼の名は広まり、患者は増えていた。それからまた気のおもむくままベルトーへ通った。彼にはあてのない希望があり、漠とした幸福があった。鏡の前で頬ひげにブラシをあてながら、自分の顔が以前より感じよくなったと思った。)

ベルトーへ通うことに何かしら「希望」や「幸福」を感じながら、シャルルは鏡の中に自分の顔を見る。ゴトー＝メルシュが指摘しているように、シャルルの視点からのエンマの描写は多々あっても逆はなく[3]、しかも小説冒頭のルーアンの中学校で « nous » の視点から描かれたシャルルには顔の描写が欠落している (*MB*, p. 51)。したがって、読者はシャルルの顔がどのようなつくりをしているのかを知ることはできない。ここではかろうじて、彼

---

3) Claudine Gothot-Mersch, *art. cit.*, p. 257.

に「頬ひげ」があることだけが分かる。

　シャルルはエンマと結婚した後、第５章でも、自分の姿を見ることになる。ただし、鏡の役割を担うのはエンマの目である。

> Vus de si près, ses yeux lui paraissaient agrandis, surtout quand elle ouvrait plusieurs fois de suite ses paupières en s'éveillant ; noirs à l'ombre et bleu foncé au grand jour, ils avaient comme des couches de couleurs successives, et qui, plus épaisses dans le fond, allaient en s'éclaircissant vers la surface de l'émail. Son œil, à lui, se perdait dans ces profondeurs, et il s'y voyait en petit jusqu'aux épaules, avec le foulard qui le coiffait et le haut de sa chemise entr'ouvert.（*MB*, p. 77）
> （すぐ近くから見ると、彼女の目は大きく見え、目を覚まして何度もつづけて瞬きするときには、とりわけそうだった。陰では黒く、日向では濃い青に見えるその目には、連続する色の層のようなものがあって、奥の方がより濃くなっているこの色の層は、陶器の釉薬のような表面へ向かうにつれて明るくなっていくのだった。彼の視線は、その深みの中に埋没していき、そしてそこにはフラール織を頭にかぶり、寝間着の上の方をはだけた自分が、肩まで小さく映っているのが見えた。）

シャルルは朝日の差し込むベッドでエンマの目を見つめ、ナイトキャップをかぶり寝間着を着た自分が彼女の目に映っているのを見て取る。しかし、彼が注目するのはそこに映った自分の姿よりもむしろ、いわば鏡としてのエンマの目の色や色の層である。第２章のベルトーの農場の場面でシャルルが最初に見たとき「褐色であったが、まつげのせいで黒いように見えた」（*MB*, p. 62）エンマの目は、ここでは「陰では黒く、日向では濃い青に見え」、しかも奥の方まで色の層をなしている[4]。この描写で、エンマの目は「大きく見え」、「深み」がある一方、シャルルの姿は「小さく」映っているだけである。鏡に映ったものよりも、鏡の奥にある世界に魅惑され、シャルルはエンマの大きな目の「深みの中に埋没して」いく。引用箇所と同じ段落に「多く

のことが彼の幸福の絶えざる連続をかたちづくっていた」(*MB*, p.77) とあるように、鏡の奥に埋没していくことに彼は、限りない喜びを感じていたのである。

　上記の例ではシャルルは鏡（あるいは鏡に相当するもの）の中に自分の姿を見るのだが、第1部第8章ではエンマの姿を見る。ヴォービエサールの城館に招待され、舞踏会の支度をするために割り当てられた部屋でシャルルは妻が服を着替えるのを待っている。

　　Il la voyait par-derrière, dans la glace, entre deux flambeaux. Ses yeux noirs semblaient plus noirs. Ses bandeaux, doucement bombés vers les oreilles, luisaient d'un éclat bleu ; [...]. Elle avait une robe de safran pâle, relevée par trois bouquets de roses pompon mêlées de verdure.
　　Charles vint l'embrasser sur l'épaule.
　　— Laisse-moi ! dit-elle, tu me chiffonnes. (*MB*, p.90)

　（彼は後ろから、二つの燭台の間にある鏡に映ったエンマを眺めていた。彼女の黒い目は一層黒く見えた。真ん中で分けた髪が、耳の方にふんわりと膨らみ、青い光沢を放ち輝いていた。[…]彼女のドレスは薄いサフラン色で、緑の葉の混ざったポンポンバラの三つの花束で引き立っていた。

---

4) エンマの目の描写に矛盾があることは研究者によってすでに指摘されている。ゴトー＝メルシュはガルニエ版の注で、目の色が異なるのは作家の不注意によるのではなく、「青い目が黒く見えるというテーマはよく見られる」ことだとして、例としてバルザックを挙げ、« des yeux noirs tant ils étaient bleus » と書かれたリュシアン・ド・リュバンプレの目の描写を引用している (*Madame Bovary*, Édition de Claudine Gothot-Mersch, Garnier Frères, 1971, p.453, note 12)。また、ジュリアン・バーンズの小説『フローベールの鸚鵡』の第6章「エンマ・ボヴァリーの目」の中で、語り手は、エンマの目の描写に見られるフローベールの「いい加減さ」を指摘したイーニド・スターキー氏を揶揄して、「女主人公が姦通に走る女のいわく言い難い稀な目を持つことを確認するためにフローベールが費やした時間と、スターキー博士が無頓着にフローベールのあら捜しをするのに要した時間とを比較してみたら面白かろう」と述べている (Julian Barnes, *Le Perroquet de Flaubert*, Traduit de l'anglais par Jean Guiloineau, Stock, 1986, p.98)。

第1章 『ボヴァリー夫人』における鏡像

　シャルルは近づいて肩に口づけした。
「やめて、しわになるわ」と彼女は言った。）

　鏡を前にしてシャルルがまず惹きつけられるのはやはりエンマの目であるが、ここでは「彼女の黒い目は一層黒く見え」ている。一方、髪の毛については、第2章のベルトーの農場では単に「真ん中で分けた黒い髪」« bandeaux noirs »（*MB*, p. 62）とあったのに、ヴォービエサールの鏡の中では「青い光沢」を放っている。まるで、ベッドにいるエンマの「陰では黒く、日向では濃い青に見え」た目の色が、ここで鏡に映った目の色と髪の毛の輝きに転化しているようにみえる。鏡に映った服の方は、第5章ではシャルルの寝間着であったが、ここでは花飾りをつけたエンマの優雅なドレスである[5]。シャルルは鏡の中のエンマに魅了されて、本物のエンマの方に口づけするのだが、彼女はそれを拒絶する。
　もう一つ注意しなければならないのは、エンマもまた同じ鏡の前に立っている点である。もちろん語り手はシャルルの視点から鏡に映ったエンマを描いているのだから、エンマの目に入ったものは推察するしかないのだが、おそらく彼女はシャルルの方は見ずに、自分の姿に見とれていたのであろう。一見何げない場面だが、実はシャルルとエンマが同じ鏡を見るのは、小説全体でこの場面だけである。そもそもこの小説でエンマが鏡を前にするのは、このヴォービエサールの館の場面が初めてである。そしてこの場面を最後にシャルルが鏡を見ることがなくなることを併せて考えると、ヴォービエサールの館の鏡はちょうど鏡を見る人がシャルルからエンマへと交代する結節点になることが分かる。
　シャルルが鏡（あるいは鏡に相当するもの）を見る三つの場面を整理して

---

[5] この場面でエンマは鏡を前に身づくろいをし、シャルルはその背後から見ているのだから、「黒い目」や「真ん中で分けた髪」は鏡に映っているとしか考えようがないが、「ドレス」に関しては、鏡に映っているともとれるし、背後から直接見ているともとれる。花飾りは普通前に見えるようにつけるものなので、本論では鏡に映ったものと判断した。

第Ⅰ部

みると、第3章ではシャルルは自分の顔を鏡の中に見、第5章でも妻の目を鏡として自分の姿を見るのだが、後者の場合、彼の関心はむしろ鏡の表面の奥に広がるもの、つまり目の網膜を彩る色の層へと向かっている。第8章では鏡の中にエンマの姿を見るが、本物のエンマに口づけしようとすると、拒絶されてしまう。そして第8章のヴォービエサールの館の鏡を境にして、エンマが鏡を見始めることになる。

エンマが見る鏡

　第1部第9章、エンマはヴォービエサールの館で出会った子爵の面影を追いながら、トストで日々を過ごしている。

> Elle s'était acheté un buvard, une papeterie, un porte-plume et des enveloppes, quoiqu'elle n'eût personne à qui écrire ; elle époussetait son étagère, se regardait dans la glace, prenait un livre, puis, rêvant entre les lignes, le laissait tomber sur ses genoux. [...] Elle souhaitait à la fois mourir et habiter Paris. (*MB*, p. 100)
> （彼女は吸取紙や文房具やペン軸や封筒を、書く相手もいないのに、買い込んでいた。飾り棚のほこりを落としたり、鏡の中に自分の姿を見たり、本を手に取ってみても、いつしか行と行の間で夢想にふけり、膝の上に落としてしまうのだった。［…］彼女は死ぬこととパリに住むことを同時に願っていた。）

エンマが「鏡の中に自分の姿を見」るといっても、自分のどこを見るのか明示されていない。そもそも、本を読もうとしても夢想にふけってしまうように、心ここになくといった風情で日々の生活を送っている状況から判断すると、自分の顔が見たくて鏡を見ているとは思われない。エンマが見たいと思っているのは、引用の最後の文が示すように、パリの街、パリの生活なのであろう。第9章の冒頭で、子爵がどこに住んでいるのかヴォービエサールの館でははっきり分からなかったにもかかわらず、エンマは「自分はトストにいる。あの方は今パリにいる、はるか彼方に。」« Elle était à Tostes.

14

Lui, il était à Paris, maintenant ; là-bas ! » (*MB*, p. 98) と考え、パリでの生活に思いをはせる。上記の引用の最後の文の「死ぬこととパリに住むこと」とは、トストで生きることの裏返しの願望なのである。

　まだ見ぬパリへの憧れは、以下の場面でもはっきりと見られる。

　　Paris, plus vague que l'Océan, miroitait donc aux yeux d'Emma dans une atmosphère vermeille. La vie nombreuse qui s'agitait en ce tumulte y était cependant divisée par parties, classée en tableaux distincts. Emma n'en apercevait que deux ou trois qui lui cachaient tous les autres, et représentaient à eux seuls l'humanité complète. Le monde des ambassadeurs marchait sur des parquets luisants, dans des salons lambrissés de miroirs, autour de tables ovales couvertes d'un tapis de velours à crépines d'or. (*MB*, p. 99)
　（パリは大海よりも茫漠となって、エンマの目には緋色の大気の中できらめいていた。もっとも、その喧噪の中で揺れ動く多くの生活はさまざまな部分に分割され、くっきりと区別された情景に分類されていた。エンマにはこのような情景のうち、他のすべてを彼女から隠し、それだけで人間界全体を表象する二つか三つのものしか見えなかった。大使たちが、鏡を張り巡らしたサロンの、金の総飾りのついたビロードに覆われた楕円形のテーブルのまわりで、光り輝く寄せ木の床の上を歩いていた。）

最初の文の動詞が示すように、エンマの目にパリの街は miroiter し、さらにその生活はさまざまな情景に分けられ、その内の一つに、「鏡」を張り巡らしたサロンがあらわれる。サロンでは、金の総飾りのついたビロードに覆われたテーブルのまわりを大使たちが歩き回る。もちろんこのサロンの鏡はあくまでエンマの夢想の中にあらわれた存在なのだが、まるでパリという街が鏡の中できらめき、そしてその鏡の中の街を覗き込むと名士たちが鏡張りのサロンにいるという情景が浮かび上がるように描かれている。それはちょうどシャルルが第1部第5章で、エンマの目の中を覗き込んで、表面に映っ

15

第Ⅰ部

た自分の姿を認めつつも、むしろ目の奥にある世界に魅惑されるのに似ている。

　同じ第9章で、もう一度「鏡」が出てくる。それはエンマの家にときおりやってくる楽師が鳴らす手回しオルガンの上にあらわれる。

> Une valse aussitôt commençait, et, sur l'orgue, dans un petit salon, des danseurs hauts comme le doigt, femmes en turban rose, Tyroliens en jaquette, singes en habit noir, messieurs en culotte courte, tournaient, tournaient entre les fauteuils, les canapés, les consoles, se répétant dans les morceaux de miroir que raccordait à leurs angles un filet de papier doré. (*MB*, p. 104)
>
> 　（ワルツの曲がすぐに始まり、手回しオルガンの上の、小さなサロンには、指くらいの高さの踊り手たち、薔薇色のターバンを巻いた女たち、モーニングコートをはおったチロル人たち、燕尾服を着た猿たち、短いズボンの紳士たちが、肘掛椅子や長椅子やコンソールテーブルの間をぐるぐる回っては、網状の金箔の紙で四隅をつないだ鏡に、繰り返し映るのだった。）

曲が始まると、オルガンの上の小さな「サロン」のかたちをしたところで、さまざまな衣装をまとった人形が回転木馬のようにぐるぐる回り出す。そのサロンの壁は、金箔の紙で縁取られた多くの「鏡」に覆われており、鏡には人形たちの回る姿が映っている。明らかにこれはエンマの夢想に出てきた大使たちが歩き回る鏡張りのサロンの具現化である。ただし、サロンは小さく、鏡も紙で貼り合わされており、踊り手も指のように小さい上、「燕尾服を着た猿たち」も交じっているところを見れば、戯画化されているようにも見える。そのような戯画的な空間にもかかわらず、同じ段落にあるように、聞こえてくる音楽は「エンマまで響いてくる上流社会からのこだま」« échos du monde qui arrivaient jusqu'à Emma » (*MB*, p. 104) であった。

　要するに、第1部第9章では、エンマが鏡に自分の姿を映す場面があるにもかかわらず、彼女が見たいと思う鏡は夢想の世界の鏡であり、そこにはパ

リの上流生活、特に鏡張りのサロンが映っている。そして、夢想の世界の鏡張りのサロンのミニチュア版がオルガンの上にあらわれる。

　第2部に入ると、夢想の世界の鏡は影をひそめる。エンマの前にあらわれた青年レオンに恋心を募らせるが、思いを打ち明けることができず、かえって彼を遠ざけてしまう。

> Ce qui la retenait, sans doute, c'était la paresse ou l'épouvante, et la pudeur aussi. Elle songeait qu'elle l'avait repoussé trop loin, qu'il n'était plus temps, que tout était perdu. Puis l'orgueil, la joie de se dire : « Je suis vertueuse », et de se regarder dans la glace en prenant des poses résignées, la consolait un peu du sacrifice qu'elle croyait faire. (*MB*, p. 145)
>
> （彼女を引き留めたものは、おそらく怠惰か恐怖、それに羞恥心もあっただろう。レオンをあまりにも遠ざけ過ぎた、もう手遅れだ、すべて終わりだ、と思った。次に、「私は貞節だ」と自分に言って、忍従の姿態をつくりながら鏡に自分の姿を映す誇りと喜びが、彼女が自分では払っていると思っている犠牲について、少しは慰めてくれた。）

　第5章のこの箇所でエンマが鏡の中にみるものは、「忍従の姿態」をとった自分自身であり、そのような自分を見ることに「誇りと喜び」を感じている。言うまでもなく、「誇りと喜び」は自分の感情を無理やり押し殺した結果であって、やがては抑えきれないものが噴き出す時期が来る。

　エンマが「忍従の姿態」を放棄し、「貞節」を捨てるのは、第9章においてである。森の中でロドルフに身をゆだねた日の夜、一人きりになったエンマは二階の自分の部屋で鏡を見る。

> Mais en s'apercevant dans la glace, elle s'étonna de son visage. Jamais elle n'avait eu les yeux si grands, si noirs, ni d'une telle profondeur. Quelque chose de subtil épandu sur sa personne la transfigurait.

17

第 I 部

　　　Elle se répétait : « J'ai un amant ! un amant ! » se délectant à cette idée comme à celle d'une autre puberté qui lui serait survenue. Elle allait donc posséder enfin ces joies de l'amour, cette fièvre du bonheur dont elle avait désespéré. (*MB*, p. 194)
　　　（しかし鏡で自分の姿を見たとき、彼女は自分の顔に驚いた。これほど大きく、これほど黒く、これほど深みをもった目を、いまだかつて見たことがなかった。彼女の心身にひろがった何か精妙なものが、彼女を変貌させていた。彼女は「私には愛人がいる、愛人がいる」と何度も繰り返し、もう一つの思春期が突然訪れたように思って悦に入った。諦め切っていたあの愛の喜び、あの幸福の熱をようやく所有しようとしているのだ。）

エンマの目から見た自分の目の描写があるのは小説全体でここだけであり、それだけこの場面が特別な存在であることが分かる[6]。鏡の中の目は、かつてないほど「大きく」、「黒く」、「深み」をそなえている。第 1 部第 5 章で、シャルルにとってエンマの目が「大きく見え」、「陰では黒く、日向では濃い青に見え」、彼の視線が「その深みの中に埋没して」いくのと、色彩の微妙な差を除いては、ほぼ同じと言ってよい。そしてシャルルがエンマの目の奥を眺めることに「幸福」を感じていたのと同様に、エンマも自分の姿を鏡の中に見て、諦めていた「喜び」や「幸福」を実感する。

　やがてエンマはロドルフの館に足繁く通うようになり、彼の部屋の中にあるものを点検して回る。

　　　Ensuite, elle examinait l'appartement, elle ouvrait les tiroirs des meubles, elle se peignait avec son peigne et se regardait dans le miroir à barbe. [...]

---

[6] エンマが鏡の中に自分の姿を映す場面とナルキッソス神話との関連については、以下の拙論参照：「アモル神話と『ボヴァリー夫人』」, *GALLIA* 40, 大阪大学フランス語フランス文学会, 2001, p. 88.

Il leur fallait un bon quart d'heure pour les adieux. Alors Emma pleurait ; elle aurait voulu ne jamais abandonner Rodolphe. Quelque chose de plus fort qu'elle la poussait vers lui, si bien qu'un jour, la voyant survenir à l'improviste, il fronça le visage comme quelqu'un de contrarié. (MB, p. 198)

（それから、彼女は部屋の中を調べ回し、家具の引き出しを開け、彼の櫛で髪をとかし、髭剃り用の鏡で自分を見たりした。［…］
別れにはたっぷり十五分が必要だった。そのときエンマは涙を流し、ロドルフと絶対離れたくないと思った。何かより強いものが彼女を彼の方へ追いやるのであったが、そのあげく、ある日、彼女が不意にやってきたのを見ると、彼はいらだった人のように顔をしかめた。）

エンマはロドルフの鏡に自分の姿を映すが、情事の後の鏡の場面とは異なり、鏡の中の自分の様子については何も触れられてはいない。注意すべきは、エンマの見るのが「髭剃り用の鏡」であることである。これは第1部第3章でシャルルが「頰ひげにブラシをあてながら」見ていた鏡（MB, p. 67）に相当するものと考えられる。エンマはロドルフのしぐさの真似をしたつもりなのだが、無意識に自分の夫のかつてのしぐさを真似したことになる。また、あまりにも恋人に執着するエンマの行動が、引用の最後の文が示すように、ロドルフの不興を買うことになるのも、第1部第9章でシャルルが鏡の前にいるエンマの肩に接吻しようとして嫌がられる（MB, p. 90）のと同様である。

このようにエンマは、かつてシャルルが鏡を前にして見たもの感じ取ったものを知らず知らずのうちにたどっているのだが、エンマとシャルルの行動には違いもある。最も大きな相違は、シャルルがエンマを鏡の中に見る（あるいはエンマそのものを鏡に見立てる）のに対し、エンマは自分以外の特定の人物を鏡の中に見ないことである。第1部第9章で鏡張りのサロンにいるのは大使たちや名士に見立てた人形たちであって、決してエンマの恋する男性ではない。第1部第8章のヴォービエサールの館で、彼女が鏡の前に立つ

ことはあってもシャルルの方は見ていないはずだし、愛しの子爵も鏡の中には入ってこない。

　第3部第8章で、エンマが最後に鏡の中に見るのも自分の顔である。

> En effet, elle regarda tout autour d'elle, lentement, comme quelqu'un qui se réveille d'un songe ; puis, d'une voix distincte, elle demanda son miroir, et elle resta penchée dessus quelque temps, jusqu'au moment où de grosses larmes lui découlèrent des yeux. (*MB*, p. 336)
>
> （確かに、彼女は夢から醒めた人のように、ゆっくりと周囲を見回した。それから、はっきりした声で、自分の鏡を持ってきてほしいと頼み、しばらくのあいだその上にかがみこんでいたが、それは大粒の涙があふれでるときまで続いた。）

すでに司祭ブルニジアンによる終油の秘蹟は終わり、エンマは死の床にある。彼女は鏡を持ってくるよう頼み、その上にかがみこむ。このとき鏡に映った自分の顔の描写はないが、「もうさほど蒼白くはなかった」(*Ibid*.)と直前に描かれるものの、涙があふれて止まらなかったところを見ると、やはり凄惨な顔だったにちがいない。彼女は死ぬ直前まで、自分の顔を鏡で見ることにこだわったのである。

ロドルフ、レオンが見る鏡

　エンマが恋をした男性と鏡の関係を見てみよう。まず第2部第8章で、ロドルフは農業祭の日、エンマを家に送り返した後、夜の宴会の最中に彼女の姿を思い描く。

> Il rêvait à ce qu'elle avait dit et à la forme de ses lèvres ; sa figure, comme en un miroir magique, brillait sur la plaque des shakos ; les plis de sa robe descendaient le long des murs, et des journées d'amour se déroulaient à l'infini dans les perspectives de l'avenir. (*MB*, p. 185)

（ロドルフは彼女の言ったことや、彼女の唇のかたちを思い浮かべた。彼女の顔が、まるで魔法の鏡に映っているかのように、軍帽の徽章の上に輝いていた。彼女のドレスの襞が壁に沿って垂れ下がり、恋の日々が未来の展望の中に限りなく繰り広げられていた。）

エンマは目の前にいないのに、彼女の顔が軍帽の徽章の上に輝き、彼女のドレスが壁に沿って垂れる様が見える。明らかにロドルフは目の前にいる国民軍兵士の帽子の徽章に映った人の顔や、建物の壁に沿って垂れ下がった天幕に、エンマの顔やドレスを重ね合わせている。そして、「魔法の鏡に映っているかのように」という比喩によって、ロドルフが見るこの幻影は、第1部第9章、夢想の鏡の中できらめくパリの街、鏡張りのサロンと重なり合う。つまり、まずエンマが自分の憧れる世界を夢想の鏡に映したのと同様に、ロドルフはまず「魔法の鏡」に映ったエンマの顔を見て、これからの「恋の日々」の展開のきっかけとしている。

第2部第9章、農業祭の日から6週間、エンマが焦れてくる期間を計算して、ようやくボヴァリー家を訪れたロドルフは、広間に彼女がいるのを見る。

Et il comprit que son calcul avait été bon, lorsque, en entrant dans la salle, il aperçut Emma pâlir.

Elle était seule. Le jour tombait. Les petits rideaux de mousseline, le long des vitres, épaississaient le crépuscule, et la dorure du baromètre, sur qui frappait un rayon de soleil, étalait des feux dans la glace, entre les découpures du polypier.（*MB*, p.188）

（そして、広間に入り、エンマが蒼ざめるのを見たとき、彼は自分の計算が正しかったことを理解した。

彼女は一人だった。日が暮れかかっていた。モスリンの小さなカーテンが、ガラス窓に沿って、夕暮れの色を濃くし、晴雨計の金箔は、一筋の光を浴びて、珊瑚樹のぎざぎざの間にある鏡の中に燃えるような光をひろげていた。）

第Ⅰ部

「彼女は一人だった」という文から見て、語り手はロドルフの視点からこの広間の情景を描いていることは間違いない。そうすると、同じ段落にある、珊瑚の飾り物のそばの「鏡」を見ているのもロドルフだと考えるのが自然であろう。鏡とエンマの位置関係は明確ではないが、おそらくロドルフと面と向かってエンマが立ち、その背後にある鏡に晴雨計の金箔に照り返された夕焼けの光がひろがっているのだと考えられる。したがって、この場面では、エンマは目の前にいるものの、鏡に映っているのは落日の光ということになる。

ロドルフは、第3部第8章でも、落日の光を目にすることになる。この時点ではとっくにロドルフはエンマを捨てているのだが、エンマが破産宣告を受けたため、切羽詰ってロドルフのもとに金の無心にやってきたのである。

>　Il l'attira sur ses genoux, et il caressait du revers de la main ses bandeaux lisses, où, dans la clarté du crépuscule, miroitait comme une flèche d'or un dernier rayon du soleil.（*MB*, p. 325）
>　（彼はエンマを膝の上に引き寄せ、手の甲で真ん中から分けた滑らかな髪の毛を愛撫したが、その髪には、夕暮れの明りのなかで、落日の光が金の矢のようにきらきら照り映えていた。）

ここでは本物の鏡はないものの、「落日の最後の光」がエンマの「滑らかな髪の毛」に miroiter する。「金の矢のように」という比喩も、第2部第9章の晴雨計の「金箔」との類縁性をうかがわせる。

結局のところ、ロドルフは鏡（あるいは鏡に相当するもの）の中に、エンマの幻影を一度、落日の光を二度見る。エンマの幻影は「魔法の鏡」に映る一方、落日の光を鏡に見るとき、エンマはロドルフの目の前におり、特に第3部第8章ではそのエンマの髪が鏡の役割をする。ロドルフが鏡の中に自分の姿を映したり、エンマ以外の人物を見ることはない。

では、レオンの場合はどうか。第3部第1章で、ルーアンのホテルにいるエンマを訪ねたレオンは、自分の気持ちを打ち明けようと思いながら切り出

せず、彼女を見つめる。

> [...] la chambre semblait petite, tout exprès pour resserrer davantage leur solitude. Emma, vêtue d'un peignoir en basin, appuyait son chignon contre le dossier du vieux fauteuil ; le papier jaune de la muraille faisait comme un fond d'or derrière elle ; et sa tête nue se répétait dans la glace avec la raie blanche au milieu, et le bout de ses oreilles dépassant sous ses bandeaux. (*MB*, p. 256)
>
> （[…] その部屋は二人の孤独をいっそう締めつけるために、わざと小さくなっているように思われた。エンマは綾織木綿の部屋着を着て、束ねた髪を古い肘掛椅子の背にもたせかけていた。黄色い壁紙は、彼女の背後で、金の背景のように見えた。そして鏡には帽子をかぶらない彼女の頭が真ん中の白い分け目とともに繰り返し映っていて、両耳の端が分けた髪の下から出ていた。）

エンマは肘掛椅子に座り、彼女の髪の毛と、髪の毛の下から出ている両耳の端が鏡に映っている。奇妙に思われるのは、エンマの頭が鏡に映るという意味の動詞が « se répétait » となっていることだが、これはおそらくレオンは立って話しをしており、彼の目には実際のエンマの頭が見え、さらに鏡に繰り返された姿が見えているのであろう。もう一つ注意しなければならないのは、彼女の背後の「金の背景のように」見える壁紙である。« d'or » あるいは « dorure » は、ロドルフが鏡（あるいは鏡に相当するもの）の中に落日の光を見る二つの場面にあらわれているし、またさらに第1部第9章で、すでに見たように、エンマが夢想するパリの鏡張りのサロンに「金の総飾りのついたビロード」に覆われたテーブルがあり（*MB*, p. 99）、手回しオルガンの上のサロンの鏡も「網状の金箔の紙で」四隅をつないであった（*MB*, p. 104）。特に、手回しオルガンの場合は、小さな人形たちが鏡に映る様が « se répétant dans les morceaux de miroir » と描かれ、第3部第1章のルーアンのホテルの場面と同じ動詞が使われているし、オルガンの上に封じ込められた「小さな」サロンも、「わざと小さくなっているように」思われ

第Ⅰ部

るホテルの部屋と共通する。また、人形たちがサロンの「肘掛椅子」などの間をぐるぐる回るのと同様に、ルーアンのホテルでエンマが「肘掛椅子」に座るといったように、まるでエンマが手回しオルガンの上に見たミニ・サロンがルーアンのホテルの部屋になり、その中の肘掛椅子に自分が座っているようになっているのである。

　とにかく、レオンが鏡を見るのはルーアンのホテルの場面のみである。ロドルフ同様、レオンが鏡の中に自分の姿を映したり、エンマ以外の人物を見ることはない。

　以上、登場人物と鏡の関係を見てきたが、ごく簡単にまとめると次のようになる：
(1)　鏡（あるいは鏡に相当するもの）の中に自分の姿を見るのはシャルルとエンマのみ。
(2)　シャルルは第1部第8章でエンマとともに鏡の前に立ってからは鏡を見ることはなくなり、それ以降はエンマ、レオン、ロドルフが鏡（あるいは鏡に相当するもの）を見ることになる。
(3)　鏡（あるいは鏡に相当するもの）の中に自分の姿あるいは自分以外の登場人物を見るのは、シャルル、エンマ、レオン、ロドルフのみ。

これら3点は少なくとも決定稿に関する限りはあてはまるのだが、ここで問題にしなければならない場面がセナリオの中にある。

オメーが見る鏡
　イヴァン・ルクレールによって刊行された『『ボヴァリー夫人』のプランとセナリオ』の中に、決定稿の最終行とほぼ同じ « il vient de recevoir la Croix-d'honneur. » という文の後に、以下のような「エピローグ」と題されたセナリオがある。

Epilogue
Le jour qu'il a reçu n'y voulut pas croire. M^r X député lui avait

第 1 章 『ボヴァリー夫人』における鏡像

envoyé un bout de ruban - le met se regarde dans la glace éblouissement. -

   il part~~ageait~~/icipait à ce rayon de gloire qui commençant au Sous-préfet qui était chevalier allait par le préfet qui était officier le génér qui *de division* était commandeur - les min gds-off. jusqu'au monarque qui était gd-croix que dis-je jusqu'à l'Emp. Napol qui l'a ~~fondée~~ *créée* -

  Homais ~~s'obstin~~ s'absorbait dans le soleil d'Austerlitz   X

   Doute de lui. - regarde les bocaux - doute de son existence. - *délire, effets fantastiques. l/Sa croix répétée dans les glaces, pluie foudre de ruban rouge* ne suis-je qu'un personnage de roman, le fruit d'une imagination en délire. l'invention d'un petit paltaquot

& qui m'a inventé pr faire croire que je n'existe pas
que j'ai vu naître. - Oh cela n'est possible. Voilà les fœtus.

voilà mes enfants voilà. voilà

  Puis se résumant il finit par le gd mot du rationalisme moderne Cogito ; ergo sum.[7]

（エピローグ

 彼が勲章を受けた日、信じられない気持ちになった。代議士のＸ氏からは綬を送られていた。勲章をつける　鏡の中の自分を見る　眩暈。

 彼は、勲５等の副知事に始まり、勲４等の知事を経て、勲３等の師団長に至る栄光の道に与かっていた。勲２等の大臣、最高勲章の君主まで、さらには勲章というものを創造した皇帝ナポレオンに至るまで。オメーはアウステルリッツの太陽の中で思いにふけっていた。

 自分に対する疑念。広口瓶を見つめる。自分の存在に対する疑念。錯乱、幻想的な印象。彼の勲章が鏡の中でいくつもあらわれる、赤い綬の雷雨。私

---

7) Flaubert, *Plans et scénarios de* Madame Bovary（以下 *Plans et scénarios de* MB と表記）, Présentation, transcription et notes par Yvan Leclerc, CNRS Éditions, 1995, p. 61. この草稿の引用は、イヴァン・ルクレールによる転写をほぼ再現したが、行間や余白の書き込みはイタリック体にした。日本語訳は、引用箇所の大意をあらわすものなので、抹消された箇所は省略し、加筆部分は本文に組み込んだ。

は小説の登場人物にすぎないのか、錯乱した想像力から生まれたものなのか、生まれるのを私が見たことのある鼻持ちならない奴がでっちあげたものなのか。そいつは私が存在しないことを信じさせるために私を生み出したのか。ああ、そんなことはありえない。ここに胎児があり、子供がいる、ここに、ここに。

　それから、自分の考えを要約して、彼は近代合理主義の名言、「われ思う、故にわれあり」に行き着く。)

オメーは鏡の前にいて、勲章をつけると、眩暈におそわれ、自分がさらに上の勲章を受け、やがてはレジヨンドヌール勲章を創設した皇帝ナポレオンに至るまでの栄光の道に与る自分の姿を見る。そのとき、自分の存在に対する疑念が芽生え、自分は小説の登場人物にすぎないのか、「鼻持ちならない奴」(つまり作家)がでっちあげたものなのかと自問する。子供たちも確かにいることを確認し、最後に「われ思う、故にわれあり」という言葉にたどり着く。

　この風変わりなエピローグは、決定稿からは削除されたのだが、研究者の関心を少なからず惹いてきた。クロード・ディジョンはオメーという滑稽な人物がさらに戯画化されて茶番劇(farce)にまで至っていると述べ、クローディヌ・ゴトー＝メルシュも「ここで支離滅裂なことを言っているのは薬剤師ばかりではなく、『ボヴァリー夫人』の著者である」と述べるなど、オメーのグロテスクさが極端に走った結果、作家にまで及んだと考えるものが多い[8]。一方、アラン・レイトによれば、フローベールの企図はよりラジカルであって、オメーは作家によって創造された小説の登場人物にすぎないのかと問いかけ、それはその通りなのだから、作家はこの作品が虚構であることを読者に意識させようとしている。つまり、「このエピローグの意図は、フローベールにおける、小説の虚構に対する深い不信と、さらにこの虚構の

---

8) Claude Digeon, *Flaubert*, Hatier, « Connaissance des Lettres », 1970, p. 81 ; Claudine Gothot-Mersch, *La genèse de* Madame Bovary, José Corti, 1966, p. 247.

操作によってその読者の精神に対して開きうる深淵の鋭い意味を暴露することにある」とレイトは指摘している[9]。

このエピローグにおいて作家が自分の作品の虚構性を自ら暴いていることは明らかに見てとれるものの、不思議なことに、アラン・レイトも含めてどの研究者も、オメーが鏡の前に立っていることに注意を向けてはいない。エピローグの記されたセナリオは、エンマの埋葬以降のことのみが記されていることから見て、『ボヴァリー夫人』執筆前のセナリオではなく、執筆しながら構想を部分的に練り直していくセナリオであり、おそらく1855年秋、つまり第3部第10章のエンマの死の場面がほぼ執筆された時期にあたることは間違いない[10]。もちろん決定稿とセナリオを完全に同一の次元で論じることはできないが、問題のセナリオが決定稿のかなりの部分がすでに執筆されてから書かれたことを考慮するなら、エピローグにあらわれた鏡をいわば補助線として、作品全体の鏡の場面を読み解くことは許されるであろう。

改めてエピローグを見てみよう。まず第1段落で、オメーは5等勲章（シュヴァリエ）をつけた自分の姿を鏡の中に見て、眩暈におそわれる。第2段落で、自分が4等勲章（オフィシエ）、3等勲章（コマンドゥール）、2等勲章（グラントフィシエ）、最高勲章（グランクロワ）まで受け、皇帝ナポレオンまで至る栄光の道に与る姿を幻覚のうちに見る。さらに第3段落の行間を見ると、「錯乱、幻想的な印象」の後に「彼の勲章が鏡の中でいくつもあらわれる」とあって、第2段落のさまざまな勲章の幻覚が鏡の中であらわれていることが想定される。ここで、注意しなければならないのは、第1段落では « la glace » となっていた鏡が、第3段落の行間では « les glaces » という複数形になっている点である。オメーは実際には一つの鏡の前にいるのであろうが、「錯乱」の中でおそらく鏡の奥にまた鏡が見え、さらにまた奥に鏡が見え、その各々の鏡に勲章をつけた自分の姿が映っているのであろう。そして同じ行間に「赤い綬の雷雨」が降り注ぐのも、鏡の中の勲章の赤い綬が自

---

9) Alan Raitt, « "Nous étions à l'étude..." », in *Flaubert 2 : mythes et religions 1*, Minard, 1986, pp. 185-186.
10) アラン・レイトは1855年10月10日に書かれた書簡を引用し、この日以降にエピローグは書かれたとしている（Alan Raitt, *art. cit.*, p. 192, note 51）。

分に向かって押し寄せてくる幻覚なのであろう。そしてもう一つ注意すべきことは、第2段落の4行目で、皇帝ナポレオンが勲章を「創設した」« l'a fondée » が「創造した」« l'a créée » に変えられている点である。この「創造」行為は明らかに第3段落の「鼻持ちならない奴」、即ち作家が作品を創造する行為につながる。つまり、オメーは、鏡の中の勲章を見るうちに勲章を生み出したナポレオンに行きあたり、それを契機として、ことによると自分も鏡の中の虚像ではないかと疑い始め、それを生み出した作家という存在に思い当たることになる。

　このように考えてくると、エピローグが意味するものはすべて「鏡」に帰着する。鏡の前の実像と鏡の中の虚像、両者はそっくりだが、本来は別次元にある。幻覚の中で、鏡の中の虚像は増殖し、実像に降りかかってきて、どちらが実像か虚像か分からなくなる。そしてオメーのうちに自分自身も虚像ではないかという疑念が芽生え、虚像をつくりだした実像の存在を想像するようになる。しかし、彼は「われ思う、故にわれあり」という言葉にたどり着いて、自分は思考しているのだから、存在するのだと考える。しかしやはり、オメーは作家という実像がつくりだした虚像なのである。結局、虚像と実像は完全に入れ替わる。

　もちろんオメーという登場人物は、作家（あるいはその想像世界）と鏡のように同じというわけではなく、作家の一部にしかすぎない。しかし鏡にも拡大して見える鏡や歪んで見える鏡があるように、オメーも作家の一部を拡張したり、歪めたりして出来上がった鏡像だと言えよう。作品はまさしく実像と虚像が複雑に絡み合う世界なのである。

　以上の観点から、今まで見てきた鏡の場面をもう一度検討していこう。
　鏡の前の実像と虚像の関係について、小説全体の転回点となるのは第1部第8章のヴォービエサールの城館の鏡（MB, p. 90）である。シャルルは鏡の中にエンマの虚像を見、同時にエンマも自分の虚像を見ている。そしてシャルルは実像のエンマに口づけしようとするが、冷たく拒まれてしまう。この時点まで、シャルルは自分の虚像を鏡の中に見ることはあっても、エン

マの虚像を見ることはなかった。ひたすら彼女の実像を求めていたとも言えなくはないが、より正確には、ベッドでエンマの目の中に自分の姿を見る場面 (*MB*, p. 77) に象徴されるように、エンマを鏡に見立てようとしていたと言える。つまり、シャルルにとってエンマは実像なのだが、そこに見えるのは自分の虚像だけであって、エンマの真の実像は見えていない。

　ヴォービエサールの城館から戻った後、第1部第9章でエンマが夢想する「鏡張りのサロン」« salons lambrissés de miroirs » (*MB*, p. 99) と、手回しオルガンの上にある小さなサロンの「鏡」« les morceaux de miroir » (*MB*, p. 104) があらわれる。ともに「鏡」が複数形であることから、この二つのサロンの鏡が、エピローグでオメーの幻覚の中の鏡 « les glaces » とつながるものであることは想定できる。二つのサロンの複数の鏡には大使たちや人形たちが映っており、そこは虚像が虚像を生む世界なのである。大使たちは夢想の中にいる一方、人形たちは実像がエンマの目の前にいるのだが、彼女が真に見たいのは人形そのものよりも人形のモデルになっている紳士たちや踊り手たちなのだから、やはり虚像に他ならない。

　第2部に入り、恋人たちの実像があらわれてくると、エンマは鏡の中に華やかなサロンの虚像を追いかけることはなくなる。ロドルフとの情事の後、鏡の中に見るのは彼女自身の虚像である。その虚像は「いまだかつて見たことがない」ほどの目をして、「何か精妙なものが、彼女を変貌させていた」とあるように (*MB*, p. 179)、それまでの実像とは異なるものであった。

　恋人たちも鏡の中の虚像を見る。ロドルフにはエンマの虚像が「魔法の鏡」のように軍帽の徽章の上に輝いて見える (*MB*, p. 185) 一方、エンマの家の広間にある鏡には「晴雨計の金箔」が落日の光を浴びる様が映り (*MB*, p. 188)、また同じく落日の光がエンマの滑らかな髪に「金の矢のように」映る (*MB*, p. 325)。レオンには、ルーアンのホテルの部屋で、「金の背景のように」みえる黄色い壁紙を背にしたエンマの頭や耳が鏡の中に映って見える (*MB*, p. 256)。これら4つの場面のうち、エンマの実像が不在のものは最初の場面のみで、残る3つの場面ではロドルフあるいはレオンの目の前にエンマがいる。その3つの場面のいずれにも「金」があらわれている。第1

第Ⅰ部

部第9章でエンマが夢想するパリの鏡張りのサロンに「金の総飾り」があり（MB, p. 99）、手回しオルガンの上のサロンの鏡も「金箔の紙」で四隅をつないであった（MB, p. 104）ことも併せて考えると、この鏡と金の結びつきは単なる偶然であるとは思われない。

　それでは、この鏡と金の結びつきは何なのだろうか。それを解くヒントはやはりオメーが勲章をつけた自分の姿を鏡の中に見るエピローグにあるように思われる。5等勲章を授与されたオメーがさらに上位の勲章を受ける幻想を抱いたのと同様、エンマも自分の勲章が増えていくのを夢見たのではなかったのだろうか。エンマにとっての勲章は何かと言えば、ロドルフとの情事の後、自分の部屋の鏡に自分の姿を映して、« J'ai un amant ! un amant ! »（MB, p. 194）と繰り返したことを見れば、それが「愛人」だと分かる。最初に恋い焦がれた男性がヴォービエサールの館でワルツを踊るよう誘ってくれた子爵であることは言うまでもない（MB, p. 94）。第1部第9章でエンマはヴォービエサールの館で出会った子爵の面影を追いながら、「あの方は今パリにいる」と信じて（MB, p. 98）、夢想の中のパリのサロンに金の総飾りを見ることになる。夢想の中の金の表象は手回しオルガン上の小さなサロンにも引き継がれるのだが、第2部以降に愛人たちが登場すると、彼らの方が鏡の中に金の表象を見ることになる。これはロドルフやレオンがパリの空間に憧れたということでは決してなくて、エンマの憧れを彼らが鏡の中に写し取ったということではないのだろうか。いずれの場合もエンマが彼らの目の前にいて、その背後に金の表象があらわれるという図式が成立しているからである。ということは、テクスト空間の中でかつてエンマが見た虚像をロドルフやレオンが再び見ていることになる。第2部第8章でロドルフが垣間見た「魔法の鏡」のようにである。

　第3部第8章で、エンマが最後に鏡の中に見るのも自分の虚像である。しかし、彼女の目から涙があふれて止まらなかったところを見ると、それは限りなく実像に近かったにちがいない。オメーが勲章という虚像を次々と追いかけるのと同様に、愛人から愛人へと移っていく自分の虚像を求めたエンマの旅はここで終わる。

第2章 『サラムボー』における時間

　『ボヴァリー夫人』が刊行されたのは1857年4月だが、その1ヵ月ほど前の3月18日、ルロワイエ・ド・シャントピー宛ての手紙で「私はある小説を書こうとしているのですが、その舞台は紀元前3世紀になるでしょう」（*Corr.*, II, p. 691）と書いているように、フローベールの第二作で描かれるのは、二千年以上時をさかのぼった古代世界であった。およそ5年の執筆期間を経て、1862年11月に『サラムボー』は出版される。

小説全体の時間の枠組み
　『サラムボー』の物語は、ポリュビオスの『歴史』第1巻に描かれたカルタゴの傭兵反乱を素材としている[1]。ポリュビオスの記述によれば、カルタゴと外国人傭兵との戦闘は「3年と4ヵ月ほど続いた」という[2]。紀元前241年に第1次カルタゴ戦争が終結し、その戦争での報酬をめぐって傭兵の不満が爆発したのだから、ポリュビオスに従えば、反乱は紀元前241年の後半から238年の末にかけて続いたことになる。フローベールも、小説の終わり近く、反乱が鎮圧された時点で「戦争が続いたこの3年来」（*S*, p. 266）と述

---

1) P. B. Fay, « *Salammbô* and Polybius », in *Sources and Structure of Flaubert's Salammbô*, Champion, 1914, pp. 11-13. 彼によれば、フローベールはポリュビオスのギリシア語原文ではなく、Dom Vincent Thuillier によるフランス語訳を読んだことが確実であるという。
2) *Histoire de Polybe*, nouvellement traduit du grec par Dom Vincent Thuillier, Amsterdam, Chatelain et fils, 1753, Tome II, p. 60. と述

べており、小説全体の時間枠をポリュビオスの記述に沿って考えていたことが分かる。しかし、個々の戦闘がいつ起きたかについては、ポリュビオスは全く明らかにしておらず、他に頼るべき史料もないので、フローベールは戦局進行の時間設定を自分でつくりだしていったにちがいない。

　『サラムボー』の中には、日付・月名や季節名の他に、何日後といった時間の経過をあらわす表現が少なからず出てくるが、それらの標識を頼りに小説冒頭の宴の場面から最後のマトー処刑までに経過した時間を加算していくと、少なく見積もっても57ヵ月つまり5年近くにもなってしまう。もちろん最初の1ヵ月程は戦闘らしいものはないのだが、それを差し引いても3年余りという枠組みから大幅に超過することになる。『サラムボー』のchronologieに関するこのような矛盾を最初に指摘したのはP. B. フェイである[3]。最大の問題点は第13章のカルタゴ包囲攻撃の際の「夏の終わり」という季節の挿入にあるとフェイは考えている。傭兵軍の攻撃は「シェバトの月の13日」(S, p. 215)、つまり太陽暦に直せば二月に始まり、やがてカルタゴの町には水が乏しくなって「夏の終わり」にはたいへんな渇きを経験する (S, p. 219)。また新たな攻撃が「ニサンの月の7日」(S, p. 225)、つまり四月に始まるとあるのだから、一回目の攻撃から新たな攻撃までに14ヵ月経過したことになる。ところが、傭兵軍の最初の攻撃の直前に、ハミルカルは貯水池には123日分の水があると言明している (S, p. 215) のに、一年以上経った新たな攻撃のときにもまだ傭兵軍の攻城櫓(やぐら)を押し流すほどの大量の水が貯水池に蓄えられている (S, p. 228)。フェイによれば、このような矛盾はすべてp. 219の「夏の終わり」という箇所から発するのであって、これを除いて考えるとカルタゴ包囲の際の一回目の攻撃から新たな攻撃まで2ヵ月しか経っておらず、したがって小説全体で経過した時間も4年弱になり、ポリュビオスの記した時間枠に近づくことになる。「夏の終わり」という設定は渇きという観念を夏の暑さに結び付けた心理的連想に過ぎないという[4]。

---

3) P. B. Fay, « The chronological Structure of *Salammbô* », in *Sources and Structure of Flaubert's* Salammbô, Champion, 1914, pp. 1-10.

一方、クローディーヌ・ゴトー＝メルシュはフローベールの小説の時間に関する論文の中で、草稿研究に基づいて、フェイとは違った考えを表明している[5]。下書き草稿を見るとフローベールは決定稿に至るまでに月名などを何回も書き直していることが分かるが、そうした書き直しにはchronologieに関する整合性をめざす意志は見られないとゴトー＝メルシュは述べ、次の二点に対する配慮だけが見られると指摘している。まず、日付を記すことによって、マッカール河の戦いやカルタゴ包囲攻撃といった事件の重要性を示そうとしていること、もう一つは、「真冬のシェバトの月に」(S, p. 135)や「エルールの月の暑さ」(S, p. 173)のように、月名を言及することによって季節や気候を正当化しようとしていることである。つまり、ゴトー＝メルシュは、日付や月名の内容（彼女の用語ではréférent）は重要ではなく、日付等を明示すること自体（彼女の用語ではréférence）に意味があるとし、その意味を出来事の重要性や季節に付与しているのである。

　日付や月名の内容に意味がないかどうかの議論は措くとして、日付や月名がついていることと事件の重要性や季節との関わりについては問題があるように思われる。確かに日付のあるマッカール河の戦いなどが戦局を大きく左右する出来事であることは否定できないが、たとえば第14章で斧の峡道に傭兵軍が閉じ込められたことは傭兵軍の敗北につながる極めて重要な事件なのに日付がないし、また重要度からすれば同じ章のマトー軍とハミルカル軍と

---

4) *Ibid.*, pp. 7-8. また、ルネ・デュメニルはベル・レトル版『サラムボー』の巻末の«Plan chronologique de *Salammbô*»で、フェイの指摘した点も踏まえながら、小説のテクストに沿って経過した月数を検証している。経過した月数とその問題点については、フェイの指摘とほぼ同じである：「（第12章の『夏の終わりに』という言葉によって）不注意で付け加えられた12ヵ月を差し引けば、45ヵ月、つまり3年9ヵ月となり、これはおそらくフローベールが構想の中で予定していたものだろうし、ポリュビオスの『歴史』によって与えられた情報ともほぼ一致する。」(*Œuvres complètes de Gustave Flaubert* : *Salammbô*, Texte établi et présenté par René Dumesnil, Les Belles Lettres, 1944, Tome II, p. 337.)

5) Claudine Gothot-Mersch, «Aspects de la temporalité dans les romans de Flaubert», in *Flaubert la dimension du texte*, Manchester University Press, 1982, pp. 24-26.

の最後の決戦（S, pp. 261-265）もかなり上にくるはずなのに日付がない。日付があることと事件の重要度とは必ずしも一致しないのである。さらに、季節や気候について言えば、ゴトー＝メルシュが指摘したように月名と気候とが結びついた箇所がある一方で、第13章カルタゴ包囲の最初の攻撃が「シェバトの月」（太陽暦の二月）に始まり、123日分の水しかないはずなのに「夏の終わり」の後でもまだ水があるというように、時間的設定と季節とが矛盾を起こしている所もあるのだから、フローベールが月名を決める際つねに季節や気候を念頭にいれていたとは言えないのである。

　フローベールが小説のchronologieを厳密に考えていなかったことはゴトー＝メルシュの指摘する通りだと思われるが、かといってフェイのように時間標識相互の矛盾を指摘するだけでは不十分だし、またゴトー＝メルシュのように日付や月名を出来事の重要性や季節に結びつけると、それとは相入れない箇所も出てくる。そこで今は、小説のchronologieに関する矛盾は矛盾として受け入れた上で、小説が全体としてどのような時間の構造あるいは時間のリズムを持っているのかを明らかにしようとする態度が必要であると思われる。その際、日付や季節の記載のないエピソードにも目を配って、一日のうちでどういう時間帯が描かれているか、あるいは一つの章の中で何日間経過しているか等に着目することになる。このような小説全体の時間構造の分析を踏まえた上で、日付や月名の矛盾にいかなる意味があるのかを明らかにしたい。

　冒頭で述べたように、ポリュビオスの『歴史』には「3年と4ヵ月ほど」という全体の期間が示されているだけで日付や季節の記載がない。時間の標識と言えるものは、ハミルカルがマッカール河畔の戦いのために「夜出発して夜明けに対岸に到着する」[6]という箇所だけで、他の戦闘や出来事に関しては朝のことなのか夜のことなのかは全く分からない。

　フローベールは執筆に先立って小説全体のプランやセナリオをつくっており、それらはオネット・オム版の巻末に掲載されている。プランやセナリオ

---

6) *Histoire de Polybe*, Tome II, p. 18.

の段階ですでに朝とか夜といった時間設定はいくつかの場面でなされているが、具体的な日付が見られるのは第13章のセナリオの余白にカルタゴ包囲の最初の攻撃が « Le 3 du mois de X » と言及される箇所だけである（S, p. 339）。ここでも月の名は入っていないのだから、プランやセナリオを見る限りフローベールが執筆に先立ってどの戦闘やエピソードが何月頃に起きたという設計をたてていたとは考えられない。実際に文章を練りながらフローベールは月名や季節あるいはもっと細かい時間設定を入れてはまた書き直すという作業を繰り返しながら決定稿にたどりついたのである。

各章における時間の枠組み

　決定稿における時間標識はどうなっているのかを章ごとに見ていこう。『サラムボー』の中には具体的な日付があらわされるのが3箇所、月名のみでてくるのが3箇所あるが、それらは小説全体に散らばっているわけではない。最初の月名は第7章の「タンムズの月のある朝」（S, p. 132）であり、最後は第13章の「ニサンの7日」（S, p. 225）だから、第1章から第6章までと第14章・第15章には日付や月名が全くないことになる。具体的な日付ばかりにこだわっていると従来の研究者と同じ議論になってしまうので、本論では逆に日付のないところの分析から始めたい。

　第1章は「エリュクスの戦いの記念日を祝うために」（S, p. 43）傭兵たちがハミルカルの宮殿の庭に集まる場面から始まる。「エリュクスの戦いの記念日」とあると具体的な時間標識のように見えるが、エリュクスの戦いそのものがポリュビオスの記述を見ても何月にあるいはどの季節におこなわれたのか明確ではないので、この小説冒頭の記述からはシチリアのエリュクスでの戦勝から一年あるいは数年経った時期ということしか分からない。

　ところで、ジャン・ルーセは『サラムボー』における距離や視線に関する論文の中で、小説の第1章と最後の第15章とに共通性を見いだし、この二つの章が二つ折り（ディプティック）になっていることを指摘している[7]。ルーセは二つの章の登場人物の空間的位置や視線に着目して小説全体における人物間の関係等に論をすすめていくのだが、時間に関しては全く触れていない。しかし、興味深

いことに、時間についても最初の章と最後の章とが二つ折り(ディプティック)になっていることが言えるのである。第1章はシチリアにおける戦勝の記念日であり、第15章はカルタゴの傭兵軍に対する勝利とサラムボーの結婚を祝う記念日であるにもかかわらず、両方ともその日の日付や月名がないことの他に、どちらの章でも時間の経過が太陽の動きによってあらわされるという共通点がある。第1章では、傭兵たちが宴に続々と集まってきたとき太陽が沈もうとし (S, p.44)、やがて夜になり (S, p.45)、宴の最後に太陽が姿をあらわす (S, p.55)。第15章では、「太陽が傾き始める頃」(S, p.271) 傭兵軍の隊長マトーが牢から出されて処刑が始まり、マトーの死とともに太陽が没する (S, p.274)。時間に関して異なるのは、第15章でも「宴は一晩中続くはずであった」(S, p.271) が、最後のサラムボーの死によって宴は幻のものとなり、その結果この最後の章では最初の章とは逆に日没で終わっている点である。この二つの章の関係を明確にするために第1章の日の出の場面と第15章の日没の場面を引用してみよう。

    Une masse d'ombre énorme s'étalait devant eux, et qui semblait contenir de vagues amoncellements, pareils aux flots d'un océan noir pétrifié.
    Mais une barre lumineuse s'éleva du côté de l'Orient. […]
    Il (= le soleil) parut ; Spendius, levant les bras, poussa un cri.
    Tout s'agitait dans une rougeur épandue, car le dieu, comme se déchirant, versait à pleins rayons sur Carthage la pluie d'or de ses veines. (S, pp.54-55)
    (巨大な闇は彼らの前に広がり、石化した黒い大海の大きな波のような茫漠とした堆積を内包しているかのように思われた。
    しかし一筋の光が東の方に昇った。[…]
    太陽があらわれた。スペンディウスは両腕を差し出して、叫び声を上げた。

---

7) Jean Rousset, « Positions, distances, perspectives dans *Salammbô* », in *Poétique* n° 6, 1971, pp.145-147.

第2章 『サラムボー』における時間

降りそそがれた赤光(しゃっこう)の中ですべてが揺れ動いていた。神は自らを引き裂くように、カルタゴの町へ血管から黄金の雨を燦々とそそいだからである。)

Le soleil s'abaissait derrière les flots ; ses rayons arrivaient comme de longues flèches sur le cœur tout rouge. L'astre s'enfonçait dans la mer à mesure que les battements diminuaient ; à la dernière palpitation, il disparut.

Alors, depuis le golfe jusqu'à la lagune et de l'isthme jusqu'au phare, dans toutes les rues, sur toutes les maisons et sur tous les temples, ce fut un seul cri ; [...]. (S, p. 274)

(太陽が波の背後に沈もうとしていた。その光線は長い矢のように真赤な心臓を突き刺していた。心臓の鼓動が弱まるにつれて、太陽は海に没していき、最後の鼓動とともに消えた。

そのとき、入江から浅瀬まで、地峡から燈台まで、あらゆる街路、あらゆる家々、あらゆる神殿に響いたのは、ただ一つの叫び声であった［…］。)

この二つの場面に明確な対応関係を見いだすことができる。引用の最初のところで夜の闇が海の「波」に喩えられたものを内包するものとして捉えられ、そこから太陽が昇るのに対して、第15章では海の「波」の背後に日が沈む。第1章の引用の最後では太陽が自らを引き裂くようにその血管から黄金の雨をそそぐと描かれるのに対して、最後の章ではえぐりとられたマトーの心臓が動きを止めるのに合わせて日が沈む。もちろん第15章では現実の海や心臓が問題になっているのだが、第1章ではそれらが比喩のかたちで予感されているのである。この二つの場面を合わせてみると、あたかも太陽が一つの生命体で、海のような闇の世界から昇って地上に血をほとばしらせ、最後にはマトーの心臓の動きと同化して海に没するように描かれていることがわかる。このような太陽に対する反応はどうかと言えば、日が昇るときにはスペンディウスが「叫び声」を発し、沈むときにはカルタゴ全体が「ただ一つの叫び声」となって響きわたるというように明らかに呼応している。

第Ⅰ部

　このように第1章と第15章の二つの場面が呼応して二つ折り(ディプティック)をなしていることは疑いがない。また、最初の章の太陽が昇る場面と最後の章の太陽が沈む場面とが対になっているのだから、小説全体で太陽の動きそのものが重要な役割を果たしていることが想定できる。ただし、この太陽は単なる天体ではなく、第1章で引用した部分にもあったように「神」つまり太陽神として描かれているのである。両端の章を見た限りでは、まるで太陽神が第1章の終わりで夜の闇から姿をあらわし、やがて高く昇り、最後にはその生命を終えて海に没するかのように描かれている。もちろん太陽は単に天体として時を刻む基準になるものでもあるから、小説全体では宗教的な意味を担った太陽と時間の経過をあらわす太陽とが複雑に絡み合うことになる。第2章以降はどうなっているのか、各章の主な時間標識を抜き出しながら時の経過をたどっていこう。

　第2章 － 第1章の終わりから「2日後」(S, p. 57) 傭兵たちがカルタゴを離れ、それから「7日目」(S, p. 62) にシッカに到着する。シッカに何日か滞在していた「ある晩」(S, p. 66) カルタゴの頭領ハンノーが傭兵たちとの交渉に来るが、彼らは俸給がすぐに支払われないことを知ると怒り狂い、「日が昇る」と (S, p. 72) カルタゴへ向けて出発する。

　第3章 －「月が波すれすれに昇っていた」(S, p. 73) という冒頭の文が示すように真夜中、月が姿をあらわす。ハミルカルの娘サラムボーが宮殿のテラスでタニット神を讃える儀式を終えると、やがて空が白みはじめ (S, p. 79)、傭兵軍がカルタゴに近付くのが見える。この朝は傭兵たちがシッカを出てから3日目にあたる (S, chapitre 4, p. 80)。

　第4章 － 傭兵たちはカルタゴの城壁の下で動かず、和解は成立しない。「ある朝」(S, p. 87) 将軍ジスコーが仲介に乗り出すが、傭兵たちの不信がつのり、ジスコーは捕らえられる (S, p. 90)。「ある晩」(S, p. 91) スペンディウスがカルタゴの水のことを話題にし、「その翌日」(Ibid.) 彼は大水道を通って城内に入ることを提案し、次の日の「日暮れ後」に (Ibid.) スペンディウスとマトーは計画を実行する。

　第5章 － 前章の最後と同じ夜。スペンディウスとマトーはタニット神殿

で聖衣(ザインフ)を盗んだ後、サラムボーの宮殿に入る。「夜が明け」て（S, p. 103）二人は逃げる。スペンディウスは海の方を通って「その晩」に陣営に戻る（S, p. 104）。一方マトーはすでに「太陽が昇っていた」カルタゴの街の中を通って逃げ（Ibid.）、城壁の門を通り抜ける。

　第6章 － 頭領ハンノーは戦闘の準備に「3ヵ月」以上費やし（S, p. 111）、ようやく「月のないある夜」（S, p. 114）ウティカに向けて出発し、「3日目」の昼に到着する（Ibid.）。その日の戦いでは勝利をおさめるが、傭兵軍はすぐに反攻に転じ、翌朝「日が昇る」と（S, p. 119）マトーとヌミディアの王ナルハヴァスが援軍に来て、大勢が決する。ハンノーは「夜になると」（Ibid.）ウティカを抜けだし、カルタゴへ戻る。

　以上、第6章までを概観して気づくのは、奇数章と偶数章とで時間の枠組みが異なる点である。第1章、第3章、第5章では、一日あるいは一晩の出来事が描かれ、いずれも夜明けあるいはそれに近い時間で終わる[8]。それに対して、偶数章では複数日が経過し、しかもその正確な日数はどの章でも把握できない。たとえば第2章では傭兵たちがシッカに滞在した日数が明確でなく、第4章でもジスコーが仲介に乗り出すまでの期間がはっきりしないといったように、限定できない期間が必ず存在するからである。そしてこの非限定な期間に区切りをつける時間標識として「ある晩」« un soir »や「ある朝」« un matin »があらわれ、ハンノーやジスコーの登場といった新たな展開のきっかけとなるのである。奇数章には「ある晩」や「ある朝」という時間標識がないが、これは、第1章ではエリュクスの戦いの記念日、第3章では前章の最後から3日後、第5章では前章の最後と同じ夜というように、何らかのかたちで限定された日が描かれているために、不定冠詞のついた時間標識はあらわれてこないのである。要するに第6章までは、限定された一日あるいは一夜が描かれる章と、非限定の時間が流れる章とが交互に配置さ

---

8) 第5章で、スペンディウスは「晩に陣営に戻った」（S, p. 104）という文章があるが、フローベールの叙述はすぐに夜明け直後に戻りマトーの足取りを追っていくのだから、この章も夜明けからさほど離れていない時間で終わることになる。

ところで、すでに引用したように、第1章と第15章では太陽が「波」から昇る場面と「波」に沈む場面とが対をなしていたが、第2章から第6章まではそのような太陽と波との結びつきは見られない。もちろん太陽の動きが言及されないわけではないのだが、たとえば第2章の「背後のヌミディアの山々に沈もうとしていた太陽」(S, p. 62)や第5章の「太陽はすでに昇っていた」(S, p. 104)のように、太陽は時間の経過をあらわすのが主で、荒々しく海から昇ったり沈んだりの場面は見られない。しかしながら、第3章冒頭で « La lune se levait à ras de flots [...] » (S, p. 73)という文があり、これが第2章から第6章までで唯一「波」と天体とが同時にあらわれるところとなっている。むろん第3章では血の色や人間の叫び声はなく、逆に月の光に「白いものが輝き」、「もはや車輪のきしむ音しか聞こえない」(Ibid.)。さらにこの章では、両端の章とは逆に、月の動きによって時間の経過があらわされている。はじめ「月は山々に囲まれた入江やテュニスの湖水に同時に光を広げていた」(Ibid.)が、やがて「三日月は温泉山の上にあった」(S, p. 75)と描かれる。一方、第3章では太陽の動きは描かれていない。冒頭の夜の描写で「太陽によって熱せられた城壁」(S, p. 73)と書かれた太陽はすでに過去の存在になっているし、章の最後の夜が白み始める場面でも「すでに鳥が歌い、ひんやりとした風が吹き、白みだした空に小さな雲が走っていた」(S, p. 79)と描かれるだけで太陽はまだ出てこない。このようにサラムボーが月神タニットに身を捧げる儀式をおこなう第3章では時間の標識としても月が支配し、太陽は過去あるいは未来のものとして潜在しているのである。

第7章以降はかなり様相が異なる。

第7章 – 冒頭、月相の按察官は「ある朝」一槽の舟がカルタゴに近付くのを認める (S, p. 121)。舟から降りたハミルカルは官邸へ赴き、そこを出てモロック神殿に向かうと日が暮れかかる (S, p. 125)。神殿での元老院の会議が続くうちに「太陽が波間から出て昇ってきた」(S, p. 133)。ほどなく自らの宮殿に戻ったハミルカルは傭兵たちの狂暴ぶりを知り、その晩の元老

院会議で傭兵たちに対する復讐を誓う（S, p. 149）。

　この章の特異な点の一つは冒頭の文の « un matin » である。不定冠詞のついた時間標識が出てくるのは奇数章では初めてだし、偶数章でもこのような標識が冒頭にあらわれるのは第６章までは例のなかったことである。第１章では戦勝記念日、第３章・第５章では前の章の最後から３日目あるいは同じ夜という限定があったが、ここでは前の章の最後でハンノーが傭兵軍に敗れて逃げ帰ったという出来事以降経過した時間が明らかではなく、前の章とは一旦時間的つながりが切れている。すでに冒頭の « un matin » だけで第６章までの時間のリズムがくずれているのである。次に第７章が先の六章と異なるのは、朝から次の日の晩まで２日間が描かれている点である。第１章は日没前から次の日の夜明けまでだから２日だと言えないこともないが、24時間以内のことであり、第３章や第５章も同様（第５章でスペンディウスが「晩に陣営に戻った」という箇所を勘定に入れてもやはり24時間内）だから、これまでの奇数章と異なっており、もちろん偶数章とも異なるのである。最後に重要な相違点はこの第７章から具体的な月名が出てくることである。モロック神殿で元老たちの一人がハミルカルの娘の姦通を非難して「タンムズの月のある朝」（S, p. 132）と叫ぶ場面がある。これはもちろん第５章でタニットの聖衣（ザインフ）がマトーによって盗み出された朝のことであるが、第７章で初めて何月のことであったかが分かる。また、この章ではハミルカルがモロック神殿を出て自分の宮殿に戻った日、「真冬のシェバトの月であった」（S, p. 135）と書かれる[9]。このように第７章で出てくる時間標識を検討すると、この章が先の六章とはかなり異なっており、時間のリズムの転回点となっていることが分かる。

　また、太陽の動きに関しても第７章は転回点をなしている。すでに述べた

9）カルタゴの暦は太陰暦で、一年は春分を起点として12の月に分けられ、タンムズはその第４月、シェバトは第11月にあたる。なお、暦については *Grand dictionnaire universel du XIXe siècle* (Larousse) の calendrier の項目を参照した。なお本論で月名を挙げる際は、太陽暦に直すとずれが生じるので、カルタゴ暦で何番目の月にあたるかを記していくことにする。

ように、第2章から第6章までは太陽が「波」から昇ったり沈んだりする場面は見られず、月だけが「波」と結びついていた。それに対して、第7章でモロック神殿の中に日の光が差し込むところでは次のように描かれる。

> Le soleil, sortant des flots, montait. Il frappa tout à coup contre la poitrine du colosse d'airain, divisé en sept compartiments que fermaient des grilles. Sa gueule aux dents rouges s'ouvrait dans un horrible bâillement ; ses naseaux énormes se dilataient, le grand jour l'animait, lui donnait un air terrible et impatient, comme s'il avait voulu bondir au dehors pour se mêler avec l'astre, le dieu, et parcourir ensemble les immensités.
>
> 　Les flambeaux répandus par terre brûlaient encore, en allongeant çà et là sur les pavés de nacre comme des taches de sang. (S, p. 133)
>
> 　（太陽は波間から出て昇ってきた。太陽はいきなり、格子で閉ざされた七つの部屋にまたがる青銅の巨像の胸を射った。赤い歯をした巨像の口は、恐ろしくあんぐりと開いていた。とてつもなく大きな鼻孔をふくらませ、強い光によって生命を吹き込まれ、怖ろしげで苛立つ姿になった。あたかも外に飛び出して、この天体と、つまり神と溶け合い、ともに広大な空間を駆けめぐることを望んだかのようであった。
>
> 　床に散らばった松明はなおも消えず、真珠母の舗石の上に血のしみのようなものをあちこちに広げていた。）

第1章や第15章と同じく、太陽は「波」から昇る。しかしカルタゴの町が照らし出される両端の章とは異なり、太陽の光を浴びるのはモロックの巨像である。モロック像はここで太陽によって「生命を吹き込まれ」、「この天体と、つまり神と溶け合うことを望んだかのようであった」と描かれるほど太陽神と一体化するのである。この「怖ろしげで苛立つ」巨像の描写は、明らかに第13章の最後で生贄を飲み込むモロックを先取りしている。格子で閉された七つの「部屋」は、第13章では奴隷たちによって開けられ、生贄の入り口となる（S, p. 237）し、歯の赤い色は、第13章では「血染めになった巨人のよ

うに完全に赤くなった」(S, p. 239) とあるように、全身に広がる。また、引用の第2段落にある「血のしみ」のような松明の火も第13章での生贄を燃やす火を予感させる。第13章では太陽の光がモロック像にあたるようには描かれていないが、第7章で「波」から太陽が昇り、赤い歯や松明の火によって血のイメージが予感されてそれが第13章で現実化して生贄の場面となり、さらにそこでは子供を失った「母親の叫び声」に包まれる (Ibid.) といったように、第1章の夜明けの場面や第15章の日没の場面で出てきた要素が、第7章の引用場面と第13章の生贄の場面を合わせた全体で再現していることになる。このように第7章と第13章のモロック像の場面が緊密なつながりを持っていることは疑いない。第7章で苛立っていたモロックは、第13章では生贄に満足し、「陶酔の重みでよろめく」ようになる (Ibid.)。時間の点で見ても、第7章では夜明けの描写であり、第13章では「太陽が姿をあらわすとすぐに」(S, p. 234) 像が広場に出され、儀式は夜まで続く (S, p. 239) といったように、両者は一続きのようになっている。とにかく第7章の夜明けの場面は太陽とモロックとの一体化という意味で極めて重要な転回点となっている。もちろん第6章までにモロックのことが出てこなかったわけではないが、マトーの口から「モロックの呪い」と語られたり (S, p. 56)、「モロック神殿でカルタゴの宝物が盗まれた」という噂が広まったり (S, p. 104) するだけで、抽象的にしか扱われていなかった。第7章で初めてモロック神は具体的存在として登場するのである。

　再び、各章の時間経過を追っていこう。

　第8章 ― かなり長い準備期間の後、頭領ハミルカルはようやく「ある日」「それはティッビの月の3日であったが」(S, p. 154)、マッカール河へ向けて出発し、翌日「太陽があらわれるとすぐに」(S, p. 155)、傭兵軍を大敗させる。戦闘が終わって「二時間後」マトーがヒッポ・ザリッツから到着する (S, p. 161)。

　第9章 ― ハミルカルは戦いの後「14日の間」(S, p. 164) 近隣の部族を平定する。戦争に必要な物資を徴発しながら北へ進むが、「日暮れに」(S, p. 168) カルタゴ軍は山のくぼみに降りたところで傭兵軍に包囲されてしま

う。「ある朝」（S, p. 170）ハミルカルは和解を提案するが、なかなか血路を開くことができない。ハミルカルらが包囲されたことを知ったカルタゴの町は窮地に陥る。「エルールの月の暑さはその年とりわけ過酷で、それも新たな災難であった」（S, p. 173）。

第10章 ― タニット神の神官長シャハバリムが病弱のサラムボーの傍らで宇宙や魂に関する話をする。突然彼はサラムボーの父が危機的状況にあることを告げ、カルタゴの運命がサラムボーにかかっていると断言する。「4日目の夜に」（S, p. 179）サラムボーは再びシャハバリムを呼ぶ。「ある朝」（S, p. 180）サラムボーはタニットの聖衣(ザインフ)を取り戻すためにマトーのところに行く決心をする。「その日が来て」（S, p. 181）、「月が昇る」と（S, p. 182）サラムボーは従者を伴って宮殿を離れる。

第11章 ― 前の章の続き。サラムボーは「空が白み始めた」ころ（S, p. 185）カルタゴの城壁を出て、「その日の昼間」傭兵たちとすれちがう（S, p. 186）。次の日は荒野を通って姿を見られることなく、「夜のとばりが下りた」ころ（S, p. 187）マトーの陣営に着く。マトーのテントの中でタニットの聖衣(ザインフ)を奪い取って、サラムボーはハミルカルの陣営へ向かう。「夜が白み始めていた」（S, p. 196）。ハミルカルの陣営ではカルタゴの頭領に従うことを誓ったナルハヴァスとサラムボーとの婚約の儀が執り行われる。

第12章 ― 前の章の最後の場面から「12時間後」（S, p. 199）、傭兵軍惨敗の結果となり、やがて夜となる（S, p. 200）。「夜の明けるころ」（S, p. 201）傭兵軍の陣地にカルタゴの捕虜になった兵士たちがやってくる。「その翌日」（S, p. 204）スペンディウスは偽の手紙をつくって自軍の兵士を鼓舞する。やがてヒッポ・ザリッスに落ち着いた傭兵軍は、ハミルカルの軍隊が逃げていくのを見て、カルタゴまで追いかけて行って町を包囲する。「月の輝くある晩」（S, p. 212）スペンディウスは大水道を切断し、カルタゴは窮地に陥る。

第13章 ― ハミルカルは貯水池に123日分の水が残っていると断言してカルタゴ市民を安心させる（S, p. 215）。「ついにシェバトの月の13日、日が昇ると」傭兵軍の攻撃が始まり（Ibid.）、「その翌日」も激しい戦闘が続く（S,

p. 216)。やがて「夏の終わり」となってカルタゴの町は渇きに苦しむ（S, p. 219)。「ある朝、日が昇るときより少し前（それはニサンの月の7日であった）」また新たな攻撃が始まる（S, p. 225)。それからほどなく元老たちの会議でモロックに生贄を捧げることが決められ、実行に移される。

　第8章、第9章及び第13章では月名は示されており、季節の言及もあるので、それらを頼りに何ヵ月が経過したかを把握することができる。第7章でハミルカルがカルタゴに戻ってきたのがシェバト（第11月）のある朝、第8章でのマッカール河畔への出発がティッビ（第10月）の第3日であり、やがて第9章でカルタゴはエルール（第6月）の暑さに悩まされるのだから、ハミルカルの帰還からマッカール河畔の戦いまでに11ヵ月、さらに翌年のエルールまでに8ヵ月が経過したことになる。第13章での傭兵軍の最初の攻撃がシェバト（第11月）の第13日に始まるが、これはエルールから5ヵ月、「夏の終わり」をはさんで新たな攻撃のニサン（第11月）の第7日はさらにその14ヵ月後となる。第7章のハミルカルの帰還からこの最初の攻撃までまる2年、新たな攻撃まで3年と2ヵ月が経過したわけである。もちろんフェイが指摘するように[10]、傭兵軍の最初の攻撃から新たな攻撃まで14ヵ月も経過しているのはカルタゴに123日分の水があるというハミルカルの言葉と矛盾しているので、月名を全面的に信頼するわけにはいかない。第13章におけるこのような矛盾については後ほど述べるとして、今のところは日付や月名をそのまま受け入れておいて、他の時間標識を見ていこう。

　第8章から第10章まで及び第12章、第13章ではそれぞれの章でかなりの日数が流れており、また « un jour » や « un matin » といった不定冠詞を伴う時間標識があらわれる点では、第6章までの偶数章と同じと言ってよい（もちろん第8章と第9章と第13章では日付や月名が出てくる点が異なる）。それに対して、第11章ではサラムボーがカルタゴを離れる朝から翌々日の朝までまる2日が描かれており、これは2日が経過する第7章と似ている。ただ時間標識はかなり違っていて、第7章では前の章と時間的には切れて

---

10) P. B. Fay, *art. cit.*, pp. 7-8.

第Ⅰ部

« un matin » という不定冠詞つきの標識で始まり、月名が明記されるのに対し、第11章は第10章最後の出発日の次の朝から始まるので不定冠詞つきの標識はないし、またその日が何月のことかは分からない。また第11章では、第7章と異なり、1日目はマトーの陣営に着く翌日の行程の準備に過ぎず、2日目に比重が大きくかかっており、さらに2日目の夜が明けて章が終わることを考えると、この章はむしろ第5章までの奇数章に近いと言うことができる。

太陽の動きについて言えば、両端の章や第7章とは異なり、第8章から第13章までは太陽が「波」から昇ったり沈んだりする場面はないが、第10章でシチリアへ渡る鳩をサラムボーとターナクが見守るところでは次のように描かれる。

　　Une couleur de sang occupait l'horizon. Elles (＝les colombes) semblaient descendre vers les flots, peu à peu ; puis elles disparurent comme englouties et tombant d'elles-mêmes dans la gueule du soleil. Salammbô, qui les regardait s'éloigner, baissa la tête, et Taanach, croyant deviner son chagrin, lui dit alors doucement :
　　— Mais elles reviendront, maîtresse.
　　— Oui ! je le sais.
　　— Et tu les reverras.
　　— Peut-être ! fit-elle en soupirant. (S, p. 181)
（血の色が水平線を満たしていた。鳩の群れは徐々に波の上に降りていくように思われた。それから、太陽の口の中へ呑み込まれて自ら落ちていくかのように姿を消した。サラムボーは鳩の群れが遠ざかるのを見て、首をうなだれた。ターナクは、その悲しみを察したように思って、やさしく言った。
「けれどまた帰ってきますわ、姫君。」
「ええ、それは分かっています。」
「そしてまたご覧になれます。」
「たぶん」と、彼女はため息をつきながら答えた。）

サラムボーはタニットの聖衣を取りにマトーのところに行くべきか迷い、二度と帰って来られないのではないかという不安にさいなまれている。そこで鳩がカルタゴを離れていくことと自分の運命とを重ね合わせながら、彼女は最後にため息をつくのである。叫び声の代わりにため息が出ているものの、太陽、波、血の色といった要素がそろっていて、この場面も両端の章や第7章の引用場面と同様の意味をもっているようにみえる。ただ、ここでは海に消えていくのは太陽ではなく鳩であり、鳩が太陽の口の中に落ちていくように描かれている。つまり、この場面だけを取り出すと、あたかも太陽は不動のものであり、鳩がその日の中に呑み込まれて姿を消すように見えるのである。これは、第7章で太陽から生命を吹き込まれたモロック像が第13章で生贄を呑み込む様を暗示したものにちがいない。鳩と自らを重ね合わせたサラムボーの不安はモロックに呑み込まれるのではないかという不安だと考えることができる。もちろん実際にサラムボーが立ち向かうのはモロック像ではなくマトーなのだから、彼女の内ではモロックとマトーとが一体化しているわけである。立ち向かっていった結果はどうかと言えば、鳩がやがて戻ってくるように、サラムボーもモロックの口に入ることなくカルタゴに帰ってくる。要するに、サラムボーがマトーの陣営まで行って聖衣を取り戻す行程は、モロックの生贄になって呑み込まれそうになって危うく難をのがれた行程とみなすことができる。

第14章 ― モロックに生贄が捧げられた後、ハミルカルは「5ヵ月間」傭兵たちを引きずりまわして（S, p. 242）、「ついに、ある晩」（S, p. 243）彼らを斧の狭道に閉じ込めることに成功する。「19日目に」（S, p. 248）傭兵たちは降伏の意を表明し、十人の軍使が捕虜となる。一方、マトーの率いる軍はテュニスから温泉山に退却し、彼らは「3ヵ月間」さまよう（S, p. 261）。「ある日」（*Ibid.*）カルタゴの近くまで来たマトー軍は、ハミルカルに「翌日、日が昇るころに」ラデス平原で合戦するよう申し入れる（*Ibid.*）。最後の決戦に傭兵軍は敗れ、マトーは捕虜となる。

第14章では日付や月名の記載はなく、その代わり「5ヵ月間」や「3ヵ月間」といった期間が示されている。このように何ヵ月が経過したと書かれて

第 I 部

いるのは、他には第 6 章の「3ヵ月」（*S*, p. 111）だけである。日付や月名の明記されるのが第 7 章から第13章までだから、その前後の章で経過した月数が記されているのは興味深い現象である。

　第15章は、第 1 章と合わせて述べたように、サラムボーとナルハヴァスとの結婚式がおこなわれ、また同時にマトーが処刑される日が描かれる。第14章の最後でマトーが捕虜になってからこの日までに何日が経過したか明らかではないが（カルタゴ市民がマトーの体に爪を食い込ませることができるほど爪がのびるには少なくとも数日は必要である）、この日は « c'était le jour du mariage de Salammbô avec le roi des Numides »（*S*, p. 268）と紹介されていて、第 7 章のように不定冠詞つきの標識になっていない。したがって、第15章の時間の枠組みは、日没で終わっているという点を除けば、第 5 章までの奇数章と同じと考えることができる。

　全15章を見渡して気づくのは、章ごとの時間の枠組みに規則性が見られることである。1 日にせよ 2 日にせよ経過した日数が正確につかめる章をA、そうでない章をBとすると、小説全体ではABABABABBBABBBAとなる。つまり第 6 章まではABが三度繰り返され、第 7 章から第14章まではABBBが二度繰り返されて最後に第 1 章と対をなすようにAが来ているのである。そして、第 6 章までのAと最終章では 1 日（正確に言えば24時間以内）、第 7 章から第14章までのAでは 2 日（24時間から48時間の間）が経過しているといったように、一定のリズムに従って章が構成されていることが分かる。

　今見たのは単に時間枠のみであったが、章の内容や時間標識を考慮に入れると構成はそれほど単純ではない。A及びBに属する章のうち日付や月名を持ったものをそれぞれA', B'とすると、ABABABA'B'BABB'BAとなる。第 6 章までがABの繰り返しでしかもAの章ではすべて夜明けで終わる一方、第14章・第15章がBAと逆になりしかも後の章は日没で終わるといったように、両端の章どうしのみならず、前半の 6 章と終わりの 2 章が二つ折り(ディプティック)をなしている。その間にはさまった日付や月名のある章はどうかと言えば、A'やB'の配列に規則性は見られないが、さらにその間にはさまった日付や月名のない章はBABと交代に並んでいる。

このような章構成にどのような意味があるのかを、太陽の動きと絡めて探っていこう。すでに述べたように、第1章で太陽は「波」から昇り、小説の最後でまた「波」に没するように描かれているが、この対になった二つの場面では太陽はあくまで天上の神であり、地上で猛威をふるっているわけではない。それに対して第7章では太陽の光がモロックの巨像に生命を吹き込み、それはやがて第13章の生贄の場面につながる。そしてこのモロック像が太陽神と一体化して活動し始める第7章と自らの欲望を完全に満たす第13章とが、日付や月名が出てくる最初の章と最後の章になっている。モロックの活動と日付や月名が記されるということとの間に相関関係が見られるのである。また一方、第10章から第12章まではサラムボーがカルタゴを出てマトーから聖衣(ザインフ)を奪って戻ってくる期間にあたっており、それはモロックに飲み込まれずに帰ってくる行程とみなすことができることをすでに述べた。つまりこの三つの章ではモロックよりもサラムボーの力が優勢になっているわけだが、ここでは日付や月名が出てこないといったようにやはり呼応している。このように日付や月名の有無を、戦局の展開にではなく、モロック神に結びつけて考えると小説全体の構成が理解しやすくなるように思われる。まだ太陽の生命が地上のモロック像に一体化する前とモロック神が地上で完全に充足した後は、ABあるいはBAという規則正しいリズムで章は進むが、モロックの活動期にはリズムは乱れる。ただ、その活動期のなかでもサラムボーが活躍する時期はAとBが隣り合うリズムが復活するのである。

　もちろんフローベールは意識的にこのような章構成を小説の構想当初から組み立てていたわけではない。というのは、オネット・オム版『サラムボー』の巻末におさめられたプランのうち最も初期のものでは全体が三部構成で各々8章・10章・5章に分けられているし（S, pp. 292-305）、決定稿にかなり近い内容をもったプランでも « XIV. Banquet de noces sur la terrasse »（S, p. 330）となっていて、章の分割の仕方について揺れ動いているからである。執筆してはまたプランを練り直すという作業を繰り返しながら上に述べた章構成が自然にほとんど無意識的に出来上がったものと思われる。このような過程を経てできたものでありながら、『サラムボー』はフ

ローベールの小説のなかで章ごとに表題のついたただ一つの作品であることから分かるように、各章はまとまった意味をもっており、章構成にも一定のリズムが見られるのである。

日付や月名をめぐる問題

　今までは日付や月名があるかないかということを基準にして議論を進めてきたが、最後にその内容、つまり具体的な日付や月名そのものに論を移そう。まず問題になるのはモロックの神殿である元老が発する「タンムズの月のある朝」(S, p. 132)という言葉である。この言葉は第7章で出てくるのだが、問題にされているのは第5章でマトーが聖衣(ザインフ)を盗み出した朝のことであるから、月名があらわされる箇所とその指し示す内容にずれが生じている。もう一つは言うまでもなく第13章の最初の包囲攻撃の「シェバトの月の13日」(S, p. 215)、新たな攻撃の「ニサンの月の7日」(S, p. 225)とその間にはさまった「夏の終わり」(S, p. 219)との矛盾である。フェイは「夏の終わり」を抹消することによって正確な chronologie を回復させようとしているが[11]、これは逆に考えた方がよさそうである。というのはこの「夏の終わり」という季節の言及に続けて「このようにモロックはカルタゴを掌中にしていた」(S, p. 220)と書かれ、また第9章の「エルールの月の暑さ」(S, p. 173)の後にも「民衆は殺戮の神モロックに素直に傾いていた」(S, p. 174)とあるように、夏という季節とモロック神の支配とが分かちがたく結びついているからである。夏の暑さはモロック神が猛威をふるうことを暗示しているのだから、これを除いて考えると確かに chronologie の矛盾はなくなりはするが、モロック神がこの小説の内的構造の中でもつ極めて大きな意味を見失ってしまうのである。むしろシェバトやニサンという月名の方に問題があると考えるのが妥当であろう。

　ではなぜフローベールはこれらの月名を選んだのか。もちろんフローベールが月名を間違えた可能性もないではない。ただ、たとえば第1章、サラム

---

11) P. B. Fay, *art. cit.*, p. 7.

ボーが月名を名前としてもっている自分の魚に « Syv ! Sivan ! Tammouz, Eloul, Tischri, Schébar ! »（S, p. 51）と呼び掛けるところでは第2月から第11月まで順番を間違えていないし、すでに引用した「真冬のシェバトの月に」（S, p. 135）や「エルールの月の暑さ」（S, p. 173）でも季節と月名との間に食い違いはない。第13章の月名だけ間違えたとは考えにくいのである。ゴトー＝メルシュはフローベールの日付の選択基準の一つとしてユーフォニーを挙げつつも、音の響きという極めて曖昧な基準に全面的には頼らず、作家に「良い日付」を定めさせるのは結局「ひらめきへの神秘的な信仰」だとし、それ以上は何も語らない[12]。神秘というだけでその正体は明らかにしてくれないのである。もちろん神秘的な匂いを漂わせるのは chronologie の面で矛盾を起こしたり、奇妙なあらわれ方をする日付だけであって、第7章のシェバト、第8章のティッビや第9章のエルールは chronologie に関しても矛盾を引き起こすことがなく、言及された季節にも合致するので月名自体に問題はない。要するに、第7章の「タンムズ」と第13章の二つの日付「シェバトの月の13日」と「ニサンの7日」が問題なのである。

　第13章の初めの日付は「第13日」、二番目は「第7日」になっているが、この二つの数字が第7章のハミルカルの宮殿の場面で出てくる。秘宝の隠された地下の穴蔵に入るためにハミルカルは「青銅の薄板の13番目まで」数え、最後に「親指で7度」たたくと壁の一部が扉のように回転する（S, p. 143）。13と7が秘密の扉を開ける暗号ならば、この順番通りにあらわれる第13章の日付もまた神秘に通じる扉の暗号にちがいない。ではその扉の向こうには何があるのか。

　神秘にかかわることなので実証することは不可能なのだが、占星術による解釈を一つの仮説として提示したいと思う。占星術が確立した時代、一年の初めを示す春分点が Bélier（白羊宮）にあったので、白羊宮を第1宮として Poissons（双魚宮）まで黄道十二宮がそれぞれ一年の十二月と対応していることは周知の通りである。同じく春分点を一年の初めとするカルタゴ暦の十

---

12) Claudine Gothot-Mersch, *art. cit.*, p. 51.

第Ⅰ部

二月との対応を見てみると、シェバトはVerseau（宝瓶宮）、ニサンはBélier（白羊宮）にあたる。このVerseauとBélierが第13章におけるカルタゴ包囲攻撃の鍵になっているように思われる。Verseauとはverser＋eauつまり水を注ぐことであり、まさしく大水道が切断されて水が注がれなくなったり貯水池に残った水が傭兵軍を押し流したりすることが問題になるし、Bélierの方は攻撃の途中で何度も言及される破城槌に外ならない。つまりシェバトやニサンは暦の上での月名ではなく、黄道十二宮と対応することによって包囲攻撃の基本モチーフを暗示するものなのである。一方、第7章のタンムズはCancer（巨蟹宮）にあたるが、この章でも第5章でも蟹が問題になっているわけではないから、ここでは宮がモチーフになっているわけではない。しかし、各宮と惑星との対応関係をみると、巨蟹宮は月が支配するただ一つの宮なのである[13]。このことはタンムズが第5章の出来事にかかわるのになぜ第7章で出てきているかを説明する。すでに述べたように月名が記されることとモロック神とは密接な関係があるから、第7章のモロック神殿での場面で出てくるのは自然であるが、内容の方は月の神タニットの聖衣（ザインフ）を盗む日のことであるから、月にかかわるタンムズが選ばれているのである。

　小説の他の箇所でも占星術のことが述べられる場面がある。第10章で、シャハバリムがサラムボーに「魂が黄道十二宮を経て太陽と同じ道を通って地上に降りてくる理論」を説明する（*S*, p.178）と、サラムボーは「そうした観念を現実のものとみなしていたので」魂の通る門を見ようとする（*Ibid*.）。小説ではまさしく、サラムボーの思いと同じく、観念と現実とが混然となって出てきていると言うことができるだろう。つまり時間標識は現実に暦のなかの一点であり、小説のchronologieの指標となるものだが、それと同時に、背後にある神秘的な観念と結びついているのである。

　本章で意図したのは、具体的な日付や月名のみならず「ある日」といった

---

[13] 占星術については以下の文献を参照した。ポール・クーデール『占星術』有田忠郎・菅原孝雄訳，クセジュ文庫，白水社，1973.

曖昧なものをも含めた時間標識のなかに、小説の chronologie 以上のものを読み取ろうとしたことである。この小説の時間を支配しているのは、神としての太陽であり、太陽神はときにはモロック神と一体となって猛威を振るう。暴力の神、復讐の神とされるモロック神と融合した太陽が、傭兵反乱が描かれたこの小説で、時間の主要なリズムをつくりだしていることは自然なことであろう。もちろんその中に月の神タニットなどが介入したり、あるときには占星術に結び付く月名が出てきて、小説全体をかたちつくっているのである。サラムボーやマトーといった登場人物が近代的な意味で個性的な人物では全くなく、つねに背後にいる神に動かされて行動している印象を与えるのと同様に、時間の構造やリズムもまた背後の神や神秘的なものに支配されていると言えるだろう。

第 3 章 『感情教育』における空間と主語

　1864年10月6日のルロワイエ・ド・シャンピー宛て書簡で、フローベールは「いま私はひと月前から、パリを舞台にした現代風俗の小説に取り組んでいます」（*Corr.*, III, p. 409）と書いている。実際、およそ4年半の執筆期間を経て1869年11月に刊行された『感情教育』は、ノジャン、フォンテーヌブロー等が描かれる場面もあるものの、本質的には「パリの小説」である。それは単にパリの街が主要な舞台だということにとどまらず、主人公フレデリックにとって「唯一の場所」（*ES*, p. 120）と記されるように、彼はこの街の大通りや、行きかう馬車や、カフェやレストランなどに身をゆだねることによってのみ、生を感じる人間として描かれているからである。

　この小説におけるパリを扱った研究は少なからずあり、たとえばベルナール・マソンはフレデリックが左岸から右岸へと住居を変えるのに対し、アルヌーは逆に右岸から左岸へと移っていくなど、セーヌ河を軸にして物語が展開していくことを指摘しているし[1]、マリー＝クレール・バンカールはフローベールが1840年代のパリの姿に、オスマンによって大きく変貌をとげた後のパリの要素を巧みに織り込んでテクスト上のパリ空間をつくりあげたと述べている[2]。また、ピエール・ブルデューは『芸術の規則』において、パ

---

[1] Bernard Masson, « Paris dans *L'Éducation sentimentale* : Rive gauche, rive droite », in *Histoire et langage dans* L'Éducation sentimentale *de Flaubert*, C.D.U. et SEDES, 1981, pp. 123-128.

[2] Marie-Claire Bancquart, « L'espace urbain de *L'Éducation sentimentale* : intérieurs, extérieurs », in *Flaubert, la femme, la ville*, PUF, 1983, pp. 143-157.

第 3 章　『感情教育』における空間と主語

リという空間に「権力場」を読み取り、「この構造化され階層化された空間の中で、社会的軌道のうち上昇軌道と下降軌道がはっきり区別される」ことを指摘している[3]。

しかし本章で目指すのは、登場人物の足取りをパリの地図の中に追うことでも、二月革命以前のパリと第二帝政期のパリを比較することでもなくて、素直にテクストに沿って、パリという空間とりわけ室内空間がどのように表象されているか、フレデリックはどのようにして新たな空間に入っていくのか、どのようにして出ていくのかをたどっていくことである。特に、主人公が新たな空間に入るとき、何が主語（主体）として選ばれているのか、どのような表現が用いられているのか、といった言語上の問題にも踏み込んで、各々の空間の意味するもの、さらには小説全体の空間的な構造を探ろうとする試みである。

ダンブルーズ邸

小説冒頭、フレデリックが船の上から眺めたパリはすぐさま物語から消え（ES, p. 47）、彼にとって実際のパリでの生活が始まるのは、第 1 部第 3 章、ノジャンでの隣人ロック老人の紹介状を携えて、アンジュー通りにあるダンブルーズ邸を訪問するときからである。訪問の場面は 8 つの段落からなるが、まずその 6 つを引用する。

> Quand il eut poussé une des deux portes cochères, il traversa la cour, gravit le perron et entra dans un vestibule pavé en marbre de couleur.
>
> Un double escalier droit [...] s'appuyait contre les hautes murailles en stuc luisant. Il y avait, au bas des marches, un bananier [...]. Deux candélabres de bronze tenaient des globes de porcelaine [...] ; les soupiraux des calorifères béants exhalaient un air lourd ; et l'on n'entendait

---

3) Pierre Bourdieu, *Les règles de l'art : Genèse et structure du champ littéraire*, Seuil, 1992, p. 71.

que le tic tac d'une grande horloge […].

　Un timbre sonna ; un valet parut, et introduisit Frédéric dans une petite pièce, où l'on distinguait deux coffres-forts […]. M. Dambreuse écrivait au milieu sur un bureau à cylindre.

　Il parcourut la lettre du père Roque, ouvrit avec son canif la toile qui enfermait les papiers, et les examina.

　De loin, à cause de sa taille mince, il pouvait sembler jeune encore. Mais ses rares cheveux blancs, ses membres débiles et surtout la pâleur extraordinaire de son visage accusaient un tempérament délabré. Une énergie impitoyable reposait dans ses yeux glauques […]. Il avait les pommettes saillantes […].

　Enfin, s'étant levé, il adressa au jeune homme quelques questions sur des personnages de leur connaissance, sur Nogent, sur ses études ; puis il le congédia en s'inclinant. Frédéric sortit par un autre corridor et se trouva dans le bas de la cour, auprès des remises.（*ES*, p. 62）

（彼は両開きの正門の片方を押し開くと、中庭を横切り、正面の階段をのぼって、色のついた大理石の敷かれた玄関に入った。

　二重のまっすぐな階段が［…］光った漆喰の高い壁にもたれかかっていた。階段の下にはバナナの木があった［…］。二つの青銅の燭台が陶器の球を支えていた［…］。暖房器の口が開いて重い空気を吐き出していた。大きな時計のチックタックという音しか聞こえなかった［…］。

　呼び鈴が鳴った。従僕があらわれて、フレデリックを小さな部屋に通した。そこでは、二つの金庫が目にとまった。ダンブルーズ氏は部屋の真ん中で、巻き込み蓋のついた机で書きものをしていた。

　彼はロック老人の手紙に目を通すと、書類を包んだ布をナイフで開け、書類を調べた。

　遠くからは、痩身のせいで、彼はまだ若いように見えた。しかし、まばらな白い髪、弱々しい手足、とりわけ顔の尋常ではない蒼白さが、衰えた体質であることをはっきり示していた。仮借ない活力が青緑色の目に宿っていた

［…］。突き出た頬骨をしていた［…］。

　彼はようやく立ち上がると、青年に知人のことや、ノジャンのこと、学業のことについていくつか質問をし、それからお辞儀をして、帰ってもらうようにした。フレデリックは別の廊下を通って出て、中庭の下手の馬車小屋のそばに来た。)

言語の面で興味深いのは主語の使い方である[4]。第１段落の４つの動詞の主語はすべて il、つまりフレデリックであるのに対し、第２段落から第５段落までは彼は主語にはなっていない。引用の最後の文の « Frédéric sortit » は明らかに第１段落の « il [...] entra » に呼応しているが、両者の間にはフレデリックが主語になる文がない。作家はたとえば、« Un timbre sonna » の代わりに « Frédéric sonna » と書いたり、あるいはダンブルーズ氏の質問に対して « il répondit... » と書くこともできたのに、そうはしなかった。フレデリックが主語としては用いられないということは、作者が彼を自動人形のように描こうとしたことを意味するにちがいない。その意図をより明らかにするために、何が主語として用いられているのかを見てみよう。« il [...] entra » と « Frédéric sortit » の間の18の主語のうち、ダンブルーズ氏（代名詞も含めて）が６回、従僕が１回、on が２回、非人称の il が１回、それら以外の名詞（「階段」「燭台」等）が８回、使われている。二度使われている on（« l'on n'entendait que le tic tac »、« l'on distinguait deux coffres-forts »）は、少々奇妙な用法のように思われる。というのも、時計の音を聞くのも、金庫を目にするのも、フレデリック一人であり、特に distinguer には見分けるという視線の能動性が感じられるだけに、主語を il（あるいは le jeune homme 等）にする方がむしろ自然だからである。この

---

[4] ピエール・コニーも『感情教育』に関する書物の中で主語を扱っている（Pierre Cogny, *L'Éducation sentimentale, le monde en creux*, coll. « Thèmes et Textes », Larousse, 1975）。しかし、この本は彼の言う la « plurilecture »（*Ibid.*, p. 9）を実現するために、さまざまな方法論を混ぜ合わせたものであり、主語に関する分析も部分的にしか（*Ibid.*, pp. 85-86, p. 251）おこなっておらず、それも成功しているとは言い難い。

第Ⅰ部

on がダンブルーズ家に出入りする人々をも含むならば、ここでフレデリックはそのような人々の中に埋没していることになる。

　上記の場面に続く二つの段落を見てみよう。

> 　Un coupé bleu [...] stationnait devant le perron. La portière s'ouvrit, une dame y monta et la voiture, avec un bruit sourd, se mit à rouler sur le sable.
>
> 　Frédéric, en même temps qu'elle, arriva de l'autre côté, sous la porte cochère. L'espace n'étant pas assez large, il fut contraint d'attendre. La jeune femme, penchée en dehors du vasistas, parlait tout bas au concierge. Il n'apercevait que son dos, couvert d'une mante violette. Cependant, il plongeait dans l'intérieur de la voiture [...]. Les vêtements de la dame l'emplissaient ; il s'échappait de cette petite boîte capitonnée un parfum d'iris [...]. (*ES*, p. 62)
>
> （青い箱型馬車が［…］正面階段の前にとまっていた。扉が開いて、一人の婦人が乗ると、馬車は鈍い音をたてて砂の上を走り始めた。
>
> 　フレデリックは、馬車と同時に、正門の反対側に来た。場所があまり広くないので、彼は待っていなければならなかった。若い女性は小窓の外に身をかがめて、門番に低い声で話していた。彼には紫色のマントに覆われた背中しか見えなかった。しかし、彼は馬車の中を覗きこんだ［…］。婦人の衣装が中いっぱいにひろがっていた。この布張りの小さな箱からアイリスの芳香がもれていた［…］。）

最後の段落の最初の二つの文がフレデリックを主語としていて、彼のいる位置や周りの状況をあらわしていることは、さきほど引用した最初の段落の文と同じである。この最後の段落と、上記の6つの段落とで異なるのは、onではなく、il が婦人（ダンブルーズ夫人）の背中を、そして彼女が座る馬車の内部を見ることである。両者とも同じフレデリックが見ているのだから、on から il への移行は主体（sujet）と客体（objet）との関係の変化のためだ

と考えざるをえない。ここでフレデリックは馬車の中に入ったダンブルーズ夫人を覗きこんでいるのだから、覗き行為とともに、主語は on から il へ移行したのだと考えることができるだろう。

この覗き行為と主語の移行に関する仮説を確認するために、第2部第2章におけるダンブルーズ邸への二度目の訪問の場面を見てみよう。

> Le banquier, comme la première fois, était assis à son bureau [...]. [...]
> [...] Frédéric observa surtout deux coffres monstreux [...]. Il se demandait combien de millions y pouvaient tenir. Le banquier en ouvrit un, et la planche de fer tourna, ne laissant voir à l'intérieur que des cahiers de papier bleu. (*ES*, p.175)
> （銀行家は、最初のときのように、机にむかって座っていた［…］。［…］
> ［…］フレデリックはとりわけ二つのとてつもなく大きな金庫に目をむけた。何百万くらいそこに入っているのかと思った。銀行家はそのうちの一つを開けた。鉄の板が回ると、中に青い紙の綴りだけが見えた。）

最初の訪問と同様、フレデリックは二つの金庫に目をとめるのだが、ここでは、同じ部屋の同じ金庫であるにもかかわらず、on ではなく、Frédéric と il が主語になっている。彼はダンブルーズ氏が開けた金庫の中にいくらくらいのお金が入っているのかと思いながら盗み見ているのだから、やはり覗き行為をしていることになる。最初の訪問でも、フレデリックが馬車の中を覗いたときに、主語が on から il に移行していたのだから、覗き行為と主語の変化の間には密接な関係があることになる。

ところで、覗き行為をした二つの場面において、フレデリックは求める対象を見ることに必ずしも成功していない。ダンブルーズ夫人は背中しか見えなかったし、金庫の中身も札束ではなく、青い紙の綴りが見えただけである。見たいと思っていたダンブルーズ夫人のすべてと金庫の中身を見るのは、第3部第4章である。すでにフレデリックの愛人になっている（ということは彼は夫人のすべてを見たことになる）ダンブルーズ夫人が、自分にすべての

第Ⅰ部

財産を譲ると書いているはずの遺書が見当たらないと告げる。

 Les deux coffres-forts bâillaient, défoncés à coups de merlin, et elle avait retourné le pupitre, fouillé les placards, secoué les paillassons, quand tout à coup, poussant un cri aigu, elle se précipita dans un angle où elle venait d'apercevoir une petite boîte […] ; elle l'ouvrit, rien !
 […]
 — Il（= le testament）est peut-être ailleurs ? dit Frédéric.
 — Eh non ! il était là ! dans ce coffre-fort. Je l'ai vu dernièrement. Il est brûlé ! j'en suis certaine !（*ES*, pp. 363-364）
（二つの金庫が斧で割られて、あんぐり口を開けていた。書き物机をひっくり返し、戸棚をかき回し、靴ふきを振るっていたが、そのとき出し抜けに、小さな箱を見て、鋭い叫び声をあげながら、部屋の隅に駆け出した［…］。開けたが、何もない！
 ［…］
「遺書はたぶん他のところにあるのでしょう」と、フレデリックは言った。
「いいえ、あったのよ、この金庫の中に！　私この間見たの。燃やしたんだわ！きっとそうよ！」）

「私この間見たの」というダンブルーズ夫人の言葉は、彼女が夫の死の前に遺書を盗み見たことを示している。夫人もフレデリックと同じ金庫の中身を覗き、しかも金庫を壊すことによって中身を暴いたということは、無意識であるにせよ、彼の共犯者ということになる。もちろん二人ともダンブルーズ氏の財産を求めているのだが、見たいと思う具体的な対象は、フレデリックの方は金庫に入っているはずの「何百万」という札束、夫人の方は「遺書」という点で微妙に違っている。第2部第2章でフレデリックが実際に見た「青い紙の綴り」は夫人の見たがっていた遺書（あるいはそれに類する書類）だったかもしれないが、とにかく、結果としては、二人ともそれぞれ目指す対象に到達することはできないのである。

以上、ダンブルーズ邸における三つの場面の分析を通して、主語に関して3つの段階が浮かび上がる。1）本来フレデリックが主語になるべき場面でon（邸に出入りする不特定の人々）の中に埋没している。2）フレデリックが馬車の中、あるいは金庫の中を覗きこもうとすると、主語はilとなる。3）別の人物（ダンブルーズ夫人）が彼の覗き行為に無意識に加担して、金庫の中身を暴いてみせる。また、これら三つの場面でいずれも「箱」が問題になっていることが分かる。最初の訪問で、フレデリックは金庫《 coffres 》を目にするし、馬車も「この小さな箱」《 cette petite boîte 》（*ES*, p. 62）と表現される。二度目の訪問でも金庫が再び登場するし、第3部ではその金庫が壊され、その代替物として、ダンブルーズ夫人は部屋の隅にある「小さな箱」《 une petite boîte 》（*ES*, p. 364）を見つけ、その中を開ける。これらのことから、フレデリックという見る主体（sujet）と見る対象（objet）を次のように整理することができるだろう。まず彼は箱のかたちをした閉ざされた空間の前でonの中に埋没しており、次に箱の中身をちらっと覗き見たとき、onからilが浮かび上がり、やがて別の人物が覗きの共犯者となって中身を見せてくれるが、目指す対象にたどりつくことはできない。フレデリックと彼が中身を見たいと思う箱との関係を図式化すると、on → il（= voyeur）→ il + un[e] autre となる。このような基本的な図式は他の空間の場合もあてはまるのかどうか、順に見ていこう。

アルヌーの店と住居

　第1部第3章、ダンブルーズ邸を出たフレデリックはモンマルトル通りのアルヌーの店の前を通りかかる。

> 　［...］il s'avança vers la boutique ; il n'entra pas, cependant, il attendit qu'elle（= Mme Arnoux）parût.
> 　［...］On apercevait, contre les murs, de grands tableaux, dont le vernis brillait, puis, dans le fond, deux bahuts ［...］; un petit escalier les séparait, fermé dans le haut par une portière de moquette ［...］. (*ES*, p. 63)

（[…] 彼は店の方に歩いていったが、中には入らず、あの人があらわれるのを待った。

　[…] 壁にはニスの光る大きな絵が、そして奥には二つの戸棚が見えた［…］。小さな階段が二つの戸棚の間にあり、上の方はモケットのカーテンでふさがれていた［…］。）

　第 2 段落が示すように、ここで店の中を見ているのは on であり、on のまなざしは壁の絵から、店の奥の二つの戸棚を経て、階段の上の方へと移っていくが、カーテンが掛かっていてその先には行かない。フレデリックが見たいと思っているのは、壁にかかった絵や戸棚の装飾品などではなく、船の上で出会ったアルヌー夫人の姿なのだが、階段の上の方は « fermé » になっていて、彼女がいるはずの場所は全く見えない。これはちょうどダンブルーズ邸の金庫を前にしたフレデリックと同じ状況であり、主語が il ではなく、on になっているのも頷ける。

　この階段をフレデリックが上がるのは第 1 部第 4 章、ユソネという友人の紹介で彼はアルヌーの仕事場に入る： « Frédéric traversa la boutique, monta l'escalier » (ES, p. 73)。ダンブルーズ邸の玄関に入る場合と同様に、フレデリックが主語になっているが、この文の後、« Frédéric accompagna Pellerin » (ES, p. 76) という文とともに彼が外に出るまで、会話の中を除く 89 の主語のうち、フレデリックが主語になるのは 2 回だけである。その二つの例を以下に引用する。

　Cette parole ramena la pensée de Frédéric sur Mme Arnoux. Sans doute, on pénétrait chez elle par le cabinet près du divan ? Arnoux, pour prendre un mouchoir, venait de l'ouvrir ; Frédéric avait aperçu, dans le fond, un lavabo. (ES, p. 74)
　（この言葉はフレデリックの考えをアルヌー夫人に連れ戻した。たぶん、長椅子のそばの小部屋を通れば彼女の部屋に入ることができるのだろう。アルヌーはハンカチを取りに小部屋を開けたところであった。フレデリックは奥

の手洗い台を目にとめた。)

　La porte, près du divan, s'ouvrit, et une grande femme mince entra [...].
　[...]
　Arnoux [...] conduisit Mlle Vatnaz dans le cabinet.
　Frédéric n'entendait pas leurs paroles ; ils chuchotaient. Cependant, la voix féminine s'éleva :
　— Depuis six mois que l'affaire est faite, j'attends toujours ! (*ES*, pp. 75-76)
　(長椅子のそばの扉が開き、背の高い痩せた女性が入ってきた［…］。
　［…］
　アルヌーは［…］ヴァトナ嬢を小部屋に連れて行った。
　フレデリックに二人の話は聞こえなかった。二人はひそひそ話をしていた。そうする間に、女性の声が高くなった。
　「事が決まってから6ヵ月、わたしずっと待っているのよ。」)

　最初の場面で、フレデリックはアルヌー夫人がいると信じる小部屋の中を扉の隙間から覗き込むのだが、次の場面でこの小部屋の扉が開き、中から出てきた女性は夫人ではなく、ヴァトナ嬢である。そして二人のひそひそ話がよく聞き取れないにもかかわらず、ヴァトナ嬢が高い声でしゃべった言葉が聞き取れたということは、フレデリックは二人の会話を聞き取ろうとしている間、耳をそばだてていたのであろう。おそらく彼は、二人の会話から少しでもアルヌー夫人に関する情報を得ようと必死であったのだと思われる。このようにフレデリックは、主語としてFrédéricが用いられている二つの場面で、愛する女性がいる空間を求めて、覗き行為をしているだけでなく、立ち聞きもしているのである。
　しかし、数日後、« [...] elle s'en retourne chez elle, à la maison » (*ES*, p. 79) というアルヌーの言葉によって、夫人がモンマルトル通りに住んで

はいないことを知り、フレデリックはそれまで全く見当違いの空間を探索していたことに愕然とする。しばらく後、突然アルヌーが自宅に招待すると、彼はショワズール通りへと向かう。

> Frédéric s'arrêta plusieurs fois dans l'escalier, tant son cœur battait fort. Un de ses gants trop juste éclata ; et, tandis qu'il enfonçait la déchirure sous la manchette de sa chemise, Arnoux, qui montait par derrière, le saisit au bras et le fit entrer. (*ES*, p. 83)
> （フレデリックは階段の途中で何度か立ち止まった。それほど心臓がどきどきしていたのである。手袋の片方がきっちりしすぎて、はじけてしまった。その裂け目をシャツの袖口に押し込んでいると、アルヌーが後ろから上がってきて、彼の腕をとり、中に入れた。）

ここで扉を開けるのはフレデリックではなく、アルヌーである。先に見たようにフレデリックがアルヌーの店の階段の上を見るときは on の中に埋没していたが、その階段の上にある二階の小部屋の中を覗き込み、そこから出てきた女性とアルヌーの会話を立ち聞きするときは Frédéric が主語になり、最後に目指す空間を開けるのはアルヌーの役目になる。アルヌーの店および住居の場合も on → il (= voyeur) → il + un[e] autre という図式が成立しているのである。ただし、ダンブルーズ邸の場合は常に同じ部屋、同じ金庫が問題になるのに対し、アルヌー夫人探しの行程では、はじめフレデリックは夫人の住まいではない場所を見、覗いていて、アルヌーの言葉によってはじめて自分の求めていたものが違う場所であることを教えられる。そして、un autre であるアルヌーは、ダンブルーズ夫人が金庫を開けるのと同じく、扉を開けるのだが、夫の遺書を見つけられないダンブルーズ夫人とは異なり、本当にアルヌー夫人がいる空間にフレデリックを導くのである。

ところで、このアルヌー家への最初の訪問の中で、フレデリック（代名詞を含めて）は20回主語になる。アルヌーの店の二階を訪れたときは2回しかなかったことを考えると、かなり数が増えていることになる。続く場面、た

とえば第1部第5章のサン＝クルーの別荘へ招待される場面では27回、第2部第1章では ils（＝Frédéric ＋ une autre personne）を含めると29回になる。最初のアルヌー家の訪問の後、フレデリックが主語になる回数に大きな変化がないということは、この最初の訪問が一つの大きなステップであったことを示している。

アルヌー夫人を求める旅はまだ続き、今度は二人だけでいる空間を求める。ある日アルヌーが旅行に出かけたことを知り、フレデリックはショワズール通りに赴く。

> Il monta vivement l'escalier, tira le cordon de la sonnette […].
>
> […] Un carillon retentit, s'apaisa par degrés ; et l'on n'entendait plus rien. Frédéric eut peur.
>
> Il colla son oreille contre la porte ; pas un souffle ! Il mit son œil au trou de la serrure, et il n'apercevait dans l'antichambre que deux pointes de roseau, sur la muraille, parmi les fleurs du papier. Enfin, il tournait les talons quand il se ravisa. Cette fois, il donna un petit coup, léger. La porte s'ouvrit ; et […] Arnoux lui-même parut. (*ES*, p. 98)
>
> （彼は勢いよく階段を上がり、呼び鈴の紐を引いた […]。
>
> […] 鐘の音が響きわたった。だんだんと静まり、もう何も聞こえなくなった。フレデリックは恐怖を感じた。
>
> 彼は扉に耳を押しつけてみた。ことりとも音がしない！彼は目を鍵穴にあてたが、控えの間に壁紙の花模様の間に二本の葦の先が見えただけだった。ようやく彼は踵を返そうとしたが、思い直した。今度は軽く、ちょっと叩いた。扉が開いた。そして […] アルヌー自身があらわれた。）

第2段落、閉じた扉の前で « l'on n'entendait plus rien » と、on が用いられ、その次にフレデリックはおそらくアルヌー夫人が病気にでもなったのかという恐怖にとらわれ、次の段落で il が聞き耳をたて、鍵穴から覗きこむ。そしてここでもまた un autre であるアルヌーが扉を開けてフレデリックを

第 I 部

中に導き入れるのだから、先程と同じ図式が成り立つことになる。ただ、最初の訪問のときと同じ空間でありながら、求める対象であるアルヌー夫人はそこに不在であり、フレデリックは意気阻喪する。

　彼が夫人と二人きりになる空間に入ることができるのは第1部第5章、サン＝クルーの別荘へ招待される場面である。まず、別荘の敷地へ入るとき、« La porte de la grille étant ouverte, Frédéric entra. »（*ES*, p. 112）と書かれているように、格子の門はすでに開いている。この門はおそらくいつも開けっ放しというわけではなく、客人が来るのを見越してアルヌー家の誰かが開けたのであろう。やはり un[e] autre がフレデリックを導き入れたのである。この別荘で、フレデリックはアルヌー夫人に思いを打ち明けるわけではないが、少なくともここで二人の間に親密さが芽生える。

>　　Ils causèrent de ce que l'on disait. Elle admirait les orateurs ; lui, il préférait la gloire des écrivains. [...]
>　　[...] C'était la première fois qu'ils ne parlaient pas de choses insignifiantes. (*ES*, p. 114)
>　　（彼らは皆がしゃべっていることについて話した。彼女は弁舌家たちに感嘆し、彼は作家の栄光を好んだ。[…]
>　　[…] 彼らが無意味でないことを話したのは初めてだった。）

フレデリックとアルヌー夫人は他の招待客とは離れて話しているが、このようなつながりは、引用最初の文において、主語ils（＝Frédéric ＋ Mme Arnoux）と他の招待客たちをあらわす on の分離というかたちで明確化されている。この小説でフレデリックとアルヌー夫人が ils として初めて使われているこの場面で、ようやく主人公の青年は on から離れて、目指す女性のいる空間に入ったのである。

　しかし、このような空間はフレデリック家の破産状態が分かって（*ES*, p. 119）あっけなく潰え、3年間のノジャンでの生活、そして叔父の遺産相続の通知（*ES*, p. 126）とともに第1部は終わる。

空間の中のフレデリック

　第2部冒頭、パリに戻ったフレデリックはアルヌーの家に駆けつけるが、住居が変わっていて、再びアルヌー夫人を探すべく、パリの街をさまよう。アルヌーの住所を知っているはずのルジャンバールをカフェで待つ。

　　　La pluie sonnait comme grêle sur la capote du cabriolet. Par l'écartement des rideaux de mousseline, il apercevait dans la rue le pauvre cheval [...]. [...] le cocher, s'abritant de la couverture, sommeillait ; mais, craignant que son bourgeois（＝Frédéric）ne s'esquivât, de temps à autre il entr'ouvrait la porte [...]. (*ES*, p. 135)
　　（雨がカブリオレ馬車の幌の上にあられのような音をたてていた。モスリンのカーテンの隙間から、彼はあわれな馬が通りにいるのを見ていた［…］。［…］御者は毛布をかぶってうとうとしていたが、自分のお客さんが逃げはしないかと心配して、ときおり扉を少し開けた［…］。）

2番目の文が示すように、主語 il としてフレデリックはカーテンの隙間から外でじっと待っている馬を見ているが、これは必ずしも覗き行為とはいえない。覗いているのはむしろ御者であり、カフェの中にいるフレデリックの姿を確認するために扉を開いている。主人公の青年は今や « bourgeois » であって、見られる対象なのである。先に見た場面とは異なり、il の方が閉じた空間の中にいて、un autre が扉を開けてフレデリックのいる空間を覗き込んでいる。

　やがてカフェの主人からルジャンバールの馴染みのカフェではないことを知ったフレデリックは、再び探索を開始し、ようやくアルヌーがパラディ＝ポワソニエール通りに住んでいることを知り、そこに駆けつける（*ES*, p. 136）。苦労の末、やっと見つけ出したアルヌー家であったが、フレデリックには「アルヌー夫人と以前見知っていた環境でまた会うことができないと、彼女は何かを失ってしまったように、位が下がったようなものを漠然と持っているように、要するに同じ女性ではないように思われた」のである（*ES*,

p. 137）。「以前見知っていた環境」« le milieu où il l'avait connue » という表現は、フレデリックのアルヌー夫人に対する感情がいかに空間に結びついているかを示している。彼は夫人と二人きりでいて、思いを打ち明ける空間、さらに自分の愛人にする空間を新たに探していかなければならない。

　この3年ぶりの再会から、第2部第6章でオトゥーユの別荘において親密な関係になる（ES, pp. 269-272）まで、ダンブルーズ邸の三つの場面や第1部で見られた on → il (=voyeur) → il + un[e] autre という図式は見られない。逆にフレデリックは覗き行為に類することをされる方になっている。たとえば、アルヌー夫人は、夫のアルヌーが「彼らを二人きりで残していってから、戻ってきて扉のうしろから聞いていたが、二人とも差しさわりのない話をしているので、そのとき以降は安心している」とフレデリックに語る（ES, p. 273）。このようにアルヌーが聞き耳を立てる行為は、第2部第1章で御者がカフェの扉を開けて中を覗き込むのと同様に、un autre がフレデリックのいる空間を外から探っているのである。また、御者が覗き込む空間が本当に主人公が望む対象を得る場ではなかったのと同じく、アルヌーの家の空間も、アルヌー夫人が一緒にいるにもかかわらず、フレデリックが求める空間ではなかった。第2部第6章で彼は恋の「証拠」を見せてほしいと言って夫人に迫り、逢引の約束を取り付ける（ES, p. 274）。

　トロンシェ通りのホテルに部屋を借りたフレデリックは約束の時間に夫人を待つが、夫人は来ない。彼は自暴自棄になり、翌日ロザネットの住まいに行き、午後は革命に沸き立つ群衆を窓から眺める：« Ils passèrent l'après-midi à regarder, de leur fenêtre, le peuple dans la rue. » （ES, p. 281）。この主語の ils（=Frédéric + Rosanette）は第1部第5章の ils（=Frédéric + Mme Arnoux）に入れ替わるように登場している。二人は外に出て、トロンシェ通りに向かう。

> Alors, par un raffinement de haine, pour mieux outrager en son âme Mme Arnoux, il l'(=Rosanette)emmena jusqu'à l'hôtel de la rue Tronchet, dans le logement préparé pour l'autre. (ES, p. 282)

（そのとき、憎悪が極まり、心の中でアルヌー夫人をよりひどく侮辱するために、彼はロザネットを、トロンシェ通りのホテルへ、別の人のために用意した部屋の中に連れて行った。）

引用の最後の « l'autre » は言うまでもなくアルヌー夫人である。トロンシェ通りのホテルの部屋は夫人との秘密の愛をたのしむためにつくった空間であったが、愛情は「憎悪」に変わり、彼女は「別の人」になってしまう。もちろんこの l'autre は、フレデリックが空間に入るのを手伝ったり、あるいは空間の中にいる彼を覗き込んだりした un[e] autre とは別物であって、愛の対象そのものがいわば疎外された姿である。新たな ils（＝Frédéric + Rosanette）の構築とともに、そこから夫人は l'autre として排除されてしまう。トロンシェ通りの部屋を誰が開けたのかは上記の場面では記載がないが、「彼は部屋の鍵をポケットに入れた」（ES, p. 275）とあるのだから、間違いなくフレデリック自身が開けたのである。このようにして主人公にとって究極の空間になるはずだったトロンシェ通りの部屋を彼自ら開けて、その空間の価値を否定してしまう。

フレデリックはこうしてアルヌー夫人のことをあきらめるのだが、第3部第2章では、彼女に再び会う。ダンブルーズ家の夕食に招待されたフレデリックは偶然アルヌー夫妻と同じテーブルになるが、夫人に対してまだ恨みをもっていて、二人のやりとりはぎこちないものとなる（ES, p. 330）。それは第1部第6章から第2部にかけてあらわれた ils（＝Frédéric + Mme Arnoux）という主語がこの場面では存在しないことでも示されている。この ils という指標が再びあらわれるのは第3部第3章、フレデリックがアルヌー家を訪ね、偶然夫人と再会するときである。

Elle le regarda froidement.
— Vous oubliez l'autre ! [...] La femme dont vous avez le portrait, votre maîtresse.
[...]

Un sanglot de tendresse l'avait soulevée. Ses bras s'écartèrent ; et ils s'étreignirent debout, dans un long baiser.

Un craquement se fit sur le paquet. Une femme était près d'eux, Rosanette. [...]

[...]

— Allons, viens !

— Ah ! oui ! c'est une occasion ! Partez ! Partez ! dit Mme Arnoux.

Ils sortirent.（*ES*, pp. 342-343）

（夫人は彼を冷たく見つめた。

「あなたは別の人をお忘れよ。［…］あなたが肖像画をお持ちのあの女性、あなたの恋人！」

［…］

情に動かされてすすり泣きながら夫人は立ち上がった。両腕が開いた。彼らは立ったまま、長い口づけに、抱き締めあった。

きしむ音が床の上にした。ひとりの女性が二人のそばにいた。ロザネットだ。

［…］

「さあ、行くわよ。」

「ええ、いい頃合いですわ。行ってください、行ってください。」とアルヌー夫人が言った。

彼らは外に出た。）

今度はアルヌー夫人が最初の言葉で、ロザネットを « l'autre » と呼ぶ。夫人はフレデリックを突き放そうと彼の愛人のことを持ち出しているのだが、彼の真摯な言葉に情が移り、彼と抱き合って口づけをする。結果としてみると、ロザネットを « l'autre » として排除することによって、« ils s'étreignirent » で ils（＝Frédéric ＋ Mme Arnoux）が再び構築されているのである。そこへいつの間にかロザネットがやってくる。彼女がどのようにしてこの部屋までやってきたのか明確ではないが、とにかく彼女はフレデリックと

アルヌー夫人の話を立ち聞きし、二人が抱き合う姿を盗み見していたのである。このように l'autre は ils（＝Frédéric ＋ Mme Arnoux）のいる空間を覗き込んで、さらにその空間を否定してしまう。そして最後の « Ils sortirent » で、ils（＝Frédéric ＋ Rosanette）が再び構築される。

空間の中に入る人物たち

　フレデリックがアルヌー夫人と抱き合う場面の後、第3部第6章の夫人の最後の訪問まで、二人が直接会うことはなくなるのだが、その間にも彼がアルヌー家を訪れる場面はある。第3部第4章の終わりで、ペルランはアルヌーが多額の負債を抱えていて、夫人とともにパリを離れないといけなくなるかもしれないと、フレデリックに教える。彼はダンブルーズ夫人から金を借りて、パラディ通りのアルヌーの家に駆けつける。

> 　　［…］Frédéric, ayant monté l'escalier comme une flèche, colla son oreille contre la serrure. Enfin, on ouvrit. Madame était partie avec Monsieur. La bonne ignorait quand ils reviendraient ［…］.
> 　　Tout à coup un craquement de porte se fit entendre.
> 　　— Mais il y a quelqu'un ?
> 　　— Oh ! non, monsieur ! C'est le vent. (*ES*, pp. 380-381)
> 　　（フレデリックは階段を矢のように駆け上がって、鍵穴に耳を押し付けた。ようやく入口が開いた。奥様は旦那様と出かけられた。二人がいつ戻るのかは女中には分からなかった［…］。
> 　　突然、扉のきしむ音が聞こえた。
> 　　「でも誰かいるのでは？」
> 　　「いいえ。あれは風です。」）

第1部第5章でショワズール通りのアルヌーの家の閉じた扉に耳を押し当てた（*ES*, p. 98）のと同様に、フレデリックは再び聞き耳を立てる。扉が開いて、女中がアルヌー夫人は夫と出かけて、いつ戻るか分からないと言う。

第Ⅰ部

　第1部第5章でアルヌーが出てきて夫人が不在であることが分かったのと同じ結果になっているようだが、実はそうではない。約16年後フレデリックの家を訪れたアルヌー夫人は当時の状況を説明して、「自分は彼が中庭を通るのを見て、隠れた」と言う：« Elle l'avait aperçu dans la cour, et s'était cachée. »（*ES*, p. 393）。この夫人の言葉からは夫人がどこに隠れたのかは判然とはしないが、第3部第4章の場面での「扉のきしむ音」と女中の「あれは風です」という言葉を併せて考えると、夫人は自分の部屋にいて、入口の扉の陰に隠れていたことが推察される。要するに、フレデリックは夫人のいる空間の前にたどりつくのだが、夫人は奥の部屋に閉じもこって、彼の前に姿を見せることを拒んでいるのである。

　第3部第6章のアルヌー夫人の最後の訪問を見てみよう。フレデリックが一人書斎にいるとき、夫人が入ってくる：« comme il était seul dans son cabinet, une femme entra. »（*ES*, p. 392）。まるで、かつてフレデリックが自分の部屋の中に入ることを拒んだことの埋め合わせをするかのように、彼の部屋に（おそらく自分で扉を開けて）入ってくる。そして二人はかつての日々について語り合う：« Ils se racontèrent leurs anciens jours »（*ES*, p. 393）。ここで再び ils（＝Frédéric ＋ Mme Arnoux）がつくられるのだが、やがて彼は「何か言い表せないもの、ある反撥、近親相姦の恐れといったもの」を感じる（*ES*, p. 395）。そのような感情に呼応するかのように夫人は、彼の額に母親のようにキスをする：« Elle le baisa au front comme une mère. »（*Ibid.*）。二人きりの空間をあれほど追い求めていたフレデリックであったが、彼の方が「反撥」を感じ、ils（＝Frédéric ＋ Mme Arnoux）の空間に再び l'autre を入れてしまう。今度の l'autre はロザネットではなく、「母親」である。sa mère ではなく、« une mère » という不特定の存在をアルヌー夫人に重ね合わせることによって、夫人と二人だけの空間を自ら崩壊させてしまう。

　夫人は最後に自分の白くなった髪の毛を切って、彼に渡し、別れを告げる。

　　　Quand elle fut sortie, Frédéric ouvrit sa fenêtre. Mme Arnoux, sur le

trottoir, fit signe d'avancer à un fiacre qui passait. Elle monta dedans. La voiture disparut.(*ES*, p. 395)
（彼女が出ていくと、フレデリックは窓を開けた。アルヌー夫人は、歩道で、通りがかりの辻馬車に近づくよう合図をした。彼女は中に乗った。馬車は消えた。）

フレデリックは自分の部屋という空間に一人いて、アルヌー夫人が馬車に（おそらく自分で扉を開けて）乗り込むのを窓から見ている。そして馬車は消え、二度とフレデリックのいる空間と夫人のいる空間は交わることがない。このようにアルヌー夫人は閉じた空間に入り込むのだが、興味深いことにこの小説の登場人物の多くが閉じた空間に入ったかたちで終わる。ダンブルーズ氏は最後には棺桶の中に入るし（*ES*, p. 363）、フレデリックがロザネットと決別するとき、彼は彼女を一人部屋に残して勢いよく扉を閉める：« il fit claquer la porte vivement. »（*ES*, p. 386）。また、ダンブルーズ夫人がアルヌー夫人の銀の小箱を競売で手に入れたとき、憤ったフレデリックはダンブルーズ夫人の乗った馬車の扉を閉め、御者に出発の合図をする：« il ferma la portière, il fit signe au cocher de partir. »（*ES*, p. 389）。さらに、アルヌーは、ペルランによれば、破産の後は「豚箱入り」« coffré »（*ES*, p. 378）だという。皆、いわばフレデリックとは別の箱に入ってしまうのである。

本章では、フレデリックがパリのさまざまな空間に入る場面で、問題の空間がパリのどこに位置するかにはこだわらず、主人公あるいは他の登場人物が対象とする空間とどのような関係にあるかを見てきた。その際とりわけ何が主語になっているのか、誰がどのように扉を開けるのか、あるいはその空間を覗き込むのかに注目して分析した。ダンブルーズ邸や第1部で見られたように、最初はonの中に埋没していたフレデリックは、空間の中を覗き込んだり立ち聞きしたりするときにilとして浮かび上がり、やがてun[e] autreが空間を開けて中身を見せてくれるが、そこには必ずしも望む対象が望む姿

第 I 部

であるわけではないので、彼はまた別の空間を探し求める。アルヌー夫人を対象とするフレデリックの探索は ils（＝ Frédéric ＋ Mme Arnoux）の構築までは到達するものの、究極の目的に到達するためにつくったトロンシェ通りの空間では愛の対象であるアルヌー夫人は l'autre として排除され、代わりにロザネットが入る。第3部になると、ils（＝ Frédéric ＋ Mme Arnoux）のいる部屋にロザネットが l'autre として覗き込んで侵入し、二人だけの空間を壊してしまう。最後に再び ils（＝ Frédéric ＋ Mme Arnoux）がかたちづくられるものの、フレデリックはアルヌー夫人に l'autre として une mère を重ねる。こうして、彼の求めてきた空間はすべて瓦解し、多くの登場人物は箱のような空間に一人取り残されて、探索の旅は終わる。

第4章　『聖アントワーヌの誘惑』における空間

　『聖アントワーヌの誘惑』には三つの稿がある。1848年5月24日に書き始め、1849年9月12日に脱稿したとフローベール自身が草稿に記している第1稿は、マキシム・デュ・カンの『文学的回想』によれば、「それを火中に投じてもう二度と語らぬようにすべきだと思う」というルイ・ブイエの宣告によって、一旦葬り去られてしまう[1]。『ボヴァリー夫人』の執筆を終えた後、フローベールは第1稿を取り出して、1856年の春から秋にかけて枝葉をそぎ落としながら練り直していく。その第2稿の一部は『アルティスト』誌に掲載されるが、草稿全体は再びお蔵入りとなる。『感情教育』の完成後、読書ノートを取りながら全体のプランをつくり直して、1870年7月から1872年6月まで第3稿を執筆し、ようやく1874年4月に刊行された。第1稿を書き始めてから出版まで、およそ26年が経過したわけである。

　前章の冒頭で述べた通り、『感情教育』でパリという空間に関する研究は少なくなく、また『ボヴァリー夫人』でもエンマが窓際に座って外を見る場面がしばしば論じられるなど、登場人物が占める場や空間的な位置関係がフローベールの作品の読解に有効な視座を提供することは言うまでもない。しかし、『聖アントワーヌの誘惑』における空間の問題が研究の対象となることはなかった。これは、この作品の内容が砂漠に住む隠者の一夜の幻という極めて空間的な変化に乏しいものであり、また形式上も戯曲のようなかたち

---

1) Maxime Du Camp, *Souvenirs littéraires 1822-1850*, Hachette, 1906, Tome I, p. 315.

で書かれているために、他の小説作品と異なり、主人公が対象を見る位置や視線の動きなどが叙述に表れにくいといった理由によるのであろう。しかし、アントワーヌが住む小屋といった具体的な空間のみならず、幻のなかで彼が入り込む空間などを仔細に検討していけば、誘惑の空間的構造とも言うべきものが浮かび上がってくるはずである。しかも、上に述べた通り『聖アントワーヌの誘惑』は三度書かれており、たとえば三つの稿を比較分析したアルフレート・パントケは「第1稿が舞台を想定しており、第2稿も第1稿にぴたりと寄り添っているのに対して、第3稿は詩的なもの（Dichtung）を表現している」と述べ、表現形態そのものにも違いを認めている[2]。当然空間の扱いも、稿ごとに異なってくるので、四半世紀にわたって書かれた作品の空間構造の変遷も検討に値するものである。

第1稿

　『聖アントワーヌの誘惑』が実際に舞台で上演するために書かれたものではないことは明らかだが、パントケが指摘するように第1稿では舞台的な性格が強く、第1稿の冒頭部もできるだけ動詞を省略した舞台描写になっている。

> Sur une montagne. À l'horizon, le désert ; à droite, la cabane de saint Antoine, avec un banc devant sa porte ; à gauche, une petite chapelle de forme ovale. Une lampe est accrochée au-dessus d'une image de la Sainte Vierge ; par terre, devant la cabane, corbeilles en feuilles de palmier.

---

[2] Alfred Pantke, *Gustave Flauberts* Tentation de Saint Antoine : *Ein Vergleich der drei Fassungen*, Leipzig, Selbstverlag des Romanischen Seminars, 1936, p. 101. なお、『聖アントワーヌの誘惑』の三つの稿の比較を主眼とした論文には他に Henri Mazel, « Les Trois Tentations de saint Antoine », *Mercure de France*, décembre 1921, pp. 626-643 や Alfred Lombard, *Flaubert et saint Antoine*, Éditions Victor Attinger, 1934（特に IV 章 Les trois Tentations）などがあるが、いずれも空間的な問題には触れていない。

第4章 『聖アントワーヌの誘惑』における空間

Dans une crevasse de la roche, le cochon de l'ermite dort à l'ombre.
Antoine est seul, assis sur le banc, occupé à faire ses paniers [...].
(*T1*, p. 27)
（山の上。地平には砂漠。右手に、聖アントワーヌの小屋があり、入口の前に腰掛け。左手に、卵形の小さな礼拝堂。聖母の像の上にランプが掛けられている。小屋の前の地面に、棕櫚の葉の籠。
岩の割れ目の中、隠者の豚が暗がりで眠っている。
アントワーヌは一人、腰掛けに座り、籠を編んでいる［…］。）

芝居の幕が上がって観客の目の前に出た舞台装置がすでにドラマのモチーフを暗示するのと同様、この描写にも誘惑のドラマの発展が準備されている。最初の「山の上」が舞台となっており、そこには、2番目の文が示すように、右にアントワーヌの小屋があり、左に礼拝堂がある[3]。小屋と礼拝堂とがアントワーヌの生活空間の基点をなすことは明らかであり、実際さまざまな誘惑の中でもこの二つの建物は重要な場となる。やがて夜になると、七つの大罪と論理の悪魔が舞台の右奥にあらわれ、次々と前に進み出ては聖者を誘惑し（*T1*, p. 43）、異端者たちも小屋を取り巻いて礼拝堂の方にまで達する（*T1*, p. 66）。また、第1部の最後では、三つの対神徳が礼拝堂の入り口にあらわれ（*T1*, p. 130）、大罪たちの攻撃からアントワーヌを守ろうとする。このように小屋と礼拝堂を中心として悪魔や大罪たちと対神徳との争いが展開するのだから、冒頭の舞台描写ですでにアントワーヌをめぐるいわば戦場としての二つの建物、あるいはそれらが位置している舞台の右と左という方向性が提示されていることになる[4]。

第1段落の3番目の文で、ランプが聖母の像の上に掛かっているとあるが、しばらくするとアントワーヌが礼拝堂で聖母の像を見る場面がある（*T1*,

---

3) フローベールが1845年5月にジェノヴァのバルビ宮で見たブリューゲルの「聖アントワーヌの誘惑」の絵には、右下にアントワーヌがいて左上方に教会堂があった（図2）。第1稿の礼拝堂の位置はこの絵画の影響を受けたものであろうと思われる。

第Ⅰ部

図2　ブリューゲル「聖アントワーヌの誘惑」（ジェノヴァのバルビ宮）

p. 29）ので、ランプや聖母の像は礼拝堂の中にあることがはっきりする。また、第2部に入ると、礼拝堂が悪魔たちによって壊される場面で悪魔が「この上に飛び上れ、聖壇をひっくり返せ、十字架を砕け」（T1, p. 156）と叫ぶ箇所があり、十字架が礼拝堂の上に立っていることが分かる。

　冒頭描写の第2段落であらわれる豚は岩の割れ目の陰で眠っているが、この岩の割れ目が舞台の左右どちら側なのか、つまり小屋の方なのか礼拝堂の方なのかは示されていない[5]。一方、第3段落のアントワーヌは小屋の入口の前の腰掛けに座っており、やがて礼拝堂に行き、ランプに火をつけて夜の祈りを始め、悪魔の誘惑が始まる。

---

4) ジャンヌ・ベムも小屋と礼拝堂が戦いの場であることを指摘している（Jeanne Bem, *Désir et savoir dans l'œuvre de Flaubert. Étude de* La Tentation de saint Antoine, Neuchâtel, La Baconnière, 1979, p. 139）が、彼女は『聖アントワーヌの誘惑』の三つの稿全体を一つのテクストとして論を展開しているので、たとえば小屋が各稿でどのように位置づけられるかなどは問題にしていない。

第4章 『聖アントワーヌの誘惑』における空間

　以上見てきたところから、冒頭の舞台描写の中には誘惑を準備する基本的な空間構造が示されていることがうかがえる。第1部では「声」による誘惑、七つの大罪の登場、異端者たちの襲来の後、三つの対神徳が聖者を助けにくる。悪魔の登場で始まる第2部は、礼拝堂が悪魔たちによって壊され、対神徳が敗れ去った後、盃や短剣による誘惑、三人の女性、娼婦、羊飼いと女性、ディアナ、ネブカドネザル、詩人や芸人たち、シバの女王、スフィンクスとキマイラ、伝説上の部族や怪物たち、海や陸の動物が次々とあらわれ、「物質になりたい」という聖者の叫びに至る。第3部ではアントワーヌは悪魔によって宇宙空間に運ばれるが、そこから戻ると、死神と淫欲、さらには神々の登場となり、最後には夜が明け、悪魔は哄笑とともに遠ざかる。このような誘惑の展開と舞台空間との関わりを知るために、まず「小屋」がどのようにあらわれているかを検討していこう。

　第1稿全体で、「小屋」を指す語は29回用いられているが、それらを第1部から順に引用していくことにする（強調はすべて引用者による）：

(1) [...] à droite, la *cabane* de saint Antoine [...]．(*T1*, p. 27)
(2) [...] par terre, devant la *cabane*, corbeilles en feuilles de palmier．(*Ibid.*)
(3) Il va dans sa *cellule* chercher deux cailloux qu'il frappe l'un contre l'autre [...]．(*T1*, p. 29)
(4) À mesure que l'une d'elles (＝Envie, Avarice, Luxure...) s'est un peu avancée pour parler, elle rentre ensuite avec les autres [...] du coté de la *cabane* du saint．(*T1*, p. 43)
(5) L'AVARICE « [...] tu aurais mis l'argent dans un pot que tu aurais enfoui dans un trou, en terre, dans ta *cabane* [...]．» (*T1*, p. 49)

---

5) パントケはアントワーヌの豚を「獣的なものの具現」としている (Alfred Pantke, *op. cit.*, p. 12)。実際、豚は聖者を救う側にもまた大罪たちとともに誘惑する側にも属しているわけではなく、聖者や誘惑者たちの暗黒な部分をさらけ出したような面を持っている。そのような役割が、舞台の右とも左とも分からない岩陰で眠るという舞台描写の第2段落ですでに暗示されている。

(6) Antoine, dans sa *cellule*, frémit de tous ses membres. (*T1*, p. 66)
(7) Les Hérésies augmentent toujours, elles entourent la *cabane* [...]. (*Ibid.*)
(8) LES HÉRÉSIES « [...] sors de ta *cabane* [...]. » (*Ibid.*)
(9) LES HÉRÉSIES « Voilà bien longtemps que nous cherchons ta *demeure* [...]. » (*Ibid.*)
(10) Antoine est acculé dans sa *cellule* [...]. (*T1*, p. 80)
(11) Il sort de sa *cellule* [...]. (*Ibid.*)
(12) Damis s'assoit sur le banc qui est devant la *cellule* [...]. (*T1*, p. 100)
(13) Antoine va chercher une cruche dans sa *cellule* [...]. (*Ibid.*)
(14) Il va dans sa *cellule* et en rapporte un morceau de pain noir desséché. (*Ibid.*)
(15) Les Hérésies et les Péchés reviennent, un à un, devant saint Antoine, qui reste assis sur son banc, la tête appuyée contre la muraille de la *cabane* [...]. (*T1*, p. 127)

(1)と(2)はすでに引用した冒頭の描写だが、この « cabane » という語が第1部で用いられるのは、(4)の七つの大罪の登場とそれに続く(5)の大罪の言葉の中、(7)の異端者の登場とやはりそれに続く(8)の異端者の言葉の中、さらに再び大罪たちと異端者たちがあらわれる(15)の場面のみである。異端者の語る言葉に出てくる(9)の « demeure » を除くと、残りはすべて « cellule » が用いられている。要するに、最初にアントワーヌや大罪や異端者たちが舞台に登場したときあるいは再登場したときに、彼らが小屋とどのような位置関係にあるかを示す場合と、彼らの言葉のなかにあらわれる場合以外は、小屋を指すのに第1部では « cellule » が使われているのである。もちろんこれは単に同語反復を避けるための語の入れ替えではなく、意図的な選択の結果であろう。 « cellule » が使われている場面を見てみると、(3)(13)(14)ではアントワーヌが火打石や水やパンを取りに入っているし、(6)(10)では彼は中に閉じこもって異端者たちの攻撃を避けているといったように、小屋は隠者にとって生活の場、あるいは敵からの避難所としての役割を

果たしていることが分かる。« cellule » は cella（部屋）というラテン語の指小辞を語源とする語であるから、小屋の居住空間としての性格が表に出てくる箇所で、フローベールがこの語を用いたのは適切であったと言える。« cabane » や « demeure » では客観的に外から見た建物あるいは住む場所といった感じになってしまう。(12)の例では単にダミスの座る腰掛けの位置を規定するのに過ぎないのだから « cabane » を使ってしかるべきなのに、それさえ « cellule » が用いられているのは、この第1部全体で居住空間としての小屋の性格が強調されているためだと考えることができるだろう[6]。

次に第2部:

(16) LE DIABLE « [...] qu'il se traîne en rut sur les planches de sa *cabane* ! » (*T1*, p. 141)

(17) ANTOINE « [...] ; je balaie ma *case* [...]. » (*T1*, p. 176)

(18) Le soleil paraît tout à coup et l'on revoit la *demeure* d'Antoine telle qu'elle est [...]. (*T1*, p. 191)

(19) LA REINE DE SABA « Tu es peut-être chagrin de quitter ta *hutte* ? » (*T1*, p. 193)

(20) ANTOINE « Où en suis-je ? C'est ici, c'est moi, voilà la *case*... mais la chapelle ? » (*T1*, p. 198)

まず目につくのは小屋をあらわす語が第1部に比べて著しく減少している点である[7]。それもほとんどが話す言葉の中で用いられており、地の文で出て

---

6) 第1部では上にあげた例のほかに、大罪たちがアントワーヌに他の生き方があったはずだと言う場面で、彼の住まいが問題になる箇所が二つある（強調は引用者による）: L'AVARICE « Une matrone soigneuse, qui ménagerait ton bien, qui rendrait propre ta *maison* » (*T1*, p. 45); LA PARESSE « Dans les longues après-midi, tu aurais entendu de ta *cellule* le bruit lointain des moissonneurs » (*T1*, p. 53)。いずれの例でも、動詞が条件法になっていることからも分かるように、あくまで仮定の世界での住居の話であり、隠者の小屋とは別物なので分析の対象から除外した。

くるのは(18)のみである。これは、たとえば三人の女性があらわれるときも « devant saint Antoine »（*T1*, p. 180）と書かれるだけだし、アントワーヌが気を失うところも « au premier plan »（*T1*, p. 182）となっていて、主人公や誘惑者の位置が小屋との関連で示されることが(18)の箇所を除いてなくなってしまうからである。さらに、第1部であれほど使われていた « cellule » という語が姿を消していることにも注意する必要がある。« cellule » は第3部でも用いられないから、結局第1部でのみ使われた語ということになる。また、アントワーヌ自身が話している(17)(20)の中に共通して « case » があらわれる。« case » は casa（家）を語源としているから、cabane や hutte のような単なる建物としての小屋ではなく、自らの住まいという意味合いがこめられていると考えられる。

　第3部：

(21) LE DIABLE « Si tu étais encore au seuil de ta *cabane* […], tu n'aurais pas le spectacle de maintenant […]. »（*T1*, p. 217）

(22) Il se retrouve devant sa *cabane*, étendu à plat dos sur le sol […]. （*T1*, p. 226）

(23) Il […] se dirige lentement vers le banc qui est devant sa *cabane* […]. （*T1*, p. 228）

(24) Il se lève d'un bond et se met à marcher vite de sa *cabane* à la chapelle […]. （*Ibid.*）

(25) ANTOINE « Et moi donc ! avec mes mortifications, mes oraisons, mon cilice, mes paniers, ma *cabane*, mon cochon, mon chapelet, ne suis-je pas plus pitoyable et plus bête encore ? »（*T1*, p. 230）

(26) Saint Antoine tournoie, chancelle et tombe sur le seuil de sa *ca-*

---

7) 第2部が第1部より短いのは事実（オネット・オム版で第1部は104頁、第2部83頁、第3部81頁）だが、それを考慮に入れても第2部における「小屋」の少なさは際立っている。

bane, épuisé, haletant [...]. (*T1*, p. 231)

(27) Derrière saint Antoine [...], le Diable dans la *cabane*, dont le toit touche à sa tête et qu'il emplit tout entier, serre les lèvres [...]. (*T1*, p. 239)

(28) La Luxure, le dos appuyé contre la *cabane* [...], s'amuse à effiler lentement le bas de sa robe [...]. (*T1*, p. 284)

(29) LE DIABLE « [...] tu chercheras dans ta *cabane* un couteau qui soit pointu... je reviendrai... je reviendrai... » (*T1*, p. 293)

ここでは地の文であれ、せりふであれ、すべて « cabane » が使われている。アントワーヌの言葉である (25) の場合も、第2部の (17) (20) とは異なり « case » とはなっていない。また、登場人物の位置を見ると、(22) (23) (24) (26) ではいずれもアントワーヌの位置が小屋との関連で示されるものの、彼は第1部のように小屋の中に入っていないことが分かる。唯一 (29) では隠者が小屋の中で物を捜すという表現があるが、未来形で、しかも悪魔の口から語られる。逆に、(27) では悪魔が小屋の中に入って、アントワーヌを追い出してしまうし、(28) でも淫欲が小屋に背をもたせかけて自分の服の裾の糸をほどいている。第3部ではもはや聖者は小屋の内に入ることもなく、悪魔たちの栖と化してしまう。

今、「小屋」を示す語があらわれる回数を表にしてみると、以下のようになる。

	cabane	cellule	demeure	case	hutte
第1部	7	7	1		
第2部	1			2	1
第3部	9				
計	17	7	2	2	1

このうち、アントワーヌの口から語られるのは第2部の (17) (20) の « case »

83

と第3部(25)の « cabane » の計3例。悪魔など誘惑者の言葉の中に出てくるのは、第1部では(5)(8)の « cabane » と(9)の « demeure »、第2部では(16)の « cabane » と(19)の « hutte »、第3部では(21)(29)の « cabane »、合計7例である。残る19回は地の文で用いられている。したがって、« cellule » はすべて地の文で、しかも第1部で使われ、« case » と « hutte » はともに第2部で登場人物の言葉の中にあらわれるわけである。

「礼拝堂」の方は第1稿全体で28回出てくるが、そのうち15回は第1部の最後から第2部の冒頭にかけての対神徳と悪魔たちとの攻防の中であらわれる。28回のうち « chapelle » 以外の語が用いられるのは、第2部の礼拝堂を壊しにかかる場面で悪魔が « détruisez l'*église* ! »（*T1*, p.156, 強調は引用者による）と叫ぶ箇所だけである。礼拝堂の場合は用語の多様性がほとんど見られず、むしろ礼拝堂の存在そのものが小屋の意味づけの変化に反映していると考えられる。改めて、小屋と礼拝堂を絡めながら、第1稿の空間の変化をたどっていこう。

第1部冒頭の描写で提示された舞台空間の軸になるのは、小屋と礼拝堂であった。礼拝堂には聖母の像があり、その上には十字架がかかっているのだから、アントワーヌにとって礼拝堂は明らかにキリスト教の信仰の場であり、小屋はその信仰を支える生活の場である。悪魔たちのねらいは聖者の信仰を覆すことだが、それは一挙には実現しないから、まず第1部と第2部冒頭で、彼らは聖者の信仰の場である礼拝堂と、それを支える小屋を攻撃目標に定める。

礼拝堂は、第1部の最後で三つの対神徳が入り口にあらわれて聖者を助けにくるものの（*T1*, p.130）、第2部の冒頭で悪魔たちの攻撃に遭うと対神徳は逃げ出してしまい、「アントワーヌは礼拝堂を出る」« ANTOINE sort de la chapelle »（*T1*, p.176）。礼拝堂は悪魔たちに壊されて消えてなくなり（*T1*, p.178）、聖者が礼拝堂の建物に入る場面はなくなるのだが、それと呼応して、それ以降は小屋の中に入ることもなくなる。すでに見たように、小屋は第1部では « cellule » として隠者の生活の場であると同時に敵からの避難所としての役割を果たしていたのに対し、彼が悪魔たちの攻撃にさら

されて礼拝堂から出てしまうと、まるで礼拝堂と小屋は連動するかのように、小屋は避難所としての機能を果たさなくなる。アントワーヌがモノローグで自分の小屋を指すことがあっても、小屋の外からまるでかつての自分の家を懐かしむかのように、« case » という表現を用いざるを得ない。

　第3部に入ると、小屋も廃墟となった礼拝堂も悪魔たちの栖と化してしまう。つまり、ここでは小屋も礼拝堂もアントワーヌにとって生活や信仰の場ではなく、単なる建物あるいは建物の跡に過ぎない。第3部では小屋を指すときはすべて « cabane » が用いられているが、この用法も今述べた小屋のもつ意味の変化を正確に反映したものと考えることができる。実際、テクスト全体で悪魔あるいは誘惑者たちの口から小屋という言葉がでるときは、« demeure » と « hutte » の1例ずつを除いて、すべて « cabane » が用いられていることから分かるように、« cabane » はアントワーヌの立場からよりもむしろ悪魔の立場から見た小屋なのである。第3部のアントワーヌのモノローグの中の小屋が « cabane » になっているのも、完全に悪魔に洗脳されていることを示すものであろう。

　誘惑の最後に、夜が明けて日が差すと（*T1*, p. 287)、アントワーヌは聖母マリアに憐れみを請い、« je vais rebâtir la chapelle » (*T1*, p. 291) と言う。この言葉は一見聖者の明るい希望をあらわすようでありながら、すでに引用した « tu chercheras dans ta cabane un couteau qui soit pointu... » (*T1*, p. 293) という悪魔の言葉と合わせてみると別の意味を持ってくる。« je vais rebâtir » の近接未来は « tu chercheras » の単純未来形と呼応して、明日また « chapelle » と « cabane » が舞台の上に作られること、そしてまた誘惑が始まることを暗示するのである。夜が明けて昇る日は希望の光ではなく、テクスト冒頭の « le soleil qui se couche » (*T1*, p. 27) と対応して、誘惑の再現を暗示するものと言えよう。最後に悪魔は « je reviendrai » (*T1*, p. 293) と言いつつ哄笑とともに立ち去るが、日没とともに本当に戻ってくるわけである。太陽が永遠に昇っては沈むように、今までの誘惑がすべてまた永遠に繰り返されていく。

　第1稿は一読すると互いにつながりのない場面が延々と続くようでありな

がら、冒頭描写で小屋と礼拝堂を基本とする舞台空間が提示され、誘惑と小屋との関わりを « cabane » や « cellule » などの語の使い分けで示すなど、入念に誘惑の過程が跡づけられている。« cellule » としての誘惑からの避難場所は第2部冒頭で崩壊し、第3部では聖者は悪魔に洗脳されていく。さらに誘惑の最後がまた第1部冒頭の日没時の舞台に戻るようになる設定により、誘惑は永遠に続く。ただしそれは悪魔たちの側から見て綿密に計算された誘惑劇であって、アントワーヌは敷かれた軌道をただ進んで行くに過ぎない。

　『ボヴァリー夫人』の執筆を終えた後、フローベールはアントワーヌの内面により力点を置く稿を構想することになる。

第2稿

　第2稿は分量が5分の2程度になっているが、第1稿と同じく三部構成で、誘惑者たちが登場する順序もほぼ第1稿を踏襲している。一見単なる縮小版のようだが、細かい部分では書き直され、場合によっては書き加えられている。フローベールは、第2稿執筆中の1856年9月21日ルイ・ブイエに「私は主要人物をだんだんと発展させている」と書き送っており（*Corr.*, II, p. 633）、アントワーヌという人物に重きをおくという方針を明らかにしている。

　では空間的な観点からするとどうか。冒頭の描写（*T2*, p. 297）で示された舞台空間は小屋や礼拝堂の位置を含めて基本的に変化がない。第1稿同様、「小屋」を軸にして誘惑と空間の関わりを見ていくことにする（第1稿との違いを明らかにするために同じ場面は同じ番号にダッシュを付ける。したがって番号が欠落しているところは相当する箇所がない、あるいは「小屋」という語が用いられていないことを示す）。

　まず第1部（強調はすべて引用者による）：

(1)' (...) à droite, la *cabane* de saint Antoine [...]. （*T2*, p. 297）
(2)' Devant la *cabane*, par terre, quelques corbeilles en feuilles de pal-

mier.（*Ibid.*）

(5)' L'AVARICE «［…］tu aurais mis l'argent dans un pot, que tu aurais enfoui en terre dans ta *cabane*. »（*T2*, p. 304）

(6)' Antoine dans sa *cellule* frémit.（*T2*, p. 311）

(7)' LES HÉRÉSIES augmentent, entourent la *cabane*［…］.（*Ibid.*）

(13)' Antoine va chercher une cruche dans sa *cellule*［…］.（*T2*, p. 331）

(14)' Antoine va dans sa *cabane* et en rapporte un morceau de pain noir, desséché.（*Ibid.*）

第1稿では全部で15例あった小屋を指す語は半分以下に減っている。冒頭描写の(1)'(2)'と大罪の言葉の(5)'を除くと、聖者や誘惑者の位置が小屋との関係で示されるのは残る4例のみである。たとえば、第1稿の(3)では小屋に火打石を取りに行くことが明示されているが、第2稿では単に«Il frappe deux cailloux »（*T2*, p. 298）とあるだけなのでどこで石を打つのか分からなくなっている。用いられている語を見ると、7例あった« cellule »は(6)'と(13)'だけが残っている。(14)'の場合文章自体の意味は変わらないが、もともと« cellule »であったのが« cabane »に置き換えられている。その結果、いずれも物を取りに小屋に入ることが問題になる(13)'(14)'という連続した場面で、一方では« cellule »が、もう一方では« cabane »が用いられていることになる。ここで異なる語が使われているのは同語反復を避けるためとしか考えようがない。第1稿では、小屋の中に物を取りに入るときは必ず« cellule »が用いられていたことから分かるように、この語は聖者の生活空間、避難空間をあらわす点で独立した価値を持っていたが、ここではその価値が失われているのである。

　次に第2部（第2稿で初めて出てきた箇所はⅡ1、Ⅱ2…とする）：

(16)' LE DIABLE «［…］qu'il se traîne en rut sur les planches de sa *cabane*［…］. »（*T2*, p. 354）

第Ⅰ部

(17)' ANTOINE « [...] je balaie ma *case* [...]. » (*T2*, p. 362)
(Ⅱ1) Il va dans sa *cabane*, en rapporte un livre, s'assoit sur le banc, feuillette tout au hasard [...]. (*T2*, p. 368)
(18)' Antoine se retrouve devant sa *cabane*. Il fait grand jour. (*T2*, p. 371)
(Ⅱ2) ANTOINE « Voilà bien ma *cabane* cependant, c'est bien moi. » (*Ibid.*)
(19)' LA REINE DE SABA « Tu as l'air triste ! à cause donc ? est-ce de quitter ta *cabane* ? » (*T2*, p. 373)

悪魔たちが礼拝堂に攻撃をかけているときの(16)' や、礼拝堂が壊された直後の(17)' は第1稿と変わらないが、その後は様相が違ってくる。第2稿では娼家の幻の後、聖者のモノローグは両親の家の思い出へと至る：« Qui l'habite maintenant, la *maison* paternelle ? ... Oh ! comme ma mère pleurait, quand je suis parti ! » (*T2*, p. 367)。さらにアントワーヌは年老いた母親が家から出てくる幻を見る：« UNE VIEILLE FEMME qui file au fuseau, sort de sa *maison* en regardant d'un air inquiet » (*T2*, p. 368)。ここでは親の家つまりアントワーヌが生まれた家が目の前にある。第1稿では彼の住居空間は小屋しかなかったが、この場面で初めて彼の過去の住まいが問題になっている。彼は幻の中で母親を助けようとするが、岩にぶつかり、目が覚める。

　新たな苦しみのなかで彼は、引用（Ⅱ1）にあるように聖書にすがろうとする。第1稿ではアントワーヌが物を取りに入るときは必ず « cellule » が用いられていたが、引用（Ⅱ1）では « cabane » になっている。引用の (18)' でも小屋を指す語が第1稿では « demeure » であったのが « cabane » に、(19)' でも第1稿の « hutte » が « cabane » に置き換えられている。小屋を指す語の変更は(14)', (18)', (19)' の三箇所で見られるが、いずれも « cabane » になっているし、第2稿で初めて出てきた（Ⅱ1）（Ⅱ2）及び後で引用する（Ⅱ3）でもすべて « cabane » が用いられている。

第1稿ではさまざまな語が使われて小屋と聖者とのつながりの変化が見て取れたのに対し、第2稿では « cabane » という語に単一化される傾向にあり、小屋が単なる建物としてしか見られなくなってきている。これは第2稿では、第2部の母親の場面では親の家 « maison paternelle » という新たな空間が導入されるといったように、舞台空間の占める位置が相対的に低くなった結果、アントワーヌを守る空間としての小屋の意味合いも薄れてきたことをあらわすのであろう。

ところで第2稿で新たに導入された場面がもう一つある。シバの女王が消えた後、聖者のモノローグがあり、さらに塔の幻に至る： « Et il aperçoit soudain l'intérieur d'une tour »（T2, p. 377）。塔の中では、上の方からただ一つの穴を通して絶え間なく砂が降りかかり、そこには人間らしき姿が見える。彼らは絶望に瀕しており、鼠が通るとナイフを手にしてそれに飛びかかっていく。砂は降りそそぎ、やがてすべてのものを覆いつくしてしまうと、アントワーヌは愕然として我に帰る。パントケはこの奇妙な幻に、クロワッセに閉じ込もったフローベール自身の精神状態の反映を見ているし[8]、ジャンヌ・ベムはフロイトの『トーテムとタブー』を引用して[9]、このエピソードは repas totémique の表われだと述べている。どちらも面白い解釈ではあるが、いずれもなぜこの場面が第2部で先の母親の場面と同じく一連の誘惑の中に挿入されたかを明らかにしているとは思われない。

もっと素直に読んでみよう。塔の中に閉じ込められた人間が砂に埋もれて死んで行くのだから、そこは墓場である（アントワーヌのほかにも人がいるから、共同墓場と言っていいかも知れない）[10]。もちろんアントワーヌはまだ死ぬわけではないのだから、未来の自分の墓場を幻の中に見たことになる。

---

8) Alfred Pantke, *op. cit.*, p. 37.
9) Jeanne Bem, *op. cit.*, p. 128.
10) 塔と墓場の結びつきは突飛なものではない。たとえば『新聖書大辞典』（キリスト新聞社, 1971）参照：「『塔』3.（sariah）「掘ったもの」の意味で、Iサム13：6では「墓」と訳され、非常時の隠れ場所にもなった。しかし士師9：46, 49ではシケムの神殿における避難所として「塔」と訳されている。」

第I部

穴から砂が降り続くのは、やがて来る砂漠の中の死を表象したものと考えられる。塔を墓場だとみなすと、やはり第2稿で挿入された母親の場面とのつながりも明らかになる。つまり、母親の場面では親の家つまりアントワーヌが生まれた家を幻の中に見、塔の場面では墓場を見たのだから、二つの場面で過去における生誕の場と未来における死の場を見たことになる。このように考えてくると、第2稿で新たに挿入された二つの場面が明確に対応していることが分かる。両方とも聖者のモノローグで始まり、やがて一方では彼の生まれた場を、他方では死ぬ場を幻の中に見る。このように、第1稿で出てきた住まいは現在いる場所つまり小屋だけであったが、第2稿ではそこにアントワーヌが生まれた場所と死ぬ場所という新たな空間を導入しているのである。

第3部：

(22)' Il se retrouve devant sa *cabane* étendu tout à plat […]. (*T2*, p. 393)

(26)' Saint Antoine, s'arrachant les cheveux, tournoie, chancelle, balbutie et tombe sur le seuil de sa *cabane*. (*T2*, p. 394)

(28)' La Luxure, le dos appuyé contre la *cabane* […], effiloque le bas de sa robe […]. (*T2*, p. 425)

(Ⅱ3) ANTOINE « Non ! non ! j'aime mieux le retentissement de mon chapelet, le bois de mon crucifix et la terre dure de ma *cabane* ! » (*T2*, p. 428)

第1部以上に数が減っており、悪魔が小屋の中にいる場面の(27)も削除されているので、第2稿第3部では小屋はほとんど空間的な指標の意味を失っていると言ってよい。(Ⅱ3)は神々が去ってからの悪魔との対話で出てくる言葉だが、小屋の固い土の方が好きだというだけであって、第1稿の « je vais rebâtir la chapelle »（*T1*, p. 291, 第2稿では削除）のような自らの信仰の空間を再び創り出そうとする意志はここでは見られない。その結果、最後の

場面が最初の舞台描写につながるような第1稿での永遠回帰性は、第2稿では薄弱なものとなってしまったのである。

　以上空間的な見地から、第1稿との違いを中心に第2稿を検討してきた。確かに第2稿ではアントワーヌの生まれた場や死ぬ場などが導入されてテクストはより大きな広がりを持つものとなったが、一方で小屋を軸とした舞台空間と聖者とのつながりのダイナミズムが失われたことは否定できない。そのため、第1稿に見られたように誘惑の変化の過程を「小屋」の用語を通して把握できるような構成が奥に隠れてしまったことも事実である。これは第1稿の基本的な舞台空間をほとんど変えないで、部分的に削除したり、新たな要素を付け加えたやり方に問題があったと言わざるを得ない。変えるならば、誘惑者の構成・順序も含めて根本的に変えてしまわないと新たなテクスト空間の創出には至らないのである。フローベール自身、第2稿を書き終えた後の1857年5月20日、ジュール・デュプラン宛に「この作品に何が欠けているのか、いま分かっています。一つはプラン、二つ目に聖者の人格です」(*Corr.*, II, p.721) と書き送っている。この新たなプランと主人公の人格を基礎とする第3稿にフローベールが着手するまでには12年余りの年月を待たねばならなかった。

第3稿

　第3稿ではアントワーヌをとりまく存在に大きな変更が見られる。豚が姿を消していることは一目瞭然であるし、対神徳も消え、七つの大罪も影のようなかたちでしかあらわれない。フローベールは1873年5月ジョルジュ・サンド宛書簡で「三つの対神徳を、太陽の中にあらわれるキリストの顔に代えたいと思っている」と書いているように (*Corr.*, IV, p.669)、もともとは結末部で対神徳が登場するはずであったが、結局は姿を消して、キリストの顔の出現で第3稿は終わる。ただ、ミシェル・フーコーは、対神徳は単にキリストの顔に置き換わったのではなく、「この作品のさまざまな場面を構成する原理として、目に見えないところに残っている」[11]ことを指摘しているし、ミシェル・ビュトールも、七つの大罪が人格化して登場することはないが、

第Ⅰ部

アントワーヌの内的衝動やイラリオンの言葉の中に宿っていることを明らかにしている[12]。要するに第3稿では、対神徳や七つの大罪の果てしない饒舌は、アントワーヌの内的衝動、あるいはイラリオンなどとの対話の中に集約されているのである。これは、1857年のジュール・デュプラン宛の書簡にあったように「聖者の人格」を重視しようとする方針に則ったものであることは言うまでもない。

同じデュプラン宛の書簡で「聖者の人格」と並んで検討課題であった「プラン」の面でも、フローベールは全面的に変更を加えている。第3稿では全体が7つの部に分けられていて、誘惑者の登場の順序も異なっている。ビュトールは先の二稿との構成上の相違を次のようにまとめている[13]。

第1稿・第2稿
1) 七つの大罪の群れ、異端者の列
2) 七つの大罪と対神徳の群れ
   さまざまな幻：
   ネブカドネザル、シバの女王、
   スフィンクスとキマイラ、怪物の列
3) 悪魔がアントワーヌを宇宙空間へと
   連れて行く
   死神と淫欲の対話
   死せる神々の列

第3稿
1) アントワーヌのモノローグ、
   ナイル河畔での孤独
2) 七つの大罪－七つの夢で示される：
   a) 怠惰：ナイル河での舟遊び
   b) 貪食：食卓
   c) 吝嗇：金貨のあふれる盃
   d) 憤怒：アリウス派虐殺
   e) 妬み：公会議の司祭たちへの侮辱
   f) 傲慢：ネブカドネザル
   g) 淫欲：シバの女王
3) かつての弟子イラリオンとの対話
   （論理の悪魔との応答の再現）
4) 異端者の列
5) 死せる神々の列
6) 悪魔がアントワーヌを宇宙空間へと
   連れて行く
7) 死神と淫欲、スフィンクスとキマイラ、
   怪物の列

---

11) Michel Foucault, « La bibliothèque fantastique », in *Travail de Flaubert*, Seuil, 1983, pp. 116-117.
12) Michel Butor, « La spirale des sept péchés », in *Répertoire IV*, Les Éditions de Minuit, 1974, pp. 209-235.
13) *Ibid.*, p. 221.

第4章 『聖アントワーヌの誘惑』における空間

この表は第3稿における七つの大罪の役割を明らかにするための準備としてビュトールがつくったものであるから、いくつかの場面が欠落していたりするが、全体の見取り図としては適当であろう。三部構成から七部構成になったわけだが、各部が二つあるいは三つに分割されたといったような単純な対応ではなく、巧妙に再構成されていることが分かる。

以上のような変更が、空間構造にも大きな影響を与えないはずがない。まず、冒頭の描写の前半部：

> C'est dans la Thébaïde, au haut d'une montagne, sur une plate-forme arrondie en demi-lune, et qu'enferment de grosses pierres.
>
> La cabane de l'ermite occupe le fond. Elle est faite de boue et de roseaux, à toit plat, sans porte. On distingue dans l'intérieur une cruche avec un pain noir ; au milieu, sur une stèle de bois, un gros livre [...].
>
> À dix pas de la cabane, il y a une longue croix plantée dans le sol ; et à l'autre bout de la plate-forme, un vieux palmier tordu se penche sur l'abîme, [...] et le Nil semble faire un lac au bas de la falaise. (*T3*, p. 39)
>
> （テバイスのある山の上、円く半月形になった台地で、大きな岩に囲まれている。
>
> 隠者の小屋が奥にある。小屋は泥と葦でつくられ、平屋根で、扉はない。中には水差しと黒いパンが見える。中央には木の台の上に分厚い書物がある[…]。
>
> 小屋から十歩ほどのところに、長い十字架が地面に立っている。台地のもう一方の端には、ねじれた棕櫚の古木が断崖の上に傾いでいる[…]。そしてナイル河は絶壁の下では湖のように見える。）

ここでは、右に隠者の小屋、左に礼拝堂という図式は消え、その代わりに、奥に小屋、そこから十歩ほどはなれた地面に十字架が立っている。小屋は、第1稿では « avec un banc devant sa porte » (*T1*, p. 27) とあって、扉の向こうは読者（あるいは観客）には見えなかったが、第3稿では扉そのも

93

第Ⅰ部

のがなく、描写は小屋の中へと移る。第3段落では小屋の外に戻り、ナイル河の描写で終わるのだが、河は俯瞰的な視点から描かれるのではなく、絶壁の上から見られている。つまり、語り手の視点は小屋の外から内へ入り、また内から外へ出て、最後は台地の縁に立って下を覗き込んでいる。第1稿・第2稿の冒頭描写は観客から見た舞台上の建物の配置や書き割りの描写であったが、ここでは舞台というより、語り手の視点の自由な移動から見て、小説空間といった方が適切であろう[14]。

次に冒頭描写の後半部：

> La vue est bornée à droite et à gauche par l'enceinte des roches. Mais du coté du désert, comme des plages qui se succéderaient, d'immenses ondulations parallèles d'un blond cendré s'étirent les unes derrière les autres, en montant toujours ; puis au delà des sables, tout au loin, la chaîne libyque forme un mur couleur de craie, estompé légèrement par des vapeurs violettes. En face, le soleil s'abaisse. Le ciel, dans le nord, est d'une teinte gris perle, tandis qu'au zénith des nuages de pourpre, disposés comme les flocons d'une crinière gigantesque, s'allongent sur la voûte bleue. Ces rais de flamme se rembrunissent, les parties d'azur prennent une pâleur nacrée ; les buissons, les cailloux, la terre, tout paraît dur comme du bronze [...]. (*Ibid.*)

（左右の眺望は岩の囲いによって限られている。しかし、砂漠の方は、うちつづく浜辺のように、灰がかった黄金色の平行した大きなうねりが昇ってきながら、つぎつぎと伸び広がっていた。さらに、砂漠のかなた、ずっと遠くに、リビアの連山が、紫色の霞にほんのり暈されて、白亜の壁となっている。正面では太陽が沈む。北の空はくすんだ真珠色をしているが、天頂には真っ

---

14) 第3稿ではフローベール自身も意識的に舞台的なものを取り除こうとしていたことが草稿に記されている： « Enlever tout ce qui peut rappeler le théâtre, une scène, une rampe » (BnF, N.a.fr. 23671 f°64).

94

赤な雲が巨大なたてがみの房のように並んで、青い天空にたなびいている。これらの炎の光は褐色になり、紺青の部分は真珠のような色になり、草叢も小石も地面もすべて青銅のように固くなっているように見える［…］。）

　語り手の視線は岩の囲いを越えて、砂漠のうねりや遠くの連山へと向かう。この連山に「リビアの」という形容詞がついているので、この方向は西であることが分かり、次の「正面では太陽が沈む」につながる。語り手の「正面」が西なのだから、最初の文の「左右」とは南北の方向であることも明確になる。第3稿では、先の二稿と異なり、テバイスやナイル河やリビアといった固有名詞が用いられているので、語り手のいる場や視点が地理上どこにあるか、どの方角かを知ることができる。次の文で視線は西の太陽から離れて北の空へ、さらに天頂へと移る。この文で用いられている « zénith »や « voûte » といった語を見ると、ここで描かれているのは果てしなく広がる天というより、古代人の考えていた天球、つまり地球を中心としてさまざまな惑星が回り、その外側にあって恒星がはりついている球を指しているように思われる。もちろんここでは地上にいる語り手から見られた姿であるから、地面で切られた半球状に見えているのである。このように考えてくると、冒頭描写の最初の文で、山の上の台地が「半月形」であったことの意味も明確になる。この半月の形は、語り手から見た天と地、つまり半球という立体を平面に投影した形なのである。

　このように冒頭描写では、岩に囲まれた空間と、天と地がなす空間とが呼応し合っているわけだが、さらにこの基本となる二つの空間の描かれ方の違いを見ていこう。冒頭描写の前半が主に台地の内、後半が外に広がる天地とみなしていいだろうが、後半部で特徴的なのは色彩表現が極めて多いことである。2番目の文の « blond cendré », « couleur de craie », « violettes »に始まり、« se rembrunissent » という動詞も含め、また引用を省略した箇所も入れて10にものぼり、しかもそれらは互いに微妙に異なっている。それに対して、前半部で色をあらわすのはパンについた « noir » という形容詞のみである。後半部では黒という色はなく、その点でも明確な対照をなし

ている。もう一つ後半部の特徴となっているのは、comme で導かれる比喩である。砂漠のうねりが「うちつづく浜辺のように」連なり、天頂の雲は「巨大なたてがみの房のように」浮かび、草叢なども「青銅のように」硬く見えるとあり、比喩が全くない前半部と対照的である。要するに台地の中は白黒の世界でしかも淡々と描かれ、台地の外は豊かな色彩や比喩に彩られて描かれている。

　このような対照的な描き方の意味を明らかにするためには、これらの描写がいかなる立場からなされているかを考えていかなければならない。二つの見方が可能だと思われるが、一つは、語り手はアントワーヌの目を通して小屋や周囲の風景を見ているというものである。そうするとこの描写の違いはアントワーヌ自身の感情を反映したものということになる。冒頭描写の後アントワーヌは過去の生活を思い出しながら、今の孤独な生活を嘆き、別の人生の可能性を探り始めるわけだが（*T3*, pp. 39-43）、このモノローグが示すように、岩に囲まれた台地の中は彼にとって知りつくされた退屈な世界、外は好奇心と憧れに満ちた世界なのである。それが冒頭描写の対照的な前半と後半になって出てきていると考えるのは自然な解釈であろう。一方、語り手の目はアントワーヌの外にあるとみなすことも可能である。冒頭描写の後、誘惑が始まる場面を見ると、聖者のモノローグが終わって誘惑の「声」が響くと「同時に、ものの形が変わ」り、さらにさまざまな幻影が「黒檀に描かれた緋色の絵のように闇に浮かび上がる」（*T3*, p. 48）。もちろん、あらゆる誘惑が変形と色彩を伴っているわけではないが、この二つは明らかに幻影があらわれるときの重要なモチーフとなるのである。色彩にあふれ、ある物が別の物に喩えられる表現が多く用いられた冒頭描写の後半部も、この変形と色彩をあらかじめ準備したものと考えることができる。そうすると描写の語り手は、やがてアントワーヌの前に登場する幻影を予言しているということになる。

　以上、語り手はアントワーヌの目を通して小屋や風景を見ているという解釈と、アントワーヌの外から見ているという解釈を検討してきたが、実のところ、語り手は聖者の内と外の両方にあるのだろう。つまり、台地の外の描

写にあらわれた色彩や比喩は、聖者の外の世界に対する憧れや好奇心の反映であると同時に、やがて訪れる誘惑の幻をも予言しているのである。

　冒頭描写が終わると、アントワーヌのモノローグがあり、過去の日々を思い出しては別の人生の可能性があったのではないかと後悔する（T3, pp. 39-43）。このモノローグで、先の二稿に比べて前面に出ているのはアントワーヌの過去の住居への言及である。この住居を表わすのにどのような語が用いられているのかを見ると、生家は « maison »、出家してから最初に « j'ai choisi pour demeure le tombeau d'un Pharaon » とあり、次に紅海沿岸の « citadelle » に移り、さらにアレクサンドリアやコルジムに行ったとあるが、その住居に関する言及はない（T3, pp. 40-41）[15]。また、実際に住んだわけではないが、ニトリアの修道僧たちのいる « cellules » に住めばよかったと後悔するところもある（T3, p. 42）。一方、アントワーヌの現在の住居である小屋はどうかと言えば、冒頭描写も含めて作品全体で「小屋」が出てくる箇所は17あるが、すべて « cabane » が使われている。第1稿では「小屋」を表わすのに « cabane »、« cellule »、« demeure »、« case » など多様な語が用いられていたのだが、第3稿ではそのような多様性は全く見られない。そして、過去の住居、あるいは住む可能性のあった所に « maison »、« demeure »、« cellule » が用いられている。聖者が今住んでいる小屋は、多様性をもった過去の住居とははっきり区別されて描かれているのである。第1稿の第1部では特に避難所としての小屋が « cellule » という語の使用によって強調されていたことを考えるなら、このような用法は、第3稿ではもはや小屋は誘惑者からアントワーヌを守ってくれる空間ではなく、単に泥と葦でできた建物に過ぎなくなっていることを示すものであろう。冒頭描写の « sans porte » が象徴するように、この小屋は最初から避難所としての役目を失っているのである。

　モノローグの後、聖者は小屋に入り、松明に火をともして聖書を読み終え

---

[15] 第1稿のモノローグで明示されている住居は « citadelle de Colzim » のみである（T1, p. 28）。第2稿ではそれも削除されている。

ると (*T3*, pp. 44-45)、「彼の背後に、十字架の両翼によって描き出された二つの影が、前の方に伸びてくる。それらは二つの大きな角のようになる」(*T3*, p. 48)。この二つの角はもちろん悪魔の角であるが、« comme deux grandes cornes » とあるように、この幻は冒頭描写後半部の comme で導かれた比喩を受けたものであり、ここで比喩表現が初めて台地の中の物に用いられている。幻が比喩から本来の姿をあらわし、台地の中に侵入してきたのである。この後、本格的な誘惑が始まるのだが、誘惑の空間を考える上で重要な第2部と第4部を中心に取り上げたい。

　第2部でアントワーヌは七つの夢をみるが、それらの夢が七つの大罪に対応していることはビュトールのつくった表にある通りである。各々の夢の示す空間はもちろん一様ではない。今、見る主体をA（アントワーヌ）、対象をBとして、AとBの関係から七つの夢を統一的に捉えてみたい。最初の夢では、自分のござがいつのまにか小舟となって河の上に浮かんでおり、「夢をみるためにセラピス神殿の屋上で眠ろうと、カノプスへ出掛けていく人々」の姿が見える (*T3*, p. 49) が、AはBを積極的に見ようとする意志はない。2番目の夢では、Aがパンを地面に投げつけると、素晴らしい料理を盛った食卓があらわれるが、幻覚であることに気づいてBを追い払う (*T3*, p. 50)。3番目の夢では金貨の山を抱こうとするが、金貨の方が消えてしまい、ここでもAはBに触れることができない (*T3*, p. 51)。4番目の夢になると、Aはアレクサンドリアにいて、パネウム山から町を見下ろしていると、アリウス派を殺しにやってきた多数の修道士の姿が目に入り、いつの間にかアントワーヌも彼らと共に虐殺を繰り返すが、いつの間にか修道士たちの姿が消えて、今度はファロスの灯台に目をやると「そこに走って行き、いつしか灯台の頂上にいる」(*T3*, p. 54) といったように、AはBのいる空間にすぐに移動し、Bが人物ならばそれと同じグループに入る[16]。コ

---

16) ジャンヌ・ベムはアレクサンドリアとビザンティウムの場面にズームやトラベリングといった映画的手法の先駆けが見られることを指摘している (Jeanne Bem, *op. cit.*, pp. 267-268)。

ンスタンティヌス皇帝の宮殿で皇帝に拝謁する5番目の夢でもそれが引き継がれ、皇帝の案内で競馬場を見下ろすテラスからニケア公会議の教父たちが奴隷として働くのが見えると、いつの間にかアントワーヌは教父たちのひざまずく中を得意げに進んでいる（*T3*, p. 56）。さらに6番目の夢では、A はバビロニア王ネブカドネザルの考えを読み取ると、「その考えが彼の中に入り、彼自身がネブカドネザルになる」（*Ibid.*)、つまりA＝Bとなる。最後のシバの女王があらわれる夢では、A は台地の上にいるのだが、「アントワーヌは後退りする。彼女は近づく」（*T3*, p. 62）とあるように、女王は距離を縮めようとし、聖者は距離を広げようとする。このようにAとBは夢を経るごとに接近していくが、同化してしまうと、今度はBの方がAに接近して、AはBから遠ざかろうとする。語り手の視点の自由な移動は第1部冒頭描写でも見られたが、この第2部では語り手はつねにアントワーヌの目を通して見ており、しかも対象に接近し、同化し、また遠ざかるといったダイナミズムを伴っている。第2部における夢は第1部で提示された基本的な空間が組み合わさったものであるが、夢は走馬灯のように過ぎ行くのではなく、アントワーヌという夢見る主体は対象に食い込んでいるのである。

　第3部ではイラリオンが登場し、アントワーヌを旅へと誘う（*T3*, p. 70）。旅の最初である第4部は次のように始まる。

　　Et Antoine voit devant lui une basilique immense.
　　La lumière se projette du fond, merveilleuse comme serait un soleil multicolore. Elle éclaire les têtes innombrables de la foule qui emplit la nef et reflue entre les colonnes, vers les bas-côtés, où l'on distingue […] des constellations peintes sur les murs.（*T3*, p. 71）
　　（すると、アントワーヌの目の前に広大なバジリカ式会堂が見える。
　　多彩な色をもつ太陽のように不思議な光が奥から射し込んでいる。その光は群衆のおびただしい数の頭を照らしているが、群衆は会堂の外陣を埋め、柱と柱の間を下手の方にあふれでている。下手には［…］壁に星座が描かれているのが見える。）

第Ⅰ部

巨大なバジリカ式会堂の奥から光が射し、それが« comme serait un soleil multicolore »であるという。« comme »で導かれ、しかも「多彩な色の」という形容詞がついていることから、この描写は第1部の冒頭描写後半部における多彩な色やcommeを伴う比喩につながるものと考えることができるだろう。さらに、引用の最後の箇所にあるように、会堂の下手の壁には、天球を写しとったかのように星座が描かれている。もちろんこの会堂は完全な意味での宇宙空間ではないが、マネスが右手の下に小宇宙たる« globe »（天球儀）を持って登場し「天界は上の極限にある」と語り始めると（T3, p.72）、彼の言葉に呼応して、グノーシス派の宗主や宗徒が自分たちの宇宙観や救世主などについて次々と発言していく。第4部は宇宙空間への旅の出発点なのである。

異端者による誘惑はもちろん第1稿・第2稿にもあり、議論の内容上は大きな変更はないのだが、空間的な観点ではかなりの相違点がある。一つは、今見たように、異端者たちのいる会堂が小宇宙として描かれていることであるが、もう一つは、たとえば、第1稿や第2稿ではオフィス派の教徒たちは蛇を抱いて単にアントワーヌの目の前にあらわれただけであったが（T1, p.72; T2, p.315）、第3稿では聖者はある部屋に導かれ、そこで儀式に立ち会うかたちに変更されるなど、会堂から別の空間に移動している点である。さらに、この儀式の後に、コロッセウム、墓地、裸形仙人のいる森という三つの空間が第3稿では新たに加えられている。これらの場面で何が問われているのか検討していこう。

ある「手」に導かれてアントワーヌが天井の低い部屋に入ると、ある男が突然霊感を受けて、御言の光とともに宇宙が創造されたことを語り始める：

L'homme, ensuite, fut créé par l'infâme Dieu d'Israël [...].
[...]
Mais Sophia, compatissante, le vivifia d'une parcelle de son âme.
Alors, voyant l'homme si beau, Dieu fut pris de colère. Il l'emprisonna dans son royaume, en lui interdisant l'arbre de la science.

第4章 『聖アントワーヌの誘惑』における空間

> L'autre, encore une fois, le secourut ! Elle envoya le serpent, qui, par de longs détours, le fit désobéir à cette loi de haine.
>
> Et l'homme, quand il eut goûté de la science, comprit les choses célestes.
>
> [...]
>
> Mais Iabdalaoth, pour se venger, précipita l'homme dans la matière, et le serpent avec lui! (*T3*, p. 89)

（その後、人間はイスラエルの穢らわしい神により創造された［…］。

［…］

しかし、智慧(ソフィア)は憐れんで、自分の魂の一部によって人間に生命を与えた。

そのとき神は、人間がかくも美しいのを見て怒りにとられた。神はその王国に人間を幽閉し、知の樹を彼に禁じた。

智慧(ソフィア)はまたもや人間を救った！智慧(ソフィア)が蛇を遣わすと、蛇は長々と策を講じて、この憎悪の掟に人間を背かしめた。

そして人間は、知の実を味わった後、天上のことを理解した。

［…］

しかしヤブダラオトは、恨みをそそぐために、人間を蛇もろとも物質の中に陥れた！）

ここでは創世記におけるアダムの創造、蛇による誘惑と楽園追放のことが語られているのだが、通常の聖書解釈とは全く逆で、人間を創造したのは「イスラエルの汚らわしい神」つまり造物主(デミウルゴス)であり、楽園は一種の牢獄であって、智慧(ソフィア)から遣わされた蛇がそこから人間を救い出してくれる。そしてヤブダラオト（ヤハウェ）は復讐のために人間を蛇と共に物質の中に落としてしまう。このようなオフィス派の男の言葉によって礼拝儀式の意味が明らかになるわけだが、それと同時にここで語られた世界観はアントワーヌをとりまく状況を説明するものと見ることもできる。聖書における神は言うまでもなくアントワーヌの信仰の対象であったが、同時に苦行生活を強いる神でもあった。そこで第3部で蛇たるイラリオンが遣わされて、アントワーヌに知の味を教

101

えると、隠者は « ma pensée se débat pour sortir de sa prison » (*T3*, p. 70) と言う。この « prison » はオフィス派の男の言葉の中の « l'emprisonna » と呼応しており、聖書の神によって拘束されていた世界を表わすものである。そして人間が「天上のこと」を理解するのと同様に、第4部でアントワーヌはイラリオンに導かれて小宇宙であるバジリカ式会堂でさまざまな考えを知り、やがて第6部で実際に宇宙空間を知る。しかし、第7部でアントワーヌは « matière » の世界へと投げ込まれる。このようにオフィス派の男の言葉はこの作品全体でアントワーヌが受ける誘惑を説明しているのである。もちろん「物質」の世界に至るまでの道程は平坦ではない。オフィス派の教徒たちの部屋に続く場面を見ていこう。

　アントワーヌは蛇の前で失神して、気がつくとそこはコロッセウムの牢獄であり、ライオンの餌食に供されるキリスト教の殉教者たちがアントワーヌのまわりにいる (*T3*, p. 91)。この場面について、ジャン・セズネックは第3部でイラリオンが殉教は教義の真実性の証明にはならないと主張する言葉 (*T3*, p. 66) と結びつけているが[17]、むしろ直接にアントワーヌの « prison »、あるいはオフィス教徒の « emprisonna » という言葉から牢獄が浮かび上がったと考えていいだろう。場面は変わって夜の墓地となり、そこに殉教者にかかわる男女が集まり、悲嘆にくれながら宴を催す (*T3*, p. 93)。明らかにこの墓地の場面はコロッセウムでの死の続きであるが、単なる後日譚ではない。殉教者の肉体は墓の中に閉じ込められたままだが、霊はそこから抜け出て、縁者が異教徒の習慣にならってその霊を慰めているのである。肉体からの脱却というテーマはそのまま次の裸形仙人の場面に受け継がれる。森の入り口、いちじくの大木の前で裸形仙人がそのひからびた肉体を焼く (*T3*, p. 95)。インドの隠者が登場するのは一見唐突だが[18]、墓場の場面とのつながりで考えると自然に理解される。キリスト教の殉教者の霊が肉体から抜け出るように、裸形仙人は「わが肉体の汚らわしい宿を投げ捨て」「虚無寂

---

17) Jean Seznec, *Nouvelles études sur* La Tentation de saint Antoine, London, The Warburg Institute, 1949, p. 29.

滅」の中に眠ろうとする。しかも殉教者の霊を異教の習慣によって慰める行為を受けて、異教の隠者が殉教の死を迎えており、肉体からの脱却というテーマと異教というテーマがこの場面で一体化しているのである。

以上見てきた四つの場面には明確なテーマ上の連環が見られる。オフィス教徒の言葉にあった « emprisonna » から、殉教者が牢獄にいる場面が生まれ、次の墓場の場面では彼らが肉体という牢獄から抜け出す。さらに墓場の場面に見られた肉体からの脱却と異教という二つのテーマが裸形仙人の場面で一体化する。もちろんテーマのみならず、空間においても各場面はつながっている。オフィス教徒たちのいる天井の低い部屋は次の牢獄にそのまま引き継がれているが、墓場の場面では肉体という牢獄から霊が抜け出る。霊の自由な動きにつられるかのように、場面はインドの森へと飛ぶ。裸形仙人は自ら肉体を燃やして虚無寂滅の世界へと旅立つ。このように狭い空間から抜け出していく動きが見られるわけだが、これは明らかに聖書の神の支配する « prison » から出て広い世界へ向かおうとするアントワーヌの欲求を反映したものにほかならない。

第5部で神々が登場した後、イラリオンは「私の王国は宇宙の大きさを持っている」« Mon royaume est de la dimension de l'univers » と言って、悪魔としての本性をあらわにする（T3, p. 149）。第6部は宇宙空間での対話となるが、対話の内容はジャン・ブリュノーの言う通り、スピノザ的な見方および科学的な見方によって明確化されているものの、「おそらく何も存在しないのだ」（T3, p. 156）という結論は一貫して変わらない[19]。このように第5部の神々や第6部の宇宙空間はどちらも基本的には第1稿・第2稿と変わりがないが、異なるのは順番である。先の二稿では宇宙空間から

---

18) セズネックによれば、フローベールはインドの行者と異端者との間には交流があったとする Mignot 神父の研究書を参照したのだから、裸形仙人の登場も不思議ではないという（Ibid., pp. 32-33）。有益な指摘だが、裸形仙人が異端者と交流があったことだけではコロッセウムや墓場の場面とのつながりを明らかにできないように思われる。

19) Jean Bruneau, *Les débuts littéraires de Gustave Flaubert 1831-1845*, Armand Colin, 1962, pp. 511-512.

戻ってから神々の行列となったのだが、第3稿では逆になっている。

　誘惑の最後の段階である第7部では、宇宙空間から落ちて元の小屋の前に戻ったアントワーヌの前に死神と淫欲があらわれて抱擁を求め（T3, pp. 158-159）、ついでスフィンクスとの合体を求めるキマイラがあらわれる（T3, p. 162）。スフィンクスは砂に消え、一方キマイラのつくりだした霧の中から伝説上の部族や空想上の動物があらわれる（T3, p. 165）。やがて植物があらわれ、動物と植物、植物と石は混ざり合い、生命誕生の世界がアントワーヌの前に展開する。恍惚として彼は « Je voudrais [...] pénétrer chaque atome, descendre jusqu'au fond de la matière, – être la matière ! » と叫ぶと、最後にイエス・キリストの顔が太陽の中に浮かび上がる（T3, p. 171）。あらゆる原子の中に入ってさらに物質になりたいというアントワーヌの言葉の中には、見る主体が対象のある空間に入り込んで、対象と一体化した第2部での動きの再現を見ることができる。しかし、第2部でネブカドネザル王になったのは七つの大罪、特に「傲慢」によるもので、アントワーヌが望んだことではなかったが、ここでは自ら進んで対象と一体化したいと言っている。その対象はほかならぬ物質である。フーコーは「聖者は天から顔をそむけ［…］、信仰を、自然の沈黙や物体の陰気で穏やかな痴愚と一体化したいという意志に変えてしまう」と述べ、アントワーヌの言葉に対神徳の敗退を読み取っている[20]。しかし、対神徳が敗退したのなら、なぜ最後にキリストが日輪の中にあらわれるのか。この最後の段階の誘惑がもつ意味を捉えるために、冒頭からテクストを見直してみよう。

　第1部は基本的な空間の提示であり、まだ誘惑の準備あるいは序の段階であった。第2部で七つの大罪があらわれると、アントワーヌは幻の空間へと本格的に入り込んで、見る対象との距離を縮めていき、ネブカドネザル王と一体化するに至る。この七つの夢が誘惑の第1段階と呼ばれうるものであるが、ここではコンスタンティヌス皇帝やネブカドネザル王も含めて地上の支配者が問題になっていた。第3部ではイラリオンが登場し、第4部から誘惑

---

20) Michel Foucault, *art. cit.*, p. 117.

の第2段階となる。第1部から第3部までは山の上の空間や過去の空間あるいはそこから増殖した空間の組み合わせであったのに対し、第4部からは宇宙空間が加わることから見ても、第4部が重要な道標となっていることが分かる。第4部のオフィス教徒の場面では、楽園は人間を拘束する王国として語られており、聖書の神は一種の王として扱われていた。それはもちろん地上の王よりは上位にあるが、真の神よりも下位の造物主たる王なのである。牢獄-墓場-裸形仙人とつながる場面で拘束された世界から抜け出ようとする動きが示された後、第5部では神々が登場する。これは聖書の神が相対化された第2段階の延長線上に位置するものであり、より世界が広がる。誘惑の第3段階は第6部の宇宙空間であるが、第5部の最後でイラリオン（＝悪魔）が「私の王国は宇宙の大きさを持っている」と言うように、この宇宙空間は悪魔が支配する王国として位置づけられている。このように誘惑の第1段階では地上の王が、第2段階では造物世界の王が、第3段階では宇宙の王が問題になっている。つまり地上の支配者から天上の支配者へと誘惑者が移り、それに応じて空間も広大になっているのである。第3稿では先の二稿とは順序が変わって、誘惑が地上から天上へ移行するように再構成されたのである。いずれの段階でも支配者ということが問題になっているが、特にアントワーヌが一体化するネブカドネザル王が「傲慢」の具象化であることからしても、他者あるいは世界を支配するという驕りの念が誘惑の主要なモチーフになっていることが分かる。誘惑空間は膨れ上がり、はち切れたかのように第7部冒頭で元の山の上の空間へと戻る。そこでアントワーヌは自分の傲慢さを悔い、再び地上の空間にかかわる誘惑が始まるのだが、第2部と異なるのは王や皇帝といった支配者が登場しないことである。その代わり、アントワーヌに抱擁を求める死神と淫欲があらわれ、次にキマイラがあらわれてスフィンクスとの合体を求める。最後にキマイラの口からもれた霧の中から伝説上の部族や空想上の動物が生まれ出て、やがて生命誕生を目にする場面となる。明らかにここでは性的結合とその結果としての生命誕生が問題になっている。第1稿・第2稿でもスフィンクス・キマイラや怪物の場面はあるのだが、いずれも第2部で肉体の誘惑の系列に組み込まれていた。第3稿

では誘惑の最後の段階に移されて、傲慢によって膨れ上がった誘惑空間のアンチ・テーゼとして肯定的な意味をもったものとして出てきている。ここでは少なくとも支配・被支配の関係はないからである。だからこそ初めてアントワーヌは対象と一体化したいという欲求を表明するのであって、必ずしもフーコーのように対神徳の敗退を読み取ることはできないのである。

「物質になりたい」という叫び声とともに、イエス・キリストの顔が太陽の中に浮かび上がるのだが、この最後の場面はさまざまに解釈されている。たとえばビュトールは「太陽宗教としてキリスト教を照らし出すもの」と見ているし[21]、ジャンヌ・ベムは心理学的観点から、「分身の最後の出現」であり、「ほとんどアントワーヌの神格化を表わすもの」だとしている[22]。テクストを素直に見ると、キリストの顔は生命誕生の肯定的性格を引き継いだものであり、一つの救いだと読める。しかし単に救済を示すだけならば、最初の予定通り対神徳の登場で終わればよかったのだが、このような結末になったのは太陽を出したかったからだと思われる[23]。明らかにこの太陽は、作品冒頭で沈む太陽と呼応するものであり、現実の太陽と同じように、昇ってはまた沈む永遠の運動が暗示されている。空間的な面で見ても、第7部では原子の世界に至るほど空間が縮小し、その名残であるかのように冒頭描写の初めでは空間の縮小が見られるといったように作品の最後と最初がつながっている。救済はあくまで瞬時に示されただけであり、第1稿と同じように誘惑は永遠に続いていく。最後の場面は救済と永劫回帰を同時に啓示しているのである。

第1稿では小屋と礼拝堂を基本とする舞台空間が提示され、その二つの建物、特に小屋を軸にして誘惑が展開していた。具体的な建物が基軸となっていたのはおそらく、フローベールがジェノヴァのバルビ宮で見たブリューゲ

---

21) Michel Butor, *op. cit.*, p. 235.
22) Jeanne Bem, *op. cit.*, p. 147.
23) 太陽の中にあらわれるキリストの顔については、本書第Ⅱ部第5章「イエス・キリストの死とその復活」で生成論の観点から捉え直している。

ルの絵の反映であろう。第2稿では観客（＝読者）が視覚的に捉えうる空間はやや奥に退いて、聖者が生まれた場や死ぬ場が導入されて、テクスト空間はより大きな広がりを見せる。第3稿では小屋と礼拝堂を基本とする舞台空間は解体し、語り手が介在する小説空間のごときものとなる。その多様な空間を順に検討していくと、そこには地上から天上へと広がり、第7部では逆に縮小して物質にまで至る動きが見て取れた。空間が拡大していく過程では支配あるいは傲慢さが主要なテーマとして出てきていたが、収縮する段階ではそれが消えて、救済と永遠回帰の両義性をもった場面で終わる。第1稿では誘惑者の側から誘惑の方向づけがなされていたのに対し、第3稿では地上にいるアントワーヌがたどりやすいように誘惑全体が再構成されているのである。もちろんこの再構成によって「聖者の人格」を軸にした誘惑全体のつながりに糸が通ったのだが、その半面、第1稿に見られた次に何が出てくるか分からない恐ろしさは薄れてしまったように思われる。ブリューゲルの絵画をはじめ、聖アントニウスを題材にした数多くのイコノグラフィーがもつ得体の知れなさも第3稿には窺えない。

　空間に光をあてながら第1稿から順に第3稿まで見てきたわけだが、そこには必ずしも本当の意味での完成は見て取れない。誘惑空間がさまざまに入れ換って、決して完成されないテクストの運動を見るのみである。フローベールが1872年6月ルロワイエ・ド・シャントピー宛書簡で『聖アントワーヌの誘惑』のことを「私の全生涯の作品です」（Corr., IV, p. 531）と言うとき、永遠に未完成なテクストを念頭に置いていたのかもしれない。

第5章　『三つの物語』の構造と意味

　1875年、フローベールは『ブヴァールとペキュシェ』の執筆を一旦断念し、10月に『聖ジュリアン伝』にとりかかり、翌1876年2月に完成させる。3月には『純な心』の構想開始、8月に完成させるとすぐに『ヘロデヤ』の準備を始め、1877年2月に執筆を終え、その年の4月には『三つの物語』としてシャルパンティエ書店から出版される。三つの物語としてまとめることについては、『純な心』を執筆中の1876年4月20日、ロジェ・デ・ジュネット夫人宛て書簡に、「聖ヨハネの物語」を合わせて三つの物語にすれば「かなり面白い一冊」（*Corr.*, V, p. 36）になるだろうというのが初出であるが、どういう意図をもってまとめることにしたかについては、他の書簡でも述べられていない。

　本章では『三つの物語』の構造と意味を明らかにするために、まず各々の物語における室内描写、人物描写などを検討しながら、物語の構造といったものを探り、最後に全体を見ながら、物語間の連関に目を向けていきたい。その際、物語は執筆された順序ではなく、出版されたときの順序で進めていく。

『純な心』

　物語の中心的な舞台になるのはオバン夫人の家だが、第1章における描写を見ていこう。

　　　Cette maison, revêtue d'ardoises, se trouvait entre un passage et une ruelle aboutissant à la rivière. Elle avait intérieurement des différences de niveau qui faisaient trébucher. Un vestibule étroit séparait la cuisine de la *salle* où Mme Aubain se tenait tout le long du jour, assise près de la croisée dans un fauteuil de paille. [...]

Au premier étage, il y avait d'abord la chambre de « Madame », très grande, tendue d'un papier à fleurs pâles, et contenant le portrait de « Monsieur » en costume de muscadin. Elle communiquait avec une chambre plus petite, où l'on voyait deux couchettes d'enfants, sans matelas. Puis venait le salon, toujours fermé, et rempli de meubles recouverts d'un drap. Ensuite un corridor menait à un cabinet d'étude [...]. Une lucarne au second étage éclairait la chambre de Félicité, ayant vue sur les prairies.（*CS*, p. 201）

（この家はスレート葺きで、河まで達する路地と小路の間にあった。家の中は高さの違うところがあって、つまずくことがあった。狭い玄関が台所と「広間」を隔てており、広間ではオバン夫人が一日中、窓の近くにある藁の肘掛椅子に座ってじっとしていた。[…]

二階では、まず「奥さま」の部屋があった。この部屋はとても広くて、白っぽい花模様の壁紙がはられ、王党派青年の服装をした「旦那さま」の肖像画が掛かっていた。この部屋と続きになったより小さな部屋には、マットレスのない子供用の寝台が二つ見えた。次にくる客間は、いつも閉めてあるが、布をかけた家具でいっぱいだった。それから、廊下を行くと書斎があった。[…] 三階の天窓がフェリシテの部屋を明るくし、そこから牧場が見渡せた。）

最初は外からの描写であったのが、やがて玄関を通って中に入り、「広間」に移り、次の段落では二階に上がり、「奥さま」の部屋などが順に紹介され、三階のフェリシテの部屋に入ったところで描写は終わる（引用を省略した箇所は、第1段落では広間に置かれた椅子、晴雨計、ピアノなどが、第2段落では書斎にある本や書類などが描かれている）。この描写において二つの問題が指摘されうる。一つは視点の問題である。語り手の視点から客観的に描

かれているようにも見えるが、引用中の « Madame » や « Monsieur »はフェリシテのオバン夫人やオバン氏に対する呼び方であるから、フェリシテが家の外から中に入り、部屋から部屋を見て回ったのだとも考えられる。一階でつまずいたり、オバン夫人が腰掛けているのを見ているのはフェリシテかもしれない。もう一つは家具や装飾品の描写である。家具等が描かれているのは「広間」及び二階の「奥さま」の部屋、子供部屋、客間、書斎だけであって、台所やフェリシテの部屋の物は全く描かれない。つまり、フェリシテがいつも居る場所にある物は全く描かれず、他の人物の居る場所のみが家具や装飾品で満たされているのである。

　第1章の描写の後、オバン夫人の家の中が描かれるのは、第4章で剥製になった鸚鵡がフェリシテの部屋に置かれたときである。

　　　Une grande armoire gênait pour ouvrir la porte. […] C'est ainsi qu'il y avait des fleurs artificielles au bord de la commode, et le portrait du comte d'Artois dans l'enfoncement de la lucarne. (*CS*, p. 221)
　　　（大きな箪笥が入口の扉を開けるのを邪魔していた。［…］このように整理ダンスの縁には造花があり、天窓のくぼみにはアルトワ伯の肖像画が掛かっていた。）

引用の省略部分には、甥のヴィクトルからもらった貝殻細工の箱やヴィルジニーとポールの絵本など思い出がつまったあらゆる物が部屋を飾るものとして描かれている。視点に関して言えば、ここでは閉ざされた部屋の内部だけが描かれているのだから、この描写がフェリシテの視点からなされたものであることは疑いない。また、部屋に置かれた物の性格も、第1章の描写とはかなり異なっている。第1章で描かれた物が人物の手に触れられる場面は皆無である（たとえば、ヴィルジニーがピアノを弾いたり、ポールが書斎の物をひっくり返したりする場面はない）のに対して、第4章では部屋すべてがヴィクトルやヴィルジニー等の人物につながるもので占められている。以上述べた視点の相異及び部屋を飾る物の相異を手がかりにして、二つの描写の

意味を考えてみよう。

　オバン夫人の家の描写は引用した二箇所のみである[1]。第１章の描写が外から始まって内に入りフェリシテの部屋（そこには何らの物も描かれない）で終わり、第４章ではフェリシテの部屋の内部の物が描かれることから、第４章の描写を第１章の描写の続きとして、つまり二つの描写を一続きのものとして考えることができる。そこで、二つの描写全体を一貫して捉えるならば、家の外から玄関を通って中に入っていくのだから、明らかに外から内へと向かう運動を認めることができる。そして、この外から内への運動は、このコント全体におけるフェリシテの動き、即ち外から来て女中として家に入り外部とのつながりを失なってついには自らの部屋に閉じ込もるという動きをそのまま移しかえたものに他ならない。第１章の描写が誰の視点によるものかが曖昧であったのが第４章で明確になるのも、フェリシテが徐々に家の中に入り込んで家を内側から見て行く過程と呼応していると言えるだろう。では、部屋を飾る物についてはどうか。第１章で描かれた家具等は、全く人物との結びつきを持たないまま、オバン夫人の死後ポールによって持ち出される：「奥さまの肱掛椅子も円テーブルも足炬燵も八脚の椅子も運ばれていってしまった！」(*CS*, p. 222)。このように、第１章の家具や物は、オバン夫人やヴィルジニーの死とともに家から失なわれる運命にあったことが分かる。そして、それらがフェリシテ以外の人物の部屋の物に限られていたということは、フェリシテの生活空間がそのような運命を免れる唯一のものであったことを示している。つまり、フェリシテの部屋はオバン夫人の家全体を襲う死の運命からの避難所であって、いわば家全体のもつ生命が一つの部屋に集中していくのである[2]。

　ところで、引用した二つの描写の最後の文章には共に「天窓」があらわれる。第１章の天窓が外に向かって開かれているのに対し、第４章のそれがア

---

1) オバン夫人の家の描写は引用した二箇所のみだが、ツークの小作人リエバールの家の描写では、二つの描写に欠けていた「台所」の内部の様子が描かれる（*CS*, p. 207)。二つの描写にこのリエバールの台所の描写を加えれば、一軒の家の描写が完成することになる。

ルトワ伯の肖像画によって閉ざされていることから、ここにもさきほど述べた外から内への運動を見い出すことができる。しかしまた、天窓は、フェリシテが「それ（＝イエスの洗礼を描いた版画）をアルトワ伯の代りに掛けた」(*CS*, p. 222) とき、新たな意味を担う。「彼女は教会でいつも聖霊を見て、鸚鵡となにかしら似たところがあると思っていた」(*CS*, p. 221) のだから、イエスの洗礼の版画に描かれた聖霊（実際は飛んでいる鳩の姿）はフェリシテにとっては飛んでいる鸚鵡に見えたのである。版画の中の鸚鵡の姿が、この物語の最後の場面における鸚鵡の飛翔を先取りしたものであることは言うまでもない：「彼女は半ば開かれた天のうちに、巨大な鸚鵡が頭の上を舞っているように思った」(*CS*, p. 225)。このように、天窓は、その前に聖霊の版画が置かれることによって、鸚鵡が天に向かって飛ぶ通り道となる。また一方では、天窓は、外から内への運動の帰着点であった。要するに、フェリシテの世界が外の世界との関係を失って内に閉じこもるにつれて、いわば外にあった生命を吸い込みながら収斂していき、最後に彼女の幻の中で「半ば開かれた天」へと広がっていく、その収斂と膨張という二つの動きの結節点に天窓がなっているである。

　人物描写に移ろう。この物語の主要な登場人物としては、フェリシテ、オバン夫人、ポール、ヴィルジニー、ヴィクトル、ルールーが挙げられる（ルールーは鸚鵡ではあるが人間と同じ存在として描かれている）。このうち物語に最初に登場したときに描写があるのは、フェリシテ、オバン夫人、ヴィクトル、ルールーであり、死んだときに描写されるのはオバン夫人、ヴィルジニー、ルールーである。ポールの描写は全くない。言うまでもなく主人公はフェリシテなのだが、第1章で語り手の視点から描かれた後は、彼

---

2) ペル・ニクログもオバン夫人の家の二つの描写を比較しながら、「家は死んだ貝殻のようになって、唯一まだ生命をもった場である部屋を取り囲んでいる。耳が聞こえず目が見えなくなったフェリシテがその部屋でもはや完全に内化され殻に閉じこもった生活を続けているからである」と述べている (Per Nykrog, « Les *Trois Contes* dans l'évolution de la structure thématique chez Flaubert », *Romantisme* n° 6, p. 56)。ニクログは細かい分析はしていないものの、拙論と同じことを述べていることになる。

女は見られる側から見る側にまわり、さまざまな人物をみていくことになる。まず彼女の溺愛の対象であったヴィルジニーから見ていこう。
　ヴィルジニーは死んだ後に、フェリシテの視点から詳細に描かれる。

> 　Dès le seuil de la chambre, elle aperçut Virginie étalée sur le dos, les mains jointes, la bouche ouverte, et la tête en arrière sous une croix noire s'inclinant vers elle, entre les rideaux immobiles, moins pâles que sa figure. […]
> 　Pendant deux nuits, Félicité ne quitta pas la morte. […] À la fin de la première veille, elle remarqua que la figure avait jauni, les lèvres bleuirent, le nez se pinçait, les yeux s'enfonçaient. […] Elle […] étala ses cheveux. Ils étaient blonds, et extraordinaires de longueur à son âge. Félicité en coupa une grosse mèche, dont elle glissa la moitié dans sa poitrine, résolue à ne jamais s'en dessaisir. (CS, p. 215)
> （部屋の入口から、ヴィルジニーが仰向けに横たわり、両手を合わせ、口を開け、彼女の方に傾けてある黒い十字架の下で頭をのけぞらせ、動かないカーテンの間にいるのが見えた。カーテンは彼女の顔ほど蒼白くはなかった。［…］
> 　二晩の間、フェリシテは死者のもとを離れなかった。［…］最初の通夜の終わりに、顔が黄色く、唇が青くなり、鼻が尖り、目が窪んでいるのに気がついた。［…］彼女は［…］髪を広げた。髪は金髪で、年齢にしては驚くほど長かった。フェリシテは髪の一房を切り、その半分を自分の胸に忍び込ませ、永久に離すことはないと心に決めた。）

最初の段落では「両手」「口」「頭」「顔」が、次の段落では「顔」「唇」「鼻」「目」「髪」が描かれており、明らかにフェリシテは最後の髪に対して愛着（というよりも執着）を抱いている。ただ、この「金髪で、年齢にしては驚くほど長かった」髪も生きている間はフェリシテの視点から描かれることなく、死んだ後に初めてその特徴が分かる。この意味を探るために、描写ではなくても、ヴィルジニーの身体の部分が出てくる箇所を最初から追って

まず、第2章のジェフォスの農場で駆け回る場面では「足」が出てくる： « [...] la rapidité de ses jambes découvrait ses petits pantalons brodés. » (*CS*, p.205)。次に第3章の聖体拝領の場面ではその「首」をフェリシテが見つめる： « [...] elle reconnaissait de loin la chère petite à son cou plus mignon et son attitude recueillie. » (*CS*, p.209)。そして実際に聖体を拝領する場面では、フェリシテは自分がヴィルジニーになったかのように緊張する。

> [...] il lui sembla qu'elle était elle-même cette enfant ; sa figure devenait la sienne, sa robe l'habillait, son cœur lui battait dans la poitrine ; au moment d'ouvrir la bouche, en fermant les paupières, elle manqua s'évanouir. (*CS*, pp.209-210)
> （彼女は自分があの子供になっているかのように思った。あの子の顔が自分の顔となり、あの子の服を身にまとい、あの子の心臓が自分の胸で高鳴っていた。まぶたを閉じながら、口を開けるときは、あやうく気が遠くなりかけた。）

ここではヴィルジニー全体が問題になっているようだが、外から見える身体の部分だけを取り出すと「顔」と「口」と「まぶた」になる。次に、ヴィルジニーが修道院へ出発する場面では「額」がある： « Virginie [...] embrassait sa mère qui la baisait au front » (*CS*, p.210)。また、フェリシテが、修道院へ行ってしまったヴィルジニーを思い起こす場面では「髪」と「顔」と「手」がある[3]。

> Elle s'ennuyait de n'avoir plus à peigner ses cheveux, [...] – et de ne

---

3) オバン夫人が娘に会いに修道院に行く場面で、ヴィルジニーの「まぶた」が描かれる (*CS*, p.214) が、フェリシテがその場にいないこの箇所は分析の対象から除外した。本論では、フェリシテにとっての外と内を問題にしているので、彼女の知覚外にあるものは除外するのが適切であろう。

plus voir continuellement sa gentille figure, de ne plus la tenir par la main quand elles sortaient ensemble. (*CS*, p. 210)

（彼女には、もうヴィルジニーの髪を櫛で梳かすことがないのが、[…] またあの可愛い顔をずっと見ることも、一緒に外に出るとき手をとることもないのが淋しかった。）

以上の引用で、彼女の体のどの部分が描かれているかに注目すると、ジェフォスの農場では「足」、聖体拝領の場面では「首」「顔」「口」「まぶた」、修道院へ出発する場面では「額」、修道院へ行ったヴィルジニーを思い出す場面では「髪」「顔」「手」というようになる。物語が進行するにつれて、即ちヴィルジニーが死に近づくに従って、体の下から上へと上がっていき、「髪」で頂点に達すると、「顔」「手」というように下に戻る。死んだ後は、すでに見たように、まず「両手」「口」「頭」「顔」、次の段落では「顔」「唇」「鼻」「目」「髪」が描かれているのだから、これら身体への言及あるいは描写を一続きのものとみなすことができるだろう。生きている間は足から順に顔へ、そして髪へ上がり、また顔へ戻って、「手」« la main » で終わり、死んだ後は生きている間を引き継ぐかのように合わせた「両手」« les mains » で始まり、顔を通って、最後は「髪」へと行き着く。室内描写ではフェリシテの部屋に描写の各要素が集中していったが、ヴィルジニーの身体においても、一つの方向性をもって、その髪に集中していく。生きている間の描写では、ヴィルジニーが目の前にいなくなったときはじめて髪があらわれる。言い換えれば、髪以外の部分がそれまで視覚によって外的なものとして捉えられていたのに対して、髪はフェリシテの内部世界に浮かびあがる。また、死んだ後の描写の最後の文で、切り取った髪の毛を「自分の胸に忍び込ませ、永久に離すことはない」とあるように、髪は体から切り離されてフェリシテの体の一部のようになっていく。オバン夫人の家の生命がフェリシテの部屋に宿ると同様に、ヴィルジニーの体全体の生命は彼女の髪に宿っていくのだが、それはフェリシテにとっては外にあったものが内へと入っていく運動に他ならない。

第Ⅰ部

　オバン夫人の髪も死んだ後に、その色が「茶褐色」であることが読者に分かる：« On la croyait moins vieille, à cause de ses cheveux bruns » (*CS*, p. 222)。主語の « On » はポン゠レヴェックの町の人を指すものだし、そもそも夫人の髪はフェリシテの愛着の対象にはなっていないのだが、とにかく夫人の場合も髪の毛と死が結びついている。

　さらに、フェリシテがヴィクトルの死を知った後、近くの河に洗濯に行く場面にも「髪」は出てくる：« au fond, de grandes herbes s'y penchaient, comme des chevelures de cadavres flottant dans l'eau. » (*CS*, p. 213)。「水中にただよう死人の髪のように」河底になびく大きな藻草について、コリン・ダックワースは「このイメージは叙述の一部であるにもかかわらず、フェリシテの心の中にある。というのも彼女はごく当たり前にヴィクトルが溺死したと思っているからである」と述べている[4]。遠洋航海に出たヴィクトルが溺れ死んだというイメージがフェリシテにあったかどうか確たることは言えないが、とにかく「死人の髪のように」という比喩がヴィクトルの死の知らせがあった直後にテクストにあらわれ、それがその後のヴィルジニーの死やオバン夫人の死の予告になっていることは疑いない。ヴィクトルが生きている間の身体については、一つの方向性が見られることはなく、またもう一つの溺愛の対象であるルールーについても同じことが言えるが、両者については『三つの物語』全体を見てから、論じることとしたい。

　外界描写については、かなり数が多いので、全体の傾向をあらわすと思われる二つの場面のみを引用する。まず、第2章における夏のトゥールーヴィルの描写。

> Les jours qu'il faisait trop chaud, ils ne sortaient pas de leur chambre. L'éblouissante clarté du dehors plaquait des barres de lumière entre les lames des jalousies. Aucun bruit dans le village. En bas, sur le trottoir,

---

[4] *Trois Contes*, Edited with an Introduction, Notes and Commentary by Colin Duckworth, London, Harrap, 1959, pp. 183-184, note 121.

personne. Ce silence épandu augmentait la tranquillité des choses. Au loin, les marteaux des calfats tamponnaient des carènes, et une brise lourde apportait la senteur du goudron.（CS, p. 208）

（あまりに暑さがきびしい日には、皆は部屋から出なかった。外のまばゆい光が鎧戸の板の間に光の線を張り付けていた。村には何の音もしなかった。下の歩道には誰一人いない。広がった沈黙が事物の静けさを増していた。遠くで、槇皮詰めをする人のハンマーが船底をたたいており、重い微風がタールのにおいを運んできた。）

対象がどの感覚に捉えられているかを見ると、まず「まばゆい光」は視覚、「音」は聴覚、「下の歩道には誰一人いない」は視覚、あるいは誰も通る人の気配がないという意味なら聴覚かもしれない。「沈黙」は聴覚、「ハンマー」がたたくのは聴覚、「タールのにおい」は嗅覚である。したがって、漠然とではあるが、視覚から聴覚、さらに嗅覚という順序が見て取れる。

第5章は外界描写から始まる。

　　Les herbages envoyaient l'odeur de l'été ; des mouches bourdonnaient ; le soleil faisait luire la rivière, chauffait les ardoises.（CS, p. 224）
　　（牧草地は夏の匂いを送ってきた。蠅がぶんぶん鳴っていた。太陽は河の面を輝かせ、スレート屋根に照りつけていた。）

同じ夏の描写であるにもかかわらず、この第5章では嗅覚で始まり、次に聴覚、最後に視覚となる。この描写は語り手から客観的になされたというよりも、語り手がフェリシテの中に入って夏の日の情景が描かれているように思われる。第4章ですでに « sourde »（CS, p. 219）で、« aveugle »（CS, p. 224）になっているフェリシテにとって、かろうじて感知しうるのは牧草地からくる「夏の匂い」だけであって、それがまず文の最初に来るのはごく自然な順序であろう。蠅の音や太陽の輝きはフェリシテの想像世界にしかないのかもしれない。そして、このように感覚世界が内化していく動きは、こ

第Ⅰ部

の物語が鸚鵡の飛翔の幻で終わることを必然的に理解させる。

　以上、さまざまな描写を検討した結果、物語が進行するにつれて、フェリシテにとって外にあったものが内へと集中していく動きを物語全体の動きとして引き出したことになる。

『聖ジュリアン伝』

　『純な心』と同様、主人公が住む場所から始めよう。この物語は三つの章から成り立っているが、ジュリアンの動きを見てみると、第1章の終わりで彼は両親とともにいた「城」« château » から出発し、第2章の終わりで彼は両親を殺害した後、妻と暮らしていた「宮殿」« palais » を出る。そして第3章では河のそばに「小屋」« cabane » を建て、そこに住んで贖罪をおこなう。したがって主人公は、第1章では城、第2章では宮殿、第3章では小屋というように、章ごとに異なった場所に住むことになる。

　ジュリアンの両親が住む「森の真ん中、丘の中腹にある城」は、第1部冒頭の8つの段落で描かれている。まず塔や屋根など外から描かれ、城の中庭、城門、堀を経て、城の中に入り、布が詰め込まれた棚のある部屋や、葡萄酒の樽が積み重なった酒蔵や、さまざまな武器が並ぶ部屋などを巡っていき、第8段落は次の文で始まる。

　　La maîtresse broche de la cuisine pouvait faire tourner un bœuf ; la chapelle était somptueuse comme l'oratoire d'un roi. (*SJ*, p. 230)
　　（炊事場の一番大きな串は、一頭の牛を刺して回すこともできた。礼拝堂は王の祈祷室のような豪華さであった。）

描写の第3段落にあらわれる « basilic » と « héliotrope » という植物がジュリアンの運命を支配する残忍性と聖性を象徴していることは多くの注釈で指摘されているが[5]、同じ対立がこの第8段落で「炊事場」と「礼拝堂」がポワン・ヴィルギュルではさまれた一見不可思議な文でもあらわれている。というのも、ジュリアンが最初に動物を殺すのは礼拝堂だからである（*SJ*,

p. 232)。ジュリアンは一匹の鼠に「軽い一撃」を加えただけでむしろ彼の方が驚いたくらいなのだが、それでも殺害にはちがいない。この、一匹の鼠の殺害がやがては森の中の大殺戮につながっていくのだから、第8段落の串刺しになった牛と礼拝堂とが一つになった文は将来のジュリアンの行動を予言しているわけである。

　このようにジュリアンが生まれる前の城の描写ですでに彼の将来があらわされている（ジュリアンが誕生するのは第10段落）ということは、彼は自分の意志で決めるというよりも、彼を超えたある存在によってあらかじめ運命が決められていることになる。したがって、『純な心』のように主人公の内的視点というよりも、主人公の運命を全体として俯瞰的に見た方がいいように思われる。

　とりあえず、第2章の住居を見てみよう。ジュリアンは両親のいる城を離れ、多くの戦闘の後、ある皇帝の娘を娶り、「宮殿」に住む。

　C'était un palais de marbre blanc, bâti à la moresque […]. […]

　Les chambres, pleines de crépuscule, se trouvaient éclairées par les incrustations des murailles. De hautes colonnettes, minces comme des roseaux, supportaient la voûte des coupoles […].

　Il y avait des jets d'eau dans les salles, des mosaïques dans les cours, des cloisons festonnées, mille délicatesses d'architecture, et partout un tel silence que l'on entendait le frôlement d'une écharpe ou l'écho d'un soupir. (*SJ*, p. 239)

　（それはムーア風に建てられた、白大理石の宮殿であった［…］。［…］

---

5) たとえば、ピエール＝マルク・ドゥ・ビアジは「ヘリオトロプ（＝ひまわり）は聖ヨハネに捧げられたもので、神によって霊感を受けた人間を象徴する（太陽の方に向いた花＝神に向いた人間）。それは、バジリックが『中世以来、動物の種をあらわす同音語から、その残忍性と獰猛さを借りている』（ユイスマンス『大伽藍』）のと対立している」と記している（*Trois Contes*, Introduction et notes par Pierre-Marc de Biasi, « Le Livre de Poche », 1999, p. 91, note 3)。

> 　部屋という部屋は、ほのかな光に満ち、壁の象嵌によって照らされていた。葦のように細い高円柱が丸天井の穹窿を支えていた［…］。
> 　広間には噴水があり、中庭はモザイクが敷かれ、花綱装飾の壁、繊細さを極めた建築があり、いたるところ静まり返っているので、布のかする音、ため息のこだまも聞こえるほどであった。）

この描写が第1章の城の描写と異なるのは、部屋に家具や道具類が一切見当らないことである。最後の文の「布のかする音、ため息のこだま」がかろうじて人の存在を感じさせるが、日常生活で用いられる物が存在しないために、その豪勢さにもかかわらず、宮殿の廃墟を見ているように思われる。この描写から見て、宮殿はジュリアンにとって仮の住まいのように感じられているようである。

実際、彼は妻がほかの男と寝ていると思い込んで両親を殺してしまった後、ひとり宮殿を出て、物乞いをしながら、ある河の岸にたどり着く。第3章の住まいである小屋は、以下のように描かれる。

> Une petite table, un escabeau, un lit de feuilles mortes et trois coupes d'argile, voilà tout ce qu'était son mobilier. Deux trous dans la muraille servaient de fenêtres. (*SJ*, p. 247)
> （小さな食卓、腰掛け、枯葉の寝床、そして粘土の椀が三つ、それだけがジュリアンの家具であった。壁の二つの穴が窓になっていた。）

ここでは第2章の宮殿とは逆に、すべての家具が示され、しかもそのすべては癩病の男によって触れられる。癩病の男は小屋に入ると、腰掛けの上に座り、食卓の上で椀に入った脂身やパンを食べ、寝床の上でジュリアンに体を温めてもらうからである（*SJ*, p. 248）。癩病の男、つまりイエス・キリストとこの小屋の家具との結びつきの緊密性から見て、小屋はキリスト降臨の場としてつくられたことが想定できる。

では、ジュリアンがたどった経路にはどのような意味があるのか。「城」

「宮殿」「小屋」が主人公の運命においてどのような位置を占めるかを知るためには、彼自身の場所の移動のみならず、彼の両親がたどった道をも考慮に入れなければならない。第2章で、ジュリアンの両親は息子を捜してようやく宮殿にたどりつき、そこで息子の妻に自分たちの旅がどんなものであったかを物語る。

> Ne le voyant pas revenir, ils étaient partis de leur château ; [...]. Il avait fallu tant d'argent au péage des fleuves et dans les hôtelleries, pour les droits des princes et les exigences des voleurs, que le fond de leur bourse était vide, et qu'ils mendiaient maintenant. (*SJ*, p. 241)
> （彼が戻らないとわかって、両親たちは城を出発したのである。[…]河の通行税や宿泊代や、王侯に払う税や盗賊の強要で、たいそうなお金を使い果たし、財布の底は空になって、今では物乞いをしているのであった。）

2番目の文章を見ると、ジュリアンの両親は河を渡ったり、宿をとったりしながら、ついには物乞いの生活になって宮殿にたどりついたことが分かる。今、第3章におけるジュリアンの行動を見ると、彼は宮殿を出発した後、物乞いの生活をしながらある河にたどりつき、その河の渡し守になって、小屋を建て宿を提供することになる。この二つの旅を比べると、まるでジュリアンの旅は両親の旅を逆方向に、即ち終わりから初めへとおこなっているように見える。そこで、第3章において、ジュリアンは、両親を殺害した後、かつて両親が宮殿に着くまでにたどった道を逆方向に進んだものと仮定すると、次のようにジュリアンと彼の両親の歩んだ道は表わされるはずである。

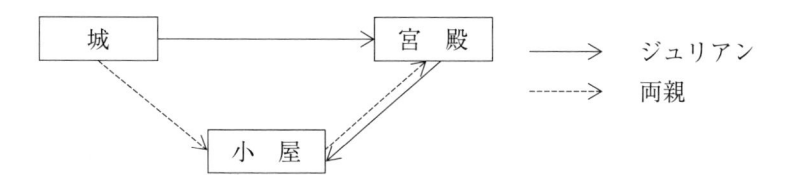

```
┌─────┐ ────────→ ┌─────┐    ────→ ジュリアン
│ 城  │           │宮 殿│    ----→ 両親
└─────┘           └─────┘
    ╲               ╱ ↑
     ╲             ╱
      ╲  ┌─────┐ ╱
       ╲→│小 屋│←
         └─────┘
```

言うまでもなく、この図は、ジュリアンや両親が実際に歩いた道を示したも

第 I 部

のではなく、ジュリアンのたどった運命の意味を明らかにするための一つの仮説である。この図において、両親の経路が宮殿で切れているのは両親がここで殺されたのだから当然であるとして、ジュリアンの経路は両親がかつて通った道を戻りながら小屋で切れているが、それから先はどのように描かれうるのか。言い換えれば、最後にイエス・キリストによって天空に運ばれていく救済の場面は、上の図においてどのように位置づけられうるのだろうか。救済の直前、癩病の男が自分を暖めるよう要求する場面を見てみよう。

> Le lépreux tourna la tête.
> — Déshabille-toi, pour que j'aie la chaleur de ton corps !
> Julien ôta ses vêtements ; puis, nu comme au jour de la naissance, se replaça dans le lit [...].
> [...]
> — Ah ! je vais mourir !... Rapproche-toi, réchauffe-moi ! Pas avec les mains ! non ! toute ta personne.
> Julien s'étala dessus complètement, bouche contre bouche, poitrine sur poitrine. (*SJ*, p. 249)
> (癩病の男は顔を向けた。
> 「服を脱げ、お前のからだの熱が伝わるように!
> ジュリアンは服を脱いだ。そして、生まれた日のように裸になって、再び床に入った [...]。
> [...]
> 「ああ、もう死ぬ… もっと近づいて、温めてくれ!手でではなく、からだ全体で!」
> ジュリアンは癩病の男の上に、口と口を重ね、胸と胸を合わせて、全身を横たえた。)

引用中の「生まれた日のように」というのは単なる比喩というよりも、それ自身重要な意味をもつものと考えられる。ジュリアンが救済されるその瞬間

において生誕の日と同じ姿をしていたということは、ジュリアンの救済が城における自らの生誕への回帰として描かれていることを示すにちがいない。さらに、最後の文章でも生誕というテーマが問題になっている。寝床におけるジュリアンと癩病の男の姿勢は疑いなく男女の交わりの姿勢であって、その結果としての新たな生命の誕生が隠されている。要するに、この引用文は、ジュリアンの救済が城への回帰として位置づけられること、つまり上記の図であらわされたジュリアンの経路は救済によって城へと戻り、一つのサイクルとなることを示している。

この観点から、救済に至るまでにジュリアンのたどった運命を考えてみたい。第2章においてジュリアンは両親を殺してしまうわけだが、この殺害がおこなわれるのも、救済の場合と同じように、寝床においてである (*SJ*, pp. 243-244)。しかしこの二つの寝床は全く反対の意味をもつ。両親を、しかも自分の生まれる原因となった場である寝床において殺すということは、自らの生誕を、即ち自らの存在自体を否定することに他ならない。第3章で、ジュリアンは絶望のあまり自殺しようと試みるが (*SJ*, p. 246)、すでに両親を殺した時点で自己の存在の否定はなされており、自殺にはもはや意味がなくなっているのである。今もう一度上記の図を見ると、城でジュリアンは生まれ、宮殿でその生を否定したのだから、城から宮殿への道すじは、自らの生を否定する方向、死へと向かう方にあると考えられる。また、その逆の方向、即ち宮殿から小屋への道は、その延長上に救済つまり生誕への回帰があらわれることから、死から再生へと向かう方向にあると考えられる。

今度は、人物描写からジュリアンの運命を見てみよう。『純な心』とは異なり、この物語の人物はすべて登場したときに描写がなされる。特徴的なのは、7人の登場人物に目の描写があることである。

第1章であらわれる3人の予言者のうち、ジュリアンの母親の前にあらわれて「お前の息子は聖者になる」と予言する隠者のような老人には目の描写はないが、父親の前にあらわれる放浪者の目は炎のように輝く。

C'était un Bohême à barbe tressée, [...] les prunelles flamboyantes. Il

第Ⅰ部

bégaya d'un air inspiré ces mots sans suite :
— Ah ! ah ! ton fils !... beaucoup de sang !... beaucoup de gloire !... toujours heureux ! la famille d'un empereur. (*SJ*, pp. 230-231)
(それはひげを編んだ放浪者で、[…] 瞳は炎のように輝いていた。啓示を受けたような様子で、脈絡のない言葉を口ごもった。
「ああ、ああ、お前の息子… 多くの血… 栄光に満ち… つねに幸福。皇帝の息子。」)

次に、ジュリアンに対して呪いの予言をする牡鹿。

Le prodigieux animal s'arrêta ; et les yeux flamboyants, […], il répéta trois fois :
— Maudit ! maudit ! maudit ! Un jour, cœur féroce, tu assassineras ton père et ta mère ! (*SJ*, p. 236)
(その驚くべき動物は立ち止まった。そして目は炎のように輝き、[…] 三度繰り返した。
「呪いあれ、呪いあれ、呪いあれ！いつの日か、残忍な心よ、お前は父と母を殺すであろう！」)

放浪者の瞳も牡鹿の目も « flamboyant » と形容されている[6]。このように、隠者の目は全く描写されず、放浪者と牡鹿においてはその目が同一の形容詞で形容されるということは、前者と後者とが明確に区別された意味をもつことを示すはずである。この区別の意味を先に述べたジュリアンの運命における生から死、死から再生へのテーマと関連づけて、考えてみよう。隠者はジュリアンが聖者になることを予言し、放浪者は彼が皇帝の息子となって血

---

6) イサシャロフも『聖ジュリアン伝』と『ヘロデヤ』において、目と火が結びついていることを指摘しているが、その理由は問うていない：Michael Issacharoff, « *Trois Contes* et le problème de la non-linéarité », *Littérature* nº 15, 1974, pp. 27-40.

を流すことを、牡鹿は両親の殺害を予言する。つまり、隠者の予言のみがジュリアンの救済即ち再生にかかわり、他の二者の予言は彼の殺害即ち死にかかわっているのである。そして、前者の目は描かれず、後者二人の目は炎のように輝くのだから、ジュリアンの再生にかかわるとき人物の目は描かれず、彼の死にかかわるときのみ「炎のように輝く目」があらわれると考えることができる。

　予言者以外の目の描写を見よう。誤まって自分の両親を殺した後、それと気づいたジュリアンが父親と母親を確かめる場面：

> Enfin, il se baissa légèrement pour voir de tout près le vieillard (＝son père); et il aperçut, entre ses paupières mal fermées, une prunelle éteinte qui le brûla comme du feu. Puis il se porta de l'autre côté de la couche, occupé par l'autre corps (＝sa mère), dont les cheveux blancs masquaient une partie de la figure. (*SJ*, p. 244)
> 　（ようやく、彼は老人をすぐそばから見ようと、軽く身をかがめた。すると、老人の閉じきっていない瞳の間に消えた瞳が見え、その瞳は彼を火のように焼いた。それから、別のからだがある寝床の向こう側に行った。その白い髪が顔の一部を覆っていた。）

ここでは « flamboyant » という形容詞はついていないが、父親の瞳が「彼を火のように焼いた」と描かれていることから、この目が「炎のように輝く目」に相当するのは明らかである。ところが、母親においては放浪者同様その目は描かれない。先の予言者の描写においても、母親に対する予言のときは目は描写されず、父親に対する予言のときには目が炎のように輝くといったように、父親と母親とでは全く反対の意味づけがなされている。これも、ジュリアンの運命における死と再生に結びつけて解釈することが可能である。父親と母親は城を出てからは同一の行動をとるが、城で暮しているとき、父親はジュリアンに狩猟の仕方を教える。これがジュリアンに本来そなわっている残忍さをひきだし、やがては両親の殺害となるのだから、この点で父親

は死のテーマにつながる。一方、母親は城においてジュリアンを生むわけだが、ジュリアンの再生が城における生誕への回帰としてあらわれるのだから、明らかに母親は再生のテーマと結びつく。その結果、父親には「炎のように輝く目」があらわれ、母親にはあらわれないということになる。

次に、第2章においてジュリアンが森の中で動物たちに囲まれる場面を見てみよう。

> [...] çà et là, parurent entre les branches quantité de larges étincelles, comme si le firmament eût fait pleuvoir dans la forêt toutes ses étoiles. C'étaient des yeux d'animaux [...]. (*SJ*, p. 242)
> （あちこちの枝と枝の間から、大きな火花が数多くあらわれ、あたかも天空があらゆる星を森の中に降らせたかのようであった。それは動物たちの目であった [...]。）

« étincelles » という語が火とつながる意味をもつことからしても[7]、森の中の動物たちの異様な脅かすような目の輝きは、「炎のように輝く目」と同等の意味をもっていることは疑いない。この動物の目はジュリアンを宮殿へ追いたて両親を殺害するようしむけるのだから、死のテーマと結びついていることは言うまでもない。

以上述べてきたところでは、ジュリアンの運命における死即ち自己の存在否定とかかわるときに「炎のように輝く目」があらわれ、再生とかかわるときは目は輝かないという図式が成り立っていたが、両親の殺害の後即ち自己否定の後でも「炎のように輝く目」はあらわれる。それは、第3章における癩病の男の目である。

まず、ジュリアンが河の対岸から声がするので舟を出すと、それまで吹き荒れていた嵐は静まり、対岸に着く。そこにいる癩病の男の両目は「炭火よ

---

[7] *Grand Robert* では、« étincelle » は最初に « Parcelle incandescente qui se détache d'un corps en ignition » と定義されている。

りも赤い」: « les deux yeux plus rouges que des charbons » (*SJ*, p. 247)。この目は明らかに「炎のように輝く目」である。男が舟に乗り込むと、嵐は再び猛威をふるうが[8]、癩病の男の目は、小屋に帰る舟の上でも描かれる。

> La petite lanterne brûlait devant lui. [...] Mais toujours il apercevait les prunelles du lépreux qui se tenait debout à l'arrière, immobile comme une colonne. (*SJ*, p. 248)
> （小さな燈火がジュリアンの前で燃えていた。[…]しかし、船の後ろに立ち、柱のようにじっと動かない癩病の男の瞳がずっと見えていた。）

この「瞳」には形容語がついていないが、闇の中でジュリアンにはっきりと見えるのだから、癩病の男の目は相変わらず輝いているはずである。また、直前にランタンが「燃えていた」という箇所も火とのつながりを思わせる。ところが、小屋の中に入って、ジュリアンに「お前の寝床！」と言って、自分のからだを暖めてくれるように頼むときには、癩病の男の目は輝きを失っている： « [...] ses yeux ne brillaient plus, [...], il murmura : – Ton lit ! » (*SJ*, p. 248)。しかしまた、最後の救済の場面で、癩病の男即ちイエス・キリストの目は再び輝きを放つ。

> Alors le lépreux l'étreignit ; et ses yeux tout à coup prirent une clarté d'étoiles ; ses cheveux s'allongèrent comme les rais du soleil [...]. (*SJ*, p. 249)

---

8) この嵐の場面を執筆するにあたって、フローベールが Langlois と Lecointre-Dupont の著作を参照したことは、バート＆クックが明らかにしており、著書の中でその原文を引用している (Benjamin F. Bart & Robert Francis Cook, *The Legendary Sources of Flaubert's* Saint Julien, University of Toronto Press, pp. 150-151 & p. 172)。しかし、Langlois でも Lecointre-Dupont でも、嵐は行きも帰りも吹き荒れている。フローベールは、典拠とした文献とは異なり、癩病の男とともに舟に乗る帰りの行路のみ嵐の場面にしたのである。

第Ⅰ部

　　(そのとき癩病の男は彼を抱き締めた。するとその目は忽然として星の光を放った。髪は太陽の光のように長く延びた [...]。)

　癩病の男が「お前の寝床！」とつぶやくときに彼の目が輝かないのは、すでに述べたように、寝床が救済のおこなわれる場であり、再生のテーマと結びつくから理解できるとして、他の場面において、癩病の男の目が輝くのは今まで述べてきた推論と矛盾するように思われる。これをどのように考えればよいのか。

　最後の場面におけるイエス・キリストの「星の光を放つ」目が他の目と異なるのは、登場人物によって見られていないという点である。その目は絶対的な光を放つということであり、それに対して他の目が「炎のように輝く」のは登場人物によって見られた印象にすぎない。ここで見方を逆にして、最後に本来の姿であらわれる輝く目が最初からジュリアンあるいは父親の目を通して見られていたと考えることはできるだろう。つまりあらゆる「炎のように輝く目」は同一の目、イエス・キリストの目ということになる。イエス・キリストは最終的にはジュリアンを救うのだが、救済の前に、敵対するものと戦い、裁かなければならない。このような戦い、裁きから救済に至る道程が、そのまま『聖ジュリアン伝』におけるジュリアンの運命にあてはまるように思われる。つまり、癩病の男の目以外の「輝く目」が死と結びついてあらわれたということは、それがジュリアンのうちにある死につながるもの即ち彼の残忍さと戦い、それを裁いていたことを示している。その戦いはやがて両親の殺害において事実上終わり、その後はジュリアンのうちにある聖なるものが彼を支配していく。とはいえ、癩病の男が向こう岸にあらわれたとき、舟に乗って小屋に向かうときは、まだキリストの裁きは終わっておらず、それ故、戦いのときと同じように彼の目は輝く。しかし、小屋に入り、ジュリアンがすでに聖なる状態にあることを確認した時点で、ジュリアンにはもはや目の輝きは見えなくなり、最後に、救済の瞬間において、自らに敵対するものを払拭した勝利の輝きをイエスの目は放つことになる。いささか込み入った解釈だが、さまざまな描写を忠実にたどっていくと、このように

考えざるをえない。

　最後に、ジュリアンと彼の妻の目について触れておこう。ジュリアンの目が出てくるのはまだ赤ん坊のときであり、「青い目」« les yeux bleus »をして「幼子イエスに似ていた」« il ressemblait à un petit Jésus »と描かれる（*SJ*, p.231）。このイエスに似た姿は、まさにイエスによって「青い空間へ」« vers les espaces bleus »導かれる最後の場面（*SJ*, p.249）とのつながりを思わせ、ジュリアンの聖なる面がここにも出ていると考えられる。それに対して彼の妻は「大きな黒い目が非常に柔らかな二つの灯のように輝いていた」« Ses grands yeux noirs brillaient comme deux lampes très douces »（*SJ*, p.238）と描かれている。この灯のように輝く目は「炎のように輝く目」のようでありながら、« douces »という形容詞はそれとは正反対の性格ももっている。バート＆クックはその著書でフローベールが典拠とした文献を挙げているが、そのいずれにおいても妻はジュリアンとともに贖罪をする[9]。フローベールは独自の考えから、ジュリアンが一人で贖罪をするように変えたのである。フローベールのテクストにおいては、妻は救済される存在ではなく、かといってジュリアンを脅かしたり裁いたりする存在でもない。そのような曖昧な位置づけが目の描写に出ているのであろう。

　以上、ジュリアンの行程をたどりながら、城から宮殿への道すじは、自らの生を否定する方向、死へと向かう方にあり、その逆の方向、即ち宮殿から小屋への道は、死から再生へと向かう方向にあること、またイエス・キリストの目が「炎のように輝く目」としてあらわれて、その残忍さと戦い、それを裁きながら、再生つまりジュリアンの救済へ導いたと考えられることを指摘した。

『ヘロデヤ』

　前の二つの物語では主人公が誰であるかは明確だが、この物語の主人公はヘロデヤなのか、夫のアンティパスなのか、あるいは他の人物なのか、はっ

---

9) B. F. Bart & R. F. Cook, *op. cit.*, pp.101-177.

きりしない。最初から登場しているアンティパスはほとんど受け身の存在であり、周りにいる人物が状況を動かしているように思われる。そこで『ヘロデヤ』では、一人の人物に焦点を合わせるのではなく、この物語を構成する三つの章を、描写や人物関係を中心にしながら、順に検討していくことにする。

第1章では、マケルス城の露台にいるアンティパスの目の前にあるいは頭の中に主要人物が次々に登場するという構成になっている。そして、人物が登場する前には必ずアンティパスの目が外に向けられて周囲の外界描写がなされる。その四つの外界描写を見てみよう。まず、アンティパスが城の露台に登場する場面(説明の都合上、番号を振っていく)。

(1)　Un matin, avant le jour, le Tétrarque Hérode Antipas vint s'y accouder, et regarda.

　Les montagnes, immédiatement sous lui, commençaient à découvrir leurs crêtes, pendant que leur masse, jusqu'au fond des abîmes, était encore dans l'ombre. [...] Le lac, maintenant, semblait en lapis-lazuli ; et à sa pointe méridionale, du côté de l'Yémen, Antipas reconnut ce qu'il craignait d'apercevoir. [...]

　C'étaient les troupes du roi des Arabes, dont il avait répudié la fille pour prendre Hérodias [...]. (*H*, pp. 253-254)

(ある朝、日が昇る前、太守ヘロデ・アンティパスは露台に来て肘をつき、眺めた。

　山々は彼のすぐ下で、頂きをあらわし始めていたが、その山容は谷底にいたるまで、いまだ闇の中にあった。[…] 今、湖はラピスラズリでできているように思われた。そしてその南端、イエメンの方角に、アンティパスは目にするのを恐れているものを見た。[…]

　それはアラビア王の軍隊であった。彼は王の娘を離別して、ヘロデヤを娶っていたのである。)

外界の描写の後、アラビア王とアンティパスの対立及びその原因となったヘロデヤとの結婚のこと、シリア総督ヴィテリウスの救援軍が遅れていることが語られる。さらにアンティパスを取りまく状況の説明が続いた後、彼は再び目を外に向ける。

(2) Il fouilla d'un regard aigu toutes les routes. Elles étaient vides. Des aigles volaient au-dessus de sa tête ; [...] ; rien ne bougeait dans le château.

Tout à coup, une voix lointaine, comme échappée des profondeurs de la terre, fit pâlir le Tétrarque. Il se pencha pour écouter ; elle avait disparu. Elle reprit ; et en claquant dans ses mains, il cria : « Mannaëi ! Mannaëi ! » (*H*, p. 254)

（彼は鋭いまなざしで街道という街道を探った。街道には人影がなかった。鷲が彼の頭上を飛んでいた。[…] 城内には何も動くものがなかった。

突如、地の底から漏れたように、遠い声がして、太守は蒼ざめた。彼は身を傾けて耳を澄ませたが、声は消えていた。また声が聞こえた。彼は手を大きく鳴らしながら、「マナエイ、マナエイ！」と叫んだ。）

アンティパスが外を見ていると、「遠い声」が聞こえ、サマリヤ人マナエイが呼ばれる。二人の会話から、その声がヨカナンのものであることがわかる。やがて、ヨカナンに対する憎しみを隠さないマナエイの目を避けるため、アンティパスは外界を見る。

(3) Tous ces monts autour de lui, comme des étages de grands flots pétrifiés, les gouffres noirs sur le flanc des falaises, l'immensité du ciel bleu, l'éclat violent du jour, la profondeur des abîmes le troublaient [...]. [...] Quelqu'un l'avait touché. Il se retourna. Hérodias était devant lui. (*H*, p. 256)

（彼の周囲の山々は石化した大波が積み重なったかのようになり、絶壁の脇

第Ⅰ部

腹にある黒い淵、無窮の青空、日光の烈しい輝き、深い谷が彼の心をかき乱していた［…］。［…］誰かが彼に触れた。彼は振り向いた。ヘロデヤが前にいた。）

ここで、ヘロデヤが姿をあらわす。彼女の口から弟であり敵でもあるアグリッパの幽閉が語られ、やがてアンティパスとヘロデヤとの憎悪が明確にあらわされる。その後に外界の描写が続く。

(4) Les chemins dans la montagne commencèrent à se peupler. [...] Ceux qui descendaient les hauteurs au delà de Machærous disparaissaient derrière le château; d'autres montaient le ravin en face, et, parvenus à la ville, déchargeaient leurs bagages dans les cours. [...]

Mais au fond de la terrasse, à gauche, un Essénien parut [...]. (*H*, p. 257)

（山の道に人の姿が多くなり始めた。［…］マケルスの彼方の丘を降りてくる人々は城の陰に消えていった。正面の峡谷を登ってくる人々もいて、彼らは町にたどり着くと、家々の中庭に荷物を降ろしていた。［…］
しかし、露台の奥の左手に、エセニア派の男が現れた。）

エセニア派のファニュエルの登場によって、ヘロデヤはヨカナンから受けた侮辱を思い出し、ヨカナンに心を寄せるファニュエルやヨカナンに寛容なアンティパスを罵倒する。

以上の引用(1)から(4)までを検討しよう。いずれの場面でも人物が登場するが、そのとき常に人物間の対立あるいは憎悪が導入される。(1)ではアンティパスとアラビア王、(2)ではマナエイとヨカナン、(3)ではヘロデヤとアグリッパ、ヘロデヤとアンティパス、(4)ではヘロデヤとファニュエル、ヘロデヤとヨカナン、さらにはヘロデヤとアンティパスの対立が露わになる。そしてそれらの対立に先立って執拗に外界描写が繰り返されるのであるから、対立というテーマと外界描写との間には何か関係があると考えざるを得ない。

四つの外界描写を比較してみると、ある共通点に気づく。引用(1)、(3)、(4)では「山」の描写から始まること、また「谷」がそれに続く（引用(1)、(3)では « abimes »、(4)では « ravin »）ことである。また(2)では、「遠い声」が « comme échappée des profondeurs de la terre » と形容されており、この「地の底」を「谷」と同価値と考えれば、「谷」がすべての描写に共通する要素となる。結局、「谷」がすべてに共通で、「山」が引用(2)を除く三つの場面に現れており、「上」「下」が強調されていることがわかる。

ところで引用(2)では、「下」にある「地の底」に対して、「上」にはアンティパスの頭上を飛ぶ「鷲」がいる。そこで、今、「鷲」と「地の底」とを上下の対と考えれば、四つの描写を一貫して捉えることができ、同時に引用(2)の持つ特殊性を明らかにすることができる。つまり、四つの描写とも「上」「下」が示されているのだが、その中でも、(1)、(3)、(4)では堅固で永続的な「山」「谷」が描かれるのに対して、(2)では上には飛ぶ鳥、下には遠い声の源の比喩としての「地の底」というように、うつろいやすいものによって「上」「下」があらわされているのである。とにかく、以上から、四つの外界描写に共通する「上」「下」と、人物間の対立というテーマとが何らかのつながりを持つことが推察される。

第1章の終わり近くで、アンティパスは再び目を外に向ける。

  Le Tétrarque n'écoutait plus. Il regardait la plate-forme d'une maison, où il y avait une jeune fille [...]. [...] Mais il voyait, des hanches à la nuque, toute sa taille qui s'inclinait pour se redresser d'une manière élastique. (*H*, pp. 258-259)
  （太守はもう聞いてはいなかった。彼は、ある家の平らになったところに、若い娘がいるのを見ていた［…］。［…］しかし、腰からうなじにかけて、しなやかに全身をかがめては起き直る動きが見えた。）

まだテクスト上は名指されていないが、サロメの登場である。この「全身をかがめては起き直る」しぐさは言うまでもなくサロメの踊りの先取りだが、

第Ⅰ部

　さきほど引用した4つの場面とは異なり、人物間の対立はサロメが現れると消えてしまう。そして、総督ヴィテリウスの到着が告げられて、第1章は終わる。
　第2章は、ほとんどがヴィテリウスによるマケルス城の地下の探索によって占められる。その探索のいわば推進力になるのは、パルチア戦争時におけるアンティパスの背信行為に対するヴィテリウスの「深い憎悪」« une haine profonde »（H, p. 261）である。地下の探索は四つの段階に分かれる。第1段階は地下の入り口の発見。

> [...] il montra plusieurs de ses gens, qui, penchés sur les créneaux, halaient d'immenses corbeilles de viandes, de fruits, de légumes [...]. Aulus n'y tint pas. Il se précipita vers les cuisines [...].
> 　En passant près d'un caveau, il aperçut des marmites pareilles à des cuirasses. Vitellius vint les regarder ; et exigea qu'on lui ouvrît les chambres souterraines de la forteresse. (H, p. 262)
>
> （アンティパスは、多くの部下たちが矢狭間の上に身を乗り出して、肉や果物や野菜［…］の巨大な籠を引き上げているのを指差した。アウルスは堪え切れなくなった。彼は厨房の方へ駆け出した［…］。
> 　ある穴倉のそばを通るとき、アウルスは鎧に似た大鍋に目をとめた。ヴィテリウスはやってきてそれを見た。そして城砦の地下室を開けて見せるように要求した。）

莫大な量の食物が城に運び込まれる情景が総督の息子アウルスの食欲をそそり、地下の入口が発見される。アウルスは地下の探索に加わらず、第2章では、探索の導入という役割のみを果たす。第2段階は地下の武器の倉庫。

> La première contenait de vieilles armures ; mais la seconde regorgeait de piques, et qui allongeaient toutes les pointes, émergeant d'un bouquet de plumes [...]. (H, p. 263)

(最初の部屋は古い甲冑が入っていたが、2番目の部屋は槍で満ちあふれ、その槍が切っ先を長々と伸ばして、羽根飾りの束から飛び出していた［…］。)

さらに、ありとあらゆる武器や戦争の道具が納められているさまが描かれる。第3段階は、さらに深い地下の洞穴に閉じ込められた白馬。

> Des chevaux blancs étaient là, une centaine peut-être […]. […]
> C'étaient de merveilleuses bêtes, souples comme des serpents, légères comme des oiseaux. Elles partaient avec la flèche du cavalier, renversaient les hommes en les mordant au ventre, se tiraient de l'embarras des rochers, sautaient par-dessus des abîmes, et pendant tout un jour continuaient dans les plaines leur galop frénétique ; un mot les arrêtait. […] […] elles se cabraient, affamées d'espace, demandant à courir. (*H*, p. 264)
>
> (白馬がそこにいた。おそらく百頭ほどだろうか［…］。［…］
> それは見事な馬で、蛇のようにしなやかで、鳥のように軽やかであった。白馬は騎兵の矢とともに突進し、敵兵たちの脇腹を噛んで倒し、岩場の障害を切り抜け、谷の上を飛び越え、一日中、平原を狂おしいほど疾走し続けるのだが、合図ひとつで立ち止まるのだった。［…］白馬は空間に飢えて、駆けめぐることを求めて、後ろ足で立ち上がっていた。)

この白馬の第2段落、特に2番目の文における馬の行動の不可思議さはどう解釈したらよいのであろうか。深い地下の洞穴に閉じ込められた馬がそこで疾走することはありえないので、その場にいた人物の想像の世界に浮かび上がったのであろうが、それにしても現実にいる駿馬というよりも、超自然的な世界にいる馬のように思われる。この不可思議な白馬については『三つの物語』全体を考察するときに取り上げるとして、マケルス城の地下の探索を続けよう。

第4段階では、中庭にあるヨカナンの地下牢の蓋が開けられ、彼の声が聞

第Ⅰ部

こえる。

　[...] et des colombes, s'envolant des frises, tournoyaient au-dessus de la cour. C'était l'heure où Mannaëi, ordinairement, leur jetait du grain. [...]
　[...]
　La voix s'éleva:
　— Malheur à vous, Pharisiens et Sadducéens, race de vipères, outres gonflées, cymbales retentissantes ! (H, p. 265)
（[…] そして鳩の群れが円柱のフリーズから舞い上がって、中庭の上を旋回していた。普通、マナエイが餌を投げてやる時間だった。[…]
　[…]
　声が上がった。
　「汝らに災いあれ、パリサイ人とサドカイ人、蝮の末裔ども、膨れあがった皮袋ども、響きわたるシンバルよ！」）

　この後、ヨカナンの呪いの言葉は延々と続く。
　以上の地下の探索は何を意味するのか。まず、探索の経路が、上から下へ、また下から上へとなっていることは容易に指摘されうる。今、各段階で物がいかに充満しているかに注目してみると、第1段階では城に食物がつめ込まれる最中であり、第2段階ではすでに武器がつめ込まれている。第3段階では白馬がつめ込まれているが、ここでは外へ出ようとあがいている。第4段階ではヨカナンの地下牢から彼の呪いの言葉が洪水のように噴き出してくる。もしフローベールがヨカナンの立場を明確にするためにのみこの場面を書いたのならば、ヘロデヤに対する罵倒だけに留めるはずだが、ここで旧約聖書からありとあらゆる呪いの言葉を集めているのは、ヨカナンの呪いの言葉自体をはち切れそうにつめ込まれた食物や武器や白馬と同じ系列に置こうとしたためであると考えられる。したがって、この地下の探索の全段階を、物が上から下へとつめ込まれ、それがまた下から上へ吐き出される運動のうちにあるものとして一貫して捉えることができる。しかも、この探索の推進力と

なるのがヴィテリウスの「深い憎悪」であることから、第2章では、第1章よりも明確に「上」「下」と憎悪との結びつきが見られる。

　今もう一度第4段階のヨカナンの声が噴き出てくる箇所を見てみよう。第1章における引用(2)の場面で、ヨカナンの「遠い声」が聞こえる直前に鳥が飛んだのと同様に、ヨカナンの声に先立って鳥が飛ぶ。ここでは鷲ではなく、鳩が飛ぶのだが、その鳩に餌をやるのがマナエイだとされており、結局、第1章でも第2章でも、ヨカナンの声は鳥の飛翔とマナエイの存在という二つの要素と結びついて登場することになる。

　また、サロメが第1章の終わりで登場したように、第2章の最後でもあらわれる。

　　Sous une portière en face, un bras nu s'avança [...]. D'une façon un peu gauche, et cependant gracieuse, il ramait dans l'air, pour saisir une tunique oubliée sur une escabelle près de la muraille. (*H*, p. 269)
　　（正面の扉の下から、裸の腕が伸びた[…]。少しぎこちなく、しかし優美に、その腕は宙を漕ぐように動いて、壁のそばの腰掛けの上に置き忘れた衣をつかもうとした。）

彼女の腕のこの優美な動きは明らかに、第1章における体の動きと共に、第3章のサロメの踊りを暗示するものである。

　以上から次のことが言える。第1章、第2章とも、「上」「下」というモチーフが人物間の対立と結びついて全体を支配しており、一方では、そのモチーフに組み込まれた形でヨカナンの声が鳥の飛翔やマナエイと共にあらわれ、他方、それとは分離されたものとしてサロメが登場するという構成になっている。

　第3章は大半が饗宴の場面で占められており、その中心人物はアウルスである。

　　Aulus n'avait pas fini de se faire vomir, qu'il voulut remanger.

第Ⅰ部

— Qu'on me donne de la râpure de marbre, du schiste de Naxos, de l'eau de mer, n'importe quoi !(*H*, p. 272)

（アウルスはまだ完全に吐き終わらないのに、また食べたがった。

「大理石の屑、ナクソス島の片岩、海の水、何でもいいから持って来い！」）

アウルスにとって食べる物は何でもよく、物は口から胃袋へ押し込まれ、また口から吐き出される。この食べ物の運動と、第2章地下の探索における物の動きとの類似性を容易に指摘しうる。マケルス城を人間の体に喩えれば、物は、城の上の部分即ち口から地下即ち食道へと入り、洞穴即ち胃袋で押し上げられて、ヨカナンの地下牢の穴即ち口から吐き出されるのである。地下の探索のきっかけとなったのがアウルスの食欲であることから見ても、両者の結びつきは明らかであろう。

饗宴の場面では、食事の場面と、人種上宗教上の対立の場面が交互にあらわれるが、やがて両者は分かち難くなる。アウルスがパリサイ人を嘲弄する場面。

Aulus les railla à propos de la tête d'âne, qu'ils honoraient, disait-on, et débita d'autres sarcasmes sur leur antipathie du pourceau. [...]

Les prêtres ne comprenaient pas ses paroles. Phinées, Galiléen d'origine, refusa de les traduire. Alors sa colère fut démesurée [...]. Il se calma, en voyant des queues de brebis syriennes, qui sont des paquets de graisse.(*H*, p. 273)

（アウルスはパリサイ派の者たちが崇めると話に聞いている驢馬の頭のことで、パリサイ派を嘲弄し、豚を忌み嫌うことについても別の皮肉を言い散らした。[…]

祭司たちには彼の言葉が理解できなかった。ガリラヤの出身であるフィネーがそれを訳すのを拒んだからである。そこで彼は怒り心頭に発した […]。脂肪の束のようなシリアの牝羊の尻尾を見ると、彼は落ち着いた。）

ここでは、食物そのものが対立を引き起こしている。アウルスの動きに注目すると、彼の嘲弄の言葉は、通訳されないために相手に理解されず、口から吐き出されるのみで終わる。そして、この言葉を吐き終わるとすぐさま食物に向かうのを見れば、彼にとって他人を罵ることと食物を吐くことは同じであって、ともに新たな快楽、新たな食欲の源泉であることがわかる。ここに、憎悪・対立というテーマと、食物が上から下へとつめ込まれ、下から上へ吐き出されるという運動との完全な結合を見ることができる。

　この結合は、第2章では、ヴィテリウスの憎悪と、地下に物がつめ込まれ吐き出される運動との結合というかたちで見られたのだが、第1章においても、外界描写で示された「上」「下」とさまざまな人物間の憎悪との結びつきという漠然としたかたちですでにあらわれていたのである。これらの関係を abîme という語のさまざまな側面において捉えることができる。つまり、第1章で問題になっていたのが、外界における abîme 即ち谷であるとすれば、第2章では城の内部の abîme 即ち地下の穴であり、第3章においては人間の肉体の中の abîme 即ち胃袋が問題になってくる。そして、全体を統一するテーマとなるのが精神的な意味での abîme、即ち人間と人間との間に横たわる越えることのできない深淵なのである。要するに abîme というテーマが、第1章では外界、第2章では城の中、第3章では人間の体の中に示されるわけだが、このテーマのあらわれる場が章ごとに城の外から内へ、さらに人間の内部へと移っており、しかも物語が進行するにつれてテーマとの結びつきがより明確になっている。この外から内へ集中する動きを認めるとき、『ヘロデヤ』と『純な心』との間の構成上の相似性を容易に見い出すことができる。つまり、『純な心』でフェリシテにとって外にあったものがやがて内部世界へと収斂していく動きが、そのまま『ヘロデヤ』にも見られる。ただし、外から内へ集中していく推進力となるのは、『純な心』の場合はフェリシテのヴィルジニーや鸚鵡などに対する愛であったのに対し、『ヘロデヤ』の場合は「深い憎悪」である。

　ではヨカナンやサロメはどうか。第3章でも、前の二つの章同様、ヨカナン（ここでは彼の首）の登場は、首切り人であるマナエイに結びつくが、鳥

第Ⅰ部

は飛ばない。しかし、サロメの踊りは次のように始まる。

> Ses pieds passaient l'un devant l'autre, au rythme de la flûte et d'une paire de crotales. Ses bras arrondis appelaient quelqu'un, qui s'enfuyait toujours. Elle le poursuivait, plus légère qu'un papillon, comme une Psyché curieuse, comme une âme vagabonde, et semblait prête à s'envoler. (*H*, p. 274)
>
> (両足は、笛とクロタルの拍子に合わせて、入れ替わりながら前に進んだ。丸く曲げた両腕が誰かを呼びかけるのだが、その人はいつも逃げ去っていった。乙女は、蝶よりも軽ろやかに、好奇に駆られたプシュケーのように、さまよう魂のように追いかけ、今にも飛び立つかに思われた。)

鳥の名は示されないが、最後の文章、特に「今にも飛び立つかに思われた」を見れば、サロメが鳥に喩えられていることがわかる。したがって、このサロメの踊りからヨカナンの処刑に至る場面の中に、先の二つの章でヨカナンとサロメに結びついたあらゆるモチーフ、即ち鳥の飛翔、マナエイの存在、サロメの体の動きが一体化してあらわれていることになる。このようにヨカナンの登場が常に鳥の飛翔を伴うこと、および先程述べた『純な心』と『ヘロデヤ』との構成上の相似性から見て、ヨカナンと鸚鵡の飛翔との何らかのつながりを想定することができる。実際、ヨカナンと鸚鵡には共通する点が多い。両者とも生きている間は、鸚鵡は籠にヨカナンは地下牢に閉じ込められ、死んだ後、鸚鵡は剥製となり、ヨカナンは首を切られて、籠あるいは牢の外に出る。つまり、死によって初めてくびきを解かれる。さらに、その死後、鸚鵡はフェリシテによって、ヨカナンは弟子たちによって崇拝の対象となる。このようにヨカナンの運命と鸚鵡の運命とが見えない糸でつながれている以上、ヨカナンと鸚鵡とを対として捉えることは十分可能である。

最後に、人物描写について。『ヘロデヤ』においても「炎のように輝く目」は現れる。第1章で、ヘロデヤがヨカナンから受けた侮辱を思い出す場面で、聖者の瞳は炎のように輝く: « Ses prunelles flamboyaient » (*H*,

p. 258)。また、第2章で、人々を呪うヨカナンの顔が「二つの炭火が光る草叢のようだ」と描かれる： « [...] son visage qui avait l'air d'une broussaille, où étincelaient deux charbons » (*H*, p. 266)。第1章では « flamboyer » という動詞が使われ、第2章では、『聖ジュリアン伝』の森の中の動物の目が « étincelles » (*SJ*, p. 242) と表現され、癩病の男の目が « plus rouges que des charbons » (*SJ*, p. 247) と形容されていたのを受けて、« étincelaient deux charbons » となっていることからしても、『ヘロデヤ』においても『聖ジュリアン伝』の「炎のように輝く目」と全く同じ目がヨカナンの目としてあらわれていることは疑いない。

　以上、『ヘロデヤ』では、abîme というテーマが、第1章では外界、第2章では城の中、第3章では人間の体の中に示され、外から内へ集中する動きが認められた。またこの動きだけではなく、ヨカナンと鸚鵡との類似性から見ても、『ヘロデヤ』は『純な心』と構成上極めて類似していると言える。また一方で、『聖ジュリアン伝』の「炎のように輝く目」がヨカナンの目としてあらわれるように、『ヘロデヤ』は『聖ジュリアン伝』とも共通する要素をもつことが指摘できた。このように、三つの物語は一見独立したもののようでありながら、緊密な構成によって互いに連関し合っていることが想定できる。

『三つの物語』

　フローベールが『聖ジュリアン伝』『純な心』『ヘロデヤ』という順で執筆したのに、刊行するときには『純な心』を最初にしたのは、まず近代、次に中世、そして古代というように、時代を遡るかたちにしたかったからにちがいない。各々の物語の時間の枠組みについて言えば、『純な心』では「半世紀」(*CS*, p. 201) が過ぎるのに対し、『ヘロデヤ』は「日が昇る前」(*H*, p. 253) から翌日の「日が昇るころ」(*H*, p. 277) まで丸一日の出来事が描かれる。『聖ジュリアン伝』では何年が経過しているのか全く分からないが、ジュリアンの一生は半世紀を越えることはないだろう。少なくとも『純な心』と『ヘロデヤ』は対照的であり、作家と同じ時代は年代記風に語られる

（『純な心』では 7 回年号が記される）のに対し、遠い過去の出来事はまるで語り手が問題の一日に居合わせたかのように描かれている。

　時代設定や時間設定の他に、三つの物語をつなぐものと言えば、キリスト教にかかわる要素を挙げることができる[10]。『純な心』ではフェリシテは鸚鵡を聖霊と一体のものとみなし、『聖ジュリアン伝』ではイエスがジュリアンを天へと導き、『ヘロデヤ』ではヨカナンつまり聖ヨハネが処刑されるが、この「聖霊」と「イエス」と「ヨハネ」が聖書でともに登場する場面がある。

　　そのとき、イエスが、ガリラヤからヨルダン川のヨハネのところへ来られた。彼から洗礼を受けるためである。［…］イエスは洗礼を受けると、すぐ水の中から上がられた。そのとき、天がイエスに向かって開いた。イエスは、神の霊が鳩のように御自分の上に降って来るのを御覧になった。そのとき、「これはわたしの愛する子、わたしの心に適う者」と言う声が、天から聞こえた。（『マタイによる福音書』3：13-17）[11]

この洗礼者ヨハネによるバプテスタが「イエス・キリストの福音の初め」

---

10) ペル・ニクログは次のように説明して、『三つの物語』全体をつなぐモチーフは三位一体（la Trinité）だと主張している：「『ヘロデヤ』の主要な人物であるヨカナンは古い律法のもとに生きる最後の預言者である。［…］彼の言葉は旧約聖書で聞かれる言葉であり、父なる神の超自然的な言葉である。— この世の存在の犠牲を明晰に自らすすんで選ぶ聖ジュリアンは、聖なるキリスト教徒である。［…］彼のすべてはキリストに倣ってかたちづくられており、神の子が彼を天に導くのである。— 純粋無垢な心であり、愛そのもの、絶対的で消滅することなくそれ自体で存在する愛であるフェリシテは、聖霊の似姿である。このように、『三つの物語』は、聖なる三位一体の各ペルソナの神学的な性格を人間のかたちに受肉させ、それを逆に並べたものである」（Per Nykrog, *art. cit.*, p. 60）。ニクログの説の最大の難点は、三位一体というキリスト教の教義を基礎にした点にある。『純な心』でフェリシテは「教義については何ひとつ解らなかったし、また解ろうともしなかった」（*CS*, p. 209）とあるし、他の二つの物語でもキリストは出てきても、キリスト教神学のことはまったく問題になっていない。それに、ニクログは各々の物語の構造を問題にしておらず、ある物語のどの要素が他の物語のどの要素と同列に論じることができるのかをより慎重に検証する必要があると思われる。

(『マルコによる福音書』1：1）の象徴的な出来事であることは言うまでもない。それでは「終末」はどうか。そこにも『三つの物語』にあらわれる要素が組み合わさって登場する。

　そして、わたしは天が開かれているのを見た。すると、見よ、白い馬が現れた。それに乗っている方は、「誠実」および「真実」と呼ばれて、正義をもって裁き、また戦われる。その目は燃え盛る炎のようで、頭には多くの王冠があった。この方には、自分のほかはだれも知らない名が記されていた。また、血に染まった衣を身にまとっており、その名は「神の言葉」と呼ばれた。そして、天の軍勢が白い馬に乗り、白く清い麻の布をまとってこの方に従っていた。（『ヨハネの黙示録』19：11-14）

『ヨハネの黙示録』のこの場面は、世界の終末において、キリストと彼の率いる軍勢が天から降りてくるところであり、これに続く箇所では、天の軍勢は敵対勢力に対して勝利を収め、千年王国、最後の審判の後、新しいエルサレムがあらわれる。この引用した場面と『三つの物語』との共通の要素は「燃え盛る炎」のようと形容されるキリストの目だけでなく、キリストと天の軍勢が乗る「白い馬」は、『ヘロデヤ』第2章でマケルス城の地下に不可思議なかたちで登場していた白馬を連想させる（H, p.264）。また、『黙示録』の「天が開かれている」は『純な心』で最後に鸚鵡が飛んでいく « les cieux entr'ouverts »（CS, p.225）を思わせるし、天の軍勢がまとう「白く清い麻の布」も『ヘロデヤ』でファニュエルのまとう衣と同じである[12]。こ

---

11) 平行記事はマルコ 1：9-11、ルカ 3：21-22。なお、フローベールの『聖アントワーヌの誘惑』（1874）で聖書からの引用があるが、その文言は執筆当時のいかなるフランス語訳とも一致しないことから見て、彼はギリシア語あるいはラテン語訳から自分でフランス語に訳していた可能性が高い。したがって、本書での聖書の引用も、作家と同時代のフランス語版を用いることはあまり意味がないと思われるので、現代の日本語訳（新共同訳）を用いた。
12) ファニュエルは「白い衣」をまとい（H, p.257）、また彼が属するエセニア派の人々は「麻の衣」を着ている（H, p.260）という記述がある。

のように『三つの物語』と『黙示録』のキリスト降臨の場面に共通する要素がいくつもあることから、両者が深い関わりをもつことは疑いない。

　「炎のように輝く目」から始めよう。『聖ジュリアン伝』の分析で、「炎のように輝く目」はイエスの目であって、それが最初からジュリアンを残忍さと戦い、それを裁きながら、救済へ導いたのだとみなしたが、このような見方は『黙示録』のキリストの目によって裏付けられたと考えていいだろう。また、「炎のように輝く目」は『ヘロデヤ』においてヨカナンの目としてもあらわれていたが、ヨカナンはヘロデヤ等に対して完全に攻撃的であって、彼の目の輝きは戦うときのキリストの目の輝きに他ならない。一方、『純な心』では、剥製になった鸚鵡の目がフェリシテの前で輝く。

> [...] elle [...] contracta l'habitude idolâtre de dire ses oraisons agenouillée devant le perroquet. Quelquefois, le soleil entrant par la lucarne frappait son œil de verre, et en faisait jaillir un grand rayon lumineux qui la mettait en extase. (*CS*, p. 223)
>
> （彼女は［…］鸚鵡の前でひざまずいて祈祷を唱えるという、偶像崇拝の習慣が身についた。ときには、天窓から入ってくる太陽の光がそのガラスの目にあたり、そこから大きな光の線がほとばしり出ると、彼女は恍惚となった。）

この鸚鵡の目の輝きは、ヨカナンの目の輝きとは異なり、火とは結びついていないし、また何ら人を脅かすものをもたず、むしろ『聖ジュリアン伝』の最後の場面で「星の光を放つ」キリストの目の輝きと似通った面をもつように感じられる。ただし、これは、キリストの目が放つ絶対的な輝きと異なり、あくまでフェリシテが瞬間的に感じとった目であるから、救済のテーマは瞬間的に、曖昧に示されたに過ぎない。このように、『聖ジュリアン伝』ではイエス・キリストの目がもつあらゆる面が完全なかたちであらわれるのに対し、他の二つの物語ではその一つの面だけが間歇的に示されているのである。

　『黙示録』と『三つの物語』とに共通なもう一つの重要な要素「白い馬」を検討したい。『黙示録』ではキリストや天の軍勢が乗る「白い馬」は天か

ら下るのに対し、『ヘロデヤ』第2章ではマケルス城の地下に閉じ込められている (H, p. 264)。しかし一方、『黙示録』で語られること全体が「ヨハネ」と自ら名乗る「わたし」の幻であるのと同じように、地下の白馬も幻のようにあらわれていた。これをどのように解釈すればよいのか。

　今『純な心』に目を転じると、馬が、『黙示録』と同じく複数で、天から降りて来たかのようにあらわれる場面が見い出される。それは、フェリシテがヴィクトルを見送りにオンフルールの港に駆けつける場面。

> Elle fit le tour du bassin rempli de navires, se heurtait contre des amarres ; puis le terrain s'abaissa, des lumières s'entre-croisèrent, et elle se crut folle, en apercevant des chevaux dans le ciel.
>
> 　Au bord du quai, d'autres hennissaient, effrayés par la mer. Un palan qui les enlevait les descendait dans un bateau [...]. (CS, p. 211)
>
> 　（彼女は船でいっぱいの停泊区をぐるっと回り、ともづなに何度かぶつかった。それから地面が低くなり、光が入り乱れて、空中に馬がいるのを見たときは、頭が狂ったのかと思った。
>
> 　埠頭の岸では、ほかの馬たちが海におびえていなないていた。巻上げ機が馬を吊り上げては降ろしていた […]。）

ここではもちろん馬は白くないし、実際に馬が天から降りて来ているわけではない。しかし、フェリシテにとってはまるで、『黙示録』と同じく、馬が天から降りて来たかのように感じて頭が狂ったのかと思ったのだから、ここにキリストと天の軍勢の乗る馬が幻として一瞬あらわれたと考えることができるだろう。また、空中の馬を見る直前に « des lumières s'entre-croisèrent » という表現があることにも注目したい。« s'entre-croisèrent » という動詞はここでは単に光が乱れてちらちらするという意味よりも、croix がその中に含まれることから、フェリシテの眼前に一瞬十字架の幻がよぎったと考えることができるのではないだろうか。しかも、フェリシテはオンフルールの港で、馬を見る前に一度、馬を見た後にもう一度、波止場にある十字架像を

第Ⅰ部

見ている：« Quand elle fut devant le Calvaire [...] » ; Félicité, en passant près du Calvaire [....] » (*CS*, p. 211)。現実の十字架像と十字架像の間に十字架の幻を見たとしてもおかしくはない。十字架の幻を見たとすれば、キリスト教信仰では十字架は神の愛と救しの具現であるから、ここで、天から下る馬の幻と光の十字架の幻とが一体となって、キリストによる救済がフェリシテに瞬間的に示されたとみなすことができる。

また、ヴィクトルがフェリシテに出発を告げにくる日付も、ヴィクトルの出発と『黙示録』との結びつきを示していると考えられる。

> Un lundi, 14 juillet 1819 (elle n'oublia pas la date), Victor annonça qu'il était engagé au long cours, et, dans la nuit du surlendemain, par le paquebot de Honfleur, irait rejoindre sa goélette [...]. (*CS*, p. 211)
>
> （ある月曜日、1819年7月14日（彼女はこの日付を忘れなかった）、ヴィクトルは遠洋航海に雇われて、翌々日の夜に、オンフルールを出る船で、スクーナー船に乗り込むと告げた［…］。）

『純な心』全体で日付が明記されるのはこの箇所のみであり、またその日付の後に「彼女はその日付を忘れなかった」と記されることから見て、この「1819年7月14日月曜日」がフェリシテの運命にとって特別の意味をもつことは疑いない。ところが、現実にこの日は水曜日であって月曜日ではないから、作者は現実のつまり歴史上の1819年7月14日を念頭に置いてこの日付を選んだわけではないことになる。しかし、でたらめに数字を並べたのではなく、何か意味があるはずである。物語の舞台が1800年代であることは自明だから、1819のうちの18には重要な意味はない。すると、19、7、14が残るわけだが、これらの数字はヨハネ黙示録19章の14節を指し示すのではなかろうか（周知のように『ヨハネ黙示録』を支配する基本的な数字は7である）。そしてこの19章14節は「天の軍勢が白い馬に乗り…」となっていて、オンフルールの港での空中の馬の意味を明らかにする複数形の「白い馬」（ギリシア語原文では « ἵπποις λευκοῖς »）があらわれる。こう考えると、この日付

はヴィクトルの出発というエピソードと『黙示録』とのつながりをわれわれに示すものとなるのである。

それではなぜ、ヴィルジニーにかかわる場面ではなく、ヴィクトルの出発の場面で、「啓示」がなされているのか。これを解くヒントになるのが、ヴィクトルと鸚鵡がフェリシテの頭の中で同時にあらわれる次の箇所である。

> Il (= le perroquet) occupait depuis longtemps l'imagination de Félicité, car il venait d'Amérique, et ce mot lui rappelait Victor, si bien qu'elle s'en informait auprès du nègre. (*CS*, p. 218)
>
> (この鸚鵡は、ずっと前からフェリシテの想像を占めていた。というのもアメリカから来たからであり、このアメリカという言葉はヴィクトルを思い出させたからである。そこで彼女は黒人に鸚鵡のことを聞いていた。)

ここで、鸚鵡はヴィクトルが死んだ場所からやってきたものとしてフェリシテの想像の中で捉えられている。フェリシテはヴィクトルの死体を現実に見ていないのだから、彼女はヴィクトルが鸚鵡となって生き返ったと考えたのではなかろうか。この解釈は突飛なようだが、先に『純な心』と『ヘロデヤ』が構成上似通っており、また鸚鵡とヨカナンにも類似点が多いことを指摘した。『ヘロデヤ』第3章の饗宴の場面でパリサイ派の男が「エリアはよみがえったのか」と聞くと、ヤコブが「その通り」と答えるように（*H*, p. 272)、ヨカナンが預言者エリアのよみがえりであることは明確に示されている。『ヘロデヤ』でエリアがヨカナンとしてよみがえったと信じられているように、『純な心』でヴィクトルが鸚鵡としてよみがえったとフェリシテが信じたとしても不思議ではない。このように考えると、ヴィクトルの出発に際してフェリシテの前に「白い馬」の幻があらわれ、剥製になった鸚鵡の目が輝いて見え、さらに、フェリシテの死の床で鸚鵡が『黙示録』と同様に「開かれた空」を飛んでいくのもすべて一続きの輪となって理解される。この輪を結ぶものがヴィクトルのよみがえりなのである。

第Ⅰ部

　改めて『三つの物語』全体を見てみよう。「聖霊」と「イエス」と「ヨハネ」がともにあらわれる福音書の場面は言うまでもなくキリスト教世界の始まりであり、『黙示録』で語られているのは世界の終末である。そこで、この初めと終わりの間に、三つの物語の世界を位置づけることができる。『ヘロデヤ』は救世主であるイエスが現実に生きている時代、『聖ジュリアン伝』はその千年後、キリスト降臨が信じられていた時代、『純な心』はさらに千年近く後、神が存在感を失いつつある時代が描かれている。それは、各々の物語の主な舞台となる住居の位置と呼応する。『ヘロデヤ』ではマケルス城は「とがった山頂の上に」そびえたつ（H, p. 253）が、『聖ジュリアン伝』では主人公の生まれる城は「丘の中腹」にあり（SJ, p. 229）、『純な心』ではオバン夫人の家の「床は庭よりも低」くなっており（CS, p. 201）、時代を経るにしたがって住居が低くなる、即ち天から遠くなっているのである。しかし、時代を経るにつれて人間が堕落していくわけではない。キリストによる救済という観点からみると、キリストや天の軍勢の乗る「白い馬」は、『ヘロデヤ』では地下にあるのに対して、『純な心』では空中にある。『聖ジュリアン伝』には救済を象徴する馬はあらわれないが、イエスが救済者として河の向う岸から即ちジュリアンと同じ地平からあらわれる。したがって、救済という観点からすれば、『純な心』から順に上、中、下となり、住居の高さの下、中、上と対照的になる。このように、住居の高さの推移で象徴される現実の時間からの制約と、キリスト降臨にかかわる黙示録的テーマとが絡み合って『三つの物語』全体をかたちづくっているのである。

　キリストが敵と戦い、裁き、救済へと導く黙示録的テーマは、『聖ジュリアン伝』において完全なかたちであらわれる。この物語では、キリストが「炎のように輝く目」としてジュリアンの残忍さと戦い、裁き、最後には彼を救済へと導くが、それはジュリアンの側から見れば生から死、死から再生へという道程となる。『三つの物語』全体として見るなら、中央にある『聖ジュリアン伝』でキリストによる救済の道程が完全に示され、それにかかわるモチーフが両端の物語に飛び散っているような構造になっている。『純な心』ではフェリシテはヴィクトルが鸚鵡としてよみがえったと信じ、その

ヴィクトルの出発において「白い馬」の幻があらわれ、剥製になった鸚鵡の目が輝いて見える。『ヘロデヤ』でもヨカナンはエリアのよみがえりとされ、ヨカナンの目がまさしく「炎のように輝く目」となり、ヨカナンと同様に地下に閉じ込められた「白い馬」が外に出ようともがいている。『聖ジュリアン伝』ではジュリアンという一人の人間の生から死、死から再生が問題になっているのに対し、他の二つの物語では他の人間として再生することが問題になっているのである。ただし、フェリシテには幻の真の意味がつかめないし、アンティパスやヘロデヤたちにもヨカナンの目や「白い馬」は何をあらわすか理解できない。『聖ジュリアン伝』以外の二つの物語では、黙示録的モチーフがバラバラにしかもその真の意味が隠されたかたちでしか出てこないのである。『純な心』と『ヘロデヤ』を支配しているのは現実の時間であり、それは『ヘロデヤ』第3章でサドカイ派の男が唱える詩句 « Nec crescit, nec post mortem durare videtur »[13]（［肉体は］大きくなることはなく、死後持続することもないのは明らかである）が示している（*H*, p. 253）。時間とともに肉体は小さくなり、死後には滅ぶということは、明らかに死者の復活の否定である。この世にあるものが小さくなるという動きが、『純な心』と『ヘロデヤ』において外から内に収斂していく動きに呼応しているのである。

　このように『三つの物語』には、死者がよみがえる世界と、よみがえることなく滅んでいく世界という、二つの世界があることになる。物語の構造としては生から死、死から再生へと円環あるいは螺旋状になる世界と、外から内へと小さくなっていく世界である。両者は対立するのではなく、現実の時間が流れる世界にも、時間を超えた啓示の瞬間が垣間見えることがあり、『聖ジュリアン伝』のような超自然的な世界にも、母親が年老いて白髪になるように、現実の時間は流れている。『三つの物語』においては現実と神秘は混じり合っているのである。

---

13) ルクレティウス『物の本性について』（*De rerum natura*）第3巻，338行.

第Ⅱ部

ルーアン大聖堂の正面北側聖ヨハネ扉口の彫刻

第1章　ルーアン大聖堂

　本書第Ⅰ部の最後の章で見たように、『三つの物語』はフローベールにおいては例外と言ってもいいほどキリスト教世界が前面に出てきた作品である。フローベールはキリスト教に対して必ずしも好意的な作家とは言えず、『ボヴァリー夫人』に出てくるブルニジアン神父は俗物だし、『聖アントワーヌの誘惑』ではキリスト教の聖者はほとんど誘惑されっ放し、攻撃されっ放しである。『三つの物語』は晩年の諦念の境地にあるから、キリスト教に対する和解が見られるのか、あるいは単にキリスト教は素材であってそれ以上の意味はないのか、答えはなかなか見つからない。本書第Ⅱ部は、フローベールのその微妙な宗教観、キリスト教観を、テクスト、アヴァン・テクストの中から探っていくことになる。出発点は、やはり『三つの物語』である。

「私の郷里の教会」

　『聖ジュリアン伝』は、物語が終わった後、次のような文章で締めくくられる。

> 　　Et voilà l'histoire de saint Julien l'Hospitalier, telle à peu près qu'on la trouve, sur un vitrail d'église, dans mon pays.（*SJ*, p. 249）
> 　（これが、人を遇する聖ジュリアンの物語であり、私の郷里（くに）の教会のステンドグラスに、ほぼこのままのかたちで見られる。）

一見何でもない文章のようだが、作家としての「私」を表に出さない主義の

第Ⅱ部

　フローベールの作品の中で、「私の郷里の教会」は意表をつくものである。ピエール＝マルク・ドゥ・ビアジは、リーヴル・ド・ポッシュ版の注で、これは中世において、写字生が自分の書いた写本に署名をして作品の題名を記した « colophon »（仕上げ）のようなものだと解釈されうると述べている[1]。それでは、なぜフローベールは中世の写字生を模して、署名として一人称の「私」を書き込んだのか。

　最初の出版から2年後、シャルパンティエ書店から『三つの物語』の版を改める話があったとき、フローベールは『聖ジュリアン伝』の後に、ラングロワ氏の著作にある聖ジュリアンのステンドグラスのデッサンのコピーを掲載するよう強く求めた。シャルパンティエ宛て書簡で、このデッサンは「歴史的資料」であり、「図像とテクストとを比べて、『さっぱり分からない。あれからこれをどうやって引き出したんだ』とみんな思うだろう」と書いている（Corr., V, p. 543）。つまり、図像を見れば、この物語のことがよく分かるという読者に対する親切心から掲載するのではなく、フローベールはむしろ読者を惑わすために掲載することを望んだのである。『聖ジュリアン伝』の末尾の文章では、「ほぼこのままのかたちで見られる」と書かれているにもかかわらず、実際には物語とステンドグラスの図像とはかなりの開きがあり、もし当該のデッサンが掲載されていたら、少なからず混乱を読者に与えただろうと推察される。

　一筋縄ではいかない、末尾の文章の意味するところを捉えるためには、単に物語とステンドグラスとを比較するだけではなく、「私」と「私の郷里の教会」との関係、つまりフローベールとルーアン大聖堂との関係を探る必要があるように思われる。フローベールは、少なくとも書簡を見る限りでは、ルーアン大聖堂に対して、幼少のときから特別な宗教的な感情を抱いていたとは思われない。一方、13歳のとき、郷土の画家、美術研究家であるラングロワ氏の案内でコードベックの教会の見学をしたことを、エルネスト・シュ

---

[1] *Trois Contes*, Introduction et notes par Pierre-Marc de Biasi, « Le Livre de Poche », 1999, p. 127, note 4.

ヴァリエ宛に書き送っていることから（Corr., I, p. 17）、宗教美術に対しては少なからぬ関心を抱いていたこと、おそらくルーアン大聖堂の彫刻やステンドグラスにも無関心ではなかったことが推察される。かといって、大聖堂の宗教美術に対する興味だけでは、何の説明にもならない。やはり、フローベールのテクストを通して、作家の内部にあるものとルーアン大聖堂との関係を探っていかざるを得ないのである。

　本章では、まず、『聖ジュリアン伝』とステンドグラスとの比較、そこから生じる問題について考察し、次に、大聖堂全体を見るために、『ボヴァリー夫人』第3部第1章でエンマとレオンが大聖堂で逢引をする場面の草稿や決定稿をたどっていく。最後に、大聖堂の正面西側扉上の彫刻に見られるサロメの踊りと『ヘロデヤ』の関係にも触れながら、全体を考える。

『聖ジュリアン伝』とルーアン大聖堂のステンドグラス

　フローベールは、『ボヴァリー夫人』の執筆を終えた1856年に、『聖ジュリアン伝』の執筆の準備のために、読書ノートと最初のプランを作成している[2]。フランス国立図書館に保存された最初のプランの末尾にはすでに「これが、人を遇する聖ジュリアンの伝説であり、私が生まれた町の大聖堂のステンドグラスに、このままのかたちで語られている」と記されている[3]。実際に『聖ジュリアン伝』を執筆するのは、1875年から1876年なのだが、末尾のルーアン大聖堂のステンドグラスへの言及は、およそ20年の時をはさんで、基本的に変わらなかったと言える。

　フローベールが聖ジュリアンのステンドグラスに関する情報を得たのは、

---

[2] 1856年6月1日に、フローベールは「僕の伝説を準備している」と友人のブイエに書き送っている（Corr., II, p. 613）。

[3] « Et voilà la légende de St Julien l'hospitalier telle qu'elle est racontée sur les vitraux de la cath. de ma ville natale »（BnF, N.a.fr.23663, f°490）。『聖ジュリアン伝』の草稿はボナッコルソと彼の協力者によって転写されているので、該当ページを併記する：Giovanni Bonaccorso et al., *Corpus Flaubertianum III* : « *La Légende de saint Julien l'Hospitalier* »（以下 *Corpus Flaubertianum III* と表記）, Édition diplomatique et génétique des manuscrits, Didier-Érudition, 1998, p. 40.

155

第Ⅱ部

図3　聖ジュリアンのステンドグラス
　　（ルーアン大聖堂）

ラングロワの著作からであり、この本には、娘のエスペランスによるステンドグラスのデッサンが付けられている（図3）[4]。フローベール研究者バートと中世学者クックは、『聖ジュリアン伝』の起源に関する研究書の中で、このデッサンを再録した上で、各パネルが何をあらわしているのかを説明している[5]。一番下の層（fig.1-3）には、寄贈者である魚屋が描かれているのだが、その上の層に描かれた物語の概略は、バート＆クックの説明にしたがえば、以下のようになる。

fig.4-6　ジュリアンは両親とともに自分たちの城から近隣の城に向かい、その城の領主に仕える。

fig.7-9　成長したジュリアンは信頼の証として領主から杖を受けるが、やがて領主は死の床に伏す。

fig.10-12　領主の死後、その奥方と結婚したジュリアンは戦いに行き、勝利を得る。

fig.13-15　戦場のテントの下で寝込んだジュリアンは、妻が姦通を犯す夢を見る。一方、息子に会うことを思い立ったジュリアンの両親が城にやってきて、ジュリアンの妻が二人を迎える。ジュリアンの妻は敬意を払い、自分たちの寝床に両親を寝か

せて、城を出る。

fig. 16-18　悪夢にとりつかれたジュリアンは自分の城に戻り、妻と愛人が寝ているのだと思って、二人を殺してしまう。城に戻ってきた妻は真相を知り、仰天する。

fig. 19-21　ジュリアンは妻とともに贖罪の旅に出る。二人は川岸に宿泊所をつくり、病んだ旅人の世話をし、旅人を船に乗せて川を渡る。

fig. 22-24　ある晩、向こう岸から呼ぶ声で目覚めると、ジュリアンは嵐の中、川を渡って対岸の旅人の方へと向かう。向こう岸に着くと、ジュリアンは旅人がキリストであることを見いだす。

fig. 25-27　船で戻る途中、キリストはジュリアンの親殺しの罪を許す。宿泊所に入ると、キリストは夫婦を祝福する。

fig. 28-30　キリストが出発し、ふたたび夜になると、また声がするが、今度は悪魔である。ジュリアンは悪魔を船に乗せて戻り、その晩、夫婦が眠り込むと、悪魔は夢にあらわれて、宿泊所を運び去ろうとする。

fig. 31　夫婦は同時に死に、天使が二人の魂を天へ導く。天上では、祝福のしるしをしたキリストが待っている。

図像16から18にある親殺し、そして最後のキリストによる救済は共通だが、ほかは別の物語と言ってよいだろう。フローベールのテクストとの主な相違点は次の四つである。

（1）　ジュリアンや両親に対する予言がない。
（2）　ジュリアンは領主の娘ではなく、領主の妻と結婚する。

---

4) Eustache-Hyacinthe Langlois, *Essai historique et descriptif sur la peinture sur verre ancienne et moderne et sur les vitraux les plus remarquables de quelques monumens français et étrangers*, Rouen, Édouard Frère, 1832, planche 1.
5) Benjamin F. Bart & Robert Francis Cook, *op. cit.*, pp. 167-169. バート＆クックはパネルごとに説明しているのだが、長くなるので本論では、3枚のパネルごとにまとめて、描かれているものを説明している。

(3)　ジュリアンは妻とともに贖罪をおこなう。
(4)　イエス・キリストの後で、悪魔が登場する。

これら四つは、1856年のプランにも1875年のプランにも見られない要素である。『聖ジュリアン伝』は構想されたときから、ジュリアンに対する鹿の予言があり、ジュリアンは領主の娘と結婚し、親殺しの後はひとりで贖罪をする。そして、癩病の男の姿をしたイエス・キリストの後に悪魔が登場することはない。つまり最初から、「親殺し」と「キリストによる救済」という骨組みを除いて、ステンドグラスから袂を分かって出発したわけである。

ただ一つ微妙なのは、(4)の「悪魔」である。1832年のラングロワの著作に掲載されたデッサンで、28から30まで番号がつけられた図像には、頭に獣の角をはやした存在が描かれているのだが、ラングロワが書いた本文にはそれに関する説明がない。そして、脚注には次のように書かれている。

> このステンドグラスのいくつかの主題、とりわけ29番と30番に含まれた二つの悪魔的な場面について説明することは、われわれにはできなかった。ふたつの場面はおそらくわれわれの知らない伝承に属するものであろうが、聖ジュリアンの生涯の劇的な姿に何も加えるものがないことは明らかであろう。民衆はその生涯の哀歌を喜びと関心を抱きながら歌うのである[6]。

デッサンを見ると、30番のパネルにはまさしく「悪魔的な」(diabolique)存在があらわれ、29番ではそれがジュリアンの漕ぐ船に乗る様が描かれているのに、ラングロワはあえて説明しない。またここでは言及されていないが、28番でも悪魔的な存在が寝床にいるジュリアン夫婦の上の方にいる[7]。これ

---

[6] E.-H. Langlois, *op. cit.*, p. 38, note 1.
[7] ラングロワの著作のデッサンでは、悪魔の登場するパネルが左から右に28、29、30と番号が振られているのだが、逆に30、29、28の順に図像を読んでいかなければならない。

らのパネルに悪魔が登場していることは、ラングロワには明白であったはずであるが、彼は口をつぐむ。25番から27番までイエス・キリストがあらわれてジュリアンの漕ぐ船に乗り、ジュリアン夫婦を祝福する一方、それと対をなすかのように、上の28番から30番に悪魔のパネルがあることは、ラングロワには全く不可解であったにちがいない。彼は「われわれの知らない伝承に属するもの」と言わざるを得なかったのである。

　フローベールが晩年、このデッサンを「歴史的資料」として『聖ジュリアン伝』に掲載することに固執したことから見て、これらの図像の「資料」的価値、つまり研究家の説明とは乖離した独自の価値を理解していたことは十分に考えられる。そして、このような図像と説明の乖離を、執筆しながら、何とか利用できないものかと考えたにちがいない。

　実際、『聖ジュリアン伝』の下書き草稿を見ると、癩病の男と小屋にいる場面で、ジュリアンの前にいるのが悪魔であるようなかたちで描かれている箇所がある。関係の頁は4つあり、すでにビアジによって取り上げられている[8]。同じ箇所を四回書き直しているわけだが、二番目の段階の頁がこの描写の特徴をよく示しているので、それを引用する。

    rares
  ses cheveux, dont l'ombre se projetait sur le mur, lui faisaient comme deux
    de bélier
  cornes ~~de bélier~~ & Julien se demanda si ce n'était pas le Diable[9]
  （男のまばらな髪の影が壁に投影し、二つの角のように見えた。ジュリアン
  はこれは悪魔ではないのかと思った。）

壁に映った癩病の男の影には「二つの角」のようなものがあり、それに「雄羊の」と書いては消し、また行間に書いては消す。「雄羊の」と書いてあると、ひょっとして悪魔ではないかという疑惑ではなく、ほとんど確証になっ

---

8) Pierre-Marc de Biasi, « Le Palimpseste hagiographique : l'appropriation ludique des sources édifiantes dans la rédaction de *La Légende de saint Julien l'Hospitalier* », in *Flaubert 2 : mythes et religions*, Minard, 1986, pp. 99-101.
9) BnF, N.a.fr.23663, f°449 ; *Corpus Flaubertianum III*, p. 274.

てしまうので[10]、フローベールは逡巡したあげく抹消したのであろう。第3段階の頁（f°445v°）では、「ジュリアンはこれは悪魔ではないのかと思った」という箇所が抹消され、第4段階の頁（f°446v°）では単に二つの角のような影が伸びるだけになる。さらに、清書原稿に近い頁（f°445）では該当する描写そのものがなくなってしまう。

　癩病の男が悪魔であるとすると、癩病の男はイエス・キリストなのだから、イエス・キリストは悪魔になってしまう。ステンドグラスの28から30の図像には、25から27の図像のキリストの行為を悪魔がまねたように描かれており、まさしく「キリストのまねび」を実践した悪魔を見て、フローベールは下書き草稿でキリストと悪魔を重ねたのであろう。しかしフローベールは、決定稿では当該の描写をすべて無くしてしまった。

　では、決定稿で「悪魔」の痕跡が全く消えてしまったかというと、必ずしもそうではない。「いつかお前は自分の父と母を殺すだろう」という牡鹿の予言を聞いた日の晩、ジュリアンは苦しみ悶えながら考える。

> « Non ! non ! non ! je ne peux pas les tuer ! » puis, il songeait : « Si je le voulais, pourtant ?... » et il avait peur que le Diable ne lui en inspirât l'envie.（*SJ*, p. 236）
>
> （『いや、いや、いや、親を殺すわけがない』それからまた考え込んで『でも、もしそんな気になったら…』、そして悪魔がそんな気持ちを起こさせはしまいかと恐れるのであった。）

この「悪魔」はジュリアンの心に棲みつく悪魔なのだろうが、悪魔を棲みつかせるきっかけになったのが牡鹿の予言だとすれば、大きな角を持つ牡鹿は悪魔として似つかわしい存在である。ところがこの小説を最後まで読むと、

---

[10] 雄羊は「豊穣」や「生殖」の象徴だが、キリスト教世界では悪魔の化身であった。下記の事典の「ram 雄ひつじ」の項参照：「雄ヒツジは（ヤギと同様）「悪魔」の化身であるのでしばしば魔女がこれに乗っている」（アト・ド・フリース『イメージ・シンボル事典』山下主一郎他訳，大修館書店，1984年，p. 517）。

実際に両親を殺して、最後はキリストによって救済される。牡鹿の予言がなければ、ジュリアンが家を出ることもなく、両親を殺すこともなく、救済されることもない。ということは、牡鹿の予言は神の啓示ということになる。このような思考のリンクをたどっていくと、牡鹿の予言は悪魔の啓示であると同時に神の啓示となる。もちろん、決定稿では悪魔と神の親近性は明示されておらず、すべては読者の解釈に委ねられている。

　このようにフローベールは、ステンドグラスのデッサンにあらわれた独自性、つまり悪魔とキリストないしは神との親近性を、ほとんど目には見えないかたちで、あるいは読者に任せるかたちで、『聖ジュリアン伝』の中にはめ込んだと考えられる。末尾の文章は、挿入されたデッサンと相まって、その親近性をひそかに指示するはずだったが、シャルパンティエの拒絶によって、それはかなわなかったのである。

『ボヴァリー夫人』におけるルーアン大聖堂

　今度は、ステンドグラスを含む大聖堂全体に目を向けてみよう。

　フローベールの小説の中で、ルーアン大聖堂が舞台となるのは、『ボヴァリー夫人』のみである。第3部第1章、レオンはルーアンのホテルにいるエンマに会いに行き、翌日大聖堂で逢う約束をとりつける。翌日、大聖堂で、今か今かと待つレオンの前に姿をあらわしたエンマは、大聖堂の礼拝所で祈り続ける。そこへ教会の守衛が近づいて、大聖堂を案内してまわろうとする。レオンは守衛のくどい説明にいらだち、彼から逃げるようにしてエンマを辻馬車へと誘い、思いをはたす。

　この場面を生成論の観点から見ることにする。フローベールは当初、レオンがルーアンのホテルでエンマと関係をもつ設定にしていたのだが[11]、第3部冒頭部のセナリオを練り直して、左余白に、次のような書き込みをする。

---

11) « visite à son hôtel. ressouvenir menant à la baisade »（BmR, gg 9, f°27）. イヴァン・ルクレールによる転写: *Plans et scénarios de* MB, p. 43.

第Ⅱ部

> Visite de Léon à son autel. souvenirs etc
>   elle résiste. un peu
> donne rendez-vous dans la cathédrale.
> en fiacre.[12]
>   （レオンは彼女のホテルを訪ねる。思い出等々／彼女は抗う。少し／大聖堂で会う約束をする。／辻馬車）[13]

　フローベールは1855年の２月（あるいは３月）にアルフレド・ボードリに「リシャール獅子心王の像のある礼拝堂の様子を教えてくれ」と頼んでいるので（Corr., II, p.571）、上記の書き込みがなされたのはおそらく1855年２月ころだと思われる。とにかく、大聖堂での逢引から辻馬車へ続く場面は、小説第２部がほぼ出来上がってから後に付加されたのである。
　ではなぜ大聖堂と辻馬車の場面をフローベールは付け加えたのであろうか。上記の書き込みの「彼女は抗う」を見ると、エンマはレオンの誘いに抵抗し、不貞から身を守る砦として大聖堂を選んだものと推察される。ただしその抵抗は「少し」であって、結果として、レオンはエンマの本気かどうか定かではない抵抗にいらだち、彼女を辻馬車へと導くことになる。このように、ホテルで身をゆだねるようになっていた以前の設定よりも、なかなかレオンの思いが遂げられない方が、より濃密な関係へと移行するきっかけになると、作家は考えたのであろう。
　以下、大聖堂の場面の下書き草稿を見ていく。下書き草稿の最初の段階ではほとんど素描(エスキス)に近いかたちで、この場面が描かれる。

---

12) BmR, gg 9, f°33. 引用の１行目の « autel » は « hôtel » の間違いであることを、ルクレールが指摘している（Plans et scénarios de MB, p.55）。
13) 日本語訳で、改行箇所は意味が不分明にならないよう適宜「／」で示した。

Place de la cathédrale − à midi − dans l'été ~~fleurs~~.

　　　　　┌─Marianne dansant
　　en dehors puis
Léon seul dans l'église.

Elle arrive. une lettre à la main

　　　　　− Mais non ! nous ne serons pas bien.

− Va me chercher un fiacre.[14]

（大聖堂の広場。正午。夏。／レオン外にいる　踊るマリアンヌ　ひとり教会の中へ／彼女が到着する。手紙を手にして／だめよ、私たちはよくないわ。／辻馬車を呼んでくれ。）

ここでは、最初に場所と時間の設定があり、レオンがまず大聖堂の外で、次に中に入って待つところへ、エンマが手紙を手にしてやってくる。このようにエンマが遅れてやってくる設定は、決定稿まで引き継がれる。この草稿では、最後に「だめよ、私たちはよくないわ」というエンマの言葉と、レオンが広場にいる少年に「辻馬車を呼んでくれ」と叫ぶ言葉が加わって、辻馬車の場面へのつなぎとなる。

　次の段階の草稿も下書きというよりは、素描(エスキス)に近いが、細部がより豊かになる。

---

14) BmR, gg 223, vol. 5, f°24. ルーアン市立図書館にある『ボヴァリー夫人』の草稿は、イヴァン・ルクレールが指導する研究者グループによって整理分類され、転写されている：http://bovary.univ-rouen.fr/（Édition des manuscrits de *Madame Bovary* de Flaubert, Transcriptions Classement génétique）. 本章で『ボヴァリー夫人』の草稿を引用するときは、上記サイトの転写を参照したが、整理分類や転写の最終判断は筆者がおこなった。本章で扱っている大聖堂の場面のように、生成過程が錯綜している場合は、同サイトの Tableau génétique des brouillons は必ずしも信頼できるとは限らないからである。

第Ⅱ部

Place de la cathédrale à midi été. fleurs. – portail

sans doute l'horloge retarde

Léon en dehors. – Marianne dansant

Seul dans l'église. *le Suisse explication. embêtem*

"Les ouvrages qui parlent   *de R.*
de la cathédrale."   *il court devant elle*
volumes verts.   elle arrive ~~une lettre à la main~~ *s'agenouille prière*

re-Suisse. Emma écoute. Son amour pris par la cathédr

– Mais non nous ne serons pas bien. Va me

chercher un fiacre.

désirez-vous monter à la flèche[15]

　（大聖堂の広場　正午　夏　花。正面扉口／たぶん時計は遅れているのだろう／レオン外にいる。踊るマリアンヌ／ひとり教会の中へ　教会の守衛が説明　レオンうんざりする／彼女が到着する　彼は走り寄る　彼女はひざまずいて祈る／再び守衛　エンマは耳を傾ける　彼の恋は大聖堂に捕らわれる／だめよ、私たちはよくないわ　辻馬車を呼んでくれ／尖塔に上がってみませんか　［左余白］「大聖堂に関する書物」緑色の本。）

　ここで、最も重要な変化は教会の守衛（le Suisse）の導入である。上記引用箇所の加筆部分「教会の守衛が説明　レオンうんざりする」にあるように、守衛は、ひとりで教会にいるレオンを誘って、大聖堂を案内して回り、彼をうんざりさせる。エンマが到着した後、« re-Suisse » という加筆で分かるように、守衛は再びあらわれ、レオンとエンマに教会の説明をし、また左余白にあるように、「大聖堂に関する書物」を二人に見せる。そして守衛は最後に「尖塔に上がってみませんか」と声をかけて、二人を呼び戻そうとする。

---

15) BmR, gg 223, vol. 4, f°273v°. 引用の真ん中あたりに « de R » という箇所があるが、これはおそらく « de L » と書こうとして、レオン（Léon）とロドルフ（Rodolphe）のイニシャルを混同してしまった、単なる書き損じだと思われる。

この段階の草稿ではまだ明確ではないのだが、次の段階以降の下書き草稿を見ると、守衛は三回、「教会の宝物の拝観はいかがですか」と誘いかけている。最初の誘いに対して、レオンは « non » と言って断り、一人で堂内をうろつく[16]。二度目の誘いに、レオンは « soit » と答えて応じ、守衛の説明が始まる[17]。エンマが到着すると、今度は彼女に誘いかけ、« pourquoi pas » という返事を得る[18]。同じ頁には、「再説明。そのまま、順序通りの繰り返し」と書かれていて[19]、同じ説明を守衛が二回繰り返すように記されている。もちろんエンマは一度しか聞かないのだが、レオンは説明を二回も聞いて、イライラが頂点に達する設定になっている。
　このように、焦点があたる人物を軸にすると、下書き草稿の段階での大聖堂の場面は、次の三つに大きく分けることができる。

①レオンがひとりで堂内をうろつく
②守衛がレオンに対して堂内を説明してまわる
③エンマが到着し、守衛がレオンとエンマに対して堂内を説明してまわる

焦点があたるのは、①ではレオン一人（もちろん守衛も堂内にいるのだが、ほとんど叙述の外にある）、②では守衛とレオンの二人、③では守衛とレオンとエンマの三人といったように、人数が増える構成になっていたのである。
　ところが、清書原稿に近づくと、フローベールは上記②の部分、つまりレオンひとりに対する説明の部分をすべて削除してしまう。そして、①の③の間に、守衛の視点から描かれた文章などを入れて、①と③をつなぐ。その結果、清書原稿では、エンマの到着前には、レオンが教会の中をひとりでうろついて、守衛はそれを見て腹をたてるだけで、守衛の説明はエンマが到着した後にようやく始まる設定になる。このように大聖堂の場面は、生成論の観

---

16) BmR, gg 223, vol. 5, f°66v°.
17) BmR, gg 223, vol. 5, f°64v°.
18) BmR, gg 223, vol. 5, f°57.
19) « re-explications - répétition exacte & dans l'ordre » (Ibid.)

第Ⅱ部

点からすると、②の部分の削除の前と後では、かなり異なる相貌を見せているのである。

それでは、主に改変前の下書き草稿を見ながら、大聖堂の場面の細部を探っていくことにする。関係する下書き草稿は数も多く、錯綜しているので、できるだけ特徴的な箇所のみを拾っていく。

まず①の部分。大聖堂入口の前でレオンは、「教会の宝物の拝観はいかがですか」という守衛の誘いを断った後、堂内に入る[20]。教会の側廊（bas-côté）や内陣（chœur）をうろつき、水盤に映った外陣（nef）を見つめながら、レオンはエンマが来るのを待つ。教会は、レオンにとって、愛する女性を受け入れる特別な場所のように思われてくる。

```
        sa passion              d'après
son amour se glissait ainsi sur les proportions de l'édifice
                grandeur du monument & sa solennité
        La solennité de l'église rendait immense son
                la
        dans cette confusion de sa son sentiment & du milieu
        amour. la solennité. à force de confondre l'une
                        qui l'excitait
                        à la fois       ─── presque
Il se croyait
à la fin    & l'autre, il se croyait presque le Dieu du temple
                        sentait
        comme       ce       il attendait
        & le centre due culte dont la prêtresse allait venir.
        il avait dans les mains des moiteurs lascives
        &  à l'âme des transports mystiques.[21]
```

（このように、建物の大きさと荘厳さのせいで、彼の情熱は次第に自分の感情と周囲とを混同するようになっていった。彼はついには、ほとんど自分を神殿の神と思うようになり、まるで自分が待つ巫女が崇める信仰の中心であるかのように思った。手には淫蕩な汗をかき、心には神秘的な熱狂があった。）

---

20) BmR, gg 223, vol. 5, f°66v°.
21) BmR, gg 223, vol. 5, f°67v°.

フローベールは最初「教会の荘厳さが彼の愛を途方もなく大きくしていた」と書き、それをイタリック体の文が示すように、「建物の大きさと荘厳さのせいで、彼の情熱は次第に自分の感情と周囲とを混同するようになっていった」と書き直す。引用の後半の文章で、細部を修正しながら「自分を神殿の神と思うように」なったと記す。注目しなければならないのは、「教会」の削除と、「神殿」という語の存在である。レオンの意識の中では、自分のいる場所は異教の「神殿」であり、自らが神である。彼が待つのは、下から3行目が示すように、神たる自分を祀る「巫女」である。この「巫女」が直接何を指示しているかは明確ではないが、アポロンの神託を授けたデルポイの巫女 Pythie、あるいはバッコス（ディオニューソス）の巫女 Bacchante のような存在と考えられる。最後の文で、「手には淫蕩な汗をかき、心には神秘の熱狂があった」とあることから、レオンはアポロンよりもむしろ酒の神、饗宴の神バッコスに自分自身を重ねていたと考えられる。

　このような状態でレオンは持つのだが、エンマがなかなか来ないので、椅子に腰掛ける。そこへ、守衛が再び近づいて、②の部分が始まる。

　　　Alors Le Suisse qui remarqua sa tenue peu dévote vint
　l'aborder en répétant
　− Monsieur sans doute, n'est pas d'ici ? monsieur désire voir les curiosités de l'église
　− soit " dit Léon et il se leva.[22]
　（そのとき守衛は、その男がほとんど不信心な様子をしているのに気づき、近づいて繰り返した。「こちらの方ではないとお見かけしました。教会の宝物の拝観はいかがですか。」レオンは「いいでしょう」と言って、立ち上がった。）

フローベールは1行目の « remarqua » と2行目の « répétant » の音の重なりを気にして下線をほどこすのだが、むしろここで注意に値するのは、

---

22) BmR, gg 223, vol. 5, f'64v°.

第Ⅱ部

1行目の「ほとんど不信心な様子」である。レオンは自らを古代の神とみなしているのだが、キリスト者たる守衛から見ると、それは単なる「不信心」な男なのである。守衛の申し出に対してレオンがなぜ今回は断らなかったのか、その理由は草稿を見る限り明らかではないが、退屈しのぎなのか、やけくそなのか、いずれにしても彼が教会そのものに全く興味がなかったことは言うまでもない。守衛の言葉の中に「教会の宝物」« les curiosités de l'église » とあるが、レオンの好奇心（curiosité）の対象は「教会」ではなく、「神殿」、より正確に言えば「巫女」つまりエンマなのである。そこへ、守衛が「教会の宝物」を次々と紹介する場面が展開する。

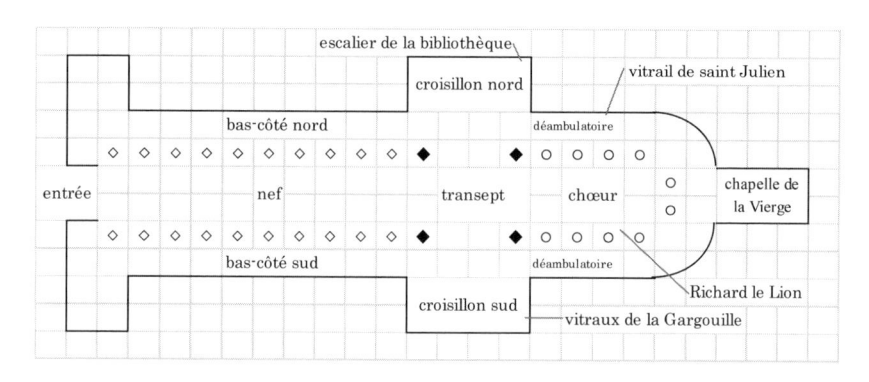

堂内の概略図を参照しながら、下書き草稿における守衛の説明に耳を傾けよう[23]。「まずあの見事な書庫の階段をご覧ください」と守衛は言い、ただし書庫には「革命以降はもう本がありません」と付け加える[24]。「書庫の階段」は北側袖廊（croisillon nord）の奥にあるのだから、レオンに話しかけたときには、交差廊（transept）にいたことが分かる。ところが、守衛はそ

---

[23] 大聖堂内の概略図は下記のガイドブック巻頭の図面を参考にした：A.-M. Carment-Lanfry, *La cathédrale Notre-Dame de Rouen, Une visite guidée*, Rouen, TAG impressions, 1999. なお、本論でのルーアン大聖堂に関する記述に際しては、ガイドブックだけでなく、以下の文献も参照した：Armand Loisel, *La cathédrale de Rouen*, « Petites monographies des grands édifices de la France », Evreux（発行年不明）.

[24] « Admirez d'abord ce délicieux escalier de la Bibliothèque. [...] mais il n'y a plus de livres depuis la révolution. » (BmR, gg 223, vol. 5, f⁰64v°)

こから教会入口（entrée）に戻り、そこにある「アンボワーズの美しき鐘の周り」をかたどった黒い大きな環を杖で指し示す[25]。次に、また交差廊に戻って、「イオニア式の内陣仕切り」の前で立ち止まり、「これは大聖堂を少しばかり美しくするためにつくられたのです。ご存知の通り、古代趣味がすべての人の好みに合うわけではありませんから」というコメントを加える[26]。そして、南側袖廊（croisillon sud）に行き、「怪獣の奇蹟を描いたあのステンドグラスをご覧ください」、「クヴィリーの沼に怪物がおりました」と言って説明を始めようとすると、レオンは「知っています」と応じる[27]。この「怪物」を退治したのは、7世紀ルーアンの司教であった聖ロマンであり、この伝説については19世紀でも広く知られていた。

　守衛はこの後、周歩廊（déambulatoire）を通って、「できの悪い彫像」の前で「これはかつてリシャール獅子心王の墓所を飾っておりました」が、「このような姿にしてしまったのはカルヴァン派の連中なのです」と説明する[28]。次に、もう少し進んで「これはわれわれの最も古い大司教のひとりであるモーリスの墓所です」と説明してから[29]、教会の一番奥（東側）にある「聖母の礼拝所」（chapelle de la Vierge）に入る。礼拝所で守衛は「この美しい敷石の下には、ピエール・ド・ブレゼ侯が眠っておられます」と紹介し、さらに「その孫ルイ・ド・ブレゼ」が馬にまたがる彫像、同人の横臥像を見せて、二人がどういう人物であるか、いつどこで死んだかなどについて、延々と説明する[30]。そして二人の女性の像、一方は「その妻ディアヌ・ド・

---

25) « Voilà […] la circonférence de la belle cloche d'Amboise. » (Ibid.)
26) « […] le jubé d'ordre ionique. […] Ce morceau a été fait pour embellir un peu la cathédrale, car tout le monde, vous savez, n'aime pas le goût ancien. » (Ibid.)
27) « […] observez-moi ces vitraux là qui représentent le miracle de la Gargouille. - il y avait dans les marais de Quevilly un monstre. » (Ibid.)
28) « […] une statue mal faite. […] Elle décorait autrefois […] la tombe de Richard Cœur de Lion. […] ce sont les Calvinistes, Monsieur, qui vous l'ont réduite en cet état. » (BmR, gg 223, vol. 5, f°72v°)
29) « C'est la tombe de Maurice, un de nos plus vieux archevêques. » (BmR, gg 223, vol. 5, f°76)

ポワティエ」、他方は「両腕に幼子をかかえた聖母」、さらに「アンボワーズの墓」について説明を始めたところで[31]、エンマの衣擦れの音がレオンの耳に入ってくる。

　このように守衛は、まず交差廊、次に入口に戻って、再び交差廊、そして南側袖廊、南側周歩廊を経て、聖母の礼拝所へと動いている。本来の案内のコースは入口から始まるのであろうが、レオンが最初に守衛の申し出を断ったので、交差廊から見える北側袖廊の案内から始まることになり、その後は、順序どおりに入口から奥の方へと進んだのである。

　レオンに対する説明は多岐にわたるのだが、ある特徴に気づく。それは、キリスト教（ないしはカトリック）に対する敵対勢力が強調されていることである。南側袖廊のステンドグラスに描かれた「怪獣」は、言うまでもなく、キリスト教布教当時の異教の象徴である。また、リシャール獅子心王の墓所を飾っていた影像を惨めな姿にしてしまったのは、「カルヴァン派」であり、北側袖廊の近くにあった書庫の本を無くしてしまったのは「革命」派である。「イオニア」式の内陣仕切りの場合は敵対と言えるかどうか微妙だが、古代の異教神殿の装飾の様式が、教会に残っていることを守衛は説明する。要するに、大聖堂は、かつてキリスト教が戦ってきた異教や敵対勢力の痕跡を色濃く残している場であり、守衛はそのことを包み隠さずレオンに説明している。一般に「聖ロマン」のステンドグラスと呼ばれるものを、守衛が「怪獣」(gargouille) のステンドグラスと呼ぶのも、教会の外側を飾る彫刻に貶められたかつての異教の怪物たちを想起させるものである。

　このように考えてくると、①の部分でレオンが教会を異教の神殿に見立てたことも、不自然ではなくなる。もちろん守衛はレオンを単に「不信心」な男としてしか見ていないのだが、②の部分での守衛の説明の中には、大聖堂が異教的な要素を含むことが示されているのである。

---

30) « Cette belle dalle [...] recouvre le seigneur Pierre de Brézé. [...] son petit fils, Louis de Brézé [...] » (Ibid.)

31) « [...] son épouse Diane de Poitier, [...] celle qui porte un enfant dans ses bras la sainte Vierge. [...] Voici les tombeaux d'Amboise [...]. » (BmR, gg 223, vol. 5, f°59)

次に、③の部分を見てみよう。エンマは、前の晩に書いた別れの手紙をレオンに渡すと、「聖母の礼拝所に入り、椅子のそばにひざまずきながら祈りを始めた」[32]。礼拝所で祈る彼女の思いが次のように描かれる。

elle s'emplissait les
s'éblouissait
yeux des splendeurs du tabernacle, elle ~~humait~~ – avec une
aux　　　　　aspirait
intention mystique, le parfum des juliennes blanches épanouies
dans les grands vases, et prêtait l'oreille au silence de l'église
　　　　　attentivement　　
~~davantage~~　　　　　　âme
qui ne faisait qu'accroître le tumulte de son cœur.[33]

（彼女は聖なる場所の輝きに目がくらみ、神秘的な思いをもって、大きな花瓶に活けられた白い花咲くジュリエンヌの香りを吸い込んだ。そして教会の静けさにじっと耳を傾けると、ますます心の乱れがつのるばかりであった。）

エンマは「聖なる場所」で、「神秘的な思い」（intention mystique）をもって花の香りをかぐ。これは明らかに、①の部分で、自らを神殿の神とみなしたレオンが心に抱いていた「神秘的な熱狂」（transports mystiques）と正確に呼応するものである。ただし、エンマにとって、自分のいる場所は「神殿」ではなく、最後の文が示すように、「教会」なのである。守衛がエンマに近づいて、「教会の宝物」« les curiosités de l'église » の拝観はいかがですか」と誘ったとき彼女が « pourquoi pas » と答えるのも[34]、単にレオンに対するあてつけだけでなく、「教会」に対する好奇心が芽生えたとしても不思議ではない。

エンマの返事に喜んで、守衛は「順序どおりに案内するために、外陣を

---

32) « [...] elle entra dans la chapelle de la Vierge, et s'agenouillant contre une chaise elle se mit en prières. » (Ibid.)
33) BmR, gg 223, vol. 5, f°57.
34) Ibid.

ずっと下って行き、まずアンボワーズの美しき鐘の周りをあらわした黒い環を見せたいと言った」[35]。しかし、レオンが「それには及びません」と断ると[36]、守衛は間髪を入れず自分たちのいる「聖母の礼拝所」の説明をし始める。「ピエール・ド・ブレゼ侯」、その孫「ルイ・ド・ブレゼ侯」、ルイの妻「ディアヌ・ド・ポワティエ」、「聖母」、「アンボワーズの墓」と、レオンにしたのと同じ順序でほぼ同じ内容の説明をする[37]。さきほどは「アンボワーズの墓」の説明が、エンマの到着によって中断されたのだが、今度はすべて解説する。

　この後、守衛は「聖母の礼拝所」を出て、「モーリスの墓」、「リシャール獅子心王の墓」という順序で案内し、次に「怪獣のステンドグラスを見に、向こう側へ行きましょう」と提案する[38]。レオン一人のときは、「怪獣のステンドグラス」、「リシャール獅子心王の墓」、「モーリスの墓」、「聖母の礼拝所」という順番であったのが逆になっているのだが、これは、守衛にとっては不本意ながら、「聖母の礼拝所」を案内の出発点としたので、教会の一番奥から入口へと向かうコースをとらざるをえなかったのである。さらに守衛の意に反して、「怪獣のステンドグラス」を見ずに、レオンはエンマの腕をとって立ち去ろうとする。あわてて守衛は「大聖堂を扱った著作」を持ってくる[39]。さらに追い打ちをかけて、守衛は「尖塔に上がって眺望を楽しむ」こと[40]、「図書館の階段」を見ること、「二つの見事極まりないステンドグラス、ひとつは人を遇する聖ジュリアンを描いたもの、もうひとつは魚を売る

---

35) « [...] il voulut même, afin de procéder par ordre, les faire descendre toute la nef, pour leur montrer d'abord le cercle noir qui indique la circonférence de la belle cloche d'Amboise. » (Ibid.)

36) « "- Eh ! ce n'est pas la peine !" dit Léon. » (BmR, gg 223, vol. 5, f°60)

37) Ibid.

38) « Allons de l'autre côté, pour voir les vitraux de la gargouille. » (BmR, gg 223, vol. 5, f°63)

39) « C'étaient les ouvrages qui traitaient de la cathédrale. » (Ibid.)

40) « [...] la proposition de monter à la Flèche, pour jouir du Panorama. » (BmR, gg 223, vol. 5, f°84)

漁師を描いたもの」[41]を見ることを矢継ぎ早に提案するのだが、相手にされない。レオンはエンマを連れて急いで教会の外に出る。

　以上、大聖堂の場面を守衛の案内を中心に見てきたが、錯綜しているので、ここで整理しておこう。②と③の部分において、守衛が案内したものを以下に示した。括弧にくくられたところは、守衛が行って見ようと提案しただけで、実際には案内人も案内された人も見ていないものである。

　②　図書館の階段　→　入口　→　内陣仕切り　→　怪獣のステンドグラス　→　リシャール獅子心王の墓　→　モーリスの墓　→　聖母の礼拝所

　③　聖母の礼拝所（→　入口）→　モーリスの墓　→　リシャール獅子心王の墓（→　怪獣のステンドグラス）（→　尖塔）（→　図書館の階段）（→　聖ジュリアンのステンドグラスと漁師のステンドグラス）

このようなかたちで一旦下書き草稿を書くのだが、先に述べたように、フローベールは②の部分を削除して、①と③をつなげてしまう。もちろん単純に両者をくっつけるわけにはいかないので、全体を多少再編し、またつなぎの文章を補っていくのである。

　その結果、清書原稿では、守衛の案内はエンマとレオン二人に対するものだけになる。ただし、守衛の案内の出発点は下書き草稿と同様に「聖母の礼拝所」であり、しかも下書き草稿でレオンに対したように、一旦入口に戻るので、案内の全体が奇妙なかたちになるのである。清書原稿における守衛の案内のコースは以下の通りである。

　聖母の礼拝所　→　入口　→　聖母の礼拝所　→　リシャール獅子心王の墓（→　怪獣のステンドグラス）（→　尖塔）

---

41)　« […] les vitraux fort remarquables, l'un représentant la vie de St Julien l'hospitalier, & l'autre des mariniers qui vendent du poisson. » (Ibid.)

第Ⅱ部

つまり、エンマは「聖母の礼拝所」に駆け込むのだが、そこから守衛はエンマとレオンを入口に戻して、「アンボワーズの美しき鐘の周り」をかたどった黒い敷石の大きな環を説明する。それからまた、教会の一番奥にある「聖母の礼拝所」に戻って、そこにあるピエール・ド・ブレゼ侯が眠る場所などの説明が始まる。そしてまた、入口の方に向かい、「リシャール獅子心王の墓」を説明して、「怪獣のステンドグラス」を見に行こうと提案する[42]。この足取りだけをみると、なぜ「入口」から一気に奥の「聖母の礼拝所」へ飛び、その途中の「リシャール獅子心王の墓」や「怪獣のステンドグラス」を後で案内しようとするのか、その理由を説明できない。これは、下書き草稿の③の部分における「聖母の礼拝所」から「怪獣のステンドグラス」までの道のりを清書原稿でほぼそのまま踏襲し、なおかつ「入口」まで戻るという守衛の提案をエンマとレオンが受け入れる設定にしたからである。では、なぜこのような無理を承知で、フローベールは清書原稿で「入口」まで戻る設定にしたのか。清書原稿と出版された決定稿はほとんど差がないので、読みやすい決定稿の方で、「入口」の場面を見てみよう。

　　　Alors, afin de procéder *dans l'ordre*, le suisse les conduisit jusqu'à l'entrée, près de la place, où, leur montrant avec sa canne un grand cercle de pavés noirs, sans inscriptions ni ciselures :
　　　― Voilà, fit-il majestueusement, la circonférence de la belle cloche d'Amboise. Elle pesait quarante mille livres. Il n'y avait pas sa pareille dans toute l'Europe. L'ouvrier qui l'a fondue en est mort de joie... (*MB*, p. 263)
　　　（そこで守衛は「順序どおりに」案内するために、二人を広場の近くの入口のところまで連れて行き、銘も彫刻もない黒い敷石の大きな環を杖で指して、「あれに見えるは」と厳かに言った。「アンボワーズの美しき鐘の周りをかた

---

42) 下書き草稿にあった「モーリスの墓」は、聖母の礼拝所にある墓所やリシャール師子心王の墓よりも重要度が下がると考えて、フローベールは削除したのであろう。

どったものです。鐘の重さは4万リーヴル。ヨーロッパ全土のどこにもこれほどのものはありません。これを鋳造した職人は、そのために喜びで死にました…」)

　守衛が「順序どおりに」案内することに固執した結果、「聖母の礼拝所」から「入口」へ行ってまた「聖母の礼拝所」に戻るという、本来の「順序」に反した見学コースになってしまうのだが、そんなことは守衛は意に介さない。彼が指し示すのは「アンボワーズの美しき鐘」本体ではなく、その「周り」をかたどった「黒い敷石の大きな環」である。鐘を鋳造した職人が喜びで死んだといっても、鐘そのものは消えてしまい、痕跡がかろうじて敷石に残るだけである。ほとんど命と引き換えに鐘を鋳造した職人には、空しい結果となったわけである。

　「聖母の礼拝所」で、守衛はルイ・ド・ブレゼ侯が「墓にまさに降りようとする」横臥像を前にして、「これほど完璧な虚無の表象がありえるでしょうか」と問いかける（MB, p.264）。そしてさらに、リシャール獅子心王の墓を飾っていた影像のようなものを指して、カルヴァン派のせいでこのような姿になったと嘆く箇所とをつなげてみるとき、なぜ決定稿では「入口」と「聖母の礼拝所」と「リシャール獅子心王の墓」だけが抽出されたのかが分かる。つまり、中央に「虚無」の「完璧な表象」を置き、その前後に、職人の願い空しく消滅してしまった鐘の逸話と、王の墓の装飾の惨憺たる姿を配置することによって、現世界の「虚無」を浮かび上がらせようとしたのである。その際、守衛の案内コースが、本来の「順序」を逸脱して、奇妙なものになったことはやむを得ないことであった。

　このような「虚無の表象」といういわば普遍的なテーマの強調と引き換えに、下書き草稿にあった異教的要素は、決定稿では影を潜めてしまう。たとえば、①の部分にあった、レオンが自分を神殿の神とみなす箇所は削除される。そして、①の最後に置かれていた、守衛が「不信心」の男だと思ってレオンに近づく場面は、決定稿では次のように変えられる。

第Ⅱ部

> Il se plaça sur une chaise et ses yeux rencontrèrent un vitrage bleu où l'on voit des bateliers qui portent des corbeilles. Il le regarda longtemps, attentivement […].
>
> 　Le suisse, à l'écart, s'indignait intérieurement contre cet individu, qui se permettait d'admirer seul la cathédrale. Il lui semblait se conduire d'une façon monstrueuse, le voler en quelque sorte, et presque commettre un sacrilège.（*MB*, p. 263）
>
> （レオンが椅子に腰をおろすと、魚籠を運ぶ船頭を描いた青いステンドグラスが目にとまった。彼は長い間しげしげとそれを見つめた［…］。
>
> 　守衛は離れたところで、この男がひとり勝手に大聖堂を見物しているのに、内心腹をたてていた。これは守衛にとっては、荒唐無稽な振る舞いであり、いわば彼のものを盗む行為であり、聖なるものへの冒瀆にほとんど等しいと思われた。）

ここでは、守衛は離れたところから見るだけなのだが、レオンは「魚籠を運ぶ船頭を描いた青いステンドグラス」を見つめる。これは北側周歩廊に沿って置かれた聖ジュリアンのステンドグラスである。下書き草稿では、守衛が見逃せない宝物として最後に、「二つの見事極まりないステンドグラス、ひとつは人を遇する聖ジュリアンを描いたもの、もうひとつは魚を売る漁師を描いたもの」と叫ぶのだが[43]、それが決定稿では、守衛の案内とは関係なく、ひとりでレオンが見るかたちになっている。このように「ひとり勝手に大聖堂を見物している」男を見て、守衛は腹をたて、彼の行為は「聖なるものへの冒瀆」だと考える。この「聖なるものへの冒瀆」がかろうじて、下書き草

---

43) 聖ジュリアンのステンドグラスの一番下のパネルには寄贈者である魚屋が描かれている。守衛は聖ジュリアンのステンドグラスと漁師のステンドグラスを別物としているが、大聖堂のガイドブックや解説書を見る限り、堂内には魚を売る漁師を描いただけのステンドグラスはない。おそらく守衛は、教会の宝物の豊かさを強調するために、同じステンドグラスを、二つの見事なステンドグラスであるかのように言ったのであろう。

稿にあった異教的要素のなごりだと考えられる。つまり、レオンは異教の神たることによって、守衛にとって「聖なるもの」(キリスト教的なもの)を冒瀆していたのである。

　このような改変とともに、守衛の説明にあったキリスト教の敵に関する言及も背後に隠れてしまう。異教の象徴である「怪獣」のステンドグラスは、守衛の口から発せられるが、実際にはそれを見には行かない。古代趣味をうかがわせる「イオニア式の内陣仕切り」や、革命派が本を無くしてしまった「書庫」の階段は、決定稿では出てこない。同じキリスト教であるカルヴァン派への言及だけがかろうじて、リシャール獅子心王の墓に関する説明の中に残る。

　以上見てきたように、下書き草稿には、キリスト教と異教的なもの(あるいはキリスト教に敵対するもの)との対立の痕跡、大袈裟に言えば宗教の歴史を垣間見させるものがあったのだが、決定稿では、それらは少なくとも表面上は姿を消す。その代わりに、登場人物が目にするものは、「墓にまさに降りようとする」ルイ・ド・ブレゼ侯の横臥像を中心として、「虚無の表象」へと収斂していく。この動きは、物語の展開からすると当然の要請であった。大聖堂から出て、レオンとエンマが乗りこむ「辻馬車」の箱は、やがてエンマが入る「棺桶」の前触れであり、まさしく「虚無」がぽっかり口を開けているのである。

サロメの踊り

　『ボヴァリー夫人』のルーアン大聖堂の場面で、外の広場で待つレオンの前に「踊るマリアンヌ」(Marianne dansant)がある。この像に対する言及は、下書き草稿の最初の段階から決定稿まで基本的に変わらない[44]。この大聖堂正面北側の聖ヨハネ扉口(portail de Saint-Jean)にある彫刻は、言うまでもなくサロメの踊りをあらわしている。

　フローベールが聖ヨハネを題材にした中編を書くことを思い立ったのは、

---

44) BmR, gg 223, vol. 5, f°24 *MB*, p. 365.

第Ⅱ部

『純な心』を執筆していた1876年4月であり[45]、すでに『聖ジュリアン伝』を仕上げていたのだが、そのときに「私の郷里の教会」とサロメの踊りとのつながりをどれだけ意識していたのかは分からない。とにかく、結果として、ルーアン大聖堂の外の彫刻と中のステンドグラスが『三つの物語』のテクストに含まれることになったのである。

『ヘロデヤ』第3章のサロメの踊りの描写に、次のような箇所がある。

> Puis, ce fut l'emportement de l'amour qui veut être assouvi. Elle dansa comme les prêtresses des Indes, comme les Nubiennes des cataractes, comme les bacchantes de Lydie. (*H*, p. 275)
> （それから、踊りは満たされることを求める愛の昂揚となった。インドの巫女のように、滝の地方のヌビアの女のように、リューディアーのバッコスに仕える巫女のように、彼女は踊った。）

愛に狂うサロメの踊りは、「リューディアーのバッコスに仕える巫女」のようだと語られる。ビアジはこの箇所の注で「エウリーピデースの『バッカイ』では、ディオニューソス（バッコス）はリューディアーの神である」と記していて、エウリーピデースの悲劇に言及している[46]。エウリーピデースの『バッカイ』では、バッコスに憑かれた女たちが自分の息子の肉を引きちぎってしまうほどの狂乱状態が描かれるのだが、注目すべきは、たとえば100行目でバッコスを「牡牛の角の生えた神」« ταυρόκερων Θεὸν »と称するなど[47]、この神と牡牛との類縁性が強調されることである。

もちろん、フローベールの読書ノートにはエウリーピデースの悲劇に関す

---

45) « Savez-vous ce que j'ai envie d'écrire après cela ? L'histoire de saint Jean-Baptiste. » (*Corr*., V, p. 35)
46) *Trois Contes*, Introduction et notes par Pierre-Marc de Biasi, « Le Livre de Poche », 1999, p. 172, note 3.
47) Euripide, *Les Bacchantes*, Texte établi et traduit par Henri Grégoire, Les Belles Lettres, 1979, p. 246.

る言及はないし、テクストでも、「バッコスに仕える巫女」は「インドの巫女」や「ヌビアの女」と並ぶ単なる喩えとしてあらわれているにすぎないが、今まで見てきたルーアン大聖堂にまつわる場面の背後にあるものを見つけるヒントになるように思われる。

　鍵になるのは、バッコス（ディオニューソス）という、『ボヴァリー夫人』にも『三つの物語』にも登場しない神である。バッコスは、自分に仕える巫女たち（バッカイ）を錯乱状態におとしめる凶暴な力を秘めているが、エウリーピデースの『バッカイ』では、人間の若者の姿としてあらわれる。それが、『ボヴァリー夫人』の下書き草稿では、自らを神殿の神とみなし、自分に仕える巫女を待つレオンと重なる。守衛の説明にもかつてキリスト教が克服した異教にかかわる要素がちりばめられていたが、それらは決定稿には残らない。『聖ジュリアン伝』の下書き草稿では、イエス・キリストの化身が、獣の角を生やした悪魔の化身であるかのように描かれる。決定稿では、大きな角をもつ牡鹿と悪魔とのつながりが暗示されるだけになる。最後に『ヘロデヤ』では、サロメの踊りが「バッコスに仕える巫女」に喩えられて、「バッコス」をかろうじて指示する。その意味では、レオンによって自らの「巫女」とみなされたエンマは「バッコスに仕える巫女」のよみがえり、サロメのよみがえりなのかもしれない。

　このように、ルーアン大聖堂にまつわるアヴァン・テクストやテクストを、「バッコス」を隠された糸として解きほぐそうとしてきたわけだが、そこから浮かび上がるのは、単純に言えばsyncrétisme（諸宗教の混淆）ということである。獣の角をもつ神とイエス・キリストが混じり合うように、バッコス崇拝もキリスト教もともに宗教であることに変わりはない。これはもちろん反キリスト教ということでは決してない。「バッコスに仕える巫女」のようなサロメの踊りは、ヨカナン（聖ヨハネ）の斬首を導くが、それは「あの方が大きくなるためには、私は小さくならなければならない」（H, p. 277）という言葉があらわすように、イエス・キリストの到来を準備するものであった。キリスト教の誕生そのものに、諸宗教が深くかかわっているというフローベールの宗教観のあらわれなのだろう。

第2章　蛇崇拝

　フローベールにおける諸宗教混淆(サンクレティスム)の一端をあらわすものとして、この章では「蛇」を取り上げたい。『サラムボー』第1章において、サラムボーは傭兵たちに対する呪いの言葉の中で蛇を「わが家の精霊（génie）」(S, p. 51)と呼び、また「蛇」と題された第10章で「蛇はカルタゴの人々にとって国民的な、また個人的な物神（fétiche）であった」(S, p. 175)と書かれているように、古代世界では、蛇は人や家や共同体の運命を予知し、それらを護る神であった。蛇は、「他の動物のように年を取って死ぬことはなく、定期的に脱皮して新しく生まれ変わる、もしくは別の生命となって再生すると広く信じられていた」[1]ので、人間を超えた存在、不死の秘密を知るものとされていた。ヘブライ人の間でも、ヤハウェ崇拝が起こる以前は蛇が崇拝されていたのだが[2]、やがて創世記3章に見られるように、エデンの園の木の実を食べるようにイヴをそそのかした蛇はヤハウェ神に呪われ、それがキリスト教世界にも受け継がれて、蛇は悪魔の化身とみなされるようになる。もちろん、蛇が動物の中で最も狡猾で邪悪な存在とみなされたということは、最も深い智慧をもつものとして畏敬の対象になっていたことの裏返しに他ならない。
　フローベールが『聖アントワーヌの誘惑』において、3世紀から4世紀にかけて生きたエジプトの隠者に対する一夜の誘惑の中に当時の地中海世界やオリエントの宗教的・思想的状況を封じ込めようとしたとき、蛇崇拝は当然

---

1) バーバラ・ウォーカー『神話・伝承事典』青木義孝他訳, 大修館書店, 1988, p. 714.
2) 同書, p. 716.

取り上げられるべきモチーフであった。アントワーヌを取り囲む異端者たちの群の中に、Ophites と呼ばれる蛇崇拝の集団が登場する。Ophites とは「蛇」を意味するギリシア語の ὄφις からきた名称で、一般にオフィス派と訳される。ユダヤ教・キリスト教において悪魔の化身、オフィス派にとっては救世主というこの蛇は、その極端な対比性によって、キリスト教世界と異教世界の双方にまたがる存在であり、そこから聖アントワーヌの誘惑の意味を照らし出すのに格好の素材となるであろう。

　本章では、『聖アントワーヌの誘惑』におけるオフィス派の場面の草稿を第1稿から順にたどっていくのだが、最初にフランス国立図書館に保存された草稿を概観し、次にオフィス派が異端者の中でどのような位置を占めるのかをフローベールが参照した19世紀の文献を探りながら明らかにし、その上で、決定稿までに至る過程をたどっていきたい。

『聖アントワーヌの誘惑』の草稿

　国立図書館に保存された草稿はもともとは一枚ずつの紙であったが、図書館で綴じられ、N.a.fr.23664から N.a.fr.23671までの番号のついた八巻になっている[3]。N.a.fr.23664から N.a.fr.23666までの三巻は三つの稿の清書原稿、N.a.fr.23667は写字生による第3稿の写し、N.a.fr.23668から N.a.fr.23670までの三巻は下書き原稿、N.a.fr.23671はノートとプランというように分類されているが、実際には異質なものも含まれている。N.a.fr.23666の前半の130枚は第3稿の清書原稿だが、後半の89枚は下書き原稿だし、N.a.fr.23667には写字生による第3稿の写しの後に、フローベールの死後におそらくルイ・ベルトランがつくった「外典版」が紛れ込んでいるし[4]、また、N.a.fr.23671に綴じられた草稿の約三分の一はノートでもプランでもない純粋の下書き原稿である。さらに、下書き原稿と題された三巻は執筆時期の異なる三つの稿が混在しており、その中にもベルトランによる外典版の一枚（N.a.fr.23668 f° 302）が紛れ込んでいる。その他細かいことを言えばきりがないが、要する

---

3) 現在では Gallica のサイトですべて閲覧することができる。

に図書館による分類は厳密な文献批判を経たものではなく、適当に綴じてあるだけなので、一枚の草稿を論じるにも細心の注意が必要なのである。

　草稿を分析する前にもう一つ述べておかなければならないのは、フローベールの作業手順である。作業手順は時期や作品によって異なるが、『聖アントワーヌの誘惑』の場合は、草稿の分析や書簡との照合を通して、大体次のような過程を経て作品が生成されたことが分かる。まず作品の着想を書き留める段階から、読書ノートをとりながらの文献調査、そしてかなり詳細な粗筋の作成にいたる。詳細な粗筋を書いたものはフローベール自身が表紙をつけて「セナリオ」あるいは「プラン」と名付けている。第1稿では「セナリオ」、第3稿では「プラン」となっているが、この二つの語を作家は意識して使い分けているようには思われない。このセナリオ（プラン）は40cm×60cmぐらいの大きさの犢皮紙を二つに折ったもの、あるいは二つに切ったものが使われているが、分厚くて丈夫な犢皮紙を用いたのはおそらく執筆中に手元に置いて何度も見直すためであろう。全体のセナリオを作成してから、作家は作品の執筆を開始する。フローベールは『聖アントワーヌの誘惑』に限らず、必ず作品の最初から書いていき、一つのエピソードごとに下書きを何段階か繰り返して清書原稿に仕上げては、次のエピソードに取り組んでいく。下書きの八割くらいの頁は右上にフローベール自身によって数字かアルファベットが書かれており、それらを手がかりにして執筆の順序をおおよそ把握することができる。

　このように最初の着想から、読書ノート、セナリオ（プラン）、下書き、清書へと至るのだが、この道筋は必ずしも直線的につながるわけではない。

---

4) N.a.fr.23667の後半の104枚がフローベールの自筆原稿でもなく、作家が依頼した写字生による原稿でもない「外典版」であることを指摘したのはジゼル・セジャンジェールである (Gisèle Séginger, « Une Version apocryphe de *La Tentation de saint Antoine* », in *Flaubert 4 : intersections*, Minard, 1994, pp. 187-203)。セジャンジェールによれば、この原稿はフローベールの死後、姪のカロリーヌのもとにあったフローベールの草稿を誰かが何らかの目的で写し、ルイ・ベルトランがそれに手を入れて編集したものだという。

エピソード単位の小規模なプランの変更や、読書ノートの追加あるいは編集は下書き執筆中にも絶え間なく続く。とにかく、まず草稿を解読しながら、執筆の順序を推定し、ひとまとまりの草稿に分類して、全体として階層化する作業が必要になるのである[5]。

オフィス派

『聖アントワーヌの誘惑』の中で、オフィス派は異端者（les Hérésies）の群れの中に入っているのだが、そもそも異端者とは何か。言うまでもなく、それはキリスト教徒にとっての異端、つまり正統ならざるものである。異端者はいつの時代でも存在した（あるいはつくりあげられた）のだが、とりわけ2世紀から4世紀にかけて、キリスト教父たちは、当時台頭しつつあった異端に対して反駁するとき、異端の思想的特徴を「グノーシス」（ギリシア語で「知識」という意味）ととらえ、その担い手を「グノースティコイ」と呼んだ。このいわゆる「グノーシス主義者」については、ナグ・ハマディ写本と呼ばれるコプト語のグノーシス文書が1945年に発見され、1956年以降公刊されてから徐々に研究が進み、その真実の姿が解明されつつある[6]。しか

---

[5] 『聖アントワーヌの誘惑』の草稿に関する代表的な研究としては、キム・ヨン゠ウン（Kim Yong-Eun, La Tentation de saint Antoine (*version de 1849*), *genèse et structure*, Kangweon University Press, 1990）とジゼル・セジャンジェール（Gisèle Séginger, *Naissance et métamorphoses d'un écrivain. Flaubert et Les Tentations de saint Antoine*, Honoré Champion, 1997）が挙げられる。キムは第1稿の最初の5つのセナリオのみを扱っている。セジャンジェールの著書は1991年にパリ第8大学に提出した博士論文の第1部を刊行したものである。博士論文の第2部には第1稿と第3稿のセナリオ・プランの分類と転写が収められていたのだが、刊行するときは第2部が省かれ、また第1部も『聖アントワーヌの誘惑』を初期作品など他のフローベールの作品とを関連づけながら、フローベールの文学者としての変遷の過程を考察したもので、セナリオ・プランはその援用としてしか用いられていない。唯一、『聖アントワーヌの誘惑』の下書き原稿（Brouillons）に踏み込んでいるのはメアリー・ネーランドであり、「饗宴の場面」「都市の風景」「群衆」「女性の誘惑」「悪魔」を扱っている（Mary Neiland, '*Les Tentations de saint Antoine*' *and Flaubert's Fiction : A Creative Dynamic*, Amsterdam, Rodopi, 2001）。

し、19世紀においては、グノーシス主義者自身による文書はほとんど知られておらず、彼らの思想を知るためには、エイレナイオスの『異端反駁』（180年頃）、ヒッポリュトスの『全異端反駁』（230年頃）、エピファニオス『パナリオン』（375年頃）といった教父の著作や、それらをもとにした研究書に拠らざるをえなかった。

　フローベールは『聖アントワーヌの誘惑』のために読んだ書物のリストを自らつくっている。このリストはルイ・ベルトランが1908年に刊行した『最初の聖アントワーヌの誘惑』の巻末に、ポール・ドルヴォーによる文献注釈つきで掲載されている[7]。これはフローベール自身がリストの冒頭で書いているように、「1870年7月の初めから1872年6月26日までに」執筆された第3稿のためのものだが、もとよりこのリストに挙げられた著者名・書名はフローベールが参照した文献のごく一部にしかすぎない。リストの中で、「異端者」という見出しのついた箇所に、次のような文献が挙がっている：

　　Apollonius de Thyanes. － Chassang.
　　Les récognitions de saint Clément.
　　Spicilegium de Grabbe, pour Simon.
　　Histoire du gnosticisme. － Matter.
　　Saint Epiphane.
　　De hæresibus. － Saint Augustin.
　　Pluquet[8].

---

6) グノーシス主義やナグ・ハマディ文書については次の研究書を参照した：荒井　献『原始キリスト教とグノーシス主義』，岩波書店，1971，pp. 93-103.

7) Flaubert, *La première Tentation de saint Antoine (1849-1856)*, Œuvre inédite publiée par Louis Bertrand, Fasquelle, 1908, pp. 282-303. なお、この文献リストのオリジナル原稿の存在は他の研究者によっては確認されていない。おそらくベルトランは、当時フローベールの姪のカロリーヌが所有していたこの原稿を、彼女の許可を得て、転写したのであろう。

8) *Ibid.*, pp. 296-297.

このうち、最初の『アポロニウス伝』のシャサンによる仏訳と三番目のグラビウスの著作は、それぞれアポロニウスとシモンの場面をつくるための文献の一つであり、二番目の聖クレメンス、五番目の聖エピファニオス、六番目の聖アウグスティヌスは教父の名前である。残るマテルとプリュケが、異端のための参考書・研究書である[9]。

まず、プリュケの方から見てみよう。これはプリュケ神父の『人間精神のキリスト教からの逸脱の歴史に役立つ覚書、あるいは異端・誤謬・離教事典』[10]であり、最初は18世紀後半に出版されたが、19世紀になってからも版を重ねた。題名が示すように、この書物はキリスト者の立場から宗教上の「異端」や「誤謬」などを集めた百科事典である。

この異端百科事典の Ophites の項目によると、オフィス派とはグノーシス主義者の一派であり、「智慧は蛇の姿で人間にあらわれたと信じるが故に蛇を崇拝した」と述べ、さらに次のように説明している。

> グノーシス主義者たちは、世界のすべてをつくりだす多くの霊を認めていた。彼らは、これらの霊のうち、人間に最も重要な務めを果たしたと信ずる霊を崇拝した。この原理がグノーシス主義者たちにどれほど多くの分派を生み出したかが分かるし、このオフィス派を生み出したのもこの原理なのである。創世記では、人間に善と悪の知識の樹を教えたのは蛇であったこと、アダムとイヴがその実を食べて、目が開き、善と悪を

---

9) 「異端者」に関する読書ノートは、姪のカロリーヌが死んだ後の競売リストには « Hérésie, 50 pages, papiers et formats divers » とあるものの (*Manuscrits de Gustave Flaubert, Lettres autographes et Objets (Succession de Mme Franklin Grout-Flaubert)*, Vente à Paris, Hôtel Drouot, Salle N° 9, Les Mercredi et Jeudi 18 et 19 novembre 1931, p. 22)、その存在場所は不明である。例外的に、本書の第Ⅱ部第3章で扱う「アポロニウス」に関する読書ノートのみが、フランス国立図書館に収められている。

10) Abbé Pluquet, *Mémoires pour servir à l'histoire des égaremens de l'esprit humain par rapport à la religion chrétienne, ou Dictionnaire des Hérésies, des erreurs et des schismes*, Nyon, 1762, 2 vol.

知ったことになっている。

　グノーシス主義者たちは、自分たちの光によって他の人間の上に昇ることを望んでいたので、善と悪の知識の樹の実を食べることを人間に教えた霊あるいは力を、人間に最も目覚ましい働きをした力とみなしていた。彼らは霊が人間に智慧を授けるためにとった姿のもとで敬っていた[11]。

以上が、オフィス派が蛇を崇める理由だが、さらに、彼らが次のように秘儀をおこなうことが記載されている。

　彼らは蛇を籠に閉じ込めて持っていて、蛇の姿で知識の樹を教えた力によって人間に恩恵を与えたことを祝う時が来たとき、蛇の籠の扉を開けて、蛇を呼ぶ。蛇はやってきて、パンのある卓にのぼり、パンに巻き付く。これが、彼らが聖餐とみなしていたものであり、完全な供物とみなしていたものなのである。
　蛇を崇めた後、彼らは天なる父への讃歌を蛇によって捧げ、こうして秘儀を終えたという[12]。

この記載によれば、オフィス派の秘儀では、図像ではなく、本物の蛇が使われており、本物の蛇が巻きついたパンを聖餐としていたことになっている。彼らの「祈祷」について、プリュケ神父は「ほとんど錬金術師の言葉のように理解できない隠語」と言うだけで、詳しいことは分からない。そして最後に、イエス・キリストとの関係などの言及がある。

　蛇を人間に光を与えた力の象徴として崇めたこのグノーシスの一派は、イエス・キリストを敵としていた。イエスは、蛇の頭をへし折って、そ

---

11) *Ibid.*, Tome II, p. 432.
12) *Ibid.*, Tome II, pp. 432-433.

の帝国を破壊し、再び人間を無知に陥れるためにのみ、地上に来たというのである。このように考えていたので、彼らは、イエス・キリストを否認しない弟子を決して受け入れることはなかった。彼らの指導者はエウフラテスという名であった[13]。

　グノーシスの宗派には、ヴァレンティノス派やマルキオン派など、指導者の名で呼ぶものが多いが、オフィス派は、プリュケ神父の記載の最後の文にある通り、エウフラテスという指導者がいるにもかかわらず、エウフラテス派と呼ばれることはない。そこから、この宗派がエウフラテスを頂点とする一枚岩的な組織ではなく、多様な信条や習慣を内包する集団であったことがうかがえる。

　以上の記事から引き出すことのできるオフィス派の基本的な性格は、智慧が蛇の姿で人間にあらわれた故に蛇を崇拝すること、秘儀においては本物の蛇を崇めること、イエス・キリストを敵とみなすことなどである。分かりやすい記載であるが、一体いつの時代に、どこで宗派が栄えたのか、また彼らにとっての神とは何かという問題については情報がない。基本的な線は押さえられているものの、時間的、空間的、さらには思想的な説明が欲しいところである。

　このようなプリュケ神父の書物の欠点を補うのが、ジャック・マテルの『グノーシス主義、およびそれが紀元1世紀から6世紀までの宗教・哲学諸派に与えた影響の批判的歴史』[14]である。オフィス派に関しては、第2巻にかなり詳しい説明がある。マテルはオフィス派が、エジプトやオリエントの教義、さらにはユダヤ教、キリスト教に極めてよく通じた信徒たちの集団であること、その折衷的性格は徹底しているので起源を特定することは難しいが、おそらく彼らの教説はエジプトで生まれた後、さまざまな宗教と接触し

---

13) *Ibid.*, Tome II, p. 433.
14) Jacques Matter, *Histoire critique du gnosticisme, et de son influence sur les sectes religieuses et philosophiques des six premiers siècles de l'ère chrétienne*, F. G. Levrault, 1828, 2 vol.

第Ⅱ部

て変化していったと述べている[15]。そして、聖エイレナイオスや聖エピファニオスといった教父たちの文書をもとにして、オフィス派の神学を詳述している。その大筋をまとめると、次のようになる[16]。

　オフィス派は、すべての起源である至高の存在にビュトス（深淵）、あるいは光の源、またあるいは第一の人間という名を与えた。彼から最初に出たのが、ビュトスの思考であるエンノイアであり、それは第二の人間とも呼ばれた。その思考はプネウマ（聖霊）を生むが、これが天上のソフィア（智慧）である。ビュトスとその思考はソフィアの美しさにうっとりして交わり、完全な存在であるキリストと、不完全な存在であるソフィア－アカモトを生んだ。ソフィア－アカモトは天上界の光の残余を持ちながらも、下方にある混沌に飛び込み、ヤルダバオト[17]という名の息子を生んだ。ヤルダバオト（旧約聖書のヤハウェ）は天使を生み、その天使からまた別の天使が生まれるといったようにして、結局、ヤオ、サバオト、アドナイ、エロイ、オライオス、アスタファイオスが誕生し、ヤルダバオトも含めて、ヘブドマス（七つのもの）が完成する。ヤルダバオトは母から独立して、自らが至高の存在にならんと欲して、天使たちとともに、人間をつくった。人間には魂がなく地面に這いつくばっていたので、ヤルダバオトは魂を吹き込んだ。しかし人間は、ヤルダバオトの似姿にではなく、天上の第一の人間の似姿になった。このとき、ヤルダバオトの妬みと憤怒に満ちたまなざしは、物質の底に反映し、その像がサタンとなった。ヤルダバオトは天上界の神秘が人間に知らされることのないように、知識の木の実を食べることを禁じていたが、母ソフィアは蛇を人間のもとに遣わし、木の実を食べるようにしむけた。人間はこれを食べ、天上のことを知った。ヤルダバオトは、復讐のために、人間を

---

15) *Ibid.*, Tome Ⅱ, pp. 184-188.
16) *Ibid.*, Tome Ⅱ, pp. 191-216.
17) ソフィアの息子の名前はマテルの本では « Ialdabaoth » となっているが、フローベールのテクストでは « Iabdalaoth »（*T3*, p. 89, 下線は引用者による）と書かれている。おそらくフローベールがマテルの著作を読んでノートにとるときに写し間違えて、それがそのまま決定稿まで残ってしまったのだろう。

パラダイスから追放する。その際、ソフィアは人間から光の残余を取り去って、自分のもとにとっておいた。蛇もまたひき下ろされ、新たなるサタンとなり、六つの精を生む。こうして、ヤルダバオトの「ヘブドマス」に類似したこの世の「ヘブドマス」が成立する。ソフィアは人間を憐んで、再び人間に光の残余を与え、人間は自らの本質を知る。ソフィアの摂理によって、セツ、ノア、全人類が生まれるが、これに対して下のヘブドマスからあらゆる種類の悪徳が送り出される。ソフィアはこの攻撃に苦しみ、母である聖霊に助けを求める。そこで、至高の存在がキリストを霊的な世界に送り込むと、キリストはソフィアと合体して、人間イエスの中に入り込む。イエスは、18ヵ月間地上にとどまった後に、天に昇り、キリストのもとに至る。イエスとキリストがグノーシスに達した人々の魂を集め、ヤルダバオトの世界に光の残余がなくなるときに、万物の完成が達せられることになる。

　かなり錯綜しており、神学というより神話に近いが、要するにオフィス派の考える宇宙は3つに分かれており、第一に天上界、次にヤルダバオトと六天使のいる中間界（ヘブドマス）、三番目にこの世である。第二、第三の世界の歴史は、人間をめぐるソフィアとヤルダバオトとの抗争の歴史であるが、最終的にはイエスの中に下ったキリストによってソフィアによる救済行為は完成へと向かう。

　オフィス派の神学で問題になるのが、蛇の役割である。確かに蛇はソフィアから遣わされて、人間に知識の樹を教えるのだが、ヤルダバオトの復讐によってこの世へと追放されると、新たなるサタンとなるのである。つまり、蛇は、この世での蛇の存在からすると、悪霊ということになってしまう。ではなぜ蛇を崇めるのか。この点をめぐって、マテルはオフィス派の中にもさまざまな分派があるとし、次のように説明している。

　　今述べた論にしたがえば、蛇は、人間に助言を与えたことで罰をうけた後、人間にとって敵になり、誘惑者になったということになる。別の理論によれば、逆に、蛇はソフィアの忠実な霊とみなされ、ソフィアそのもの、あるいは諸霊の救済者と混同されることさえあった。この考え

第Ⅱ部

は〔…〕、クネフ神と善き霊、つまり「善霊としての蛇」についてのエジプト神話につながるものであった。しかし、私は、この理論がエジプト神話からの純粋な借用だとは思わない。むしろ、オフィス派は、ユダヤ教の象徴を自分たちの思弁の要素とみなしていたので、善行の象徴としてモーセが砂漠に掲げさせた蛇を考えたのだと私は信ずる[18]。

引用の最後の「モーセが砂漠に掲げさせた蛇」とは、旧約聖書の『民数記』21章9節で、「モーセは青銅で一つの蛇を造り、旗竿の先に掲げた。蛇が人をかんでも、その人が青銅の蛇を仰ぐと、命を得た」とある、いわゆる「青銅の蛇」である。マテルによれば、この青銅の蛇こそ蛇の霊にほかならず、モーセがエジプトの善き霊（Agathodémon）を取り入れたのだとオフィス派は考えていた。エジプトやギリシアの神殿でおこなわれている蛇崇拝も蛇の霊の力を示すものであり、蛇を最も霊的な動物とみなすフェニキアの宇宙観と相まって、オフィス派は霊的なものを守護する神聖な動物として、蛇を崇めたのだという[19]。要するに、旧約聖書の青銅の蛇がエジプトの善き霊と一体化し、エジプトやギリシア、さらにはフェニキアの蛇崇拝と結びついて、蛇が救済者として崇められるようになったのだと、マテルは考えているのである。

しかしまた一方で、マテルはこのように蛇を善き霊とみなしていたのは、あくまで少数派であり、大多数は蛇を悪の象徴と考え、崇めることはなかったと述べている[20]。では、聖エイレナイオスや聖エピファニオスといった教父たちがオフィス派として攻撃している者たちは、蛇を崇める少数派なのか、崇めない多数派なのか。教父たちはすべて彼らが蛇を崇めると声をそろえているところを見ると、明らかに少数派ということになる。ところが教父たちが反駁のための前提として紹介しているオフィス派の神学は、むしろ多数派

---

18) *Ibid.*, Tome Ⅱ, pp. 217-218.
19) *Ibid.*, Tome Ⅱ, p. 218.
20) *Ibid.*, Tome Ⅱ, pp. 219-220.

のものと考えられる。さきほど述べた神学をそのまま受け取ると、蛇は人間にとって悪しき霊ということになってしまう。確かに蛇は人間に知識の樹を教えたが、人間が感謝すべきなのは、背後で動かしているソフィアであって、蛇ではないし、この世に追放されて以降、蛇は人間に悪をもたらす存在になるからである。そうすると、教父たちは、オフィス派の中の相異なる集団のうち、反駁するのに都合のよいものだけを選んで攻撃したことになるが、はたしてそうなのか。そもそも、マテルが言う多数派が蛇を崇めることがないならば、なぜオフィス派と呼ばれるのか。このような疑問に対し、マテルは明確な答えを出していない。とにかく、オフィス派に関する記述には矛盾が潜んでいて、なかなかその謎は解けそうにないのである。

　ところで、オフィス派の秘儀については、プリュケ神父の著作では簡単な説明があったが、マテルはほとんど記していない。より詳しい情報を得るためには、教父の著作にまで遡る必要がある。フローベール自身のつくった文献リストには、聖エピファニオスの名があり、彼の『パナリオン』に、次のようなオフィス派の秘儀の記述を見いだすことができる[21]。

　　実際、彼らは蛇を籠の中に飼っていて、秘儀のときには籠の近くの卓にパンを積み重ねて誘うのである。籠を開けるとその隠れ家から蛇が出てくる。そして蛇はその巧妙さによって彼らの愚かさを認め、卓に上り、パンのまわりでとぐろを巻く。彼らはこの卓を絶対この上ない供犠だとみなしている。ある者から聞いたところによると、彼らは蛇が巻きついたパンを細かくちぎって配るだけではなく、何か歌を歌って蛇がおとな

---

21) フローベールは、1870年2月12日、ジョルジュ・サンド宛に「私は疲労困憊で、ようやくこれから聖エピファニオスと一緒に炉端でたたずむところです」と書き送っている（Corr., IV, p. 158）。しかし、彼がどの版でエピファニオスの著作を読んだのか、書簡にも草稿にも情報がない。原文はギリシア語で書かれているのだが、フローベールはギリシア語に必ずしも堪能ではなかったので、ラテン語の版を参照した可能性が高い。ここでは、ミーニュが編纂した『ギリシア教父著作集』のラテン語版から訳出した。

しくしたり、別の魔力をつかって害のないものにしておいて、口を近づけ蛇に接吻する。彼らは哀れにも蛇の前にひれ伏し、曲がりくねったとぐろに触れたパンのまわりに蛇の体をくねらせて、それを聖餐と呼ぶ。彼らの言うところによれば、蛇を通して至高の父を祝福して、秘儀を終えるのである[22]。

プリュケ神父の記述にないのは、信徒たちが歌を歌ったり、他の方法を使って、おとなしくさせて、蛇に接吻することである。一般に、エピファニオスはグノーシス主義者の思想だけではなく、かれらの行状のいかがわしさを攻撃するのに巧みである。エピファニオスの『パナリオン』は、文字どおり、グノーシス主義の毒から身を守るパナリオン（ギリシア語で「薬箱」）なのである。エピファニオスの伝えるグノーシス主義者の慣習や儀式がどの程度まで事実に基づいているかについては、何とも言えない。蛇に接吻する行為はさすがに眉唾ものの感じがするので、プリュケ神父やマテルは取り上げなかったのであろう。

　以上、オフィス派をめぐるいくつかの著作を見てきたが、それらの記述から、彼らの行動と教義の一貫性を読みとることは不可能に近い。マテルが詳述しているオフィス派の神学をそのまま解釈すると、蛇はソフィアの遣いであって、救世主ではなく、この世に追放されてからはむしろ悪しき存在である。蛇を崇拝する少数派は教義そのものに基づいているのではなく、旧約聖書の青銅の蛇や、エジプト・ギリシアの蛇崇拝に結びついたものとマテルは考えている。プリュケ神父の方は、このような多数派・少数派の区分には頓着せず、すべてのオフィス派が蛇を崇拝し、秘儀をおこなっているように記している。これは、もともと教父たちがグノーシス主義者たちを矛盾した者として提示しようとしたことからくるものと思われる。エピファニオスがその典型であるが、グノーシス主義者たちがいかに聖書をねじ曲げて、おぞま

---

22) Sanctus Epiphanius, *Adversus Octoginta Hæreses*, XXXVII, in *Patrologiae Graecae*, Tome 41, J.-P. Migne, 1863, p. 647.

しい儀式をおこなっているかを、人々に知らせることが教父たちのねらいだったのである。それらをつなぎ合わせて論理的に再構成しようとすると、マテルのように、オフィス派の大多数は蛇を崇拝しないという奇妙な結論に達せざるを得ないのである。

『聖アントワーヌの誘惑』におけるオフィス派

　オフィス派は三つの稿すべてにあらわれるが、このエピソードは最初の二稿と第3稿とはかなり異なっている。第1稿・第2稿では、オフィス派の集団が蛇を抱えながら異端者たちの群の中で登場するのだが、第3稿では、異端者たちの群から離れてアントワーヌはある密室に導かれ、オフィス派の儀式を目にすることになる。

　フローベールは普通、執筆前の準備として、読書ノートをつくり、プランを作成するのだが、異端者に関する読書ノートは残念ながら公共の図書館や研究所には保存されていないので、プランから見ていくことになる。

　第1稿のプランでは、異端者の場面は次のように始まることになっていた。

> C'est quand Antoine ne sait plus que répondre
> à la logique qu'il aperçoit,
>
> 　　　　　　　*selon Tertullien est l'auteur de la nature & comme*
> 　　　　　　　　　　　　　　　　　　　　　*une autre nature*
>
> *serpent qui passe sous le* | le serpent ~~se bal~~ passant sur la croix
> *lit à la mort de Plotin*　　et s'y balançant － les nuages s'écartent － clair
> 　　　　　　　de lune －
>
> － es-tu l'agathodémon
> 　　le serpent a l'air très doux － lié par la queue
> 　　　　　　　il se balance －
> 　　Eve raconte comme il était beau
> 　du serpent　les Ophites
> 　　utilité du serpent et de Juda　Caïnites[23]

（アントワーヌが論理の悪魔への答えに窮していると、蛇が十字架の上を

第Ⅱ部

　這って体を揺する。雲が切れて、月の光がさす。お前は善き霊なのか。蛇はとても穏やかな様子である。尾とつながって、体をふるわす。イヴは、蛇についてそれがいかに美しかったかを語る。オフィス派の教徒たち。蛇とユダの有用性。カイン派の教徒たち。［行間］テルトゥリアヌスによれば、蛇は自然をつくりだしたものであり、もう一つの自然のようなものである。［左の余白］プロティヌスが死んだとき、床の下を這う蛇。）

　まず蛇があらわれて、十字架の上を這って体を揺すり、「おまえは善き霊なのか」という文が次にくる。この問いかけはアントワーヌによるものであろうと思われる。蛇は穏やかな様子で「尾とつながって」いる。この姿勢は自分の尾を噛んで環となった蛇、つまりウロボロスをあらわしている。そこへイヴが来て、蛇がいかに美しかったかについて語り、その後にオフィス派を初めとする異端者群があらわれる。さらに行間にはテルトゥリアヌスの蛇に対する見方、左の余白にはプロティヌスが死んだときの逸話が書き込まれており、まだこの場面の確たる姿は決まっていなくて、アイデアを書き留めたという感じのプランになっている。とにかく大筋としては、蛇の登場、イヴの登場、そしてオフィス派が先頭となって、異端者たち群れの場面が始まるという設定になっていた。

　このような設定は、次の段階のプランでも一旦書かれるのだが、削除される。

> ~~apparition du serpent — une femme nue court après~~
> ~~Eve — Oh il était beau   récit~~
> ~~qui était le serpent. le Christ~~ *c'était*
> ~~les Ophites — adoration du serpent — Caïnites~~
> " — à moi mes filles. "
> flot d'hérésies

---

23) BnF, N.a.fr.23671 f°157v°; CHH, Tome 9, pp. 457-458.

Saturniens

Ophites

Elxaïtes[24]

(「娘たちよ、わがもとへ来たれ。」異端者たちの大群。サトゥルニヌス派、オフィス派、エルカイザイ派。)

　フローベールは、最初に「蛇の登場。裸の女が後から走り寄る／イヴ。ああ、この方は美しかった　語り／蛇とはどなたであったか　キリストであった／オフィス派。蛇への礼拝。カイン派」と書いてから、すべてを抹消し、「傲慢」(七つの大罪の一つ)が「娘たちよ、わがもとへ来たれ」と呼びかけて、異端者たちが押し寄せる設定にする。そして異端者のサトゥルニヌス派とエルカイザイ派の間にオフィス派を入れる。この抹消した部分で興味深いのは、「裸の女」が蛇を追いかけて、アントワーヌの前にあらわれることである。この女と次の行のイヴとは同一人物であって、彼女はかつて自分に智慧の木の実を食べるように誘った蛇が、いかに美しかったかを物語り、その方はキリストであったと讃えるのである。ここでは、最初のプランよりも蛇の美しさに魅了されたイヴがよりエロティックな姿で浮かび上がってくる。また、蛇が「キリストであった」という言葉は、最初のプランにあった「おまえは善き霊なのか」と同様に、マテルの説明を踏まえているのだが、蛇を救済者として崇める考え方がより鮮明になっている。その一方で最初のプランにあったウロボロスの姿はここでは全く記載されない。このようにイヴと蛇とが前面に出てきて、オフィス派の集団はつけたしのように後に来て、カイン派や他の異端者たちにつながるプランは、すでに述べたように、抹消されて、グノーシス主義者の間に挿入されると、オフィス派の場面はかなり変わらざるをえなくなる。

　3番目のプランでは、グノーシス主義者の登場がテーマ別に整理され、「キリストとは何か」という問いに答えるかたちでさまざまな異端者があら

---

24) BnF, N.a.fr.23671 f°217.

第Ⅱ部

われ、その中にオフィス派の姿がある。

           c'est lui 2° déroule tes anneaux - 3° Oh il était beau
       ils portent un grand   *4° adoration*
 Ophites − ~~les mouvements~~ serpent − Oh il était beau

 le serpent − c'est la vie, c'est le Christ − ~~la femme était la science~~

un prêtre qui pince de la lyre
un enfant joue de la flûte
une femme qui danse et
imite ses ondulations [25]

  （オフィス派。彼らは大きな蛇を抱える。ああ、この方は美しかった。それはこの方だ　2°とぐろを広げよ　3°ああ、この方は美しかった　4°礼拝／蛇。それは生命だ、それはキリストだ／竪琴をつまびく祭司。子供が笛をふく。女が踊り、蛇のうねりを真似る。）

作家は最初「動き　蛇」と書いてから「動き」を削除し、「彼らは大きな蛇を抱える」に変更する。さらに左の余白に「竪琴をつまびく祭司…」と書き込んで、オフィス派の集団が蛇の周りで楽器を鳴らし踊る様子を描く。また本文の右上には「それはこの方だ　2°とぐろを広げよ　3°ああ、この方は美しかった　4°礼拝」といったように、彼らの言葉や動作の順番を定めていく。要するに、ここではオフィス派の集団が大蛇を抱えて最初から登場し、彼らが蛇をキリストだと讃え、最後に蛇を崇める。先の二つのプランとは異なり、イヴの姿はない。

 第1稿は、この3番目のプランをもとにつくられている。オフィス派の場面の清書原稿は、フローベール自身による頁づけで、70頁から72頁までであり、それに相当する下書きの頁は5つある[26]。

 異端者の群の中で、オフィス派の集団が巨大な蛇を抱えて登場する。その蛇をどういった者たちが支えているかを、フローベールは下書き原稿で練っているのだが、その最初の段階を見てみよう。

---

25) BnF, N.a.fr.23671 f°216v°.

第 2 章　蛇崇拝

<pre>
                       à bras tendus   le   à bras
poitrine – les hommes poitrine – la taille d les femmes qui le soutiennent contre
l'appuient sur leur ventre.   leur taille en est
                       leur poitrine, en est cambré et prête à se rompre –
                                                                        et
                       Quand ils s'arrêtent tous devant St Antoine ils forment
                       un à peu près avec le serpent qu'ils déroulent et
                                    un xxxx   un grand un grand cercle ouvert
                       qu'ils continuent à parler un grand cercle au milieu
                       les trois quarts d'un grand cercle un immense les trois
                                             duquel
                       quarts d'un cercle, à l'entrée se tiennent un vieux prêtre
                                          pince une de   et
                       en robe blanche qui joue de la lyre – un enfant nu qui
                                      de la flûte   xxx
                       jouant des castagnettes – Au milieu une femme danseuse
                       qui [...].²⁷⁾
</pre>

（胸。男たちは蛇を腹で支え、女たちは腕で支える。彼らは聖アントワーヌの前で立ち止まり、長く伸ばした蛇で大きな開いた輪をかたちづくる。その入り口には白い衣をまとった老祭司が竪琴をつまびき、裸の子供が笛を奏でる。真ん中には踊る女がいる［…］。）

フローベールはまず「胸。蛇を胸で支える女たちの体は反り返って、ほとんど折れそうである」と書く。つまり、女性だけが蛇を支える設定にするのだが、さすがに不自然と思ったのか、左の余白に「胸。男たちは蛇を腹で支える」と書き込んで、男たちと女たちがともに蛇を支えるようにする。男たち女たちがつくる輪の入り口には、プランと同様に、司祭が竪琴をつまびき、裸の子供が笛を奏でる一方で、真ん中では女が踊る（踊りの描写は長いので省略した）。このような情景はプリュケ神父や教父たちの記述にあったオ

---

26) 国立図書館の分類番号は次の通りである。（　）内の数字は、フローベール自身がつけた頁番号である。下書き原稿のうち、70頁にあたるところだけ、下書きの段階で再度書き直されている。
　　下書き原稿：N.a.fr.23664 f°69 *(69)*；N.a.fr.23669 f°63 *(70)*；N.a.fr.23669 f°124v° *(71)*；N.a.fr.23669 f°66 *(72)*
　　下書き原稿（70頁の書き直し）：N.a.fr.23669 f°64 *(70)*
　　清書原稿：N.a.fr.23664 f°70 *(70)*；N.a.fr.23664 f°71 *(71)*；N.a.fr.23664 f°72 *(72)*
27) BnF, N.a.fr.23669 f°63.

第Ⅱ部

フィス派の秘儀を思わせるが、実際は似て非なるものである。教父たちの伝えるところでは、蛇は初め籠の中にいて、扉が開くと卓の上のあるパンの方に向かうのであって、信徒たちが蛇を支えることにはなっていない。また、女性が秘儀に参加するとは書かれていない。女性が蛇を抱えて登場するこの儀式はフローベールが考え出したものなのである。とりわけ、蛇を「胸で支え」て「反り返って、ほとんど折れそう」になっている最初の設定は、解釈次第ではかなり官能的な姿勢である。この官能性の意味を探るために、続く箇所を見ていこう。

オフィス派の信徒たちは、プランの通り、「それはこの方であった」つまりキリストは蛇であったと語りはじめ、蛇がいかに美しい存在であるかを言い、やがてある女性のことを語り出す。

> Assise en face sous un térébinthe elle le regardait
> monter – quand il ~~fut en haut, il ouvrit~~ eut passé
> *par*
> ~~sur~~ toutes les branches, quand il fut en haut – ~~sa
> tête sortit du feuillage   il ouvrit sa grande mâchoire~~
> *tenace*
> ~~alors~~ sous sa peau ~~dilatée   à travers~~   son crâne
> ~~sous sa peau molle tous~~ les os de ~~sa tête~~ s'écartèrent
> *il ouvrit la mâchoire*
> ~~sous leur peau ridée – son museau hâtait – ses yeux flamboyaient~~
> *du bout de la branche le fruit de lui même*
> et ~~de lui même~~ le ~~fruit~~ tomba –
> […]
>   il s'arrêta, fixa sur elle ses prunelles ~~brillantes~~
> et sur lui elle fixa les siennes. – ~~ils se regardaient~~
> la poitrine d'Eve battait – la queue du serpent
>   *frémissait*
> *se tordait* ~~se tordait~~[28]

（彼女はピスタチオの下に向き合って座り、蛇が木をのぼって行くのを見つめていた。蛇がすべての枝を通って行き、木の上に達したとき、粘り強い皮

---

28) BnF, N.a.fr.23669 f°124v°.

198

膚の下で、その頭の骨が広がり、蛇は顎を開けた。枝の端から果実が落ちた。
〔…〕
　蛇は歩みを止め、蛇の瞳が彼女を見据え、彼女の瞳が蛇を見据えた。イヴ
の胸は高まり、蛇の尾は曲がりくねった。)

「彼女」は「彼」つまり蛇が木の枝から枝へと上っていくのを見つめる。蛇は木の上に行き、大きく口を開けると、果実が落ちる。この女性がイヴであることは、引用の下から2行目を見ればはっきりする。蛇とイヴは見つめ合うと、イヴの胸は高まり、蛇の尾は曲がりくねる。この場面は言うまでもなく創世記第3章を踏まえたものだが、原典とは細部において全く異なっている。そもそも創世記では、蛇が果実を取って落とすのではなく、イヴが自ら木の実をもぎ取るのであり[29]、両者が見つめ合うこともなければ、蛇の尾が曲がりくねることはない。すべてがフローベールの創作なのである。「イヴの胸」や「蛇の尾」は性的な関係を連想させるものであり、作家は蛇とイヴの交わりを、隠されたかたちではあるが、テクストの中に織り込もうとしているのである。先程見たように、蛇を抱えて登場する女性たちが「胸で支え」て「反り返って、ほとんど折れそう」になっていたのも、この蛇とイヴとの関係を先取りするものであったにちがいない。

　以上、第1稿のプランからたどってきたが、常に焦点があたっているのは、蛇とイヴのつながりである。とりわけ2番目のプランで、イヴは裸の姿で蛇の後を追いかけるかたちであらわれて、両者の関係は明確になる。3番目のプランではイヴはアントワーヌの前に直接あらわれることはなくなるが、下書き原稿以降は、オフィス派の信徒たちの語りの中に蛇とイヴとの性的といってもよい関係が前面に出てくる。

　確かに、創世記によれば、イヴの方が先に木の実を食べたのだが、フロー

---

[29]「女が見ると、その木はいかにもおいしそうで、目を引き付け、賢くなるように唆していた。女は実を取って食べ、一緒にいた男にも渡したので、彼も食べた。」（創世記3章6節）

ベールが参照した文献には、そのことを問題にした箇所は見当たらない。特に、マテルのオフィス派に関する説明では、アダムもイヴも「人間」というひとくくりになっていて、イヴという名前さえない。一方、マテルの著作であれほど詳しく述べられたオフィス派の神学は、第1稿では完全に無視されている。わずかに、最初のプランで「おまえは善き霊なのか」という文が、マテルの記述をうかがわせるぐらいである。おそらく、フローベールはマテルが記しているオフィス派の神学を読んで、それが、蛇がキリストであることの根拠にならないことに気づき、無視したのであろう。そこで、第1稿におけるオフィス派の場面は、プリュケ神父らの伝える秘儀と、創世記の第3章を、ともに大胆に改変して組み合わせたものとならざるを得なかった。蛇とイヴの関係が前面に出てきたのは、蛇の美しさと智慧に魅了されるイヴが、次々とあらわれ出てくる悪魔たちの姿と言葉に、おぞましいと言いつつも、いつしか惹かれていくアントワーヌにちょうど重なるからであろう。最初の二つのプランで蛇とイヴが異端者たちの群を先導するように登場していたのは、両者が誘惑の原初的なかたちを提示していたからなのである。

　1856年の第2稿に移ろう。オフィス派の場面に関しては、第2稿は第1稿と大きな隔たりはない[30]。ただし、信徒たちが「それはこの方であった」という言葉を発する箇所で、重要な書き込みがある。

---

30) 第2稿におけるオフィス派の場面の草稿の分類番号は次の通り。（ ）内の数字は、フローベール自身がつけた頁番号。
　下書き原稿：N.a.fr.23668 f°81 *(27)*；N.a.fr.23668 f°82 *(28)*
　清書原稿：N.a.fr.23665 f°27 *(27)*；N.a.fr.23665 f°28 *(28)*

第 2 章　蛇崇拝

Antoine
Mais non !
Comment ? cela ?
Les Ophites reprenant　　　les Ophites
& Moïse le savait qui a　　　*et Moïse le savait*
dans le désert　　C'était lui ! c'est lui encore ce sera lui toujours !
construit le serpent d'airain
(Antoine baisse & les la tête
Ophites continuent) [31]

（アントワーヌ：とんでもない！どういうことだ、これは。
　オフィス派：それはこの方だった！それはこの方だ！モーセはそのことをご存知であった。青銅の蛇を砂漠につくられたモーセはご存知であった。
　アントワーヌは頭を下げ、オフィス派は語り続ける。）

「それがこの方だ」という信徒たちの言葉の後に、「モーセはそのことをご存知であった」と行間に書かれ、さらに左の余白にアントワーヌの言葉に続けて、「青銅の蛇を砂漠につくられたモーセはそのことをご存知であった」というオフィス派の言葉が挿入される。「青銅の蛇」とは、すでに述べたように、旧約聖書の『民数記』21章9節の記事に由来するものだが、ここで青銅の蛇が出てきたのは、エジプトの善き霊（Agathodémon）がモーセによって取り入れられたものであるというマテルの説によっているのであろうが、もう一つの面も見逃してはならない。青銅の蛇は、『ヨハネ福音書』3章14-15節で「モーセが荒れ野で蛇を上げたように、人の子も上げられねばならない。それは、信じる者が皆、人の子によって永遠の命を得るためである」とあるように、キリスト教では、イエスが十字架の上にあげられることの予言、予型として理解された。つまり、旗竿の先に掲げられた青銅の蛇を仰ぎ見ることによりイスラエルの民が死から免れた旧約の記事になぞらえて、十字架

---

[31] BnF, N.a.fr.23668 f⁰81.

の上のイエスを仰ぎ見ることによって人間が永遠の命を得ることがヨハネ福音書で言われているのである[32]。この場面のみならず、第２稿においては、アントワーヌの言葉や反応がかなり多く挿入されている。第１稿では悪魔たちの誘惑に唖然とするばかりであったのが、第２稿では、アントワーヌが戸惑いながらも、目の前にあるものは何なのかを自ら問いかけており、何かを知りたいという欲求が芽生えている。フローベールはそのような聖者に対して、あえてオフィス派の信徒たちの口から「青銅の蛇」という、イエス・キリストを想起させる言葉を入れる。そこでアントワーヌの心の中で、ひょっとしてキリストとは、オフィス派の言うとおり、蛇なのではないかという疑念が芽生える仕掛けになっている。しかしアントワーヌはオフィス派の誘惑にのることはないし、そのそぶりも見せない。彼の知的好奇心が刺激されないのは、第１稿と同様に、第２稿でも蛇が最初に姿をあらわすことにあるのだとフローベールは考えたのであろう。第３稿では、蛇のあらわれ方が全く異なるものになる。

　第３稿は1870年７月から執筆されたが、フローベールは執筆開始前に11枚の草稿からなるプランを作成している。そこでは決定稿とは異なり、全体が９つの部に分けられていた。第４部のプランは「異端者たち」と題がつけられた２頁から成るが、その１頁目には「イエスはどのようであったのか？　グノーシス派の者たちは彼の肖像画を持っている。［…］アントワーヌはそれを見ようと進み出る」とあり、アントワーヌの内にはイエスの本当の姿を知りたいという欲求が芽生える。そのような文脈の中で、オフィス派の場面のプランが、１頁目の下から２頁目の上にかけて書かれている。

　　　Hilarion & Antoine montent
　　　On monte un escalier, et –
　　　2°. – il se trouve dans la chambre haute d'une maison, d'un port de mer,

---

32）ヨハネ福音書の一節の解釈については次の注釈書を参照した：『新共同訳　新約聖書注解Ⅰ』日本基督教団出版局，1991，p.408.

la nuit. Lui & son introducteur Hilarion n'entrent qu'avec un mot de passe " Maran Atha "

　On parle à voix basse, on a peur d'être découvert, tout le monde est recueilli. − révélations impies sur les plus hauts mystiques théologiques. − On va lui faire voir une incarnation permanente de Dieu. Les Ophites − le serpent de bronze figurait Jésus. La lune se mirant en réalité dans les flots fait comme un serpent. Ce serpent se confond avec celui des Ophites. Ici Antoine s'évanouit.[33]

（イラリオンとアントワーヌはのぼる。階段をのぼると、夜、港のある館の天井の高い一室にいる。彼と案内人のイラリオンは「マラン・アタ」という合言葉だけで入る。

　一同は低い声で話し、露見しないかと怖れ、皆思いにふけっている。最も高度な神学的神秘に関する不敬な啓示。神が恒久的に受肉したものをアントワーヌに見せようとする。「オフィス派」。青銅の蛇はイエスをあらわしていた。現実に波に映る月が蛇のようになる。ここでアントワーヌは気を失う。）

　アントワーヌは弟子のイラリオンに導かれるまま港の一室に入り、神秘に関する不敬な啓示を聞き、「神が恒久的に受肉したもの」を目にする。そして、オフィス派の信徒たちが「青銅の蛇はイエスをあらわしていた」と語る。「神が恒久的に受肉したもの」とは「オフィス派の蛇」に他ならないから、オフィス派の秘儀の中でアントワーヌの目の前に蛇が登場するわけである。儀式の間、現実に月が波に映る様が蛇と溶け合い、アントワーヌは気を失う。第1稿、第2稿とは異なり、聖者は幻覚の中で、失神してしまうのである。このプランは、すでに決定稿におけるオフィス派の場面の骨組みを示しており、基本的にはプランから決定稿まで骨格は変わらない。

　しかし、フローベールは執筆段階になると直接とりかからずに、まず文献（おそらく読書ノート）を読み返し、5頁にわたる、下書きとノートの中間

---

33) BnF, N.a.fr.23671 ff'93-94 ; CHH, Tome 4, pp. 300-302.

のようなものをつくりあげる[34]。その中の一つは次のように始まる。

intercaler cela
dans l'hymne qu'on
lui adresse "ô toi qui.

Ophites.

D'abord, la matière primitive, molle, fluante, confuse, ténébreuse - un rayon lumineux le Verbe tomba dessus. — *(X)* cri de la lumière — (Hermès) Dans ce cri, dans ~~cette~~ ce jet spontané de lumière, ~~se révèle~~ le Serpent (qui était le Verbe) monta en ligne droite, pendant que le reste de sa queue tournée en spirale, *enchaînait les eaux* roulait la matière et lui donnait la forme d'un globe —

Œuvre du Serpent dans la création

Rapports du Serpent avec le Démiurge & l'Homme

Le démiurge : Iabdalaoth (qui est un Eon inférieur = le Dieu des Juifs) engendré par Sophia, fut jaloux de l'Être-Suprême, — & secondé par les six génies planétaires émanées de lui : Iao, Sabaoth, Adonaï Eloï Oraios = (Uræos)-Our & Astaphaios, résolut de faire l'homme à son image —

L'homme, *pareil à un ver rampant,* fut animé par Sophia.

à l'aspect de l'homme, le Démiurge fut saisi de colère & de jalousie — & pr détacher l'homme de Sophia, & du monde supérieur auquel Sophia l'avait associé, il lui défendit de *goûter à* ~~manger de~~ l'arbre de la Science. — Mais Sophia, envoya à l'homme son génie Ophis qui l'engagea à transgresser cette loi. (*ce génie* ce serpent est ~~Ophis~~ le Christ)[35]

（[左余白]『おお、あなたは...』と呼びかける讃歌に以下を差し込むこと。

まず、創造において蛇が為したこと。

オフィス派：原初の物質は、柔らかく、流体で、渾然として、暗黒であっ

---

34) 分類番号は次の通り。（　）内の数字はフローベール自身がつけた頁番号。
N.a.fr.23668 f°108v° ; N.a.fr.23668 f°115v° *(2)* ; N.a.fr.23668 f°132v° *(1)* ; N.a.fr.23668 f° 109v° *(II)* ; N.a.fr.23668 f°114v° *(3)*.

35) BnF, N.a.fr.23668 f°132v°.

た。一筋の光、御言(みことば)がその上に降りた。光の叫び。(ヘルメス)この叫びの中、この光の自然な進りの中、(御言(みことば)であった)蛇がまっすぐな線となってのぼり、螺旋形になった蛇の尾の残りは物質を巻き込み、物質に球のかたちを与えた。

[左余白]蛇と、造物主や人間との関係

　造物主はヤブダラオト（下位のエオン＝ユダヤ人の神）はソフィアによって生み出されたもので、至高の存在に嫉妬した。そして至高の存在から発した6つの惑星的霊であるヤオ、サバオト、アドナイ、エロイ、オライオス（ウラエオス－ウール）とアスタファイオスに助けられて、人間をその似姿に創ることを決心した。

　人間は、這う虫と同じように、ソフィアによって魂を吹き込まれた。
人間の姿に、造物主は怒りと嫉妬にとらわれた。そこで、人間をソフィアから引き離すために、ソフィアが人間を結びつけた天上界から引き離すために、知識の木の実を味わうことを人間に禁じた。ソフィアは人間にその霊オフィスを遣わし、オフィスは人間にこの掟に背くよう促した。この霊、この蛇が救世主(キリスト)なのである。)

　左上の余白に「以下を差し込むこと」と書き込まれており、この本文が信徒たちの讃歌の中身を構成していくことが分かる。つまり、この頁は読書ノートをまとめたものであるというよりも、オフィス派の場面で信徒たちが語り歌う言葉の草案なのである。「原始の物質…」で始まる本文は、ほとんどがマテルの著作の中でオフィス派の神学として述べられた箇所からの抜粋であるが、微妙に異なっている。本文の最初の段落では、御言である蛇によって物質界に光があてられるのだが、蛇の本体は天上にのぼり、「蛇の尾の残り」だけが物質を巻き込む設定になっている。つまり蛇はあくまで霊であって、物質界に全面的にかかわるのは造物主なのである。第2段落以降は旧約聖書のヤハウェにあたる造物主が人間を創り、ソフィアがそれに魂を吹き込み、さらに霊なる蛇を送り込むいきさつが書かれている。マテルが述べているオフィス派の神学では、ここで問題になっているソフィアは、プネウマとしての天上のソフィアではなく、不完全な存在であるソフィア－アカモトな

のだが、そのような位置づけは捨象されている。霊オフィスを人間に遣わすのはソフィアなのだから、ソフィアが不完全な存在であるというのは無駄な情報なのである。また、マテルの著作では、人間が知識の木の実を食べた後、蛇は造物主の復讐によってこの世へと追放され、霊でなくなってしまうのだが、そのことには全く触れられていない。フローベールは上記の頁の第1段落で「蛇は御言(みことば)であった」、第2段落の最後で「この蛇は救世主(キリスト)である」といったように、オフィス派の神学の本流からは外れるが、マテルが少数派の信仰として紹介している考えを書き込んでいる。要するに、マテルが記しているオフィス派の神学の中で、霊なる蛇がキリストであることの理由付けになる箇所だけがすくいとられているのである。

　もう一つ、この本文における特徴は、第1稿や第2稿と異なり、イヴに関する記載がないことである。たとえば、最後の二行で「ソフィアは人間にその霊オフィスを遣わし、オフィスは人間に掟に背くよう促した」とあるように、イヴという名は出てこない。これは、フローベールが抹消したのではなく、もともとマテルの記述にイヴのことが全く書かれていないことによる。マテルは創世記の記述との整合性よりもオフィス派の神学体系に関心があるせいか、説明においては、イヴだけではなく、アダムという名さえ用いておらず、すべて « l'homme » で通している。もちろん « l'homme » はイヴをも指しうる語だから、創世記の記述に反するものではないのだが、それをそのままフローベールが踏襲していることには意味があるように思われる。先の二つの稿、とりわけ第1稿でイヴと蛇との性的ともいえるような関係が強調されていたが、第3稿ではそのような関係は問題でなくなる。蛇が面と向かうのは人間であって、女性ではない。誘惑も官能的なものが影を潜め、人間の救済というテーマが前面にでてくる。このように、第3稿のオフィス派の言動は、蛇の救世主としての側面が強化されるのだが、その一方でアントワーヌは最後に幻覚の中で、気を失ってしまう設定になっている。次の執筆段階では、蛇がいかにおぞましい姿でアントワーヌの前にあらわれるかが焦点になる。

　執筆段階では、下書き原稿が17頁、清書原稿が3頁、見出される。下書き

第2章　蛇崇拝

　原稿は、各頁の内容や、右上につけられた数字をもとに分類すると、6つの段階に分けることができる[36]。オフィス派の信徒たちの言葉はすでに準備段階で基礎がおおよそ固まっているので、下書きでは、主に秘儀の最中に蛇が登場するときの描写が練られていく。

　第1段階は場面全体の素描(エスキス)といった感じの頁だが、それは次のように始まる。

> Ophites
> *enfermé dans une cage* *et est* *et lâché*
> Le serpent montait sur la table où étaient les pains, s'y entortillait. — cela faisait leur eucharistie. Ils le brisaient.[37]
> （オフィス派。籠の中に閉じ込められていた蛇は解き放たれ、パンのある卓の上をのぼっていた。そのパンが信徒たちにとって聖餐になるのだった。彼らはそれを細かくした。）

　第2段階になると、冒頭にアントワーヌが導き入れられる部屋の描写が入り、その後に蛇の登場となる。

---

36) 分類番号は次の通りである。（　）内の数字は、フローベール自身がつけた頁番号である。
　　第1段階：N.a.fr.23670 f°48v°
　　第2段階：N.a.fr.23668 f°120v°; N.a.fr.23668 f°140v° *(II)*
　　第3段階：N.a.fr.23668 f°138v° *(I)*; N.a.fr.23668 f°128v° *(II)*; N.a.fr.23668 f°131v° *(III)*; N.a.fr.23668 f°99v° *(IV)*; N.a.fr.23668 f°104v° *(V)*
　　第4段階：N.a.fr.23668 f°123v° *(I)*; N.a.fr.23668 f°129v° *(II)*; N.a.fr.23670 f°63v° *(III)*; N.a.fr.23670 f°51v° *(IV)*
　　第5段階：N.a.fr.23668 f°110v° *(I)*; N.a.fr.23670 f°47v° *(II)*; N.a.fr.23668 f°106v° *(III)*; N.a.fr.23668 f°100v° *(IV)*
　　第6段階：N.a.fr.23670 f°150v° *(I)*; N.a.fr.23668 f°105v° *(II)*; N.a.fr.23668 f°98v° *(III)*
　　清書原稿：N.a.fr.23666 f°53 *(53)*; N.a.fr.23666 f°54 *(54)*; N.a.fr.23666 f°55 *(55)*
37) BnF, N.a.fr.23670 f°48v°.

第Ⅱ部

    Le serpent est caché derrière l'autel, qui ne touche

       pas précisément à la muraille.

   Il paraît. très doucement, − se confondant d'abord avec le tour

      du pain, dont il fait comme la bordure, la bourriche
"Comme il est gros aujourd'hui, il a le ventre plein d'eau" le prêtre lui tient la bouche contre son ventre
      puis il se développe, − immense, les hommes le ~~tienn~~ supportent

      sur leur poitrine, les femmes sur leur ventre, les enfants

      sur leur tête. − Tous baisent le serpent.

   hymne
              le
      pendant qu'on chante, on répète sur un rythme supplié

      et plaintif "Kyrie Eleïson" [38]

（蛇は祭壇の後ろに隠れる。祭壇は必ずしも壁に接しているわけではない。

　蛇があらわれる、非常にゆっくりと。蛇はまずパンの周りを回りながら混ざり合い、パンを縁飾りや籠のようにする。「今日は何とこの方は大きいことであろう、腹に水をいっぱいにしておられる。」祭司はその口を腹で支える。それから、蛇は大きくなる。巨大な蛇を男たちは胸で支え、女たちは腹で支え、子供たちは頭で支える。皆、蛇に接吻をする。

　讃歌。信徒たちは讃歌を歌っている間、哀願するような嘆くような調子で「キリエ・エレイソン」と繰り返す。）

　第1段階では蛇は、プリュケ神父らの伝えるように、籠の中に入っていたのが出てきて卓の上にのぼるのだが、第2段階では最初「祭壇の後ろに隠れて」いて、ゆっくりと姿をあらわす。また、第2段階では「皆が蛇に接吻をする」とあるが、これはエピファニオスの述べるところをそのまま記したものである。フローベールはどのようなかたちにするか迷っていたようだが、第3段階以降は、第1段階と同じものに戻る。
　興味深いのは、第1段階・第2段階とも、蛇が登場した後で讃歌が歌われることである。プリュケ神父を始め、秘儀に言及している文献はすべて、讃

---

[38] BnF, N.a.fr.23668 f°120v°.

歌は蛇の前で歌われるのだから、自然な順序なのだが、このようなかたちにすると、信徒たちが救世主とするものは蛇であることがアントワーヌに最初から分かってしまう。第1稿や第2稿の場合は、イヴと蛇の関係が前面にでてきて、蛇が救済者であることがすぐには明確にはならないのだが、第3稿ではいわば最初に結論がでているかたちになってしまう。そこで、フローベールは第3段階以降は、蛇が最後にあらわれるようにしたのである。基本的な場面設定は、第3段階で決定し、清書原稿まで大きな変化を見せない。

　以上、オフィス派の場面の生成過程を、典拠とした文献との関係を中心にたどってきた。この場面は、参照した文献から直接出発するのではなく、創世記および、教父たちの伝える秘儀に対するフローベール独自の解釈から出発している。その原因は、マテルや教父たちの述べるオフィス派の神学体系に大きな矛盾、つまり神学を素直に解釈すると蛇は悪しき霊になるという矛盾である。マテルによれば、蛇を崇拝するのは少数派ということになる。そこで、フローベールはマテルの記述を一旦脇に置いて、大胆な解釈に頼らざるを得なかったにちがいない。第3稿においては、イヴと蛇との性的なつながりという解釈は完全に捨てられ、イエス・キリストの真の姿を見たいというアントワーヌの欲求を軸としてオフィス派の場面は組み換えられる。準備段階において、フローベールはマテルの伝える神学の中で、一見矛盾が表面にでてこないようにして、蛇が救済者であるようなかたちにする。巧みに矛盾点を回避して、信徒たちの言葉に一貫性を与えようとしたのである。

　マテルや教父たちの伝えるオフィス派の神学体系が矛盾をはらんでいるのは、地中海・オリエントの古代世界において、蛇そのものが救世主(キリスト)であったと同時に悪霊でもあったという二面性によるものである。実際、『聖アントワーヌの誘惑』第3稿のオフィス派の場面では、蛇は信徒たちにとって救世主(キリスト)である一方、アントワーヌにとっては悪霊として映るように構成されている。誘惑劇の中では、信徒にとってはともかく、蛇はやはりおぞましい存在としてしか見えないからである。やがてアントワーヌの前に、姿かたち、能力ともにキリストに匹敵する存在があらわれる。

第3章　アポロニウス

　小アジアのテュアナに生まれたアポロニウスは、紀元1世紀のネオ・ピュタゴラス学派の哲学者である。『聖アントワーヌの誘惑』の中で、異端者の群れの最後に哲学者が登場するのは一見不思議な感じがするが、第3稿のプランの余白にフローベールが書き留めたメモを見れば、その理由はすぐ理解できる：「彼はキリストに匹敵するもの、拮抗するものである。彼はキリストと全く同じ程度に驚くべきことを為し、同じ程度に純粋であり、キリストより長い間驚くべきことをおこなっている」[1]。つまり彼は異教のキリストなのであり、奇蹟をおこなう期間にかけてはイエス・キリストを凌ぐほどの存在なのである。『聖アントワーヌの誘惑』で、キリストとは何か、イエスとは誰かといった異端者たちの議論の最後に、アポロニウスが真打として登場するのも当然である。

　アポロニウスに関する「伝説」はすべて、3世紀にフィロストラトスによって書かれた『テュアナのアポロニウス伝』（以降は『アポロニウス伝』と略する）から発している。エルネスト・ルナンは『イエスの生涯』の序文で、アッシジの聖フランチェスコの伝記と比較して、「逆に、誰も『アポロニウス伝』に対しては信頼を置くことができない。というのもその主人公の死後ずっと後になって、全くの作り話の状態で書かれたからである」と述べているが[2]、むしろ「全くの作り話」« un pur roman » であったからこそ、

---

1) « il est l'égale, l'antagoniste du Christ. il a fait des choses tout aussi étonnantes que lui, est aussi pur & il en fait plus long. » (BnF, N.a.fr.23671 f'93)
2) Ernest Renan, *La Vie de Jésus*, Michel Lévy, 1863, p. XV.

その奇想天外な物語がフローベールの関心を惹いたのであろう。さらに、『アポロニウス伝』に登場する弟子ダミスという狂言回し的な存在によって、アポロニウスとの対比が生まれ、この伝記（というよりも伝奇）にドン・キホーテとサンチョ・パンサのような彩りを与えることになった。アポロニウスはダミスとともに各地を遍歴して悪魔祓いや死者の甦生など数々の奇蹟をおこない、西はスペイン、東はインドにまで達する。アポロニウスの旅に比べると、ベツレヘムからエルサレムまでに至る（たとえ幼児期にエジプトに逃れたとしても）イエスの旅は見劣りがする。

　本章では『アポロニウス伝』から出発して、フローベールがいかにして決定稿に至るまで、アポロニウスのエピソードをつくりあげていった過程を追いながら、そこで何が問われているのかを明らかにしていきたい。

第1稿

　フローベールは『アポロニウス伝』のノートをとることから作業を始める。国立図書館に保存された読書ノート[3]の冒頭を見れば、作家が参照したのはCastilhonによる仏訳版であることが分かる[4]。17頁からなる読書ノートの中で、フローベールはかなり忠実に『アポロニウス伝』の語りを再現していて、物語の進行をあらわす動詞は単純過去が基本となっており、またときおり「私」つまり『アポロニウス伝』の語り手が介入する： « je pense plus grand et plus féroce que les autres »[5]。しかし、この読書ノートはフィロスト

---

3) BnF, N.a.fr.14154 : *Vie d'Apollonius de Thyanes* de Philostrate, 11 ff.
4) Philostrate, *Vie d'Apollonius de Tyane*, avec les commentaires donnés en anglais par Charles Blount sur les deux premiers livres de cet ouvrage. Le tout traduit en français par Castilhon, Berlin, G. J. Decker, 1774. 4 vol. なお、ジャン・セズネックは『聖アントワーヌの誘惑』の起源に関する研究書でフローベールはギリシア語－ラテン語の対訳版を読んだものと推測していた（Jean Seznec, *Nouvelles études sur* La Tentation de saint Antoine, London, The Warburg Institute, 1949, p. 48）。セズネックは1958年に国立図書館に収められる『アポロニウス伝』の読書ノートを参照することができなかったのである。
5) BnF, N.a.fr.14154 f5.

ラトスの著作の単なる要約ではなく、そこにはアポロニウスを来たるべき作品の中に組み込むための配慮が見て取れる。読書ノートでは、アポロニウスのピュタゴラス的な哲学にはあまり触れられず、さまざまな奇蹟の叙述に中心がおかれている。たとえば、ペストに襲われたエフェソスでは町の人々に年寄りの乞食を石で撲殺させて、疫病の霊を追っ払ったり[6]、チボリでは埋葬されかかった少女を甦生させたり[7]、ドミティアヌス帝から迫害されたとき、透視によってエフェソスからローマにおける皇帝の死を見た[8]、といったことが記される。ここでは、ドミティアヌス帝から迫害を受けて、ローマの法廷に召喚された場面を見てみよう。

>　　　il ne récita pas la harangue qu'il
> avait composée mais à toutes les questions de
> l'empereur répondit ingénieusement － il
> disparut du tribunal avant midi et apparut
> vers midi à Pouzol à Démétrius et à Damis.
> 　　Ces amis en sont fort étonnés. […]
> 　　cela ressemble un peu à l'apparition
> d'Emmaüs ! [9]
> 　（アポロニウスはあらかじめつくった演説を声に出して読むことはしなかったが、皇帝のすべての質問に巧みに答えた。彼は昼前に姿を消し、お昼頃にポッツオーリでデメトリウスやダミスの前にあらわれた。この友人たちは仰天した。〔…〕これはエンマウスの出現に少々似ている！）

ローマの法廷から突然姿を消し、ナポリの近くのポッツオーリで友人デメトリウスと弟子ダミスの姿をあらわすことは、『アポロニウス伝』と全く同じ

---

6) BnF, N.a.fr.14154 f⁰8v⁰.
7) BnF, N.a.fr.14154 f⁰9v⁰.
8) BnF, N.a.fr.14154 f⁰11.
9) BnF, N.a.fr.14154 f⁰10v⁰.

である[10]。しかし、引用の最後の「これはエンマウスの出現に少々似ている！」はフィロストラトスのテクストにはない。『ルカ福音書』24：13で復活したイエスが二人の弟子の前にあらわれたことへの言及は、フローベール自身の思いというよりも、アントワーヌがこの奇蹟を知ったならば発するであろう言葉として書き留めたものと思われる。読書ノートというかたちをとりながらも、アポロニウスのエピソードの作成はすでに始まっているである。

フローベールは作品全体のセナリオをつくった後に、場面ごとの部分セナリオ（scénario partiel）を作成することがあるが、アポロニウスの場合も《 Apollonius 》と題されたセナリオをつくり、そこにまず読書ノートの要約を書き留める。

   Sa naissance − Protée − cygnes −
     Courez-vous voir le jeune homme
     formule de prière : ô Dieux donnez-moi ce qui me convient
beauté − les femmes le recherchent
     Gouverneur de Cilicie pédéraste -
     Silence − Calme les émeutes − vie pythagoricienne.
     (Mots sur le temple d'Apollon − le gourmand − l'homme
     qui faisait l'éloge de Jupiter) = *rapporté par Damis*
  partir en voyage
     [...]
     les Indiens le reçoivent - vin de dattes − Damis en boit
     éléphant de Porus − ~~au côté nu du roi des~~
     repas étranges − tigres sur la table − jeux terribles | *Damis*
     les blâme[11]

---

10) « Apollonius disparut du tribunal avant midi, & autour de midi il apparut à Démétrius & à Damis à Pouzol. » (Philostrate, *op. cit*, Tome IV, p. 562)
11) BnF, N.a.fr.23671 f°218 ; CHH, Tome 4, pp. 360-361.

(アポロニウスの誕生。プロテウス。白鳥／あなたは青年に会いにいくのか／祈祷の文言「神々よ、私にふさわしいものをお授けください」／美しさ。女たちが彼を求める／キリキアの総督　男色家／沈黙。騒乱を鎮める。ピュタゴラス的な生活／（アポロンの神殿についての言葉。食いしん坊の男。ユピテルを称賛していた男）＝ダミスが伝える
　旅に出る
　［…］インドの人々はアポロニウスを歓待する。ナツメヤシの酒。ダミスが飲む／ポルス王の象／奇妙な食事。食卓の上の虎。恐ろしい演戯｜ダミスはそれらを非難する）

簡潔すぎて意味が取りにくいが、1行目は母親がアポロニウスを身ごもったとき、エジプトの神プロテウスを見たこと、出産したとき白鳥が歌う夢を見たこと、2行目は小アジアのキリキアの人々が青年になったアポロニウスを一目見んものと急いだことを指している。読書ノートから項目や表現を抜き出したこのセナリオは、読書ノートの索引のようなものである。しかし索引にとどまらず、作家はさらに余白や行間に書き込みを入れていく。3行目と4行目の間に「美しさ。女たちが彼を求める」と書き加えられているが、これに該当する箇所は『アポロニウス伝』にも読書ノートにも見当たらず、アポロニウスの美しさを強調するためにフローベールが付け加えたと考えられる。また、6行目の「アポロンの神殿についての言葉…」には括弧がつけられ、最後に「ダミスが伝える」と付け加えられる。ダミスの役割は読書ノートよりも強化されており、インドでの滞在における「奇妙な食事…」の行の最後に「ダミスはそれらを非難する」とあるが、『アポロニウス伝』ではダミスは食卓の上の虎などを面白がって褒めているし[12]、読書ノートでは何も触れられていない。さらに、引用箇所にはないが、セナリオの下の方で、アポロニウスがさまざまな像の意味を語る箇所で « Vénus de Chrypre, Vénus de Paphos... » と書き込まれている。これは『アポロニウス伝』ではなく、

---

12) Philostrate, *op. cit.*, Tome III, p. 350.

クロイツェルの『古代の宗教』からの引用である[13]。このように、余白や行間への書き込みには、『アポロニウス伝』や読書ノートを踏まえつつも、フローベールの中でアポロニウス像、ダミス像をさらにふくらませ、アントワーヌに奇想天外な旅の姿を伝えようとする努力が見て取れる。

　同じ努力が、アポロニウスのエピソードのもう一つのセナリオにも見られる。このセナリオには真ん中に長い横線が入っているが、その線の前後を見てみよう。

　　　　　　　　　Apollonius commence.
――――――――――――――――――――――――――――――――――
　　　　　　　　　　　à la fin d'Apollonius
il est temps de partir　　/Veux-tu ?　-　autres voyages　-　des fortunes
voici le vent qui va se lever | les hérésies　-　veux-tu ?　　/*dans un même mouvement*
les hirondelles se réveillent \les Péchés　-　veux-tu　-[14]

（アポロニウスは語り始める。

　アポロニウスの終わりに

　　［左余白］出発のときだ／今や風立つとき／ツバメが目覚める

　　［中央］一緒に来るか？さまざまな旅。さまざまな富／異端者たち。一緒に来るか？／大罪たち。一緒に来るか？

　　［右余白］同じ動きで）

長い線の上ではアントワーヌの前にあらわれたアポロニウスとダミスの様子と会話が描かれて「アポロニウスは語り始める」で終わり、線の下では「ア

―――――――――――――――
13) Frédéric Creuzer, *Religions de l'antiquité, considérées principalement dans leurs formes symboliques et mythologiques*, Ouvrage traduit de l'allemand, refondu en partie, complété et développé par J. D. Guigniaut, Treuttel et Würtz, 1825-1851, 4 tomes en 10 vol. クロイツェルの著作については次章で詳しく述べる。「キプロスのヴィーナス」は同書の第1巻85頁、「パフォスのヴィーナス」は第1巻221頁に言及があることをジャン・セズネックが指摘している（Jean Seznec, *op. cit.*, p. 59）。
14) BnF, N.a.fr.23671 f°219v°; CHH, Tome 9, pp. 455-456.

第Ⅱ部

ポロニウスの終わりに」で始まり、中央にはアポロニウスたちや異端者、大罪の誘惑の言葉の冒頭 « Veux-tu ? »（清書原稿では « Veux-tu venir avec moi ? »[15]等々）が書かれ、左側にはさらに魅力的な旅への誘いの言葉が記される。真ん中の線の所に別のセナリオにあるアポロニウスの生涯が入れば、この場面全体ができあがることになる。つまり、2つの部分セナリオはアポロニウスの場面全体の構造、つまり1°二人の訪問者があらわれる導入部、2°アポロニウスの生涯、3°旅への誘い、を示しているのである。このいわば序論、本論、結論からなる基本的な構造は第3稿（決定稿）まで変わらない。エピソード全体の基本的な枠組みが決まると、ようやく執筆の段階に入る。

　アポロニウスの場面の下書き原稿は63頁あるが、そのうち4つを除くすべての草稿の右上にフローベール自身が頁番号をつけているので、その番号と各草稿の内容を照合すれば、執筆順をたどることができる[16]。

　フローベールはまず121と番号を付けた頁から始めて、153頁までアポロニウスのエピソード全体を書く。この第1段階の草稿は、アポロニウスとダミスの登場（121頁）、アントワーヌとアポロニウスたちとの会話（122-126頁）、アポロニウスの誕生と子供時代（128-129頁）、旅（130-142頁）、奇蹟（143-148頁）、そして旅への誘い（149-153頁）まで、2つのセナリオおよび読書ノートにかなり忠実である。しかし、第2段階で、フローベールは一旦書いたこのエピソードのうち、さまざまな奇蹟を起こしたことが語られる場面以降（143頁以降）を編成し直して、清書原稿にまで至る。

　執筆の各段階における草稿の特徴を見ていこう。第1段階は、すでに述べたように、2つのセナリオや読書ノートにかなり忠実に書かれているのだが、

---

15) BnF, N.a.fr.23664 f°146.
16) アポロニウスのエピソードはかなり長く、草稿も非常に多いので、草稿の分類番号を列挙することは省略した。以下の拙論に、アポロニウスのエピソードにかかわる三つの稿の草稿の番号を記しているので参照されたい: Haruyuki KANASAKI, « Apollonius ou un rival de Jésus-Christ － Étude génétique de *La Tentation de saint Antoine* », *Équinoxe* 14, 臨川書店, 1997, pp. 92-105.

それとは異なる箇所ももちろん見られる。アポロニウスのエピソードの最初の頁（121頁）で、アントワーヌは異端者たちが急に目の前からいなくなったことに驚く。

> Antoine
> *ils sont partis Ah....*
> tiens ! plus rien — ~~est-ce possible~~ / Ah ! c'est le tonnerre du
> *béni*
> ~~seigneur qui les a mis en fuite~~ / ~~loué soyez vous donc Jésus qui~~
> ~~m'avez délivré du péril.~~
> *je n'y vois plus*
> ~~mais~~ d'où vient donc que mes yeux n'y voient plus — [17]
>
> （アントワーヌ：ああ！何もない。彼らは行ってしまった、どうして私の目にはもう見えないのだろう。）

アントワーヌは異端者たちの消滅に驚くのだが、「主のいかづちがやつらを追い払ってくださったのだ。私を危機から救ってくださったイエス様に祝福あれ」と、イエス・キリストに感謝の言葉を述べる。フローベールはこの言葉に線を引いて、消してしまう。イエスに感謝の言葉があれば、少しの間でもキリストが自分を見守ってくれているという気持ちがアントワーヌに安らぎを与えたであろうが、抹消された結果、茫然自失のアントワーヌだけが残る。そこへアポロニウスが登場する。

> *de figure douce, de maintien grave*
> ~~et de maintien grave~~ —
> Le premier est de haute taille, ~~maigre~~. ses cheveux blonds
> séparés ~~sur~~ par une raie, sur le milieu de la tête, à la manière du
> Christ, descendent en ~~longues~~ mèches plates sur ses épaules ~~nues~~[18]
>
> （最初の男は背が高く、穏やかな顔、ゆったりとした物腰である。その金色の髪は、キリストのように、頭の真ん中の筋で分けてあり、肩の上に平たい

---

17) BnF, N.a.fr.23669 f°101.
18) Ibid.

第Ⅱ部

房となって降りていた。)

　『アポロニウス伝』にはアポロニウスがどのような外観であったかは書かれておらず、フローベールは類推するしかないのだが、このアポロニウスははっきりと「キリストのよう」な姿だと書かれている。読書ノートですでに「これはエンマウスの出現に少々似ている！」という挿入によってあらわされたイエスとの類似性が、アポロニウスがアントワーヌの前に初めてあらわれたときの姿において保持されている。この第１段階の草稿でローマの法廷から消えて弟子たちの前に再びあらわれる場面（151頁）でも、アントワーヌは « comme Jésus ! » という言葉をもらしており[19]、この言葉は第１稿だけでなく、第３稿まで変わることがない。一方で、さきほど見たように、異端者たちが消えてしまったときイエス・キリストへの感謝の言葉が削除されたことと考え合わせると、アントワーヌの中でイエスを唯一無二の存在とするのではなく、イエスに相当するキリストは他にもいるのではないかという疑念が芽生えるように、フローベールがつくっているのだと言えるだろう。

　イエスとの類似性は第２段階の草稿においても問題になる。35頁にわたる第１段階の草稿を書いた後、フローベールは奇蹟の部分を編成し直そうと考え、最初に素描(エスキス)をつくる。

　　　　　　　　　　~~Antonius~~ Apoll.
　　　　à Ephèse - j'ai chassé la peste de la ville en faisant lapider
　　　　un mendiant qui - quand on l'a découvert - à la
　　　　place du cadavre d'un homme
　　　　　　　　D.
　　　　& la peste est partie
　　　　　　　　　Ant.
　　　　Quoi - il chasse les maladies

---

[19] BnF, N.a.fr.23669 f°106.

Apoll.

~~à Corcyre — j'ai délivré un homme du démon~~

Damis

~~& pr preuve j'ai le démon — & la statue est tombée~~

Ant.

Comment il chasse les démons.

Apoll

à Tibur on portait — une jeune fille en terre...

Damis

... & la jeune fille en se relevant sur les mains comme un enfant qui s'éveille

Ant

il ressuscite les morts !

Damis

il y avait à Corinthe

Ant refuse —

am - de la V —
le satyre — [20]

（アポロニウス：エフェソスで、私は乞食を撲殺させることによって町からペストを追い出した。乞食の体を開けてみると、人間の死体ではなく…

ダミス：こうしてペストはなくなった。

アントワーヌ：何と、彼は疫病を追い払うのか。

アントワーヌ：何だって、彼は悪霊を追い払うのか。

アポロニウス：チボリでは運んでいた、少女を埋葬しようと…

ダミス：その少女は目が覚めた子供のように両手をついて起き上がったのです。

アントワーヌ：彼は死者をよみがえらせるのか。

ダミス：コリントスでは…

---

20) BnF, N.a.fr.23669 f°118.

第Ⅱ部

アントワーヌは拒絶する。

[左の余白] 恋する男。ウェヌスの像。サチュロス。)

第1段階で奇蹟が語られるのは『アポロニウス伝』と同じ順番、つまりまずエフェソスでのペスト撲滅（143頁）、コルキュラ島での悪霊祓い（143頁）、コリントスで吸血鬼に誘惑された哲学者メニプスを救った話（144-145頁）、埋葬されようとしていた少女を甦生させた話（147頁）、ウェスパシアヌスが皇帝になるという予言（148頁）、ナイル河の瀑布でサチュロスを飼い馴らした話（148頁）、クニドスでウェヌスの像に恋した男を癒した話（148頁）、ポッツオーリで弟子たちの前に姿をあらわした話（150-151頁）、という順番であった。それに対して、第2段階の最初のこの素描（142頁という番号がついている）では、エフェソスでのペスト撲滅、コルキュラ島での悪霊祓いが記されるが、コルキュラ島の方は一旦消されて、その後に少女の甦生、そしてコリントスが来て、さらに左余白に « am － de la V － le satyre － »[21]と記されている。フローベールは第1段階の順序を組み替えようと試行錯誤しているのだが、この組み替えの意図を知るためには、奇蹟そのものよりも、それを聞いたときのアントワーヌの反応を見る必要がある。アントワーヌの言葉を順番に並べてみると、「彼は疫病を追い払うのか」、「彼は悪霊を追い払うのか」、「彼は死者をよみがえらせるのか」となるが、この「疫病」「悪霊」「甦生」という順番は、新約聖書の『マタイによる福音書』でイエスが、まず「らい病を患っている人」や「ペトロの家」の「しゅうとめ」の病気を癒し（8：2-4, 14-15）、次に「悪霊に取りつかれた者」から「イエスは言葉で悪霊を追い出し」（8：16-17）、そして「わたしの娘がたったいま死にました」という男がいたので、娘の手に触れると、「少女は起き上がった」（9：18-26）という奇蹟をおこなった順番と同じなのである。もちろん第1

---

21) « am » は « amoureux » つまり「恋する男」の血を好んで吸う吸血鬼を指し、« de la V » は « de la Vénus » つまりウェヌスの像に恋した男の話、« le satyre » はサチュロスを飼い馴らした話を示している。

段階でも、おおよそ「疫病」「悪霊」「甦生」という順番なのだが、間に吸血鬼の話が挟まっているし、アントワーヌの反応の言葉がないので、福音書との対応が明確ではなかったのである。第2段階では「彼は疫病を追い払うのか」等の言葉を入れ、奇蹟の順番を多少入れ換えることによって、ポッツオーリで弟子たちの前にあらわれた場面ですでに読書ノートや第1段階の草稿に書き込まれていたイエスとの類似性を、フローベールはさらに発展させようとしたのである。奇蹟の場面の組み換えは、これだけには留まらない。

第2段階の次の頁（143という頁番号がついている）では、今引用した素描(エスキス)に基づいて、奇蹟の場面を書き直していき、少女を甦生させる話のところにかかったところで、ある着想を左余白に書き留める。

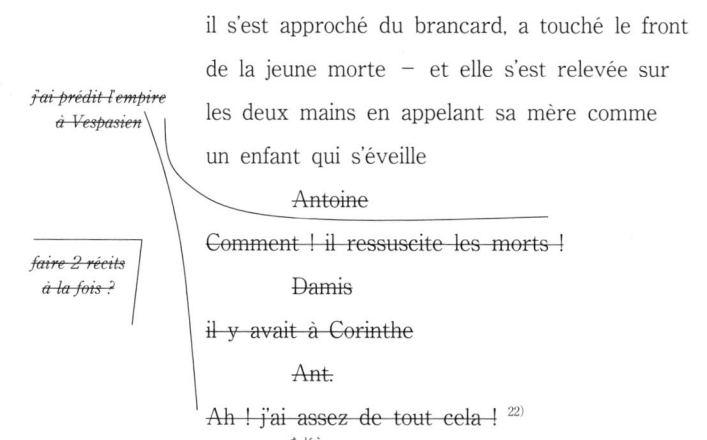

> Damis
> il s'est approché du brancard, a touché le front de la jeune morte — et elle s'est relevée sur les deux mains en appelant sa mère comme un enfant qui s'éveille
>
> *j'ai prédit l'empire à Vespasien*
>
> Antoine
> Comment ! il ressuscite les morts !
>
> *faire 2 récits à la fois ?*
>
> Damis
> il y avait à Corinthe
> Ant.
> Ah ! j'ai assez de tout cela ! [22]

（ダミス：アポロニウスは轎(ながえ)に近づくと亡くなった少女の額に触れた。すると少女は、まるで子供が目覚めたときのように母親を呼びながら、両手をついて起き上がった。）

フローベールは左余白にまず「私はウェスパシアヌスに帝位につくことを予

---

22) BnF, N.a.fr.23669 f°119.

言した」というアポロニウスの言葉を記し、その下に「2つの話を同時にするか？」と書く[23]。この頁だけでは「2つの話」が何か分かりづらいが、次の144頁以降を見ると、ウェスパシアヌスへの予言とコリントスで吸血鬼に誘惑された哲学者の話であることが分かる。144頁以降、アポロニウスはウェスパシアヌスと食卓をともにしていて一匹の犬が手首を咥えてきた話をする一方、ダミスは哲学者メニプスが美女の姿をした吸血鬼と結婚するところをアポロニウスに助けられるいきさつを話すのだが、両者の話は断片化され、噛みあうことはない。第1段階で語られる個々の奇蹟自体アントワーヌには驚くべきものであっただろうが、さらに奇蹟の物語が断片化され、その断片同士がつなぎ合わされて、聞いているアントワーヌには訳が分からず、ほとんど錯乱状態になってしまう。

　以上のような操作の結果どうなるのかを見てみよう。第2段階で、158という番号をつけられた頁で、アポロニウスはイエスを目の前に出してみようかと言う。

---

23) « faire 2 récits à la fois » やアントワーヌらの言葉に抹消線が引かれているが、これは「没」という意味ではなく、他のフォリオにしかるべき文章を写した、つまり「済」という意味である。

第3章　アポロニウス

Apollonius
Veux-tu que je fasse apparaître Jésus ~~lui même~~ *le*

Antoine（hébété）

quoi — quoi

Apollonius

ce sera lui — bien lui   *oui*   *tout à l'heure*
pas un autre — tu verras   ~~tu le verras~~ ici — là — ~~tout à l'heure~~ il ~~m~~ brisera
les trous dans la paume   *il maudira son père*
de ses mains — le sang figé   la croix ~~sur son genou~~, ~~il inclinera la tête~~, il
et au flanc droit le sang   ~~reniera son nom — il se prosternera par terre et~~
figé sur la blessure   il m'adorera, le dos courbé. ~~et ce sera lui, bien~~
il brisera   ~~lui, tu~~

         Antoine

    quoi quoi — [24)]

（アポロニウス：イエスを目の前に出してみようか。

　アントワーヌ（呆然として）：何と、何と。

　アポロニウス：そうだ、このあたりに。彼だ、まさしく彼、他ならぬ彼だ。その手のひらに穴があき、右の横腹の傷に血がこびりついているのが見えるだろう。イエスは十字架を壊すだろう。自分の父を呪うだろう。背を曲げて、私を崇めるだろう。

　アントワーヌ：何と、何と。）

最初に書き留めたところでは、目の前にあらわれるイエスは「膝の上で十字架を壊」し、「うなだれて」「自分の名を否認し」、「地面に平伏して」アポロニウスを崇める。左余白には、磔刑のすぐ後のイエスがそのままあらわれるように描写が付け加えられ、さらに行間には「自分の父を呪うだろう」と記される。一貫して、アポロニウスはイエスを、父なる神を冒瀆する言葉を吐く。そしてイエスがひれ伏して自分を崇めるだろうと言っているのだから、アポロニウスは、自分をイエス・キリストに匹敵する存在どころか、自分が

---

24) BnF, N.a.fr.23669 f°142.

神であることを公言したことになる。このような発言を前にして、アントワーヌは呆然となり、「何と、何と」と繰り返すしかない。

　第2段階から、清書原稿にかけては、いくつかの草稿の手直しはあるものの、アポロニウスのエピソード全体に大きな変化はない。このエピソード、特にその最後の場面が変貌するのは1856年である。

第2稿

　1856年6月1日、フローベールはルイ・ブイエ宛てに「僕は『聖アントワーヌ』の中で、ふさわしくないと思われるものを削り取ったが、結構な仕事だった。というのも、160頁あった第1部が、今は（書き写して）74頁しかないからだ。1週間ほど後にはこの第1部から解放されたいと思っている」と書いている（*Corr.*, II, pp. 613-614）。まずフローベールは第1稿を削り取って、それを書き写したわけだが、この手紙では第1部が74頁になったとある。第2稿清書原稿の第1部は73頁で終わっていて、下書きでは第1部の最後が74頁になっている草稿があるのだから、1856年6月1日の時点で一旦第1部の最後まで書いて、それから1週間ほどその前の場面を修正し、73頁で終わる清書原稿にしたのである。

　第2稿では執筆前のプランや素描（エスキス）はなく、全体の構成を変更する気がなかったことが分かる。アポロニウスのエピソードの下書き原稿は26頁ある。そのうち21の頁は第1稿のいわばダイジェスト版であり、1856年6月に推敲された下書きは5つの頁である。そのうち、50bisと番号をふられた3つの頁は、ダイジェスト版の最初の50頁の書き換えであり、残りの2つの頁はアポロニウスのエピソードの最後の場面にかかわるものである。

　50bisという番号のある3つの頁のうち、最初に書かれた頁の下の余白に、異端者たちが突然姿を消してしまった後のアントワーヌのモノローグが記される。

> J'y goûtais cependant un plaisir ~~pervers~~, un charme plein d'épouvante qui m'attirait. – il y en avait qui

n'était pas complètement détestable ! - & comment cela
se faisait-il Mais elles m'en découvraient d'autres
par derrière - et je n'ai pas tout vu -[25]

（私は異端者たちにある喜び、恐怖に満ちた魅力を味わい、それに惹きつけられた。汚らわしいというわけではない者もいた。背後にはまた別の異端者たちの姿を私に見せていた。私はすべてを見たわけではない。）

　異端者たちが消えた後、第１稿では茫然とするばかりであったアントワーヌは、第２稿では異端者たちの登場に「喜び」や「魅力」を味わい、惹きつけられたことを告白する。聖者は自分の中に芽生えた感情を客観的に見つめており、最後に「私はすべてを見たわけではない」と言う。つまり、まだ見るべきものがあると言ったところに、アポロニウスがやってくるわけである。
　アポロニウスやダミスの語る言葉そのものは基本的に第１稿と同じであるが、最後の残りの２つの頁が示すように、アポロニウスのエピソードの最後の場面は大きな変貌をとげる。第１稿でも、アポロニウスは自らを神とみなす言葉を吐いていたが、さらに第２稿の71Aという番号をつけられた頁では、異常なほど巨大化する。

---

25) BnF, N.a.fr.23668 f'136.

第Ⅱ部

```
                                    &
                   ( il frappe du pied, la terre s'entr'ouvre
                                          tourbillonnant
                                         & fait un grand abîme
           tout a coup. se creusant en entonnoir sous ses sandales
                        pas      & Apollonius,
                    il ne touche plus le sol - il se fait comme suspendu

                    il est devenu très grand & il grandit grandit -
                                 couleur de sang  ses pieds nus
                         Des nuages roses roulent sous lui, à grosses
  cercle              larges      écumeuses
  auréole d'or         volutes comme les vagues de la mer. - sa tunique
                        toute blanche   une statue de,    au soleil    vibre
  s'élargit autour de son  brille comme de la neige. une auréole autour
  comme                    mouvement élastique   & il       à St Ant
  front & vibre dans       du front - il lui tendant sa main gauche
                            sérieux comme une xxxxx    de la droite lui
  l'air avec un            & souriant d'un sourire séraphique il montre

                    de la droite le ciel dans une attitude souveraine
                        & inspirée[26])
```

（彼が足でたたくと、大地は漏斗のかたちに窪み、大きな深淵ができ、アポロニウスは大きく、大きくなる。血の色をした雲が海の波のように泡立つ大きな渦となって、彼の足もとを巡っていた。その真っ白な衣は日の光で雪の像のように輝く。金の環が額のまわりに広がり、柔軟な動きをしながら空中で震える。彼は左手を聖アントワーヌに差し出し、右手で、霊感にあふれた至高の様子で天を指し示す。）

大地は窪む一方、アポロニウスは雲を足もとに従えるほど大きくなる。フローベールは最初、「その衣は雪のように輝く」に続いて「額のまわりに光輪。左手を差し出して、天使のような微笑みをたたえて、右手で霊感にあふれた至高の様子で天を指し示す」と書くのだが、左余白と行間を利用して修正を加え、「雪のように」を「雪の像のように」にし、「光輪」を「金の環」に変え、「天使のような微笑みをたたえて」を削除する。それでもなおかつ、このアポロニウスは聖者に「霊感にあふれた至高の様子で天を指し示す」ことで、救世主としての側面を保ってはいるのだが、左余白と行間にほどこさ

---

26) BnF, N.a.fr.23668 f°271v°.

れた修正によって、この巨大化したアポロニウスは旧約聖書に描かれたある巨像を連想させるものとなる。ネブカドネザル王が夢の中でみた幻について、ダニエルは「王様、あなたは一つの像を御覧になりました。それは巨大で、異常に輝き、あなたの前に立ち、見るも恐ろしいものでした」(『ダニエル記』2：31)と述べ、しかもその像の「頭が純金」(同書2：32)であったと言い当てる。アポロニウスの場合は「金の環が額のまわりに」広がっているだけで、頭が金でできているわけではないのだが、「巨大で、異常に輝き」、アントワーヌの「前に立ち」、「見るも恐ろしい」姿は、ネブカドネザル王の夢の中での巨像を思わせる。ダニエルが読み解いたところでは、この夢は天の神が王に「国と権威と威力と威光を」授けたことを示しており、アポロニウスも救世主という側面をもちながらも、天の神から地上の威光を授けられた地上の王としての側面も、巨大化した場面で見せているのである。

　第2稿ではアポロニウスはこのように最後の場面において突然変異ともいえる変貌をとげるわけだが、このエピソードの後にくる異端者たちの再登場の場面は、第1稿とは基本的には変わらないものなので、結果として、アポロニウスの最後の場面だけが浮いたようなかたちになってしまう。アポロニウスのエピソードが前後の場面とうまくつながるには、第3稿を待たねばならない。

第3稿

　第3稿では全体の構成が先の2つの稿とは大きく変わり、アポロニウスのエピソードは第4部の最後になり、第5部には神々の登場となるので、ネオ・ピュタゴラス学派の哲学者は異端者たちとの間の結節点となる。作品を執筆する前につくられた全体のプランにも、「テュアナのアポロニウス。あらゆる異端者とあらゆる宗教を超えて彼のうちにまとめること。神話的な面を強調すること」[27]と書かれる。

---

27) « Apollonius de Thyanes. résumant en lui *dépassant* toutes les hérésies & toutes les religions. – insister davantage sur le côté mythologique » (BnF, N.a.fr.23671 f°93, « dépassant » は行の上の挿入).

第Ⅱ部

　アポロニウスのエピソードの下書き原稿は25頁からなるが、二つのグループに大きく分けることができる。第1のグループは72、72bis、73、73bisという番号をふられた9つの頁であるが、これらは番号および内容から判断して第2稿のアポロニウスの最後の場面の補遺にあたるもので、3つの段階に分けられる。第2のグループは68から81までの番号がついた連続する頁であり、内容的に清書原稿に近いものである。

　フローベールは第2稿のアポロニウスのエピソードの清書原稿を出発点にして作業を始めていく。第2稿清書原稿のアポロニウスの最後の頁は71Aという番号がついているので、72から始めるのだが、N.a.fr.23668 f°172という図書館の分類番号がついた頁には上に72[28]、中央に72（bis)、下に73と記されていて、それぞれに第2稿のアポロニウスの場面の抜粋が書かれ、余白や行間に多くの書き込みがなされる。中央やや下にあるアポロニウスの言葉のあたりを見てみよう。

je t'apprendrai les
anges, les esprits
les dieux – Dieu
l'être.

Apollonius

l'essence des démons intermédiaires entre
les hommes & les dieux qui sont dans l'air,
dans les cavernes... dans les bois...
Apollonius
tu sauras la raison des Dieux, de leurs forces
& de leurs attitudes.

Et en route je t'apprendrai pourquoi Jupiter est assis, Apollon debout Vénus noire à Corinthe, carrée dans Athènes, conique à Paphos.

（旅の途上で、空中や洞窟や森にいる神々と人間とをつなぐ霊の本質を教えよう。お前は神々やその力や振る舞いの理由を知るだろう。なぜユピテルは座っていて、アポロンは立っているのか、ウェヌスはコリントスでは黒く、アテネでは四角く、パフォスでは円錐なのか、教えよう。［左余白］天使や精霊や神々を、神なる存在を教えよう。）

---

28) 正確に言えば、72という番号の右に一旦 bis と書かれて、それが消されている。

最初に記されたユピテルやアポロンやウェヌスの像についての知識は先の稿にもあったものだが、余白に、さまざまな神々や霊や天使に関することを教えよう、という言葉が入る。明らかにフローベールは、第5部の神々の登場につながるように、神々や神話に属する知識をアポロニウスの口から語らせようとしているのだが、第1稿から引き継いでいるユピテルやアポロンに関する知識はクロイツェルの『古代の宗教』から取られているに対し、余白に書かれたものは具体性に欠けている。とにかく、第2稿にあった巨大化するアポロニウスはここでは最初から放棄されて、何かそれに代わる素材をもとめながら、とりあえず抽象的ながらも頭の中にあるイメージだけを書き留めたのであろう。

次の73bisと番号がつけられた頁は次のように始まる。

— La naissance n'est qu'un passage de l'essence à la Nature
— La substance des choses ne diffère que par le mouvement & le repos.
— Le mouvement sépare ou réunit, produit la rareté ou la densité de l'essence. & la rend ainsi tantôt latente, tantôt manifeste. — Là est le principe de toutes les formes & de tous les états de l'être.

La modification des êtres visibles n'appartient à aucune cause individuelle. il faut la faire remonter à Dieu.[29]

（誕生は本質から自然への移行にすぎない。物事の実体が異なるのは運動と休息によってのみである。運動は分離あるいは結合をなし、本質が疎らであったり密であるようにする。そして本質をあるときには潜在化したり、あるときには顕在化したりする。それが存在のあらゆる形態、あらゆる状態の原理である。

見える存在の変化は個人のいかなる原因に属するものではない。その原因を神に遡らせなければならない。）

---

29) BnF, N.a.fr.23668 f°176.

これはエティエンヌ・ヴァシュロの『アレクサンドリア学派の批評的歴史』第1巻からの抜粋であり、アポロニウスの哲学を書簡を引用しながら説明している箇所である[30]。下書き原稿というよりも、原文からほとんどそのまま抜き出した読書ノートである。引用箇所だけでは分かりにくいが、ここで言わんとしているのは次のようなことである。あらゆる物はその実体があらかじめ存在しているのであって、この世に生まれることは本質から自然への移行にすぎないし、死ぬことも自然から本質への移行にすぎない。実体はつねに同一であって、運動によって全体を部分に分けたり、部分を全体に結合しているだけである。生まれたり死んだり、さまざまに変化する原因は、普遍的な実体、つまり神（至高の存在）にある。

　フィロストラトスの『アポロニウス伝』にアポロニウスのネオ・ピュタゴラス的な思想についての記述はあったのだが、フローベールは読書ノートにとるときにほとんどそれらを取り上げていなかった。それが突然、彼の哲学の根本原理がヴァシュロによる解説付きで第3稿の下書き段階に組み込まれたのである。もちろんこれは試行錯誤の中での一つの選択肢であって、完全なかたちで組み込まれるわけではない。第2段階の73bisと番号がつけられた頁には次のようなアポロニウスの言葉の中に、ヴァシュロからの引用の痕跡がかろうじて認められる。

　　　　　　　　　　　　　　　　　　　éternelle
　　　　　　　craint　　　　　　　　*qui est immortelle pourtant*
　　　Il a peur de perdre son âme ~~sans se doutter que l'âme est~~
　　　　　　　　　　　comme une brute,
　　　　　　　　　　　　à la réalité　　　　*~~existences~~*
　　　~~éternelle.~~ il croit ~~aux causes~~ des ~~choses ambiantes~~ – Sa terreur ~~qu'il~~
　　　　　　　　　　　　　　　　　　　　　　choses
　　　~~a~~ des dieux l'empêche de les comprendre. & il ravale le sien au niveau
　　　　　　　roi
　　　d'un ~~dieu~~ jaloux.[31]

---

30) Étienne Vacherot, *Histoire critique de l'École d'Alexandrie*, Ladrange, 1846, Tome I, pp. 307-308. フローベールがつくったプランのアポロニウスの箇所には、下の余白の最後に « V. Vacherot t.1ᵉʳ 305-308 » という書き込みが見られる（BnF, N.a.fr.23671 f°93）。

31) BnF, N.a.fr.23668 f°172v°.

（魂は永遠なのに、彼は自分の魂を失うことを恐れている。彼は獣のように物の現実を信じている。神々に対する恐怖によって彼は神々が理解できなくなっている。そして自分の神を嫉妬深い王にまで失墜させている。）

ヴァシュロの説明にあった「実体」はここではアントワーヌの立場になって「魂」« âme » に代えられ、次の文で最初に書かれた「周囲の物の原因」は「物の現実」と直される。内容的には、あらゆる実体の永遠性を信じようとせず、「嫉妬深い王」にまで堕ちたキリスト教の神にしがみつくアントワーヌを非難する言葉になっているのだが、もとの著作に書かれたアポロニウスの哲学の用語の独自性は失われている。

　このようにアポロニウスの最後の場面を推敲した後、エピソード全体を写し直す作業にとりかかる。この第2のグループに属するのは15頁だが、そのうち8つの頁がそのまま清書原稿に組み込まれているので、純粋の下書き原稿は第1グループのものを入れても16頁しかない。これは第3稿の清書原稿14頁[32]と比べて、例外的な少なさである。アポロニウスのエピソードに関しては、フィロストラトスの『アポロニウス伝』とその読書ノートに負うところが大きく、また第1稿の段階でかなり推敲がなされたので、最後の場面、つまり次の場面とのつながりの部分を練り直すだけで十分であったのだろう。実際、アポロニウスの生涯や奇蹟を起こす場面については、第1稿の清書原稿から第3稿の清書原稿まで、基本的には大きな変化はない。

　以上、アポロニウスのエピソードを、第1稿の準備段階から第3稿までたどってきたが、全体としてはフィロストラトスの『アポロニウス伝』に負うところが多大であることは言うまでもない。第3稿の下書き原稿でヴァシュロの『アレクサンドリア学派の批評的歴史』から引用されたアポロニウスの哲学原理があらわれるのも、ネオ・ピュタゴラス学派の哲学者の生涯を描いた伝記への突然の原典復帰と考えればいいだろう。アポロニウスのエピソードの生成過程を一言で要約すれば、フィロストラトスのテクストを基盤にし

---

32) 清書原稿は N.a.fr.23666 の f'68 から f'80-81 まで。

て、いかにイエス・キリストとの類似性を浮かび上がらせるかということになる。読書ノートにおいてすでに、ローマにいるはずのアポロニウスがポッツオーリに姿をあらわす場面で、「これはエンマウスの出現に少々似ている！」という文が付け加わっていて、下書き原稿ではさらに他の奇蹟の場面でもアントワーヌの心の中に目の前の人物が福音書で語られたイエスとほとんど同じではないかという感情が芽生えるようにしている。第2稿では聖書の中でも旧約聖書の『ダニエル記』の巨像を連想させるようなかたちで、アポロニウスが巨大化したり、第3稿でネオ・ピュタゴラス的な哲学を暗示したりするものの、全体としてはアポロニウスをイエスの競合者として位置づけようとしている。

　しかし、アポロニウスとイエスとで決定的に異なるのは、その死である。その相違はすでに読書ノートの「これはエンマウスの出現に少々似ている！」という書き込みにあらわれていて、イエスが磔刑の後エンマウスにいる弟子たちの前にあらわれたのに対し、アポロニウスの場合はローマの法廷から姿を消して、ポッツオーリの弟子たちの前にいわば瞬間移動しただけなのである。アポロニウスの死については、『アポロニウス伝』では何も伝わっていないとされ、読書ノートでも « on ne sait rien de précis sur sa mort » と記される[33]。フローベールは第2稿ではアポロニウスを巨大化させたり、第3稿でその哲学を開陳させようとしたり、エピソードの最終場面の処理に苦慮していたことがうかがわれるが、もしアポロニウスがイエスのように死んだ後に復活して、それをアントワーヌの前で語っていたら、聖者はアポロニウスを本物のキリストだと信じたかもしれない。真の救世主とは死んでも復活するものであり、そのような存在をアントワーヌは求めることになる。

---

33) BnF, N.a.fr.14154 f°11.

第4章　アドニス

　1845年4月15日、プロヴァンスやイタリアへの旅行の途上でリヨンに立ち寄ったフローベールは、親友のアルフレド・ル・ポワトゥヴァンに宛てて、ローヌ河とソーヌ河が合流するところを散歩しながら「僕は『しかしほどなく途方もない悦びに胸躍らせて』と『若い娘』の戯曲を暗唱したよ」と書き送っている (*Corr.*, I, p. 223)。プレイアード版の注にもあるように (*Corr.*, I, p. 954)、« mais bientôt bondissant d'une joie insensée » と « la jeune fille » はともにアルフレドがつくった韻文作品を指している。前者は、無題、3節18行からなる詩で、その第1詩節は次の通りである。

Quand, des femmes de Tyr, les troupes désolées
De l'aride Jourdain parcouraient les vallées
　En funèbres habits,
On eût dit, à les voir se rouler dans la cendre,
qu'en la sombre demeure elles voulaient descendre
　Pour rejoindre Adonis[1].

（テュロスの女たちの悲嘆にくれた群れが、乾いたヨルダン河の谷間を喪服に身を包んで駆けめぐるとき、灰の中でころがりまわるその姿を見ると、あたかも女たちが闇の住まいに降りて行き、アドニスに会いに行きたがっているかのようだった。）

---

1) Alfred Le Poittevin, *Œuvres inédites,* Précédées d'une introduction sur la vie et le caractère d'Alfred Le Poittevin par René Descharmes, Ferroud, 1909, p. 75.

ここで歌われているのは、アドニスの死を嘆き復活を願う祭り、つまりアドニス祭の情景である。喪服をまとった女たちは、アドニスが「闇の住まい」つまり冥界に行ってしまったことを嘆き悲しみ、自分たちも黄泉の国に行くことを望む。女たちはテュロス（地中海東岸のフェニキアの町）の神殿で自らの貞潔を捧げようとする。第3節は、「男は、狂暴な饗宴の火が燃えさかる中で、萎えた心のうちに生命がよみがえり、解き放たれるのを感じる」という詩句で結ばれ、死から生への移行が示される。アルフレドのこの詩は、古代の宗教の神聖さにかかわると同時に、複数の男女が交合する猥雑さをも含んだ、いかにもフローベール好みの作品であり、彼が諳んじたのもうなずける。

　上記の書簡が書かれてから約3年後の1848年4月3日の晩、アルフレド・ル・ポワトゥヴァンは死去する。1848年4月7日、マキシム・デュ・カン宛の書簡で彼は「アルフレドが月曜日の晩、真夜中に死んだ。きのう埋葬して戻ってきた。僕は二晩、通夜をした［…］。通夜をしながら、クロイツェルの『古代の宗教』を読んでいた」と書き送っている（Corr., I, pp. 493-494）。アルフレドの死体を前にして読んでいたのは、クロイツェルの『古代の宗教』であった。フローベールはこの箇所の後で「僕の目は彼が一番好きだった作品に、あるいは僕にとって今のことに関係ある作品にいつもそそがれた」（Corr., I, p. 494）と書いていることから、『古代の宗教』が、アルフレドとフローベールにとって特別な書物であったことが分かる。フローベールが通夜のときに『古代の宗教』のどの巻を読んでいたのかは定かではないが、第2巻のアドニスの箇所を読み返して、冥界に行ってしまったことを嘆き復活を願う女たちに自分を重ねていたとしても不思議ではない。

　フローベールはアルフレドが死んでから50日後の1848年5月24日に『聖アントワーヌの誘惑』第1稿を書き始めるのだが、『古代の宗教』はその作品を構想するにあたってきわめて重要な原資料であった。『聖アントワーヌの誘惑』の決定稿である第3稿が1874年に刊行されたとき、アルフレド・ル・ポワトゥヴァンへの献辞がつけられたことから見ると、『聖アントワーヌの誘惑』はフローベールとアルフレドをつなぐ絆であり、この作品がこの親友

の魂の鎮魂のために書かれたものと想定される。

『聖アントワーヌの誘惑』（1874）の中に、アドニスが冥界に行ってしまったことを女たちが嘆き悲しむ場面がある。第1稿や第2稿にも同じ場面設定があり、これらはアルフレドの詩の内容と共通している。ただ、第3稿では、先の二つの稿とは異なり、アドニスの名前がテクスト上にあらわれず、女たちの嘆きの言葉の後、一人の女性が悲しみに狂う心情を吐露し、それをアントワーヌが聖母マリアの嘆きと取り違えるといったように、かなり複雑な構造となる。

本章ではアルフレド・ル・ポワトゥヴァンの詩と死を出発点にして、クロイツェルの『古代の宗教』、そして『聖アントワーヌの誘惑』におけるアドニスの場面を第1稿から第3稿までたどりながら、フローベールが死と復活についてどのように考えていたのか、探っていきたい。まず、『古代の宗教』およびその読書ノートについて触れた後、アドニスの場面が第1稿から第3稿までどのように変遷したかをたどっていく。

クロイツェルの『古代の宗教』

フリードリッヒ・クロイツェルは1771年生まれのドイツの哲学者・神話学者であり、主著である『古代の宗教』[2]の初版は1810年から1812年にかけて4巻本で出版され、第2版は1819年から1821年までにやはり4巻本で刊行された。ジョゼフ＝ダニエル・ギニョーによるフランス語版は『古代の宗教、主に表象的及び神話学的形態における考察』と題されて、1825年から1851年まで26年にわたって、4巻構成の10分冊で刊行されている[3]。ドイツ語の原本にも脚注はついているのだが、フランス語版には、原注に加えて、(J. D. G.)という署名の入ったギニョーによる脚注があり、さらに各巻には « Notes

---

[2] ドイツ語の原題は *Symbolik und Mythologie der alten Völker, besonders der Griechen*、つまり『古代民族、とりわけギリシア民族の表象と神話学』であるが、本書では、ギニョーによるフランス語版の表題を略した『古代の宗教』という呼び方で統一した。本章冒頭で引用したデュ・カン宛書簡において、フローベール自身が « *Religions de l'antiquité* » と呼んでいるからである。

et Éclaircissements »と題されたギニョーによる広汎な解説がつけられている。つまりフランス語版は単なる翻訳ではなく、ギニョー版『古代の宗教』と言ってもよい書物なのである。フローベールは、1849年4月4日のフレデリック・ボードリ宛の書簡でドイツ語が読めないことを嘆いていることから分かるように (Corr., I, p. 511)、原著からではなく、フランス語版からすべての情報を得ていた。フローベールが『聖アントワーヌの誘惑』の第1稿を着想し、執筆した1840年代後半には、『古代の宗教』のフランス語版は、第3巻第3部つまりギリシアの神々に関するギニョーの解説にあてた1分冊以外はすべて出版されていた。しかしなおかつ、同じ4月4日のボードリ宛の手紙でアポロンについての情報が自分には欠けていて、クロイツェルの翻訳はいつ出るのかとやきもきしていることから見ても、いかにギニョーの注釈や解説に信頼と期待を持っていたかが分かる。

　『古代の宗教』全体を貫く基本的な思想は、第1巻の序論で述べられている。彼によれば、ホメロスやヘシオドスの詩が成立する遥か以前に、ギリシアには神々に関する口承の詩歌があって、それを歌い伝えた人々はその信仰をオリエントの宗教や神話から受け取っていた。そのような遥か古代の司祭たちは目に見える表象と耳で理解する神話とをつなげることによって、民衆に自分たちの信仰を伝えていた。インド・オリエントから地中海世界に連綿と見られる表象や神話をたどることによってギリシアの宗教の基層にあるものを把握できるのである。このような考え方は今日の比較神話学にも通じる面を持っているが、実際クロイツェルの議論は文字化される以前の宗教の表

---

3) Frédéric Creuzer, *Religions de l'antiquité, considérées principalement dans leurs formes symboliques et mythologiques*, Ouvrage traduit de l'allemand, refondu en partie, complété et développé par J. D. Guigniaut, Treuttel et Würtz. 各分冊の発行年は次の通り：Tome Ier, Ière partie, 1825 ; Tome Ier, IIe partie (Notes et Éclaircissements), 1825 ; Tome IIe, Ière partie, 1829 ; Tome IIe, IIe partie, 1835 ; Tome IIe, IIIe partie (Notes et Éclaircissements), 1844 ; Tome IIIe, Ière partie, 1838 ; Tome IIIe, IIe partie, 1841 ; Tome IIIe, IIIe partie (Notes et Éclaircissements), 1851 ; Tome IVe, Ière partie (Explication des planches), 1841 ; Tome IVe, IIe partie (Table générale ; Planches) 1841.

象や神話を美化するあまり、現存する諸宗教の文字文献との整合性に欠けると19世紀当時のドイツでは批判され、現代でも学問的と言うよりもロマン主義的な神話学として扱われている[4]。しかし、クロイツェルの方法論上の欠陥によって、個々の宗教が新鮮な魅力を持った相貌のもとにあらわれることとなり、それがフローベールを惹きつけたことは十分想像できる。

フローベールが『聖アントワーヌの誘惑』第1稿の執筆を開始する前に『古代の宗教』を読み、読書ノートをとったことは間違いない。フランス国立図書館に保存された『聖アントワーヌの誘惑』の草稿のうち、N.a.fr.23671という整理番号をつけられた草稿に、古代の神々に関する53頁にわたるノートがある[5]。このノートは内容から見て第1稿の準備のために作成されたことは確実であるが、たとえば「クロイツェル第1巻228頁を見よ」といったように『古代の宗教』への明確な言及があると同時に、他の書物からの引用もある。つまり、単純に『古代の宗教』をなぞったノートではなく、フローベールの頭の中にはある程度作品の中で神々が登場する場面のプランがあって、それに沿ったかたちで構成したものなのである。

第1稿

アドニスの場面の生成過程を第1稿の準備段階から順に見ていこう。

ジャン・セズネックは『聖アントワーヌの誘惑』第1稿の起源研究の中で、フローベールがアドニスのエピソードをつくりあげるのに拠った主な資料は、テオクリトスの『牧歌』第15歌とクロイツェルの『古代の宗教』であることを明らかにしている[6]。テオクリトスの『牧歌』については、1847年2月23

---

4) 当時のドイツ、及び現代でのクロイツェル評価に関しては次の研究書に拠った：Marc-Mathieu Münch, La « Symbolique » de Friedrich Creuzer, Éditions Ophrys, 1973, pp. 101-142.

5) BnF, N.a.fr.23671 f°175-185v°, f°187-205v°（中にはf°188やf°200などのように一部はノートで一部はセナリオである頁も含まれている）。同じN.a.fr.23671の草稿には、この他に、イシス、キュベレ、アドニスなどエジプト・シリア地域の神々に関する5頁のノートが見出される。この5頁のノートは1870年代に書かれたものであることが、筆跡から容易に判断できる。5頁のノートについては本章の第3稿のところで述べる。

第Ⅱ部

日のエルネスト・シュヴァリエ宛書簡で「ギリシア語を続けて勉強して、テオクリトスを読んでいる」と書いており（*Corr.*, I, p. 440）、フローベールが『牧歌』、特にアドニスに直接かかわる第15歌の第100行から第144行をギリシア語原文で読んだ可能性はきわめて高い。セズネックはコナール版のテクストと、テオクリトスのギリシア語原文およびフランス語版『古代の宗教』と対応関係を明らかにしているが、本章ではそれを逐一追うことはしない。ここではまず、セズネックが取り上げていない読書ノートやプランを中心に見ていくことにする。

アドニスやキュベレなどのシリアの神々に関する読書ノートは、国立図書館で N.a.fr.23671 f°175と番号をつけられた草稿の表裏に書かれている。アドニスへの言及は表の下半分を占め、7つの段落にわたる、かなり長いものである。これらの記述はすべて、ギニョーがフランス語に訳したクロイツェルの『古代の宗教』第2巻第1部「東アジアおよび小アジアの宗教」の中の「タンムズ；アドニスの神話と祭；プリアポス」と題された箇所から抜粋し、まとめたものである[7]。読書ノートにはオウィディウスやテオクリトスへの言及があるが、これもクロイツェルの『古代の宗教』で説明されたものをまとめているだけで、ギリシア語やラテン語の原典に遡って付け加えられたものは、ここには見られない。つまり、アドニスのこの読書ノートに関する限り、クロイツェルが唯一の原典であり、記述の順番も読書ノートとクロイツェルでは変わりがない。7つの段落のうち、冒頭から第4段落の前半まではアドニス神話そのものやフローベールのテクストを理解するのに不可欠なので、以下に引用する。

> Adonis. les femmes pendant la nuit se tenaient assises pleurant devant leurs maisons, les yeux incessamment fixés vers un certain point du Nord. (V. Ézéchiel VIII. 14) C'était dans le mois de juin.

---

6) Jean Seznec, *Les sources de l'épisode des dieux dans* La Tentation de saint Antoine (*première version, 1849*), Vrin, 1940, pp. 125-131.
7) Creuzer, *op. cit*, Tome II, Ière partie, pp. 42-56.

第 4 章　アドニス

　　Amant d'Astarté ＝ d'Aphrodite. Aphrodite voulant cacher à tous les yeux son amant Adonis fils du roi d'Assyrie Thias l'enferma encore tendre enfant dans un coffret qu'elle confie à l'épouse d'Aïs, Perséphone. Celle-ci retient le dépôt. Jupiter décide qu'Aphrodite et Proserpine garderont Adonis chacune un tiers de l'année ‒ l'autre tiers est laissé à sa disposition. il le donne à Aphrodite et reste auprès d'elle 8 mois tandis qu'il en passe quatre dans les sombres demeures.

　　Selon Ovide, Myrrha, fille du roi de Chypre Cinyras, poursuivie par la jalousie de Vénus conçoit une passion pour son propre père dont elle a Adonis. Après la métamorphose de sa mère en myrrhe, celui-ci devient l'amant de Vénus, & rival de Mars qui le fait périr par un sanglier.

　　deux fêtes ‒ une de deuil ‒ une d'allégresse. à Byblus les femmes coupaient leur chevelure ou devaient offrir au dieu dans le temple leur chasteté. *le dieu est frappé d'impuissance！！！* à Alexandrie les cheveux épars, en robe de deuil flottante sans ceintures, hymnes avec accompagnement de flûtes. ‒ image d'Adonis sur un lit funèbre ou sur un catafalque colossal comme à Alexandrie ‒ à Byblus où on enterrait le dieu, à Alexandrie la statue d'Adonis était précipitée dans la mer（Théocrite XV. 132)[8]

（アドニス。女たちは夜の間、家の前で、北のある点を絶えず見据えて、涙を流しながら座っていた（エゼキエル書 8：14参照）。それは 6 月であった。

　アスタルテ（＝アフロディテ）が愛する者。アフロディテは自分が愛する、アッシリア王ティアスの息子アドニスをあらゆる者の目から隠そうとし、さらに愛しい子を箱に入れ、アイスの妻ペルセポネに渡す。しかし、ペルセポネは預かったものを返さない。ユピテルは、アフロディテとペルセポネが

---

8) BnF, N.a.fr.23671 f°176 ; CHH, Tome 4, p.374. この頁については、もとの草稿の改行等を尊重してはいない。あまりに一行が長すぎるからである。なお第 4 段落の «le dieu est frappé d'impuissance！！！» は行間の挿入である。この文は『古代の宗教』にはなく、フローベールの単なる感想であろうと思われる。

各々1年の3分の1の間アドニスを自分のもとにおき、残りの3分の1はアドニスの裁量にゆだねる裁定を下す。アドニスは最後の3分の1をアフロディテに与えたので、彼はアフロディテのもとで8ヵ月、冥界で4ヵ月過ごすこととなる。

オウィディウスによれば、キプロス王キニュラスの娘ミュルラは、ウェヌスの嫉妬に責め立てられて、自分の父に対する恋に駆られ、そこからアドニスが生まれる。アドニスは、母がミュルラの木になった後、ウェヌスの愛人になり、マルスと競い合い、猪によって殺される。

二つの祭。一つは喪の祭。一つは歓喜の祭。ビュブロスでは女たちは髪を切るか、神殿で貞潔を神に捧げなければならなかった。神は不能に襲われる！！！アレクサンドリアでは、女たちは髪を乱し、帯のないゆったりとした喪服をまとって、笛の伴奏に合わせて讃歌を歌う。「アドニスの像」は、死の床の上に置かれるか、あるいはアレクサンドリアのように巨大な棺台に乗せられるかどちらかである。ビュブロスでは「神を埋葬していた」のに対し、アレクサンドリアでは、アドニスの像は「海に落とされた」（テオクリトス15：132）。）

第1段落は旧約聖書『エゼキエル記』からの引用、第2段落では、アドニスがアスタルテ（ギリシアではアフロディテと、ローマではウェヌスと同一視された女神）のもとで8ヵ月、冥界の女王ペルセポネのもとで4ヵ月過ごすことになった、つまり死と再生を毎年繰り返すことになった由来が記されている。第3段落は、オウィディウスの『変身物語』からとられた神話でアドニスが近親相姦の結果生まれ、最後は野猪に突かれて死ぬ話、第4段落はアドニス祭で、フェニキアのビュブロスでの喪に服す祭と、アレクサンドリアのにぎやかな祭とが対照的に描かれる。

この四つの段落は、クロイツェルが記述した通りに並べられているわけだが、一貫した一つの神話を記述しているわけではない。たとえば、第2段落のアドニスは「アッシリアの王ティアスの息子」であるが、第3段落では「キプロスの王キニュラス」とその娘との間にできた子供だから、別系統の

第4章　アドニス

神話が語られていることになる。アドニスの死の原因は、第2段落では冥界のペルセポネが彼に固執することにあるのに、第3段落ではマルスのせいになっている。アドニス神話は、フェニキア生まれなのだが、エジプト、キプロス、ギリシア、さらにはローマなど、地中海世界全体に拡がるにつれて、さまざまな要素が付け加わった複合体なのである。第4段落で描かれるアドニス祭の様子も、フェニキアとエジプトではかなり異なる。

　このように多様な神話形態の中で唯一共通するのは、女性がアドニスの死を嘆くという要素である（「女性」はアフロディテのような女神であることもあるし、人間の女たちの場合もある）。その意味で、フローベールが読書ノートを「女たちは夜の間、家の前で、北のある点を絶えず見据えて、涙を流しながら座っていた」という情景で始めているのは、彼がこの神話の基本的な性格を女性の嘆きの中に捉えていたことを示している。ただ、ここで一つ大きな問題点がある。それは、フローベールがクロイツェルの文章を必ずしも正確には写し取っていないことである。クロイツェルの『古代の宗教』では次のように書かれていた。

　　Dans le prophète Ézéchiel nous lisons ces paroles : « Et il m'introduisit par la porte de la maison du Seigneur, qui regardait l'aquilon ; et là étaient des femmes assises pleurant sur Thammuz. »[9]
　　（預言者エゼキエルの中に次のような言葉がある。「彼はわたしを、主の神殿の北に面した門の入り口に連れて行った。そこには、女たちがタンムズ神のために泣きながら座っているではないか。」）

タンムズとはアドニスのことであり、エルサレムの「主の神殿」の入口のところでさえ、異教崇拝、偶像崇拝が広がっている様を預言者エゼキエルは目にしているのである。クロイツェルは旧約聖書『エゼキエル書』8：14の通りに、女たちのいる場所を「主の神殿」« maison du Seigneur » としてい

---

9) Creuzer, *op. cit.*, Tome II, Ière partie, p. 42.

たのだが、フローベールは読書ノートで「彼女らの家」« leurs maisons »と変えてしまう。それによって、女たちの行為はヤハウェ神への冒瀆であることが判然としなくなり、単にタンムズの死を嘆き悲しむだけになっている。フローベールは『エゼキエル書』の引用箇所を指示しているので、そこを見れば宗教的な文脈がつかめるわけだが、読書ノートだけを見る限り、女たちの涙の冒瀆性は消えてしまっている。この箇所以外のところでは、クロイツェルの文を忠実にたどっているだけに、これは写し間違いではなく、意図的に改変したと考えざるをえない。

『エゼキエル書』のみならず旧約聖書の根底にあるのは、言うまでもなく一神教の世界観であり、その立場に立てば、多神教や偶像崇拝は腐敗・堕落に他ならない。そのような一神教からの観点をフローベールは、少なくともこの読書ノートにおいては抹消し、多神教の世界に身を投じている。この読書ノートが、聖アントワーヌという唯一神信仰者が主人公である作品の準備のために書かれたことを考えると、一神教的な要素が消し去られているのは矛盾しているようだが、フローベールが第1稿ではアントワーヌではなく、彼を誘惑する悪魔の側に立ってアドニスの場面を想定していることを示すものだと思われる。

以上の読書ノートを作成した後、フローベールは次のような簡単なプランをつくる。

> Adonis. ‒ Cataphalque ‒ femmes autour s'empressant ‒ Non ‒ reviens ‒ caresses et essais ‒ grandes lamentations. (sans phrase) Ah ! il ne reviendra pas ‒ il est mort.[10]
>
> （アドニス。棺台。まわりの女たちが押し寄せる。いや、戻ってきて。抱擁と試み。深い嘆き。（言葉なし）ああ、彼はもう戻らない。死んでしまった。）

« Cataphalque » は読書ノートにあった « Catafalque »、つまりアドニス

---

10) BnF, N.a.fr.23671 f°174.

祭に使われる棺台である。この語が典型的に示すように、フローベールがテクストとしてつくろうとしているのは、読書ノートの第4段落にあったアドニス祭の場面だけである。このプランで示された情景に、本章の冒頭で見た、「悲嘆にくれ」「喪服に身を包」む女たちを描いたアルフレド・ル・ポワトゥヴァンの詩の影響を見ないわけにはいかない。フローベールは、アルフレドの詩のアドニス祭の場面を巧みに自分の作品に組み込んで、聖アントワーヌを誘惑する神々の列の中に入れたのである。ただし、もとのアルフレドの詩の舞台はフェニキアのテュロスだが、« Cataphalque » という語が示すように、このプランで提示されているのはアレクサンドリアのアドニス祭である。フローベールがアレクサンドリアを選んだのは、アドニス祭の場面の細部、とりわけ棺台の描写がテオクリトスの『牧歌』第15歌によって提供されるからに他ならない。もしテオクリトスのテクストがなければ、フローベールはテュロスを舞台に選んでいただろうと思われる。このように、第1稿におけるアドニスの場面は、テオクリトスやクロイツェルの記述が表面に出ているが、根底にはアルフレドの詩が存在するのである。

　第1稿では第3部に位置するアドニスの場面が執筆されたのは、1849年の夏である。この場面の下書き原稿は、フランス国立図書館に保存された草稿の中には見当たらない。清書原稿として、フローベール自身によって482から486までの番号がつけられた頁が見出されるのみである[11]。その内容は、プランの通り、まずアドニスの像を載せた棺台がアントワーヌの前にあらわれ、棺台の周囲にいる女たちがアドニスの死を嘆き、彼の像を抱きしめてよみがえらせようとし、最後には狂乱状態になる。

　清書原稿とテオクリトスや『古代の宗教』との対応関係についてはセズネックがすでに指摘しているので[12]、ここではテオクリトスやクロイツェルなどの原資料には見当たらない、あるいは原資料とは異なる、いくつかの細部を取り上げたい。論を整理するために、アドニスの像を載せた棺台と、周

---

11) BnF, N.a.fr.23664 ff.482-486.
12) Jean Seznec, *op. cit.*, pp. 125-131.

囲の女たちとに分けて話を進める。

　清書原稿において、棺台にかかわる細部で、原資料にない要素は、棺台の「上から下まで松明がつけられていた」« garni de flambeaux du haut en bas » ことと、アドニスの像が「蝋で」« en cire » できていたことである[13]。これらの細部の導入によって、女たちの興奮が高まるにつれ、松明の火が蝋の像にかかって溶けはじめ、最後には「形のない固まりになった蝋の死体」[14]が残ることになる。これはおそらく、アルフレドの詩の第3詩節の「狂暴な饗宴の火が燃えさかる」という箇所がフローベールの意識のどこかに残っていて、アドニス祭の場面に、テオクリトスなどにはない燃えさかる火という要素を入れ、さらにアドニスの死を象徴する像の融解を効果的に場面に組み込むために、像を蝋にしたものと思われる。もちろん、もとの詩の「火」は比喩的なものだが、フローベールのテクストでは火が棺台を飾るかたちで具現化し、蝋のアドニス像を溶かすのである。

　女たちに関しては、原資料と清書原稿との間に組み替えがなされている。先程述べたように、プランにおいてはアレクサンドリアのアドニス祭の情景が示されていたのだが、清書原稿では女たちは狂乱状態の果てに、読書ノートで記載されたフェニキアにおける習慣と同じく、「髪を切る」[15]。また、場面の最後の方で、アントワーヌの問いに答えて、悪魔が « Ce sont des filles de Tyr qui pleurent Adonis » と女たちを紹介する[16]。アレクサンドリアのアドニス祭の情景のはずなのに、泣きわめいている女性はフェニキアの女たちなのである。これは明らかに、アルフレドの詩の第1行 « des femmes de Tyr » を踏まえて、アレクサンドリアのアドニス祭にフェニキアの女たちをはめ込んだ、つまりテオクリトス描くアドニス祭の棺台のまわりに、アルフレドの詩の「テュロスの娘たち」を入れたためである。その結果、まるでこの言葉を発する悪魔はアルフレドの化身であり、聖アントワーヌの前に

---

13) BnF, N.a.fr.23664 f°482.
14) Ibid.
15) BnF, N.a.fr.23664 f°486.
16) Ibid.

アドニス祭の宴に狂う「テュロスの娘たち」を見せているかのようになっている。

　フローベールはたいていの場合、何度か書き直してから一つ一つの場面をつくっていくのだが、アドニスの場面に限っては、読書ノート以外には、簡単なプランがあるだけで、下書き草稿は一枚もない。おそらく、アルフレドの詩がごく自然なかたちで頭にしみこんでいて、それをテオクリトスやクロイツェルなどの資料によって補うだけなので、フローベールの頭の中に比較的容易に浮かび上がったのであろう。アルフレドの詩に登場する女たちがほとんどそのまま聖アントワーヌの前にあらわれたと言っても言い過ぎではない。アルフレドの詩に半ば憑かれたようなこの場面が変化をみせるのは、7年後である。

第2稿

　第2稿においては、読書ノート、プラン、下書き、清書という通常の作業手順とは異なった手順がとられているので、それをまず述べておく必要がある。フローベールは、まず第1稿の清書原稿に筆を入れて、削除したり、修正したりする。次に、それを書き写し、また必要があればさらに修正していきながら、一応の清書原稿をつくっていく。一応の清書原稿は三つの部ごとに頁番号がうたれるが、終わりまで書いてしまってから、また最初から全体を見直して、通し番号をつけ直していく。したがって、第2部と第3部の清書原稿の各々には二つの頁番号が作家によってつけられている。

　アドニスの場面には、一応の清書原稿として23、24、25という頁番号がつけられ、そのうち25頁目は全面的に書き直される。そして、23頁目、24頁目、書き直された25頁目が、全体の通し番号では、164、165、166となって、最終的な清書原稿となる[17]。ここでは、25頁目の2つの頁を比較することによって、アドニスの場面に何が付け加わり、何が変わったのかを検討したい。

---

17) 国立図書館の分類番号では次の通りである（括弧内はフローベールがつけた頁数）：
　　一応の清書原稿：N.a.fr.23665 f°164 *(23)*, f°165 *(24)*, f°42v° *(25)*, f°166 *(25)*
　　最終的な清書原稿：N.a.fr.23665 f°164 *(164)*, f°165 *(165)*, f°166 *(166)*

第Ⅱ部

アドニスの場面の最後は、最初に書かれた25頁目では次のようになっていた。

<blockquote>

Antoine (attentif)

Pourquoi ~~tout~~ cela ?

le Diable

Ce sont des filles de Tyr qui pleurent Adonis

(à la Mort :)

Comme les Saintes femmes   Va donc ! tu languis

Jésus   ~~la Mort (faisant craquer son coude)~~

~~C'est qu'en vérité, j'ai le bras rompu~~

tristesse d'Antoine   Le catafalque d'Adonis ~~disparaît~~ a disparu.[18]

Allons ! ranime-toi

</blockquote>

　（アントワーヌ（注意深く）：なぜこうなっているのか？

　悪魔：これはアドニスを悼むテュロスの娘たちだ。（死神に）行け！お前は弱っている。

　アドニスの棺台が消える。

　［左余白］聖なる女たちのように／イエス／アントワーヌの悲しみ／さあ、元気を出せ。）

　フローベールはまず、第１稿をほとんど写すように、右側に、アントワーヌと悪魔との応答、棺台の消滅を書いた後、左側の余白に鉛筆書きで、「聖なる女たちのように」「イエス」、その下の方に「アントワーヌの悲しみ」と記す。これらは明らかにアントワーヌの心理に踏み込んでおり、目の前で女たちが涙を流す様を見て、イエスの死を嘆くマグダラのマリアたちのことを思い浮かべ、自分も悲しみにくれるという感情が、ほんのメモ程度だが、書き留められている。アドニスの死とイエスの死とのつながりという着想は、この段階で初めて生まれる。

---

18) BnF, N.a.fr.23665 f°42v°.

第4章　アドニス

　さらに、フローベールはこの着想をアントワーヌのモノローグのかたちにして、25という番号のついた2つ目の頁の余白に、次のように書き込む。

~~Elles poussent de grands gémissements & s'écorchent~~
　　　　　　　　　　　　　la figure
Elles s'écorchent ~~le visage~~ avec leurs ongles & se mettent

Antoine se prend la tête ｜ à couper leurs cheveux. Puis elles vont
dans les mains

Comment ?... Mais !... oui !... je me ｜ l'une après l'autre les déposer sur le lit
souviens
rappelle !... une fois déjà... par une nuit ｜ & toutes ces longues chevelures ~~pêle-mêle~~

pareille, autour d'un cadavre couché... la ｜ semblent des serpents blonds & noirs
　　　　　　　　　　　　　　　　　　　　　　　pêle-mêle　　cadavre　　rose
myrrhe fumait sur la colline, près ｜ rampant sur le ~~simulacre~~ de cire qui
　　　　　　　　　　　　　　　　　　　　maintenant
d'un sépulcre ouvert ; les sanglots éclataient ｜ n'est plus qu'une masse informe.
　　　　　　　　　　　　　　　　　　　　　　　　　tout
sous les voiles noirs penchés ; des femmes ｜ Elles s'agenouillent ~~autour~~ & sanglotent.

pleuraient – & leurs larmes tombaient ｜ Antoine la tête dans les mains, se prend

sur ses pieds nus, comme les gouttes ｜ ~~à sangloter comme elles.~~

d'eau sur du marbre blanc ｜ 　　　　　— silence[19]

(et il s'affaise.

（女たちは爪で顔をかきむしり、髪を切り始める。そして女たちが次々と髪を床の上に置くと、この長い髪は、蝋の屍体の上にごちゃごちゃに這いまわる金や黒の蛇のようになる。屍体はもはやかたちのない塊にしか過ぎない。女たちはひざまずいてすすり泣く。

　アントワーヌは両手で頭を抱える。「何だ？いや…そう…思い出した…かつて…こんな夜、横たわる屍体のまわり…丘の上の開いた墓のそばで、ミルラが香っていた。傾いた黒い幕の下で嗚咽が鳴り響いた。女たちは泣いていた。その涙は、水滴が白い大理石の上に落ちるように、屍体のむき出しの足の上に落ちていた。」そして彼はくずれおちる。沈黙。）

---

19) BnF, N.a.fr.23665 f°166.

右側には、女たちが狂乱状態になって髪を切り、その髪が溶けたアドニスの像の上に落ちて蛇のようになる様が描かれる一方、後から書かれた左側には、« Comment ? » で始まるアントワーヌのモノローグがある。モノローグでは、イエスという名前は表面に出ず、似たような情景に遭遇したことを思い出すという設定になっている。アントワーヌは、横たわった屍体、丘の上の開いた墓、女たちのすすり泣き、裸の足と次々に細部を思い出していく。福音書でこのような描写がすべてあるわけではないのだが、アントワーヌはマグダラのマリアたちがイエスの死を嘆く情景を想像し、まるで実際に体験したことのように思い出していく。

　このようなモノローグの追加は、アドニスの場面の変貌の中で大きな意味を持っている。第1稿では、最初の読書ノート作成の段階での一神教的な観点の消滅が示すように、誘惑者の悪魔の側からのみ（悪魔がアルフレドの化身だとすればアルフレドの側からのみ）アドニスの場面がつくりあげられていたのが、ここで初めてアントワーヌの立場にたって、アドニスの場面が捉えられたことになる。ただし、悪魔とアントワーヌは対等ではない。目の前で繰り広げられているのは、アドニス祭でアドニスの死を嘆く情景であって、イエスのそれではない。アントワーヌは、福音書の知識や想像をもとに、取り違えしているだけである。

　さらに、この取り違え自体にも問題がある。最初に書かれた25頁目にもあったように、すでに悪魔は「これはアドニスを悼むテュロスの娘たちだ」と真相を述べているのに、その異教性を理解しないで、イエスの死を嘆く情景を連想するのは、キリスト者として矛盾している。また、目の前のアドニスの像は松明の火で溶けてしまっていること、墓にではなく、棺台の上に屍体があることなど、イエスの死を悼む場面とは細部において隔たりがあるので、アントワーヌが後者の場面を思い浮かべるには無理がある。要するに、アルフレドの詩やテオクリトスなどをもとにしてつくられた第1稿のテクストの細部をほとんどのこしたまま、アントワーヌの立場からアドニスの場面を見るという新たな要素を入れたので、両者がうまく接合していないのである。アドニスの死とイエスの死とのつながりという着想が、矛盾なくテクス

ト化されるためには、第3稿における全面的な練り直しを待たねばならない。

第3稿

　第3稿を作成するにあたっては、読書ノート、プラン、下書き、清書という通常の作業手順がとられている。

　フランス国立図書館の草稿には、第3稿の準備として書かれた、イシス、キュベレ、アドニスなどエジプト・シリア地域の神々についての読書ノートが見出される[20]。中には、複数の文献の典拠が示された神々の読書ノートもあるが、アドニス神話に関するものはすべて、クロイツェルの『古代の宗教』第2巻第3部、つまりギニョーによる第1部と第2部の注解が収められた書物からの抜粋である[21]。フローベールはすでに第1稿のために、アドニスに関するクロイツェルの記述から読書ノートをつくっていたのだが、それでは不十分だと考えて、さらにその記述に対するギニョーの注解からも読書ノートをつくったのである。この二つ目の読書ノートに記されているのは、アドニス祭の日付に対する考察、アドニス祭で捧げられる鳥、歌の伴奏楽器の名など、きわめて細かい事柄であるが、フローベールにとっては一見取るに足らない細部でも、アドニスの場面を構成し直すために有益だと考えたのだろう。

　アドニスの場面は、1870年春につくられた全体のプランの中ではほとんど言及されず、1871年夏にシリアの神々を執筆するとき、プランが組み立てられる。

　　　　　　　　　　　　　　　　　　　　　　　　　　　　　　　　　　　　- *flambeaux. cadavre*
　　　　　　　　　dais en forme de grotte　　　*toutes assises.*　　　*une trainée rouge sur la cuisse*
　　　Catafalque d'Adonis　-　femmes autour　-　un chien qui hurle près du

　　　　　cadavre. le sue à la cuisse.

　　　　　expliquer comment il est mort　-　non : il n'est qu'endormi　-

---

20) BnF, N.a.fr.23671, f°42r°&v°, f°44r°&v°, f°45.

21) Creuzer, *op. cit.*, Tome II, 3ᵉ partie, pp. 917-943.

il va se réveiller

elles tâchent de le réveiller. l'encouragent.
Hélas !
~~Non~~. il est bien mort.

— une femme plus désolée que les autres, agenouillée, = (Astarté.
xxxx *malgré notre convention*,
"Perséphone le garde définitivement. c'est fini, — il ne reviendra plus."

La statue de cire s'est peu à peu fondue en dissolution

c'est fini — [22)]

(「アドニスの棺台」 洞窟のかたちの天蓋。周囲に女たち、皆座っている。松明。屍体、腿に赤い筋。犬が屍体のそばで遠吠えする。

どのようにしてアドニスが死んだかを説明すること。いや、彼は眠り込んだだけだ。もうすぐ目が覚めるわ。女たちは彼の目を覚まそうとする。彼を励ます。

他の女たちよりも一層悲嘆に暮れて、ひざまずく女（＝アスタルテ）。「ペルセポネは、われわれの取り決めに背いて、アドニスを永遠に自分のもとに置く。もう終わりだ。彼はもう戻ってこない。」

蝋の像は少しずつ溶けていった。もう終わりだ。)

「アドニスの棺台」があらわれ、周囲に女たちがいてアドニスの死を嘆き、最後に蝋の像が溶けるという設定は、先の二つの稿と変わらないが、大きく異なる点が二つある。一つは女たちと並んで「屍体のそばで遠吠えする犬」がいること、もう一つは、下から５行目にあるように、「他の女たちよりも一層悲嘆に暮れてひざまずく女」が登場し、しかもそれが女神の「アスタルテ」だと同じ行で説明されることである。「アドニス」と「犬」と「アスタルテ」という組み合わせは奇妙であり、フローベールが思いつくままに寄せ集めたように見える。しかし、実はこの三者が並んであらわれる資料が存在するのである。それは、クロイツェルの『古代の宗教』第４巻第２部の図像

---

22) BnF, N.a.fr.23668 f°207v°.

第4章　アドニス

集の398という番号のついた版画である（図4）[23]。アドニスを真ん中にして、左側には犬が座って不安げにアドニスを見上げ、右側には女神が座り、手をアドニスの肩にそっと置いている。これは、『古代の宗教』第4巻第1部の説明にもあるように、犬を連れて狩りをしていたアドニスが、野猪に腿を突かれて倒れ、ウェヌスに抱きかかえられる場面である[24]。アドニスが野猪の牙に倒れて死ぬという話は、言うまでもなくオウィディウスの『変身物語』からとられたものである[25]。フローベールは1840年代に、第1稿の準備とし

図4　アドニスとウェヌスと犬
（クロイツェル『古代の宗教』より）

てクロイツェルの『古代の宗教』から読書ノートをとり、その第3段落で、その神話を記していたのだが、そこではアドニスが犬を連れていたこと、野猪はアドニスの腿を突いたことは記載されていなかった。今引用したプランをよく見ると、「屍体のそばで遠吠えする犬」の上に「腿の上に赤い筋」とある一方、クロイツェルの図像398でもまさしくアドニスの腿から血が一筋流れている。また、犬の「遠吠え」もオウィディウスの原典にはなく、398の図像で描かれた悲しげにうめいているような犬の様子と一致することからみても、フローベールが図像398を見ながら、このプランを作成したことは

---

23) Creuzer, *op. cit.*, Tome IV, 2ᵉ partie, p.CV.
24) Creuzer, *op. cit.*, Tome IV, 1ʳᵉ partie, p. 166.
25) アドニスの死と変身は、オウィディウス『変身物語』第10巻708行から739行に語られている：Ovide, *Métamorphoses*, in *Œuvres complètes*, traduction nouvelle par E. Gros, C. L. F. Panckouck, 1836, Tome 5, pp. 348-351.

疑いがない。このプランの典拠は、オウィディウスというよりも、オウィディウスをもとにした図像なのである。

　このような図像の導入は、アドニスの場面に大きな変化をもたらす。というのも、基本的に描かれているのはアレクサンドリアのアドニス祭の情景であり、泣き叫ぶ女たちはもちろん人間なのだが、そこに女神が突如あらわれる。しかもウェヌスは、アスタルテというフェニキアの女神として登場するのである。ただし、このプランを見る限り、最後には「蝋の像は少しずつ溶けていった」という、祭の情景に戻るのだから、アスタルテも偽物、つまりアスタルテ役の女性が祭の中で嘆き悲しむ演技をしているようにもとれる。では、フローベールはどのようにこのプランをテクスト化していくのだろうか。

　アドニスの場面の草稿は、下書きと清書合わせて10の頁からなる。そのうち３頁が女たちの悲嘆の場面で、残りの７頁はアスタルテがあらわれる場面である。アスタルテの草稿が多いのは、前半は第１稿・第２稿ですでにかなり練り上げられているのに対し、後半はほとんどゼロからの出発だからである。女たちの場面とアスタルテの場面を分けて、段階分けをすると次のようになる（矢印の箇所は、その前の段階の頁がスライドする）[26]。

	女たち	アスタルテ
①	N.a.fr.23668 f°199v° *(98)*	N.a.fr.23668 f°200v° *(99bis)*
②	↓	N.a.fr.23668 f°207 *(99)*
③	↓	N.a.fr.23668 f°204 *(9998)*
④	N.a.fr.23666 f°192 *(97)*	N.a.fr.23668 f°203 *(98)*

26) 草稿番号の後の括弧は、フローベール自身がつけた頁番号である。第１段階のアスタルテの頁に99bisとあるのは、フローベールが最初99としておいて、第２段階の頁を書いてから、その補足の意味でbisをつけて後ろに付け加えたからである。また、第３段階で9998とあるのは、まず99としておいて、第４段階の女たちの頁に97という番号をつけたときに、とりあえずアスタルテの頁として、第３段階の頁の番号を98に変えて置いたからである。以上の数字の変更の意味は、各頁の内容との照合から割り出すことができる。

⑤　　　　↓　　　　　　N.a.fr.23666 f°193 *(98)*
⑥ N.a.fr.23666 f°96 *(96)*　　N.a.fr.23666 f°191 *(97)*
⑦　　　　↓　　　　　　N.a.fr.23666 f°97 *(97)*

　各段階の頁を順に検討していくと長くなるので、議論を整理しやすいように、場面の主要な要素を取り上げて、その変化をたどることにする。
　まず、アドニス。アドニスの像の位置づけは、第1段階で大きく変わる。

Ant
En y regardant mieux distingue sur le lit le cadavre
　　　　　　　　　nu　　Le sang sortant　coule en filet rouge
d'un homme － <s>en cire</s>, － <s>blancheur</s>　－ blessure à la cuisse, － une
Antoine éprouve　　　　　devant ses pieds　　d'une
certaine　　main pendante － un chien <s>qui</s> hurle.[27]
une <i>angoisse</i>

　（もっとよく見ると、アントワーヌには床の上に男の屍体があるのがはっきり見える。裸で、腿の傷から出た血が赤い筋となって流れる。だらりと垂れた手。足もとでは犬が遠吠えしている。[左余白] アントワーヌはある苦悶を感じる。）

　1行目から2行目にかけての「男の屍体」の後に、二行目にあった「蝋でできた」は消され、「裸の」に置き換えられる。次の「白さ」は消される一方、「腿の傷」の上の行間に、「出た血が赤い筋となって流れる」と書き加えられる。つまり、アドニス像は最初は蝋人形で、腿に傷痕があっただけなのに、だんだん血を流す裸の屍体に変貌していく。一方、アドニスを見る主体も変化する。先の2つの稿では « on distingue » であったのが、ここでは、1行目の動詞の上の方に「アントワーヌ」と書かれて、主体が限定される。この主体の変化は、左の余白に書かれた「アントワーヌはある苦悶を感じる」と呼応している。この「苦悶」が何であるかは、第4段階（前半部の実質上の第2段階）で追加される « Il a peur de reconnaître quelqu'un » とい

---

27) BnF, N.a.fr.23668 f°199v°.

第4章　アドニス

253

う文から類推することができる[28]。第2稿の下書き原稿で « Jésus » という書き込みがなされたことを考え合わせると[29]、« quelqu'un » とはイエス・キリストということになる。アントワーヌは目の前にいる屍体を、イエスのそれだと取り違え始めるのである。

ではこの屍体は場面の後半ではどうなるのか。第1段階ではまだプランと同じく、アドニスの像は松明の炎で溶けるという設定になっているのだが、第2段階では場面の結末は次のようになる。

    le catafalque s'abaisse － Autre mise au tombeau.
        que le cadavre   *il éprouve*
    Ant. s'aperçoit ~~qu'il~~ n'est qu'en cire － ~~& c'est~~
    un soulagement[30]

（棺台が低くなる。墓場にまた運ばれる。
アントワーヌは屍体が蝋に他ならないことに気づき、安堵を覚える）

屍体が墓に運ばれるところで「アントワーヌは屍体が蝋に他ならないことに」気づく、つまり初めて真相がアントワーヌに分かるという設定になっている。ここで、アドニスの埋葬という先の2つの稿にはない要素が加わるわけだが、実はアドニス祭の折りに像を埋めるのは、第1稿のための読書ノートの第4段落で記載されていたように、フェニキアの習慣である。棺台の作りや装飾は、第1稿・第2稿と同じく、テオクリトスにおけるアレクサンドリアのアドニス祭の描写から取られているのだから、異なる地域の習慣が並列していることになる。それを承知でフローベールがここで、墓への埋葬という設定にしたのは、アントワーヌが墓にいるイエスを悼むマグダラのマリアたちのことを自然に思い浮かべるようにするためだと考えられる。

もう一つ、アドニスに関して指摘しておかなければならないのは、先の二稿では悪魔が「これはアドニスを悼むテュロスの娘たちだ」と紹介していた

---

28) BnF, N.a.fr.23666 f°192.
29) BnF, N.a.fr.23665 f°42v°.
30) BnF, N.a.fr.23668 f°207.

が、第3稿では最初からこの言葉は削除されていることである。アドニスという名前さえ、プランの頁を除けば、全くあらわれない。アドニスは匿名化されているが故に、アントワーヌによる取り違えも成立するのである。第2稿ではアドニスの死とイエスの死とのつながりという着想が、他の細部と矛盾を起こしていたが、ここでは、悪魔の言葉の抹消やアドニス像の位置づけの変化などによって、矛盾が解消している。

では、女たちはどうか。これも、今述べた悪魔の言葉の削除によって、「テュロスの娘たち」であることがアントワーヌにも読者にも分からなくなっているが、その他の細部や嘆く言葉については、第1稿・第2稿を踏襲していて、大きな変化はない。狂乱状態で「髪を切る」というフェニキア独特の動作も第1段落から保持されている。

次に、アスタルテ。転回点となる第2段階をまず見てみよう。

> *tableau.* chevelures − bouquets noirs & blonds −
> *est-il mort ?* ~~petite lune~~
> *essais pour le réveiller* Une Femme Astarté paraît derrière le catafalque −
> − Oui − il est mort. ~~(Ant trouve qu'elle ressemble à la Ste Vierge)~~[31]
>
> (髪。黒と金色の花束。一人の女「アスタルテ」が棺台の後ろにあらわれる。[左余白] 情景。彼は死んだのか？彼の目を覚ます試み。本当に死んだのだ。)

「アスタルテ」が棺台の後ろにあらわれ、悲嘆にくれながらアドニスが本当に死んでしまったことを確認する。アスタルテ登場の文の下に、「アントワーヌは彼女が聖処女に似ていると思う」と書かれ、それが削除される。しかし、このアスタルテと聖処女（つまり聖母マリア）との混同という着想は消えてしまうわけではなく、同じ頁の下の余白に「アントワーヌは聖処女のことを考える」という文が記されるように、後の段階まで持続する。おそらくフローベールは、聖母マリアとの取り違えが成立するためには、アスタルテの描写などにもっと工夫がいると思って、一旦消したのであろう。

---

31) BnF, N.a.fr.23668 f°207.

まず、アスタルテという名前だが、プランから今引用した第2段階、さらに次の第3段階までは残るが、第4段階では消え、単に「一人の女」になる。その代わりに、第3段階の左の余白で、« surhumaine » という形容詞がこの女性の描写にあらわれ、第4段階では、その後に « infinie » が付け加わる。第5段階では、« surhumaine » は « plus qu'humaine » に代えられ、結局 « plus qu'humaine, infinie » という形容が清書原稿まで保持される。この女性が女神だとは明示されてはいないのだが、形容の変化を見ると、アスタルテと他の女たちとの差異化は、段階を経るにしたがってますます大きくなっていることが分かる。他の女たちとの違いが大きくなっているのは、アントワーヌがアスタルテを見てごく自然に聖母マリアと勘違いするようにするためだが、他方、このアスタルテが外観を見ただけでも普通の人間ではなく、女神に他ならないことを示唆するためでもある。フローベールはアスタルテを、女神の役を演じる人間の女性ではなく、やはり女神そのものとして登場させようとしているのである。

また、アスタルテと聖母マリアとの混同をあらわす文も練り上げられる。第2段階では「聖処女」という表現が用いられていたが、第4段階では « Antoine pense à la mère du Christ » と書かれ、それが « Antoine songe à la mère de Jésus » に修正される。「キリストの母」から「イエスの母」にしたのは、アドニスとイエスとのつながりを強調するため、あるいは先程引用した第4段階の « Il a peur de reconnaître quelqu'un » と連動して、「誰か」という語が示す人物がテクスト上に存在するようにしたためであろう。

アスタルテの描写に関して興味深いのは、第5段落で「彼女は髪を切らなかった」という文が行間に挿入されることである。これは一つには、「髪を切る」人間の女たちとの区別を明確にするためだが、もう一つ、アスタルテが屍体を前にして髪を切っていては、アントワーヌが彼女を聖母マリアと間違えることがないからである。こんな細かいところにも、アドニスとイエスの取り違え、アスタルテとマリアとの取り違えが自然になるようにした作家の配慮がうかがわれる。

以上、第3稿の草稿を、主要な要素の変化を軸にして見てきたが、先の2

つの稿、とりわけ第1稿と異なるのは、アルフレドの詩からの影響が大幅に後退している点である。「テュロスの娘たち」という悪魔の言葉は削除され、詩の一節「狂暴な饗宴の火が燃えさかる」に触発された、棺台の松明の燃えさかる火が蝋の像を溶かす場面もなくなる。もちろん、アドニス祭で嘆き悲しむという設定は残っているが、後半のアスタルテの登場によって影が薄くなっている。その代わりに、前面に出てきているのはアントワーヌの視点である。ここでは第2稿と異なり、アドニスとイエスとの、またアスタルテとマリアとの取り違えが矛盾なく遂行される。

このように第3稿では、キリスト教と異教との境界がなくなってきたわけだが、幻想世界どうしの境界も微妙になっている。アドニスの場面全体が、悪魔がアントワーヌの前に展開した幻覚の一つだと言えるだろうが、その幻覚の中に裂け目が生じている。アドニス祭の情景をアントワーヌは目にしているはずなのに、突然女神があらわれ、アドニスをペルセポネに奪われる悲しみを歌う。本物の女神だとすれば、なぜアドニス祭にあらわれるのか、アスタルテの登場とともにアドニスは本物の屍体に変わるのか、それがどうして最後には蝋の人形に戻るのか、また遠吠えする犬はアドニス祭に付随しているのか、あるいはアスタルテが連れてきた神話上の動物なのか、疑問は尽きない。アドニス祭そのものも、アレクサンドリアのはずなのに、女たちはフェニキアの習慣にしたがって髪を切り、アドニス像を埋葬するという矛盾を内包している。そして、この錯綜した幻想全体を、アントワーヌは福音書で語られたイエスの死の幻想に重ねようとする。アドニスの場面は、多様な書物や図像や詩が何重にも絡み合った幻想世界なのである。

この多層の幻想世界にさらにもう一つ積み重なるものがある。それはアルフレドの死、より正確に言えば1848年4月の通夜にフローベールが前にしていたアルフレドの屍体である。第1稿のアドニスの場面ではアルフレドの詩が背後にあり、テオクリトスやクロイツェルのテクストで語られるアドニス祭が前面に出てきていたのに対し、第3稿の生成過程で、アドニスは蝋人形から徐々に屍体に変貌していく。下書き原稿にあった « En y regardant mieux Antoine distingue sur le lit le cadavre d'un homme »、« Antoine éprouve une certaine angoisse »[32]の主語を Gustave にしてみると、まさしくアルフレドの屍体を前にしたフローベールの姿となる。それでは、フローベールはアルフレドの復活を信じていたかというと、必ずしもそうではない。第3稿のプランでアスタルテが « Perséphone le garde définitivement. c'est fini, − il ne reviendra plus » と言って嘆くように[33]、アドニスはもう戻らない。このように考えると第3稿でアスタルテが登場した理由の一端がつかめるように思われる。テュロスの娘たちならば、ペルセポネがアドニスをもう渡してくれないことなど分からないはずだが、女神ならばそれが分かるからである。アドニスが戻らないように、アルフレドはもうこの世には戻らない。

　第1稿から第3稿までの変遷は、生きたアルフレドがつくったアドニスの死を歌う詩の世界から、死んだアルフレドがアドニスそのものになる世界への変遷でもある。

---

32) BnF, N.a.fr.23668 f°199v°.
33) BnF, N.a.fr.23668 f°207v°.

第5章　イエス・キリストの死とその復活

　1880年にフローベールが死去すると、彼の作品の草稿はすべて彼の姪のカロリーヌの所有となった。カロリーヌ・フランクラン＝グルー夫人が亡くなるまでの約50年間は夫人の許可を得たごく少数の研究者しか草稿を閲覧することができなかったのだが、その間に、二人の研究者が『聖アントワーヌの誘惑』の草稿の中のあるエピソードに注目した。それは、第3稿の第5部で神々の登場の最後にイエスが近代の都市に姿をあらわし、罵られながら死にゆく場面である。この場面は最終的には削除され、1874年に出版された版の中にはない。最初にこの場面の草稿に言及したのはE.W.フィッシャーであるが、彼は粗筋を紹介するだけで、場面全体を掲載していない[1]。この場面の全貌が日の目を見たのは、1908年にルイ・ベルトランが刊行した『聖アントワーヌの誘惑』第2稿の版の巻末補遺においてである[2]。ベルトランは同年3月の『エコー・ドゥ・パリ』紙で、この場面にまつわる逸話や解釈を紹介している[3]。フランクラン＝グルー夫人はかつてフローベールからこの場面の草稿を読んで聞かせてもらい深い印象を覚えたこと、また「フローベールは敬虔な心を傷つけることを恐れて、この場面を削除したらしい」と夫人が考えていたことなどを、夫人から直接聞いた話としてベルトランは書き留めている。その一方でベルトランは、フローベールがこの場面を削除した真

---

[1] E. W. Fischer, « La Tentation de saint Antoine, ses origines, ses différentes rédactions et ses rapports avec l'Auteur », in Études sur Flaubert inédit, traduit de l'allemand par Benjamin Ortler, Leipzig, Julius Zeitler, 1908, p. 71.

の理由は、「結論する」ことが愚かさ（bêtise）につながるという作家の信条にあるのだという自らの解釈を掲げている。削除の理由はともかく、フローベールは書簡の中でこの場面について全く触れていないので、いつ彼がこの場面を削除したのかを決定するのが難しく、フィッシャーやベルトランもこの点については何も触れていない。隠されたエピソードは草稿の山から掘り起こされたものの、謎を残したわけである。

　1931年に『聖アントワーヌの誘惑』の草稿が国立図書館に寄贈され、一般の研究者にも門戸が開かれるようになったが、それ以降今日に至るまで謎の解明が進んでいるようには思われない。1983年のフォリオ版の巻末に「近代都市におけるキリストの死」と題されて問題のエピソードが掲載されているが、ベルトランの誤った読みをそのまま踏襲している箇所がある[4]。一枚の草稿を正確に読み、執筆時期を決定するためには、その草稿が他の草稿とどのような関係にあるかを把握することが前提となるのだが、従来はそのような基礎作業がおろそかにされてきたように思われる。本章では、まず『聖アントワーヌの誘惑』第3稿の全体プランにおいてイエス・キリストがどのようなかたちで言及されているかを述べてから、近代都市におけるイエス・キリストの場面の草稿を検証し、削除の時期や理由を考察したい。そして最後

---

2) Flaubert, *La première Tentation de saint Antoine (1849-1856)*, Œuvre inédite publiée par Louis Bertrand, Fasquelle, 1908, pp. 275-277. なお、ベルトランはイエスが都市にあらわれる場面がどこに位置していたのかをこの版では明記していないせいか、彼の記載を踏襲したプレイアード版では作品の末尾に註をつけてこの場面全体を引用している（Flaubert, *Œuvres I*, Gallimard, « Bibliothèque de la Pléiade », 1951, pp. 1019-1020）。そのため誤解が生じ、筑摩書房版フローベール全集の解説で平井照敏氏は、都市のイエスのエピソードが全体の結末に置かれ、それが1873年5月に削除されて日輪に浮かぶイエスの顔に変えられたように述べているが（第4巻, p. 368）、これは事実に反する。問題のエピソードが第5部の神々の登場の後に置かれていたことは、すでにフィッシャーが前掲書で述べているし、フローベールの草稿からも容易に確認できる。1873年5月に削除されたのはイエスのエピソードではなく、三つの対神徳登場の場面である。

3) Louis Bertrand, « Un scrupule religieux de Flaubert », *Écho de Paris*, 19 mars 1908. この記事は若干訂正されて次の本に再録されている：Louis Bertrand, *Gustave Flaubert avec des fragments inédits*, Mercure de France, 1912, pp. 137-144.

に、イエス・キリストの顔があらわれる最終場面について触れることにする。

プランにおけるイエス・キリスト

　フローベールは、1869年6月9日に姪のカロリーヌ宛の手紙で『聖アントワーヌの誘惑』のためのノートをとり始めたことを記している（Corr., IV, p.51）。執筆を開始したのは1870年の7月だから、一年余りを準備的なノートやプランの作成に費やしたことになる。全体のプランが作成された時期を特定するのは難しいが、1870年の3月までの書簡では作品全体を練り直すために資料を読んでいることが述べられているのに対し、4月以降は早く作品の執筆を始めたいと語っていることから見て、おそらくこの年の春にプランを仕上げたものと思われる。プランは11枚、アネックスも入れると13枚からなっている[5]。そこでは決定稿とは異なり、全体が9つの部に分けられていた。第6部まではプランと決定稿とは基本的に同じ構成だが、プランの第7部から第9部までが決定稿では一つにまとめられたのである。

　プランの中で「イエス」あるいは「イエス・キリスト」という語があらわれるのは、第3部、第4部、第5部だけである。最後の第9部では、決定稿とは異なり、三つの対神徳が登場することになっていた。したがって、イエ

---

4) *La Tentation de saint Antoine*, Édition présentée et établie par Claudine Gothot-Mersch, Gallimard, « Folio », 1983., pp. 271-272. フォリオ版のテクストの明らかな誤りは次の通り：p. 271、11-12行目 « leurs visages » は草稿では « leur visage » ; p. 272、18行目 « leurs boutiques » は草稿では « leur boutique »。p. 271、13行目 « costumes » も最終的な清書の N.a.fr.23668 f°224では « costume » なのだが、その前の段階の清書の N.a.fr.23670 f°195v° では複数形であり、どちらの形を取るべきかを判断するのは難しい。また、p. 271、14行目 « courent » は N.a.fr.23668 f°224では « s'entre-croisent » の上にヴァリアントとして書かれたものであり、これもどちらを取るかは決めがたい（本書巻末の【資料】参照）。

5) BnF, N.a.fr.23671 ff°90-95, ff°97-99, f°106, f°226（Annexes: f°96, f°227）。これらのプランは不完全ながらも、オネット・オム版に掲載されている：CHH, Tome 4, pp. 287-317, pp. 362-365. なお、オネット・オム版では f°186が第3稿のプランのアネックスとなっているが（pp. 318-319）、これは内容から言っても筆跡から言っても第1稿のセナリオである。

ス・キリストが問題になるのは作品の中央部だけだったのである。第3部の プランにはフローベール自身によって「論理」と題がつけられ、全体が四つ の部分に分けられているが、その四つ目の部分、即ち論理の悪魔であるイラ リオンが福音書にも矛盾があることを指摘していくところで、その行間に 「イエスは誰であったのか、等々?」と書かれている[6]。また、第4部のプラン は「異端者たち」と題がつけられた2つの頁から成るが、その前半の部分 で「イエスはどのようであったのか?グノーシス派の者たちは彼の肖像画を 持っている。マニ教徒やテルトゥリアヌスや聖キュリロスは彼が非常に醜 かったと主張する。しかし人間の手によらない肖像画がある。アントワーヌ はそれを見ようと進み出る。」と書かれている[7]。さらに2頁目の下の余白に、 アポロニウスは「キリストに匹敵するもの、拮抗するもの」と記されるよう に[8]、アントワーヌにとっては偽のキリストも登場する。要するに第3部か ら第4部にかけて、イラリオンや異端者たちの扇動によってアントワーヌの 内には真実を知りたいという欲求が芽生え、彼はイエス・キリストの本当の 姿を知りたい気持ちに駆られるのだが、その思いはなかなか叶えられない。 第5部に入って、ようやく神々の列の最後にキリストが近代の都市の中に姿 を見せる。ただし、そのキリストは「非常に年老い、十字架を背負い、近代 の世界で受難をふたたび始める。あらゆる戸口をたたいては、いたるところ から追い出され、嘲弄の的となる。」[9]このようにプランでは第3部・第4部 においてイエス・キリストを見たいという欲求が芽生え、何度か裏切られる が、第5部の最後にアントワーヌはその姿を見るといったように構成されて いる。もちろん、このような心理的側面がある一方で、第5部におけるイエ ス登場は悪魔側の戦略の一環となっている。イラリオン(悪魔)はさまざま な古代の神々を登場させた後、近代におけるイエス・キリストの死をアント ワーヌに見せて、絶望させることによって、次の誘惑つまり第6部における

---

6) BnF, N.a.fr.23671 f'92 ; CHH, Tome 4, pp. 295-298.
7) BnF, N.a.fr.23671 f'94 ; CHH, Tome 4, pp. 299-301.
8) BnF, N.a.fr.23671 f'93 ; CHH, Tome 4, pp. 303-304.
9) BnF, N.a.fr.23671 f'95 ; CHH, Tome 4, pp. 304-305.

第5章　イエス・キリストの死とその復活

形而上学的な誘惑へと向かわせるのである。

近代都市におけるイエス・キリストの死

　近代都市におけるキリスト受難の場面の生成過程を追っていこう。このエピソードの草稿は全部で22の頁から成っていて、12の段階に分けることができる。全体の作業手順を図式化すると次のようになる。1つの枠が1頁をあらわしているが、枠の上段には国立図書館の草稿番号を、下段にはフローベール自身が各頁の上部に書きしるした記号・番号を示した。矢印は同じ頁を次の段階でも再利用したことを示す（記号が作家によって書き直されている場合は、各段階での記号を記した）。また、点線枠はこのエピソードに続くイラリオン再登場の場面の頁を示している。

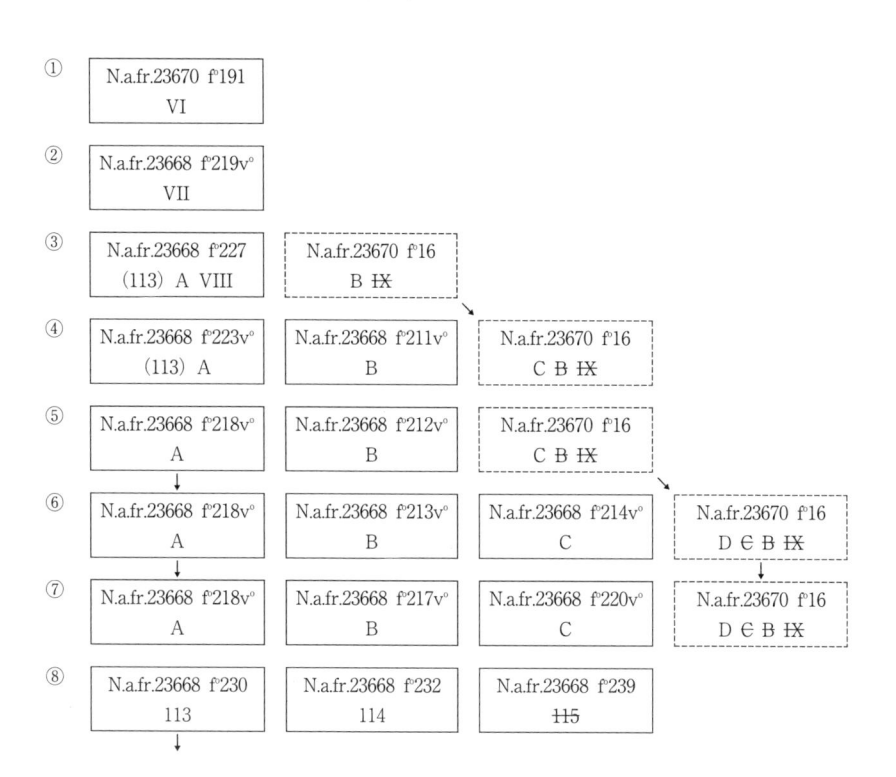

① [N.a.fr.23670 f°191 / VI]

② [N.a.fr.23668 f°219v° / VII]

③ [N.a.fr.23668 f°227 / (113) A VIII]　[N.a.fr.23670 f°16 / B ~~IX~~]

④ [N.a.fr.23668 f°223v° / (113) A]　[N.a.fr.23668 f°211v° / B]　[N.a.fr.23670 f°16 / C B ~~IX~~]

⑤ [N.a.fr.23668 f°218v° / A]　[N.a.fr.23668 f°212v° / B]　[N.a.fr.23670 f°16 / C B ~~IX~~]

⑥ [N.a.fr.23668 f°218v° / A]　[N.a.fr.23668 f°213v° / B]　[N.a.fr.23668 f°214v° / C]　[N.a.fr.23670 f°16 / D ∈ B ~~IX~~]

⑦ [N.a.fr.23668 f°218v° / A]　[N.a.fr.23668 f°217v° / B]　[N.a.fr.23668 f°220v° / C]　[N.a.fr.23670 f°16 / D ∈ B ~~IX~~]

⑧ [N.a.fr.23668 f°230 / 113]　[N.a.fr.23668 f°232 / 114]　[N.a.fr.23668 f°239 / ~~115~~]

263

第Ⅱ部

⑨　| N.a.fr.23668 f°230 | N.a.fr.23668 f°234 | N.a.fr.23668 f°237 | N.a.fr.23668 f°239 |
　　| 113 | 114 | 115 | 116 |

⑩　| N.a.fr.23668 f°229 | N.a.fr.23668 f°235 | N.a.fr.23668 f°236 |
　　| 113 | 114 | 115 |

⑪　| N.a.fr.23666 f°112 | N.a.fr.23670 f°192v° | N.a.fr.23670 f°95v° |
　　| 112 | 113 | 114 |

⑫　| N.a.fr.23668 f°224 |
　　| 113（variante） |

　第1段階から第3段階まではローマ数字が各頁の上部に記されているが、これらはローマの神々やヤハウェが登場する一連の場面の草稿につけられた数字であり、イエスのエピソードとイラリオン再登場の場面が、先行する場面に組み込まれていたことが分かる。しかし、第3段階が終わった後、ローマの神々やヤハウェの場面のみが清書されると、イエスのエピソードとイラリオン再登場の場面は切り離され、新たな推敲の対象となる。そのことを示すのが第3段階の2つの草稿の記号の変化であって、ローマ数字は抹消されてA，Bに書き換えられる。つまり、先行する場面に組み込まれていたこの二つの頁は、アルファベットを用いた次の段階への出発点として再利用されるのである。フローベールは頁の記号をまず右上に書き、直すときはその左側に並べていく癖があるので、抹消の痕跡を調べることによって、一つの頁が異なる段階に組み込まれていく過程を追うことができる。第3段階の1頁目のAの横に（113）という数字が書かれるが、これは直前のヤハウェ登場の清書原稿が112なので、通し番号を控えたものなのであろう。第4段階から第7段階までは、イエスのエピソードだけが次々と書き換えられるが、その際徐々に頁数が増えるのに応じて、イラリオン再登場の場面の頁の記号がBからC、CからDへと変更になる。第8段階以降はアラビア数字によって頁数が表される。第8段階の3頁目と第9段階の4頁目とはともにN.a.fr.23668 f°239だが、これは第8段階で115と番号をつけた頁の真ん中あたりまで書いてから、それを抹消し、上下さかさまにして、空いた部分に第9段階の116

頁を書いたためである。また第11段階では頁番号が113ではなく、112から始まっているが、これはヤハウェがあらわれる112頁の清書原稿の下の方に、イエスのエピソードの最初の6行だけが書かれているためである。114頁も半分しか書かれていないので、第11段階は実質2頁弱の分量しかない。各段階の草稿の頁の数を見ただけでも、一つのエピソードが徐々に膨れ上がりながら形成され、ある程度まで達すると今度は削り取られて収縮していく様が浮かび上がってくる。

内容の検討に移るが、すべての草稿を引用することはできないので、エピソードの変化が把握できるような箇所のみを指摘していく。第1段階は次の通り。

> Puis une ville moderne. – d'une hideur grandiose, maisons noires, fumées, boues – Des hommes fort laids, maigreurs faméliques, obésités grotesques – l'air sombre, marchent très vite, – préoccupés.
>   Le Christ passe dans les rues, recommençant sa passion, portant une croix gigantesque – frappe à toutes les portes, est repoussé bafoué – et (pire que tout cela, outrage suprême,) beaucoup même ne le connaissent pas ![10]
>   (次いで「近代の都市」。壮大なほど醜悪で、家々は黒く、燻り、泥だらけ。人々はひどく見苦しく、飢えるほど痩せこけているかグロテスクなほど肥満している。陰鬱な様子、足早に歩く、せわしげに。
>   キリストは通りを進み、巨大な十字架を背負いながら、受難をふたたび始める。あらゆる戸口をたたいては、あざけられ追い返される。そして、(何よりもひどいことに、究極の侮辱だが、)多くの者はキリストを知りさえしない。)

まず第1段落で近代の都市、そこに住む人々が描かれ、第2段落でキリストが登場し、受難劇が始まるわけだが、ここで提示された、前半で「都市」、

---

10) BnF, N.a.fr.23670 f°191.

第Ⅱ部

後半で「キリスト」という基本的な構図は最後の段階まで全く変わらない。また、容易に読み取れるように、この近代都市には何ら豊かさをうかがわせるものはなく、ひたすら醜悪さだけが強調されており、キリストに対する反応の冷淡さも含めて、すべてが最後の段階まで変わらぬ基本的なモチーフである。ただ、最終段階の N.a.fr.23668 f°224 ではキリスト登場までの前半が12行なのに対し、後半が27行あることで分かるように、段階が進むにしたがって後半が膨れ上がり、内容の点でもとりわけキリストに対する反応が多様性を増してくる。このように「都市」の部分と「キリスト」の部分とでは異なる種類の変容が見られるので、前半と後半とを分けて論じることにする。

　まず「都市」の第2段階。

> *et*
> ~~des ponts de fer sur des fleuves noirs.~~
> 　　　　　　　　　　　　　　　　　　　　　　　− *la perspective des rues se perdant*
> 　　　　　　　　　　*énorme* ·　*démesurée,*　　　　　　　　　　　　　　　　*dans l'éloignement*
> Une ville ~~moderne.~~ ~~(en style apocalyptique)~~ d'une ~~hideur grandiose~~ − senteur
> 　　　　　　　　　　　　~~houillères courent dans le brouillard~~
> 　　　　　　　　　　　　　　　　　*sortant* −
> 　　　brouillard. Maisons ~~noires,~~ fumées − ~~boues.~~ *fanges.*
> 　　　　　　　　　　　　　　　　*grises*
> *des langues de feu*　　*d'un* ~~acte~~ *race nouvelle* *de*　　　　　　*d'*
> *courent dans le* Des hommes fort laids, maigreur famélique, ou obésité grotesque, l'air
> *tavernes éclairés* −　　　　　　~~préoxxx~~ *préoccupés, haletant de besoins.*
> *miroirs*　　sombre　marchent très vite, − ~~préoccupés.~~ *Ambitions sataniques.*[11]
> 　　　　　　　　　*rongés d'inquiétude* −

（巨大な、途方もない都市。そして通りをずっと見通すと遠くの方で見えなくなる。火炎が霧の中を走る。灰色の家。煙が出る。泥。明かりのついた居酒屋、鏡。

　新たな人種の人々は、ひどく見苦しく、飢えるほど痩せこけているかあるいはグロテスクなほど肥満している。陰鬱な様子、足早に歩く。せわしげに、不安にさいなまれ、欲求にあえぐ。悪魔的な野心。）

---

11) BnF, N.a.fr.23668 f°219v°.

ここでは都市のイメージが膨れ上がってきているが、都市そのものの捉え方が第1段階とはかなり異なっている。まず、第1段階で「都市」についていた「近代の」という形容詞は抹消されて「巨大な、途方もない」に代えられ、さらに「通りをずっと見通すと遠くの方で見えなくなる」と付け加えられる。「近代の」という語が消えてしまったのは、この語がなくても19世紀の都市が舞台になっていることを他の語や表現で表せば十分なので必要がなくなったせいもあるだろうが、ここではそれ以上の意味があるように思われる。それは視点の転換であって、「近代の」という語り手の立場からの表現が、アントワーヌの視点からの表現に変えられたのである。つまり、都市はアントワーヌが見るままに「巨大」で「途方もない」ものとなり、「通りをずっと見通すと遠くの方で見えなくなる」ほど奥行きのある世界となる。明らかにここではアントワーヌの視点からの遠近法が導入されているのである。もう一つ興味深いのは、「近代の」の後に « en style apocalyptique » という表現が括弧つきで一旦書かれ、それが抹消されていることである。「黙示録的な様式の」都市であるという設定も語り手の立場からのものなので抹消されたのであろうが、「近代の」都市であると同時に「黙示録的な」都市という設定はフローベール自身がこの都市をいかに構築しようとしていたかを明確に示すものである。たとえば、左の余白に書かれた « langues de feu » は工場などから出る「火炎」の意味するものだが、一方では『使徒言行録』2：3における聖霊の顕現形態としての「炎の舌」、あるいは『ヨハネ黙示録』11：5で神の二人の証人の「口から火が出て、その敵を滅ぼすであろう」という場面を思い起こさせる。都市に充満する「煙」も『ヨハネ黙示録』11節で神に敵対する者たちが焼かれる都バビロンの様を再現しているかのようである。もちろん、その一方で、上の余白の「鉄橋」« ponts de fer »や行間の「炭鉱」« houillères » などのように産業革命を経た19世紀の都市特有の要素もちりばめられている。このような近代性と宗教性の同居は、後半部の都市住民を描いた箇所でも見られ、人々は近代的でせかせかしているだけでなく、「悪魔的な野心」を持っている。要するに、ここで描かれた都市は19世紀のメトロポルであると同時に、悪霊の棲む都バビロンなのである。

都市の描写そのものはこの第2段階で全体の枠組みが確立する。細かく見ると、第4段階では人々の描写の最後に「すべての人は何かを隠している様子である」とつけ加えられる一方で[12]、第2段階からあった「悪魔的な野心」という表現は第5段階では消えてしまうといったように、『黙示録』と明確に結びつくものが消されて、漠然とした表現に代えられる傾向が見られるが、基本的な性格は第2段階以降変わらない。ただ、第4段階では、都市がアントワーヌの目の前にあらわれるまでに数行が付け加わる。すでに述べたように、フローベールは第3段階を終えたところで、このエピソードに先立つ場面、つまり112頁目のヤハウェ登場の場面までを清書した。そこで彼はヤハウェの場面と都市の場面とが自然につながるように、ヤハウェが消えると同時にアントワーヌの周囲を闇と沈黙が支配し、やがて暗闇のかなたに都市の姿があらわれるという場面を差し挟む。このように前とのつなぎの場面もできあがり、都市の部分は、細かな字句の変更を受けながら、清書へと向かう。

　イエス・キリストの受難の場面に移ろう。第2段階では、まず第1段階にあった「受難をふたたび始めるキリスト」という表現が写されるが、その行の左の余白に「アントワーヌは通りで見る」と書かれ、さらに「受難をふたたび始める」が抹消されて、「老人－衰弱した」と上に書き加えられる。つまり「受難をふたたび始めるキリスト」は「アントワーヌは通りで老人－衰弱したキリストを見る」に改変される。この改変は都市の場面で見られたように、「受難」という客観的な状況説明が抹消されて、アントワーヌの視点から出来事全体が語られることを示している。次の第3段階では、この受難劇が大きく膨らむ。

---

12) BnF, N.a.fr.23668 f°223v°.

第5章　イエス・キリストの死とその復活

<small>*ψ.dessous.. ses cheveux*
fleurs des autres xxxxx
saignant toujours affaissé
− vivante une personne</small>

Antoine distingue dans les rues.. Le Christ ~~vieillard~~
　　　　　　　　　　　　　　　　Mais il est vieux & la croix,
portant sa croix. ~~Elle~~ est démesurée, hideuse il trébuche et
　　　　　　　　　　　　　　　　　tombe
dessous son poids. − il frappe à toutes les portes − il est repoussé bafoué

− ~~figures que lui font~~ les passants −

　　　　et pis que tout cela, outrage suprême, beaucoup ne le recon-
　　　　　　　　ne le connaissent pas ! & continuent leur chemin
naissent pas, − & passent à coté, indifférents.

　　　　　　　　　　　　　　　　　　　　se divertir −
Et　　　　　　　　　　　　　　　　　*pour ~~s'amuser~~, par habitude*
~~ils~~ lui crachent au visage − mais sans colère, cette fois, ~~en jouent pour rire~~,
　　　　　　　　　　　　　　　　du gouverneur
qques uns, comme faisaient les soldats ~~de~~ Pilate, se prosternent ironiquement.
et on répète encore ~~que~~ « ~~devine qui t'a frappé~~ − « s'il est dieu, qu'il le prouve »
　　　　　　　　　　　　　　　　　Il a sauvé les autres, qu'il
　　　　　　　　　　　　　　qu'il fasse des miracles − se sauve lui-même
　　　　comme,　　*« allons*　　*nous*
qques uns − Hérode ~~le faisait pour~~ s'amuser ~~Luc 23~~
　　　　　　　　　　　　disent
　　　les meilleurs comme Pilate

　　　« je m'en lave les mains[13]

（しかしアントワーヌは通りにはっきり認める... 十字架を背負うキリストを。しかし彼は年老い、十字架は途方もなく大きく、醜悪なので、彼はよろめき、十字架の重みで倒れる。その髪からは相変わらず血がしたたっている。一人の生きた人間だ。彼はあらゆる戸口をたたいては、あざけられ追い返される。そして、何よりもひどいことに、究極の侮辱だが、多くの者はキリストと認識さえしない、彼を知らない！無関心に通り過ぎる。

そして通行人たちは彼の顔に唾を吐く。怒りもなく、今度は、気晴らしに、普通やっているように。何人かは、総督の兵士たちがしたように、皮肉を込めて平伏する。さらにこう繰り返す者がいる。「もし神なら、それを証明してみろ。他人を救ったのだ、奇蹟を起こしてみろ、自分を救ってみろ」。また何人かは、ヘロデのように「さあ、俺たちを楽しませよ」と言う。一番ましな者たちはピラトのように「わたしは手を洗う」と言う。)

---

13) BnF, N.a.fr.23668 f°227.

269

前半ではキリストが背負う十字架や、その重みに耐えきれず苦しむキリストの姿の描写があるが、より重要なのは後半に描かれた人々の反応である。第1段階ではキリストは「あざけられ追い返される。そして、(何よりもひどいことに、究極の侮辱だが、)多くの者はキリストを知りさえしない。」と書かれ、この第3段階でもほとんどそのまま写しとられているが、その下の方に「顔に唾を吐く」者[14]、「気晴らしに」ピラトの「兵士たちがしたように、皮肉を込めて平伏する」者[15]、「自分を救ってみろ」と繰り返す者[16]、ヘロデのように「さあ俺たちを楽しませよ」と言う者[17]、ピラトのように「私は手を洗う」と言う者[18]が列挙されている。このような列挙がすべて福音書に描かれた受難の場面を参照していることに注意しなければならない。ヘロデの場合は「ルカ23章」という典拠まで（抹消されているものの）記されている。また、「顔に唾を吐く」者は、ピラトの兵士たちとは異なり、「今度は、気晴らしで」唾を吐くと書かれている。近代の受難劇を構築するのに過去の受難劇を参照するのは当然と言えば当然だが、このような参照を通してこのエピソードの根幹にかかわる問題がでてくるように思われる。福音書の受難劇ではイエスはユダヤの大祭司や律法学者たちの敵意の的となって磔刑に遭うわけだが、19世紀では磔になる明確な理由が見当たらない。近代の大都市においては、第1段階にあったようにイエスを「多くの人は知りさえもしない」、つまり宗教には全く無関心な人々が大多数であって、かつてのユダヤの大祭

---

14) Cf. 「また、唾を吐きかけ、葦の棒を取り上げて頭をたたき続けた。」（マタイ27：30）
15) Cf. 「茨で冠を編んで頭に載せ、また、右手に葦の棒を持たせて、その前にひざまずき、『ユダヤ人の王、万歳』と言って、侮辱した。」（マタイ27：29）
16) Cf. 「民衆は立って見つめていた。議員たちも、あざ笑って言った。『他人を救ったのだ。もし神からのメシアで、選ばれた者なら、自分を救うがよい。』」（ルカ23：35）
17) Cf. 「彼はイエスを見ると、非常に喜んだ。というのは、イエスのうわさを聞いて、ずっと以前から会いたいと思っていたし、イエスが何かしるしを行うのを見たいと望んでいたからである。」（ルカ23：8）
18) Cf. 「ピラトは、それ以上言っても無駄なばかりか、かえって騒動が起こりそうなのを見て、水を持って来させ、群衆の前で手を洗って言った。『この人の血について、わたしには責任がない。お前たちの問題だ。』」（マタイ27：24）

司や律法学者たちのようにイエスを訴えることはない。みすぼらしい姿をしたイエスを、「気晴らしで」嘲弄することはあっても、磔にしたりは決してしないのである。したがって、19世紀の都市でイエスが苦悶の果てに死ぬとしても、それは悲劇ではなく、無関心や嘲弄の中で勝手に死ぬという喜劇になってしまう。19世紀はもはや宗教的な受難が受難として成立し得ない時代なのである。

　このような問題点にフローベールはエピソードを膨らます過程で徐々に気づいていったにちがいない。実際、次の第4段階の頁の下の余白には「パリサイ人」と記され[19]、さらに第5段階の頁の左の余白では「そしてすぐにパリサイ人たちは彼が道をふさいでいると言って非難する」というように[20]、キリストの敵たるパリサイ人を19世紀の都市に登場させている。また、第6段階の頁では、「通りかかったある王が杖で彼の頭を殴る」という文を入れて、聖書におけるヘロデの如き王を登場させている[21]。このようにフローベールはパリサイ人や王を導入することによって、イエスに対する憎しみを増幅させ、受難劇を成立させようとする。そのために遠い過去の者たちを19世紀の世界に連れ込むのである。すでに見たように都市の描写においても19世紀的なものに黙示録的なものが混ざっていたのだから、ここで過去のものが出てきても不思議はないのだが、それにしても、イエスが「道をふさいでいるといって非難する」パリサイ人はチンピラ風だし、通りがかりに「彼の頭を杖で殴る」王も暴走族のようである。彼らが19世紀の世界に出てくるとどうしても戯画的にならざるを得ない。これらの他にも、たとえば第6段階の頁では、イエスがよろめいて倒れた直後に、「けたたましい笑い声」が「復讐の叫び」のように響き、「医者たちが彼の傷を診て、軽いと診断する」し、「哲学者たちが冷笑しながら『お前は幻に過ぎない』と言う」[22]。とにかく、「医者たち」のようにイエスとはあまり関係のなさそうな者まで含めて、

---

19) BnF, N.a.fr.23668 f°211v°.
20) BnF, N.a.fr.23668 f°212v°.
21) BnF, N.a.fr.23668 f°214v°.
22) Ibid.

時代を越えたあらゆる人々がやってくる。

　このような雑多な人物たちの登場によってエピソードは空中分解を起こすかというと、実際そうはならない。おそらくフローベールは第5・第6段階あたりから、「近代の受難劇」に存在する本質的な矛盾、つまり受難が受難として成立し得ない近代において受難劇をつくりあげるという矛盾を逆手にとって、矛盾を矛盾のままにさらけだすことを目指したにちがいない。受難を成立させるために、作家はありったけの憎悪を過去の歴史から引き寄せるのである。イエス・キリストはいわば19世紀にタイム・スリップするわけだが、タイム・スリップするときに1800年以上にも及ぶ間に受けた毀誉褒貶を一身に引きずってくる。もちろんパリサイ人など過去の人間は19世紀の装いで登場するのだから、もし現実にあらわれたらほとんど仮装行列にしか見えないだろうが、フローベールは言葉の魔術によってエピソードを悲劇と喜劇すれすれの域にまで到達させようとする。執筆前のプランの段階では、イエス・キリストの受難をアントワーヌにとっては未来である19世紀に置き換えることによって、キリスト教が死に瀕する様を悪魔たるイラリオンがアントワーヌの前に提示するようになっていたのであるが、19世紀における受難を突き詰めていく過程で、エピソードはアントワーヌに対する宗教教育から、独立した悲喜劇へと変貌していくのである。

　このような変貌の過程でイエス・キリストの呼称も変化する。プラン及び第1段階から第4段階までは « Le Christ » が用いられていたのが、第5段階以降は « notre seigneur Jésus » となり、最終の第12段階では単に« JÉSUS » となる。イエスの救済者としての役割が後退し、ただの人と扱われていくのも、今述べたエピソードの意味の変貌に呼応するものであろう。

　「近代の受難劇」が成立するためにはまだ大きな関門がある。それはイエスの死である。受難である以上イエスは最後には死ぬはずだが、不思議なことに第5段階までの草稿にはイエスの死の場面がない。おそらくフローベールはある程度近代の受難の意味を自分に納得させた上で初めてイエスの死の場面に取り組んだのであろう。第6段階で「人々は十字架を立てることはしない。彼を舗道の上に横たえる。足で踏まれる。バラバラ、粉々に」という

第 5 章　イエス・キリストの死とその復活

死の状況が示され[23]、第 7 段階では「十字架が壊れていたので人々は十字架を立てることはしない」という理由説明の後、次のような場面が描かれる。

```
                         reste                                    Les rayons d'un
            Il est là, étendu sur le dos - au milieu de la boue.  xxxx soleil pâle -
                                                        lui   frappe ses yeux - mourants
            & là le soupir comme un dernier air
            les rayons & ses regards se croisent - il sourit encore
    3 moments
    3 postures. 1° sur les mains. 2° de coté 3° sur le dos.

                                                    comme s'il n'existait pas
                           des hommes autour de lui
            les chars  La vie du monde continue   les chars l'éclaboussent
                                           avec le bas
 le manœuvre       la prostituée le frôle de sa robe l'ivrogne avec son vomissement le poète
 avec son fardeau                              xxxxxxxxxxxx
                   avec sa chanson . . .  de plus en plus piétiné, écrasé, aplati
                                          son corps est
 puis il ne reste plus    à la place où il était un frémissement qui marque
  grand                 la palpitation          xxxx
  que son cœur rouge    son cœur - & la manifestation de sa vie, n'est pas
                                          Calvaire          terrible
  le cri
  et à la fin ce n'est pas  comme au Golgotha un grand cri-    mais un soupir
                                          qu'on entend    léger qu'on ne
                                          si lointain     l'entend pas
                          une exhalaison insensible [24]
```

（彼はじっと仰向けになったままである。泥の真ん中で。白っぽい太陽の光が彼の瀕死の目を打つ。彼は微笑む。

人々の生活はまわりで、まるで彼が存在しないかのように続いていく。荷車が泥を跳ねかける。労務者が重い荷物で、娼婦が自分の服のすそで、酔っ払いが反吐で、詩人が自分の歌で…彼の体は踏みつけられ、押しつぶされ、ぺちゃんこになる。そして、もはや赤い心臓しか残らなくなる。最後に聞こえたのは、カルヴァリーの丘のように恐ろしい叫び声ではなく、かすかなため息、吐息である。）

ここでは「舗道の上」ではなく「泥の真ん中」で死ぬことになっており、引用した最初の 2 行目で「最後の風のようなため息」をつくように描くのだが、

---

23) BnF, N.a.fr.23668 f°214v°.
24) BnF, N.a.fr.23668 f°220v°.

第Ⅱ部

フローベールはそれを抹消して、下の方に新たな場面を付け加える。そこでは「労務者」や「娼婦」や「酔っ払い」や「詩人」たちが代わる代わる出てきてはイエスを踏みつけていく。左の余白にあるようにイエスの体は最後には「赤い心臓だけが残り」、下の余白にあるように「ため息」、「吐息」とともに死ぬ。イエスを踏みつけるのは19世紀の都会に住む者ばかりであり、第8段階以降さらに「殺し屋」や「白痴」などが補強される。これらの者たちは社会のあぶれ者、いわば泥の部分に住む者たちであるが、パリサイ人など過去の人物と違って、なぜイエスを侮辱するのかは説明されない。泥の中に住む人間が泥に横たわるイエスを見て、まるで浮浪者が自分たちの縄張りに闖入して来たかのように、敵意を抱いてイエスの体をバラバラにしていく。確かに外面上はイエスの受難なのだが、実のところ、死ぬのがイエス・キリストである必然性は何もない。このイエスの死の場面にも「近代の受難劇」がもつ本質的な矛盾が露呈しているのである。19世紀において宗教者が受難で死ぬとしたら、このような滑稽な死しかないであろう。しかし一方、この野垂れ死のようなイエスの死の場面を子細に見ると、別の側面が浮かび上がる。イエスの肉体は最後には「赤い心臓だけが残る」のだが、肺も口もなくなった肉体のどこから「ため息」が発せられるのであろうか。そもそも、やくざな連中に踏みつけられて、最後に心臓だけが切り取られたように残ることなどあり得ようか。やはり、イエスの死はこの世ならぬ死、神秘的な死なのである。さらに「白っぽい太陽の光が彼の瀕死の目を打つ」という悲劇的な死を思わせる状況設定によって、近代の受難劇は喜劇と悲劇との均衡を保つのである。

　エピソードの基本線は第7段階あたりで固まり、それ以降は語や表現の追加や削除が主であり、骨格に大きな変化はない。残る大きな問題は、このエピソード全体がいつ、またなぜ削除されたのかということである。

　削除の時期を決定するためには、清書原稿を検討しなければならない。フローベールは第11段階で、すでに清書された112頁即ちヤハウェ登場の場面がえがかれた頁の下の方に[25]、イエスのエピソードの初めの5行を書き、次に113頁[26]、そして114頁でイエスの死までを書く[27]。すでにできあがった清

第5章　イエス・キリストの死とその復活

書原稿に書き継いでいくということは、清書として書くということなのだが、しかしそれらの頁のイエスのエピソードはすべて線を引いて抹消される。一方、これらの頁とほとんど同じ内容のものが、右上に113（variante）と記された頁があり[28]、エピソードの最初と最後に削除を示す鉤括弧がついている（本書巻末の【資料】参照）。

　第11段階も第12段階も共に清書であり、しかも一方は抹消され、一方は削除の指示が入っているのはなぜなのか。それを解く鍵は、このエピソードのすぐ後に来るイラリオン再登場の場面にある。イエスの受難とイラリオン再登場の場面とは、第1段階からすでに一まとまりとして考えられていて、途中で抹消された第8段階を除いて、第10段階まではイラリオン再登場の場面がイエスの受難の後に書き足されている。イラリオン再登場の場面は第5部の結末にあたるのだから、フローベールはほとんど常にイエスのエピソードから第5部の最後までを一体化して考えていたことになる。ところが、最後の2つの段階の清書原稿には第5部の結末部分が欠けている。つまり、第11段階も第12段階もイエスのエピソードで終わっていて、それにつながる部分が書かれていないのである。結末部分のみの下書きは別に9つの頁（全部で8段階）があり[29]、すべての草稿がイエスのエピソードの第10段階に組み込まれた N.a.fr.23668 f°236 よりも後に書かれたものであることが内容の検討に

25）BnF, N.a.fr.23666 f°112.
26）BnF, N.a.fr.23670 f°195v°.
27）BnF, N.a.fr.23670 f°95v°.
28）BnF, N.a.fr.23668 f°224.
29）草稿番号とフローベールによる頁番号（括弧内）は次の通り：
　① N.a.fr.23670 f°114v° *(113)*
　② N.a.fr.23668 f°228 *(113)*
　③ N.a.fr.23668 f°216v°, N.a.fr.23671 f°9v°
　④ N.a.fr.23670 f°41v°
　⑤ N.a.fr.23668 f°226 *(113)*
　⑥ N.a.fr.23668 f°231 *(113)*
　⑦ N.a.fr.23668 f°225 *(113)*
　⑧ N.a.fr.23666 f°203 *(113)*

より分かっているのだが、その最初の段階（N.a.fr.23670 f°114v°）ですでに113という頁数がフローベールによってつけられている。ということは、少なくともイエスのエピソードの第11段階の清書が抹消された後に、結末部分の最初の段階の草稿が書かれたことになる。そうでなければ N.a.fr.23670 f°114v° には113ではなく、115という頁数がつけられていたであろう。要するに、フローベールは第11段階の清書を書いて、熟考の末、イエスのエピソードを抹消することを決意し、今度はヤハウェの場面に直接つながる結末部分を練り始めたのである。実際、最初の段階の N.a.fr.23670 f°114v° の上の余白には「主よ！ 主なる神よ！」というアントワーヌの父なる神への呼びかけの言葉が書き込まれていて、ヤハウェの場面とのつながりをつけることにフローベールが配慮していた跡が見える。

　では第12段階の清書はなぜ書かれたのか。第12段階の N.a.fr.23668 f°224は前の段階の清書を部分的に削りながら写しとったものであるが、実は写し間違いが二箇所ある。上から3行目に « en ouvrant les yeux » とあるが、これは « en ouvrant les bras » の誤り。また、アントワーヌが « JÉSUS » の姿を見るという文のすぐ後の « Depuis qu'il temps » は « Depuis le temps » の写し間違いである[30]。一見何でもないことのようだが、ここから次のことが想定できる。それはこの草稿が、すでに抹消された第11段階の草稿から写し取られたことである。つまりフローベールが間違えたのは線を引かれて読みづらくなった草稿を写したためなのである。とりわけ第11段階の最初の5行が書かれた N.a.fr.23666 f°112は抹消線が何重にもなっていて、フローベールが記憶を頼りに « en ouvrant les yeux » と書き誤ったのも無理はない。第12段階の N.a.fr.23668 f°224は右上に記された113（variante）

---

30) « le » を « qu'il » と写し間違えるのはありえないことのようだが、これは第11段階の原稿（N.a.fr.23670, 192v°）の « Depuis le temps qu'il marche » の « qu'il » が先に目に入って、書き違えてしまったのであろう。また、同様の間違いは « sa chevelure a blanchi. – & sa croix fait » の箇所でもあり、最終の清書原稿では、« croix » のところを最初 « cheve » と書いている。これもその前の « chevelure » を写しとってしまったので、すぐ間違いに気づき、« cheve » に抹消線を引いて、その上に « croix » と書き加えている（本書巻末の【資料】参照）。

から見ても、113と頁数がつけられた第5部の結末部分を完成してから、そのヴァリアントとして、すでに抹消された清書原稿を再び起こしたものであろう。もちろん、清書を起こしたと言っても、フローベールはその後を続けて第5部の結末まで書くつもりはなく、結局削除を示す鉤括弧を最初と最後につけたのである。印をつけただけで、全文に抹消線を引いたり、×印をつけたりしなかったのは、気が変われば、この頁を再利用するつもりだったのかもしれない。

　以上がイエスのエピソードの削除の経過であるが、削除の理由は下書き草稿の内容の検討からおのずと答えが出るように思われる。すでに述べたように、このエピソードは下書きの段階を経るにつれて、当初のプランから少しずつ離れて、独自の悲喜劇へと変貌していった。もちろんその変貌はプランにあった19世紀におけるキリスト受難というテーマを突き詰めていった結果であって、決して逸脱ではなかったのだが、フローベールが当初もくろんでいたものと微妙に肌合いの異なるものになったことは事実である。彼はイエスのエピソードの清書をすでに終わった神々の場面の清書につなげてみた段階で、つまり第11段階で、問題のエピソードが独自の色調をもっていて目立ち過ぎ、神々の場面とうまくつながらないことを明確に感じとったにちがいない。そこで彼はこのエピソードを抹消して、神々の場面とつながるように第5部の結末部分をつくりかえたのである。しかし、フローベールにとってイエス受難のエピソードは独立したエピソードとしては捨て難く、それを今度は一枚の紙（N.a.fr.23668 f224）に写し取ったのである。ただ、この草稿がさらに推敲の対象になって、再利用された形跡はない。もしそのようなことをしていたら、写し間違いが訂正されていたはずである。

　フローベールは1871年11月14日、第5部を終えたことをジョルジュ・サンド宛に書き送っている（Corr., IV, p. 410）。第5部を書き終えたということは、この時点ですでにイエスのエピソードは削除されていたということである。イエスのエピソードの入ったヴァージョンは清書の段階では、第5部の結末まで書かれなかったからである。近代におけるイエスの受難劇は1871年11月半ばには決定稿から除外され、再び組み込まれることはなかった。

第Ⅱ部

　イエスの受難のエピソードの削除によって、神々の場面と第5部の結末部は違和感なくつながることになったが、別の次元の問題が生じることになった。プランにおいては第3部から第4部にかけて、アントワーヌの内にはイエス・キリストの本当の姿を見たいという欲求が芽生え、何度か裏切られながらも、第5部の最後でようやくイエスの姿を聖者は見るといったように構成されていた。しかしイエスの受難のエピソードの削除によって、イエスの姿を見る場面はなくなってしまい、アントワーヌの欲求は満たされぬままになった。フローベールは聖者の心理よりも誘惑の自然な移行を優先させたのである。

イエス・キリストの復活
　フローベールは1872年6月26日に清書原稿を書き終え、9月にその筆写を写字生に依頼したのだが、すぐには出版せず、手元に置いておいた。もちろんその段階ではイエスの姿があらわれぬままであったのだが、奇妙なことに、脱稿して1年近く経ってイエス・キリストは復活する。ただし、第5部ではなく、作品の最終場面においてである。
　フローベールは1873年5月初め、清書原稿を携えてヴィルノクスにあるロジェ・デ・ジュネット夫人宅を訪れ、夫人から結末部を十字架があらわれる場面に換えてはどうかという提案を受けた。それに対して5月10日、夫人宛に彼は「文学的な忠告をいただいて本当に感謝しております。私は次のように考えます。第一に、十字架というものは美学的に言って醜いものです。とりわけ支えがなくて、空中にぶら下がっている場合には。第二に、私は十字架を、オリュンポス山に影を投げかけるのに使っています。キリストの顔が日輪の中にあらわれるというのはどうでしょうか。その方が月並みでなく（？）、より明快になると思います。私にはきわめて明快で短いものが必要なのですから」と書き送っている（*Corr.*, IV, p. 661）。
　実際の草稿を見ていこう。最終場面が描かれた草稿は全部で4頁あるが[31]、最初のものは1870年の春につくられたプラン、2番目は1872年6月の下書き、3番目は下書きに続いて書かれた清書、最後は1872年9月の写字生による写

しである。下書きの原稿が１頁しかないというのは、一つの場面に対して多いときには10以上もの頁を費やして推敲するフローベールにしては、例外的に少ない。プランの段階ですでに結末部はフローベールの頭の中に大体できあがっていて、稿を練る段階でもあまり大きな変更を加えなかったことがうかがえる。ただし、各々の頁には、後の時期に書かれた追加の修正がほどこされており、どの字句がいつ書かれたかを判断しなければならない。

　４つの草稿を照合した上で、1870年春の時点でのプラン、1872年６月の時点での清書原稿、1873年５月の時点で改変された結末場面を再現すると、次のようになる。

　まず1870年のプラン。

　　IX. Mais l'Aube paraît.

　　　Les trois vertus théologales － ciel à volutes comme dans les tableaux de piété － gloires mystiques qui sont des rayons du soleil. － chaque vertu se tient debout sur un rayon.

　　　Il en sort trois grands rayons. & chacune des trois vertus théologales, la Foi, l'Espérance & la Charité est debout － au sommet. － souriant.

　　　Antoine fait le signe de la croix & la tentation est finie.[32]

　　（しかし、曙光がさす。

　　　三つの対神徳。聖なる絵画のように渦を巻く天空。陽の光をなす神秘の栄光。各々の対神徳は一筋の光の上に立っている。

　　　三つの大きな光が出て、対神徳の各々、信徳、望徳、愛徳が立つ。頂き。微笑む。

　　　アントワーヌは十字を切り、誘惑は終わる。）

31）草稿番号と頁番号（括弧内、ただし④は写字生による番号）は次の通り：
　① N.a.fr.23671　f°106
　② N.a.fr.23666　f°221 *(135)*
　③ N.a.fr.23666　f°134 *(134)*
　④ N.a.fr.23667　f°203 *(203)*

第Ⅱ部

次に1872年の清書原稿。

　~~Mais~~ ^L^le jour/paraît^enfin^. – & comme les rideaux d'un tabernacle qu'on relève, des nuages d'or en s'enroulant sur eux-mêmes à larges volutes, découvrent le ciel.

　Les trois vertus théologales, la Foi, l'Espérance et la Charité s'y tiennent au milieu, debout. – et de leurs pieds partent trois rayons, trois gloires mystiques qui descendent jusqu'au cœur de St Antoine.

　Il fait le signe de la croix, en respirant largement. La tentation est finie.[33]

　（ついに日が昇る。すると、聖櫃の垂幕が上がるかのように、黄金の雲が大きな渦をなしてだんだんと巻きあがり、天空をあらわにする。

　三つの対神徳、信徳、望徳、愛徳がその真ん中に立つ。そして足から三つの陽の光、三つの神秘の栄光が出て、聖アントワーヌの心に降りる。

　彼は大きく息をしながら、十字を切る。誘惑は終わる。）

1870年のプランと1872年の清書原稿を比べてみよう。大きな変化の一つは、前者では最初に「曙光」がさして、「三つの対神徳」の登場、「渦を巻く天

---

32) BnF, N.a.fr.23671 f°106. 一行が長いので、改行は元のかたちを尊重してはいない。最初のⅨという数字は第９部であることを示している。プランの段階では、決定稿の第７部にあたるところが、「Ⅶ 死と淫欲」「Ⅷ スフィンクスとキマイラ」さらにこのⅨといったように、３つに分かれていたことを示している。なお、上記の引用では記載していないが、１行目の右上に « & comme les rideaux d'un tabernacle que l'on » という挿入がある。これは1872年の下書きあるいは清書原稿を見ればすぐ分かるように、最後に « relève » を補えば、意味が通じる。動詞の欠けた不完全な文をフローベールが２年間もそのままにしておいたとは考えられないので、１行目の右上の挿入は、1870年にではなく、下書きを執筆していた1872年６月になされたと判断できる。
33) BnF, N.a.fr.23666 f°134. この清書原稿には追加された箇所が多くあるのだが、1872年６月の時点でどこまで書かれていたのかは、1872年９月に写字生が書いた原稿（N.a.fr. 23667 f°203）から、容易に判断できる。

空」という情景、そして対神徳から発する「神秘の栄光」という順になっていたのに対し、後者では整理されて、「日が昇」り、「雲が大きな渦をなして巻きあがり、天空をあらわにする」情景が第1段落にまとめられ、第2段落で初めて「三つの対神徳」の登場となることである。また、清書原稿では元々あった「神秘の栄光」に3という数字がつき、さらにその光が「聖アントワーヌの心に降りる」と描かれる。この一連の改変によって、清書原稿では朝日が昇り、天空があらわになって、その空の真ん中に対神徳があらわれ、その足元から出た光が聖アントワーヌの心に降りるといったように、朝日から聖者の心までがつながりをもったものとして描かれるようになる。しかも、第2段落に「三つの対神徳」「三つの光」「三つの神秘の栄光」というように3という数字が三度繰り返されることになる。三位一体で象徴されるように3という数は聖なる数であり、ここに描かれた場面は、対神徳によるアントワーヌの救済をあらわすと考えられる。

　最後に1873年5月の改変された草稿。

> (Le jour enfin paraît, et comme les rideaux d'un tabernacle qu'on relève, des nuages d'or en s'enroulant sur eux-mêmes à larges volutes, découvrent le ciel.
> *Tout,* — et ~~Les trois vertus théologales, la Foi, l'Espérance~~
> *Au milieu* ~~rayonne~~ *dans le disque même*
> ~~et la Charité s'y tiennent au milieu, debout.~~ — *et de*
> *du soleil,* *la face de Jésus-Christ.*
> ~~rayonne~~
> *Antoine* ~~leurs pieds partent trois rayons, trois gloires mystiques qui descendent jusqu'au cœur de St Antoine.~~
> *et se remet en prières.*
> Il fait le signe de la croix, ~~en respirant largement.~~
> ~~La tentation est finie.~~[34]

　(ついに日が昇る。すると、聖櫃の垂幕が上がるかのように、黄金の雲が大きな渦をなして巻きあがり、天空をあらわにする。

　そのただなか、太陽の円盤そのものの中に、イエス・キリストの顔が光り

---

34) BnF, N.a.fr.23667 f°203.

第Ⅱ部

輝く。
　アントワーヌは十字を切り、ふたたび祈り始める。）

　第1段落はほとんど変わらないが、第2段落が「そのただなか、太陽の円盤そのものの中に、イエス・キリストの顔が光り輝く」という文にそっくり入れ替わる。これによって対神徳の存在のみならず、3という数字、聖者の心との結びつきはすべて消えてしまう。最後の段落も重要な変更がある。「彼は大きく息をしながら、十字を切る。誘惑が終わる」が、「アントワーヌは十字を切り、ふたたび祈り始める」になる。改変前は誘惑の終結ということが明示されていたのに、改変後はそれが曖昧になっている。

　全体として見ると、朝日から対神徳を経てアントワーヌの心までがつながって聖者の救済、そして誘惑の終結をあらわしていた清書原稿と比較すると、改変された原稿ではその意味あいが曖昧になっている。より正確に言えば、すべてが「キリストの顔」の中に溶け込んでしまっている。したがって、「キリストの顔」に救済を読み取ることもできれば、全く別の解釈も可能になるのである。

　先に引用したロジェ・デ・ジュネット夫人宛の書簡で、フローベールは「キリストの顔」の方が「より明快（clair）になる」と述べているが、彼の言う「明快」とはいかなる意味であろうか。少なくとも読者にとって意味が分かりやすいということではなさそうである。仮に作者の意図を明快に伝えることと解釈して、それでは作者の意図とは何であったのか。

　彼の書簡からは真意をつかむことは不可能と言ってよいが、エドモン・ド・ゴンクールの日記に興味深い証言が記されている。1871年10月18日、ゴンクールは『聖アントワーヌの誘惑』の原稿の入った鞄を持ったフローベールに会い、彼からこの作品に関する話を聞く。ゴンクールの日記には「辻馬車の中で彼は自分の作品のこと、彼がこのテバイスの隠者に耐え忍ばせているあらゆる試練のこと、それを隠者が見事に打ち勝って抜け出ることを私に語った。それから彼はアムステルダム通りで、かの聖者の敗北は、細胞、それも科学的細胞によるものだと打ち明けた。奇妙なことは、私が驚いている

ことに彼の方が驚いたことである」とある[35]。この証言によれば、アント
ワーヌは試練には「打ち勝って」(victorieux) 抜け出るが、科学的細胞に
よって最終的な「敗北」(défaite) を迎えることになっている。1871年10月
の時点ではフローベールはまだ第5部を執筆中であり、結末部分はまだプラ
ンのままであったが、彼は作品の結末を、試練の克服という意味では勝利、
科学への屈服という意味では敗北といったように両義的に捉えていたのであ
る。実際、1872年6月に書かれたテクストでも、「物質になりたい！」とい
う屈服をあらわす言葉のすぐ後に、救済を示す三つの対神徳を登場させて、
意図していた両義性は達成されたのである。しかし、フローベールはロ
ジェ・デ・ジュネット夫人の提案をきっかけとして、勝利と敗北があまりに
区切られている結末の場面におそらく不満を抱き始めたものと思われる。そ
こで、彼は三つの対神徳の代わりにキリストの顔を登場させ、さらに救済に
よって誘惑の終わりを示す箇所を削除することにより、最後の数行そのもの
が勝利と敗北の両義性をあらわすようにした。それでは、どうして日輪に輝
くキリストの顔の方が、フローベールにとって、「より明快になる」のか。

聖書では、イエスの顔が「太陽のように輝く」といったように比喩で用い
られたり（マタイ17：2）、イエスの磔刑のとき太陽が隠れて一帯が暗くな
る場面（マタイ27：45他）のように太陽とのつながりが暗示されたりはす
るが、明確にキリストと太陽とは結びついているとは言えない。

ここで思い起こさないといけないのは、すでに削除された「近代都市にお
けるイエス・キリストの死」のエピソードである。近代の都市にあらわれた
イエスは「泥の真ん中に横たわったまま、冬の太陽の光が彼の瀕死の目を打
つ」[36]。福音書における受難とは異なり[37]、19世紀の受難劇は太陽の光のもと
でおこなわれ、最後には「真っ赤な大きな心臓しか残らず」、かすかなため

---

35) Edmond et Jules de Goncourt, *Journal, Mémoires de la vie littéraire*, Tome X, Éditions de l'Imprimerie nationale de Monaco, 1956, pp. 35-36.
36) BnF, N.a.fr.23668 f°224.
37) Cf. 「さて、昼の十二時に、全地は暗くなり、それが三時まで続いた。三時ごろ、イ
エスは大声で叫ばれた。『エリ、エリ、レマ、サバクタニ。』これは、『わが神、わが
神、なぜわたしをお見捨てになったのですか』という意味である。」（マタイ27：45-46）

息、吐息とともにイエスは死ぬ。死ぬとき、彼の顔はやくざな連中に踏みつけられ、押しつぶされて、ほとんど跡形もない。太陽の光を目に受けながら、人々につぶされた顔が、神による救済を通して、最終場面で「太陽の円盤そのものの中に」光り輝いたとしても不思議ではない。福音書で伝えられた復活劇が、19世紀のテクスト（というよりもアヴァン・テクスト）で再現されたのである。

　ただし、「復活」が成立するためには「死」がなければならない。『聖アントワーヌの誘惑』のテクストにおいては、「近代都市におけるイエス・キリストの死」のエピソードは第5部を書き終える前に削除されているので、イエス・キリストの「死」は読者に隠されてしまっている。一方、太陽の方は、作品冒頭の描写でアントワーヌの「正面で、太陽が沈む」« En face, le soleil s'abaisse. »（T3, p. 39）と明示された太陽の消滅と呼応して、テクスト上でもまさしく最後に復活する。1872年の清書原稿では « Le jour enfin paraît » と曖昧な表現であったものが、改変によって « dans le disque même du soleil »（T3, p. 171）が加わって、「より明快になる」。アントワーヌが「十字を切り、ふたたび祈り始める」のは、イエス・キリストがあらわれたためだともとれるし、太陽があらわれたためだともとれる。キリスト者であると同時に太陽崇拝者でもあるアントワーヌが、作品の最後の場面で、しかも最終段階で姿をあらわすのである。

第6章　エピローグ－糞あるいは堆肥

　「近代都市におけるイエス・キリストの死」で、イエスは泥にまみれ、酔っ払いに反吐をかけられ、ならず者に踏みつけられて死ぬ。聖なる者が汚辱にまみれることが、この場面の削除の理由でなかったことは前の章で確認したが、そのことは1874年に出版された『聖アントワーヌの誘惑』の第4部で、ガンジスの裸形仙人が泥まみれどころか「牛糞」« bouse de vache »にまみれて登場し、炎の中で消滅していく（T3, p. 96）場面があることからも理解される。糞やそれに類する表現は古代を描いた作品にはよくあらわれ、同じ『聖アントワーヌの誘惑』の第7部でも、押し寄せる動物の群れの中の狒々(ひひ)が「俺たちは木の上から糞をたれる」« nous fientons du haut des arbres » と言ってアントワーヌを脅かす（T3, p. 166）。このような表現があるのは、単に汚さ、グロテスクさを強調するためではなく、フローベール自身の性向によるところが大きいと思われる。

　フローベールの書簡を読むと、スカトロジックな表現に出くわすことが多い。たとえば19歳のときのエルネスト・シュヴァリエ宛の書簡に次のような箇所がある。

> Quant à moi je deviens colossal, monumental, je suis bœuf, sphinx, butor, éléphant, baleine, tout ce qu'il y a de plus énorme, de plus empâté et de plus lourd au moral comme au physique. [...] Je ne fais que souffler, hanner, suer et baver, je suis une machine à chyle, un appareil qui fait du sang qui bat et me fouette le visage, de la merde qui pue et me bar-

bouille le cul.（*Corr.*, I, p. 83）

（僕の方は巨大で壮大になった。僕は牛だ、スフィンクスだ、鷲だ、象だ、鯨だ、一番大きくて一番ねばねばして肉体的にも精神的にも一番重いものだ。[…] 僕は息を吐き、いななき、汗をかき、涎をだすばかりだ。僕は乳糜をだす機械だ。脈打つ血をつくり、顔を血で鞭打つ装置だ。臭い糞をつくり、尻を糞まみれにする装置だ。）

引用の前半部でフローベールは自分自身を牛やスフィンクスといった動物に譬え、後半で自分を乳糜をだす機械であり、血をつくり、糞をつくる装置であると言っている。上記の『聖アントワーヌの誘惑』第7部の狒々も糞を出すだけでなく、「唇から血や乳がたれている」（*T3*, p. 167）のだから、「動物」「糞」「血」といった共通の要素がみられることになる。しかし、19歳のフローベールが友人に対して描いた自画像は、血を流し糞を出す狒々よりも複雑である。作家は手紙の中で、自分が巨大な動物であると言う一方で、「臭い糞をつくり、尻を糞まみれにする装置」に自らを喩えている。糞製造機というのは、19歳の青年の自画像としてはあまりに自虐的に見えるが、それには何か意味があるのか、あるいは単なる戯言なのだろうか。

ジャン＝ピエール・リシャールが彼のフローベール論を « On mange beaucoup dans les romans de Flaubert » と書き出しているように[1]、「食べる」という行為がフローベールの文学において中心的な位置を占めることは間違いないが、その一方で、食事の結果生み出されるものについては今まで論じられたことはない。糞という、人が触れたがらないものを本書のエピローグとして選び、フローベールの文学との関係を考察してみたい。

『聖アントワーヌの誘惑』の豚

『ボヴァリー夫人』以前の作品で最も糞に関係の深いのが、『聖アントワー

---

1) Jean-Pierre Richard, « La création de la forme chez Flaubert », in *Littérature et Sensation*, Seuil, 1954, p. 119.

第6章　エピローグ−糞あるいは堆肥

ヌの誘惑』第1稿における豚である。豚自身が自分の生活を要約して「僕は心ゆくまで眠り、糞をし、あらゆるものを消化する」« Je dors, je fiente à mon aise, je digère tout »（T1, p. 33）と言い放つように、この動物はひたすら食って糞して眠る存在、本能のままに生きる存在である。もちろんこの豚はフローベールの想像の産物ではない。『聖アントワーヌの誘惑』における豚を見るためには、もとになった聖アントワーヌ伝説における豚から始めなければならない。

　聖アントワーヌの生涯は4世紀に聖アタナシオスによって書かれた『アントニウス伝』や13世紀のヤコブス・デ・ウォラギネによる『黄金伝説』に描かれているが、どちらの書物にも豚の記載はない。聖アントワーヌの傍らに豚があらわれるのは、14世紀の末から15世紀にかけて数多く描かれたいわゆる「誘惑図」においてである。イヴ・トマは、誘惑図に豚が登場してきた時期は、ペストの犠牲者の面倒を見るアントニウス救護修道会の創設時期と重なることを指摘している[2]。また、ルーアンには14世紀末からアントニウス会の修道院があり、この時代、修道院で動物を放し飼いにし、鐘が鳴っている間に動物はゴミを食べていたという[3]。フレデリック・トリスタンも、修道院における耳に鈴あるいは鐘をつけた豚はゴミ処理に用いられたと述べ、「ゴミの掃除屋は類推的に悪魔祓いと比較することができる」としている[4]。つまり修道士の生活から発生するあらゆる汚物を豚が食べる行為は、聖アントワーヌにまとわりつく悪しき霊を取り除くことと同一視されたのである。そしてトリスタンは、豚が聖アントワーヌの伴侶として登場するのは、汚物処理（あるいは悪魔祓い）という側面の他に、「豚はアントワーヌが打ち克った肉をあらわす」ためだと説明している[5]。豚は悪しきものを食らうも

---

2) Yves Thomas, « Le cochon de saint Antoine », *Études Normandes* n° 2, 1990, p. 40.
3) *Ibid*.
4) Frédérik Tristan, *Les Tentations de Jérôme Bosch à Salvador Dali*, Balland/Massin, 1981, p. 69.
5) *Ibid*.

のであると同時に、貪欲という悪徳に染まった存在であり、アントワーヌは豚の主人となることによって、悪しきものにも貪欲にも優越するようになったのである。

　フローベールの創造した豚は、耳に鈴あるいは鐘はつけていないものの、中世の聖アントワーヌ伝説における豚の性格を受け継いでいる。ただし、『聖アントワーヌの誘惑』では汚物喰らいで貪欲にとりつかれた豚はなかなか自分の欲求をかなえることができない。豚はアントワーヌが食べ残す「蕪のしっぽ」と「わずかな汚物」しか口に入れることができないからである（*T1*, p. 46）。豚がその食欲を完全に満たすことができるのは、第2部で見る夢の中である。悪魔たちの攻撃によって礼拝堂が消えてしまった後、豚は突然目を覚まし、自分の見た夢を物語る。池の畔にいた豚は水を飲もうとするが、波は食器の洗い水に変わってしまい、食べ物の残滓が押し寄せる。

> Alors une exhalaison tiède, comme celle d'un soupirail de cuisine, a poussé vers moi des restes de nourriture qui flottaient sur cette surface grasse ; plus j'en mangeais, plus j'en voulais manger, et je m'avançais toujours, faisant avec mon corps un long sillon dans la bouillie claire, j'y nageais éperdu ; je me disais : dépêchons-nous ! La pourriture de tout un monde s'étalait autour de moi pour satisfaire mon appétit, j'entrevoyais dans la fumée des caillots de sang, des intestins bleus et les excréments de toutes les bêtes, et le vomissement des orgies, et, pareil à des flaques d'huile, le pus verdâtre qui coule des plaies ; [...]. Mais j'avalais toujours, car c'était bon. (*T1*, p. 179)

（そのとき調理場の天窓から出てくるような生温い臭気が、この脂ぎった水面にただよう食べ物の残りを僕の方へ押し出した。僕がそれを食べれば食べるほど、また食べたくなり、相変わらず前に進んで、澄んだ粥の中で僕の体で長い畝をつくり、無我夢中で泳いでいた。僕は思った「急ごう」と。腐敗したあらゆるものが僕の食欲を満たそうとまわりに広がり、蒸気の中に、凝血や青い腸やあらゆる動物の糞や大饗宴の嘔吐や、油の海のような、傷から

流れ出した緑の膿が見えた。［…］しかし僕は相変わらず呑み込んでいた。おいしかったのだ。）

最初は池の畔であったものが料理場の排水溝やゴミ捨て場にいるかのようになり、「食べ物の残り」が押し寄せてくる。やがて豚の周囲に広がるのは食べかすだけではなく、血や臓物や糞や吐瀉物や膿である。つまりそこは掃溜め、肥溜め、病院の処理場あるいは屍体処理場が混在する空間なのである。それらを豚はおいしいと思ってほおばり続ける。

この夢は極めてグロテスクな光景を提示しているようだが、夢の外で起きていること、つまりアントワーヌのもとに悪魔たちが押し寄せて、次々と異教徒や怪物や神々が目の前で列をなす情景と本質的に変わらない。豚は夢の中で汚物をおいしいと思う一方で、「僕は逃げたかったが、動くことができなかった」（T1, p. 179）とも言っているように、食うことから逃げたくても逃げられない、いわば金縛りの状態になっている。中世のアントワーヌ伝説では、豚は貪欲にとりつかれた存在、アントワーヌは聖なる存在であり、両者には厳然たる区別があったが、『聖アントワーヌの誘惑』にはそのようなものはない。ミシェル・ビュトールが豚を「アントワーヌの暗い分身」[6]と呼んでいるように、アントワーヌと豚は驚くほど似ている。

しかし、アントワーヌと豚で明確に異なるものが一つある。それは糞である。作品冒頭、アントワーヌは礼拝堂に向かい、赤く染まった空、そこに舞うハゲワシ、風に震える棕櫚の木を見た後、視線を下に向けて、「豚の糞の上でスカラベが這っておるぞ」（T1, p. 27）と言う。古代エジプトにおいて、スカラベが、糞便などを集めてつくる球と地球との相似から、オシリスとも

6）Michel Butor, *Improvisations sur Flaubert*, Éditions de la Différence, 1984, p. 17.
7）「この虫は［…］比類のない忍耐をもって、藁屑や牛馬の消化されない穀物などを含む糞便を集めてこねまわし、卵になすりつける。そしてそれを後ろ脚で支えながら球形にする。［…］エジプトの僧侶たちは、黄金虫の作る球形の卵の袋と地球の間に類似性を見て、玉をころがす糞虫を、地球を回すオシリスにたとえたのだ。」（ジャン＝ポール・クレベール『動物シンボル事典』大修館書店, 1989, p. 190）

同一視される聖なる存在であることはよく知られている[7]。また第3部で悪魔がアントワーヌを宇宙空間へと誘い、隠者の日々の行為を「一なるもの」の働きに転化させるように諭す場面で次のように悪魔は言う。

> La fiente de ton cochon, lorsqu'elle poudroyait en plein soleil avec les scarabées verts qui bourdonnaient à l'entour, suffisait tout comme Dieu à torturer ta pensée ; […]. (*T1*, p. 220)
> （お前の豚の糞は、周囲でぶんぶんいっている緑のスカラベとともに日向で粉状になるとき、神と全く同じく、お前の考えを悩ますのに十分だった［…］。）

ここでは、「豚の糞」は粉になってしまって、スカラベも糞の球をつくることはできないが、悪魔の発言の中では、« Dieu » と「全く同じ」だとされている。この « Dieu » は悪魔の言う「一なるもの」ではなく、アントワーヌの信じる「神」なのだが、その「神」と「豚の糞」は同一視されている。ここでもやはり、「豚の糞」は聖なる存在にあずかっていることになる。

一方、アントワーヌの排泄物にはスカラベも「神」も関与してこない。もちろん、砂漠の苦行者も食べなければならないから、当然糞は出るが、それは豚が食べてしまう。実際、豚はアントワーヌが残す蕪のしっぽのほかには「あんたがつくるわずかな汚物」 « le peu d'ordures que tu fais » (*T1*, pp. 46-47) しか口に入らないと文句を言っており、この « ordures » はほとんど糞だと考えられる。豚はわずかな残り物と糞を消化し、わずかな糞を出す。

先に引用した第2部の豚の夢では、豚は食べ物の残滓やあらゆる動物の糞だけでなく、血も臓物も吐瀉物も膿も口に入れていく。豚が日常的に排泄するものだけでも、スカラベが来て球をつくるのに、これらの混合物を消化すれば、どんなとてつもない糞便が生まれるのか。その答えは分からない。

フローベールは1852年1月31日のルイーズ・コレ宛書簡で「『聖アントワーヌの誘惑』では僕が聖アントワーヌであった」と書いているが (*Corr., II*, p. 40)、豚がアントワーヌの分身であるとすれば、この文は「僕は豚であった」と読み替えてもいいかもしれない。19歳のとき、自らを糞つくり機

にたとえたフローベールにとって、『聖アントワーヌの誘惑』第1稿の豚は、その自画像の発展としては最初の一歩となったことは間違いない。しかし、1874年に刊行された『聖アントワーヌの誘惑』第3稿からは豚が姿を消して、その要素はガンジスの裸形仙人や狒々といった誘惑者たちの中に散在することになる。フローベールと糞との関係を明らかにするには、『ボヴァリー夫人』以降の作品に目を移さなければならない。

『ボヴァリー夫人』から『ブヴァールとペキュシェ』へ

『聖アントワーヌの誘惑』以外の作品では、動物が自ら「糞をする」と語る場面はないものの、動物の糞に欠けてはいない。たとえば『ボヴァリー夫人』第2部第8章の農業祭では、審査のために家畜が集められた草地にやってきたロドルフは、エナメルを塗った靴で馬糞を踏みつけてしまう：« Il foulait avec elles les crottins de cheval [...] »（*MB*, p. 174）。

しかし、『ボヴァリー夫人』の中で特徴的に出てくるのは、糞そのものよりも堆肥である。第1部第2章、シャルルが初めてベルトーに行ったとき、農場は次のように描かれる。

> C'était une ferme de bonne apparence. On voyait dans les écuries, par le dessus des portes ouvertes, de gros chevaux de labour qui mangeaient tranquillement dans des râteliers neufs. Le long des bâtiments s'étendait un large fumier, de la buée s'en élevait, et, parmi les poules et les dindons, picoraient dessus cinq ou six paons, luxe des basses-cours cauchoises. (*MB*, p. 61)
>
> （それは立派な外観の農場であった。厩舎の中には、開けはなった扉の上部を越えて、新しいまぐさ棚でゆったりと食んでいる大きな耕作馬が見えた。幾棟かの建物に沿って大きな堆肥がひろがって、湯気がそこから立ちのぼり、そしてその上では雌鶏と七面鳥に囲まれて、コー地方の家禽飼育場の贅沢品である孔雀が五、六羽、餌をついばんでいた。）

入り口から奥へと進むシャルルには、まず馬が秣を食んでいる厩舎が目に入り、次に建物に沿って堆肥が見える。「堆肥」« fumier » とは *Grand Robert* によれば、「馬や家畜の糞尿と寝藁を混ぜて、微生物の働きで発酵分解させて、肥料として用いるもの」であり、この農場にいる馬や羊の糞がそれに使われているわけである。この農場はシャルルの目から見る限り「立派な外観」で裕福に見えるが、内実はそうではない。農場の主人、ルオー爺さんは「本来のいわゆる百姓仕事にも、農場内の経営にも彼ほど不向きな人間はいなかった」(*MB*, p. 68) からである。実際、ルオー爺さんが足の治療代75フランをもってシャルルのもとを訪れるのは、治ってから「5ヶ月」も経ってからである (*MB*, p. 66)。おそらく現金収入がほとんどないので、治療代を工面するのに時間がかかったのであろう。一方、彼の農場そのものは裕福な外観を示している。その象徴は「孔雀」である。テクストにおいても「コー地方の家禽飼育場の贅沢品」とあるように、役に立たない孔雀を飼うことはゆとりのあるしるしなのだが、その孔雀が堆肥の上にいる。もちろん孔雀は堆肥に含まれる寝藁や糞の中の食べ物の残り滓をついばんでいただけなのであろうが、孔雀と堆肥という奇妙な取り合わせによって、本来目が向けられない堆肥に光があてられ、その豊かさ (« un large fumier ») と新鮮さ (« de la buée s'en élevait ») が強調される結果となっている。

このようにベルトーの農場は、とりわけ動物とその糞においては贅沢さを示す一方で、その主人は貨幣経済から取り残されている。もちろん、これはルオー爺さんの娘エンマが、表面上は贅沢な生活をしながらも借金地獄に飲み込まれていく運命を先取りしたものなのだが、ここでは堆肥に焦点をあてて論を進めていこう。

第2部で、シャルルとエンマはヌーシャテル郡のヨンヴィルに移り住むことになる。この町の地勢や特徴などが語り手によって説明される。

> C'est là que l'on fait les pires fromages de Neufchâtel de tout l'arrondissement, et, d'autre part, la culture y est coûteuse, parce qu'il faut beaucoup de fumier pour engraisser ces terres friables pleines de sable et de

第6章　エピローグ－糞あるいは堆肥

cailloux.

[…] Au lieu d'améliorer les cultures, on s'y obstine encore aux herbages, quelque dépréciés qu'ils soient, et le bourg paresseux, s'écartant de la plaine, a continué naturellement à s'agrandir vers la rivière. On l'aperçoit de loin, tout couché en long sur la rive, comme un gardeur de vaches qui fait la sieste au bord de l'eau. (*MB*, pp. 109-110)

（ここは郡全体で最悪のヌーシャテル・チーズがつくられるし、一方また、砂と小石だらけの砕けやすいこの土地を肥やすには多くの堆肥が必要なので、耕作が高くつくところだ。

［…］耕作の仕方を改良するどころか、いかに評判が落ちても、いまだに放牧場に固執し続け、それでこの怠惰な町は平野から遠ざかって、自然に川に向かって大きくなり続けた。遠くから見ると、この町は水のほとりで昼寝する牛飼いのように、河岸に沿って長々と寝そべっているのが目にとまる。）

このあたりは「砂と小石だらけ」と説明されているが、本来ノルマンディー地方は農業や畜産の盛んな地域として知られていた。たとえば『19世紀基本百科事典』(1843) を見ると、シャプタル、ユング、マンテルによる土壌の分類では、ヌーシャテル郡のあるセーヌ・アンフェリウール県は、よりパリに近いウール県とととともに「肥沃で豊かな土地」で、農耕にも牧畜にも適した地域とされている[8]。つまり、フローベールは豊かなノルマンディー東部の中で、わざわざ「砂と小石だらけの砕けやすい」土地を、言い換えると「多くの堆肥が必要な」土地を、シャルルやエンマの住む区域として選んだことになる。この不毛な土地を耕すには「多くの堆肥」のみならず、人間の努力も必要なのだが、引用した箇所の後半部が示すように、ヨンヴィルの住民は耕作法の改良に身を傾けようとはしない。最後の文にあるように、ヨンヴィルは昼寝する牛飼いに喩えられるほど、怠惰な町なのである。

---

8) Vanderest, *Encyclopédie élémentaire du XIXe siècle ou Résumé des connaissances humaines*, Hachette, 1843, p. 282.

第Ⅱ部

　ヨンヴィル周辺地域の状況は、薬屋オメーの口からも説明される。第2部第2章で、金獅子館の食堂で、オメーはヨンヴィルの気候について蘊蓄を傾ける。

> [...] et cette chaleur, cependant, qui à cause de la vapeur d'eau dégagée par la rivière et la présence considérable de bestiaux dans les prairies, lesquels exhalent, comme vous savez, beaucoup d'ammoniaque, c'est-à-dire azote, hydrogène et oxygène (non, azote et hydrogène seulement), qui [...] pourrait à la longue, comme dans les pays tropicaux, engendrer des miasmes insalubres ; [...]. (*MB*, pp. 118-119)
> （それなのにこの暑さ、これは河から立ちのぼる水蒸気と牧場にたくさんいる家畜のせいで、この家畜がご存知のように、多量のアンモニアガス、即ち窒素と水素と酸素を吐き出すのですが（いや窒素と水素だけですな）、この暑さは［…］ついには熱帯地方におけるように、不衛生な瘴気を生み出しかねないのです［…］。）

　オメーが言うところによれば、ヨンヴィルの牧場にたくさんの家畜がいて、それが発するガスと、水蒸気やその他もろもろのものとが混ざり合って、不衛生な瘴気をつくりだしかねない。牧場にはたくさん家畜はいて、当然多くの糞が出るのだから、肥料が多量にできるはずなのだが、オメーの注意はそこにはなく、家畜が発する多量のガスとその結果としての瘴気（パスツール以前は病気の原因と考えられたもの）へと向かう。ここでは家畜の存在は、負の方向に向かっているのである。

　オメーの発言を見る限り、ヨンヴィルで堆肥が多量にあるのかどうかは明確ではないが、農業祭の演説で参事官リューヴァン氏がとりわけ「土壌の改良」や「良質の肥料」などに取り組むように住民に訴えているところを見れば（*MB*, p. 181）、ヨンヴィルの住民は多量の糞を有効に使ってより効率的な農業をおこなう術を知らないように見受けられる。実際、ヨンヴィル周辺の風景をエンマたちが見る場面は多いが、決してベルトーの農場のような堆

肥には出くわさない。ベルトーの農場は貨幣経済からは取り残されていたとはいえ、少なくとも家畜や堆肥は豊かであった。それに対してヨンヴィルでは家畜はたくさんいても、それを生かすことができない。先に引用した箇所の喩えにもあったように、ヨンヴィルは家畜を前にして昼寝をするだけの番人なのである。

　このように見てくると、家畜や糞は、ベルトーの農場やヨンヴィルの町にはかかわるものの、エンマを取り巻く恋愛とは無縁のようだが、必ずしもそうとは言えない。すでに見たように、第2部第8章の農業祭の場面で、家畜の品評会に行ったロドルフが馬の糞を踏みつけてしまうが、それは序曲に過ぎない。ロドルフはエンマを連れて、町役場の二階に行き、エンマを口説き始めると、下の広場から品評会の表彰の声が聞こえる。

　　— Cent fois même j'ai voulu partir, et je vous ai suivie, je suis resté.
　　« Fumiers. »
　　— Comme je resterais ce soir, demain, les autres jours, toute ma vie !
　　« À M. Caron, d'Argueil, une médaille d'or ! » (*MB*, p. 182)
　　(「何度も私は立ち去ろうと思ったのですが、あなたについていき、ずっとそばにいたのです。」
　　《堆肥》
　　「今夜も、明日も、そのあとも、一生涯こうしてそばにいられたら！」
　　《アルグイユのカロン氏に金メダル！》)

引用の偶数行は表彰の内容であり、「堆肥」部門では「カロン氏に金メダル」が与えられるという意味だが、テクスト上は、一行目と二行目をつなげて « je suis resté fumier(s) » と読むことが可能である。つまり、ロドルフは「（馬糞を踏みつけた）私は（今なお）堆肥である」という告白をエンマにしていることになる。

　もちろんロドルフは自ら好んで馬の糞を踏みつけたわけではないし、堆肥になったわけでもない。また『ボヴァリー夫人』の中で堆肥が具体的なかた

第Ⅱ部

ちであらわれるのは、ベルトーの農場だけである。それに対して、遺作の『ブヴァールとペキュシェ』、とりわけ園芸と農業が問題になる第2章では、主人公二人が自ら進んで糞を追い求め、堆肥をつくりあげる。

第1章でブヴァールは思わぬ遺産が入り、ペキュシェとともに、ノルマンディー西部カルヴァドス県のシャヴィニョルに住まいをもつことになる。そこには庭つきの家屋と農園があるのだが、第2章で、二人が初めて農園を訪れる場面を見てみよう。

> Ensuite, on visita les cultures : maître Gouy les déprécia. Elles mangeaient trop de fumier, les charrois étaient dispendieux ; impossible d'extraire les cailloux, la mauvaise herbe empoisonnait les prairies ; et ce dénigrement de sa terre atténua le plaisir que Bouvard sentait à marcher dessus. (*BP*, p. 54)
>
> （それから一行は耕作地を訪れた。グイ爺さんは土地をこきおろした。この土地はあまりに堆肥を食いすぎるし、荷車による運搬も費用がかかる、小石を除けることはできないし、雑草で牧場も台なしだ、という。自分の土地をこれほどくさされては、その上を歩いて感じるブヴァールの喜びも小さくなった。）

カルヴァドス県は、『19世紀基本百科事典』によれば、隣接するオルヌ県、マンシュ県とともに、「ヒースとランドの土地」に分類されていて[9]、農耕はともかく、牧畜には適した土地のはずだが、ブヴァールとペキュシェの土地はそのようには見えない。小作人のグイ爺さんから「あまりに堆肥を食いすぎ」、「小石」だらけだとけなされるこの土地は、『ボヴァリー夫人』におけるヨンヴィルとほぼ同じである。ヨンヴィルでは「堆肥が必要」だと書かれていたのに対し（*MB*, p. 109）、ここではブヴァールとペキュシェの土地だけが痩せているように描かれている。他の土地がどうなのかは、テクスト上

---

9) Vanderest, *op. cit.*, p. 282.

第 6 章　エピローグ − 糞あるいは堆肥

は明確な言及がない。

　ただ、主人公二人の家の庭に関しては、ペキュシェが園芸に精を出した結果から、ある程度土壌の具合を推測することができる。まずペキュシェは、肥料をつくることから始める。

　　　Pécuchet fit creuser devant la cuisine un large trou, et le disposa en trois compartiments, où il fabriquerait des composts qui feraient pousser un tas de choses dont les détritus amèneraient d'autres récoltes, procurant d'autres engrais, tout cela indéfiniment [...]. Mais le fumier de cheval si utile pour les couches lui manquait. Les cultivateurs n'en vendaient pas : les aubergistes en refusèrent. Enfin, après beaucoup de recherches, malgré les instances de Bouvard, et abjurant toute pudeur, il prit le parti « d'aller lui-même au crottin ! » (*BP*, p. 55)
　（ペキュシェは、調理場の前に大きな穴を掘らせて、それを三つの仕切りに分けた。混合肥料をつくろうというわけだが、これは多くの作物を成長させ、その作物の残骸はまた新たな収穫をよび、収穫がさらにまた別の肥料のもとになるという具合に、こうしたことを無限に繰り返すのだ。［…］しかし、苗床にぜひ必要な馬糞がなかった。百姓たちは売ってくれないし、宿屋の主人も断った。さんざん探したあげく、とうとう彼は、ブヴァールが止めるのもきかず、恥をかなぐり捨てて、「自分で糞探しにでかける」ことを決めた。）

ペキュシェが混合肥料をこしらえるために何かを買ったとは書いていないので、穴に入れたのはおそらく庭の木の葉や枝、あるいはせいぜい調理場から出た残り物などであろう。「これは多くの作物を成長させ、その作物の残骸はまた新たな収穫をよび…」とあるように、ペキュシェは自然の循環にまかせて、豊かな実りが得られるのを夢見る。しかし、« couches » つまり「植物の成長を促進するために土と混ぜた一区画の堆肥」(*Grand Robert*) をつくるには馬糞がないので、ペキュシェは「糞探し」に出かけることになる。しかし、テクストを見る限り、ペキュシェは十分な糞を手に入れることがで

きないし、気候不順のため混合肥料がうまくできたようには書かれていない。にもかかわらず、次の年の春になると「アスパラガスは豊作だった」し、「葡萄も有望だった」のである (*BP*, p. 55)。つまり、満足な肥料もやっていないのに、かなりの収穫があったことになる。ジャン・ゲヨンは、この「成功」の原因は「庭の土壌に燐酸カルシウムが豊富であった」ことによるものと推測している[10]。もちろんこの原因を知る由もないブヴァールとペキュシェが、園芸に自信を得て、次に農園を耕してみようと思い立ったのも当然である。

ファヴェルジュ伯爵の豊かな農園を見学してからは、さらに『田舎の家』やガスパランの講義録などを読み、実践にとりかかる (*BP*, p. 58)。ブヴァールはかつてペキュシェが掘らせた穴で、文字通りの混合肥料をこしらえようとする。

> Excité par Pécuchet, il eut le délire de l'engrais. Dans la fosse aux composts furent entassés des branchages, du sang, des boyaux, des plumes, tout ce qu'il pouvait découvrir. Il employa la liqueur belge, le lizier suisse, la lessive *Da-Olmi*, des harengs saurs, du varech, des chiffons, fit venir du guano, tâcha d'en fabriquer, et, poussant jusqu'au bout ses principes, ne tolérait pas qu'on perdît l'urine ; il supprima les lieux d'aisances. On apportait dans sa cour des cadavres d'animaux, dont il fumait ses terres. Leurs charognes dépecées parsemaient la campagne. Bouvard souriait au milieu de cette infection. Une pompe installée dans un tombereau crachait du purin sur les récoltes. À ceux qui avaient l'air dégoûté, il disait :
>
> — Mais c'est de l'or ! c'est de l'or.
>
> Et il regrettait de n'avoir pas encore plus de fumiers. Heureux les

---

10) Jean Gayon, « Agriculture et agronomie dans *Bouvard et Pécuchet* de Gustave Flaubert », *Littérature* n° 109, mars 1998, p. 62.

pays où l'on trouve des grottes naturelles pleines d'excréments d'oiseaux !
(*BP*, p. 62)

　（ペキュシェに刺激されて、ブヴァールも肥料に熱をあげた。混合肥料の穴には、木の枝、血、臓物、羽毛、手当たり次第のものが積み重ねられた。ベルギー水肥料、スイス肥料、灰汁、薫製鰊、海草、ぼろ切れをつかい、人造肥料を取り寄せ、自らこしらえようと努力した。そして自分の方針を極端に押し進めて、尿は捨てることを許さず、雪隠をつぶしてしまった。動物の屍体を中庭に持ってきて、土地を肥やそうとした。細切れの腐肉が土地にばらまかれた。ブヴァールはこの悪臭の中で微笑んでいた。肥車にとりつけられたポンプが水肥を作物の上にふりかけた。不快な顔をする人には、彼は言った。

　「黄金ですぞ！黄金ですぞ！」

　しかも、彼はまだ十分に堆肥のないのをこぼしていた。鳥の糞でいっぱいの自然の洞窟のある国はなんと幸福だろう！）

「木の枝、血、臓物、羽毛」はペキュシェも入れたかもしれないが、そこにブヴァールは人造肥料を放り込む。« liqueur belge » はアンモニア肥料、« lizier suisse » は糞と尿と水の混合物、« lessive *Da-Olmi* » は井戸の中に石灰と灰を入れて、毎日棒でかき混ぜてつくる肥料液である。さらに「薫製鰊、海草、ぼろ切れ」を使い、« guano »（動物の糞・死骸でつくる人工肥料）を取り寄せ、尿を溜め込み、中庭に動物の屍肉をばらまく。これらの素材は、アルベルト・チェントの注釈や[11]、ジャン・ゲヨンの論文にあるように[12]、すべて『田舎の家』やガスパランの講義録などからの引用であり、それぞれは肥料として有効とみとめられているものである。ところが、結果は惨憺たるもので、ブヴァールの畑でとれた「小麦はいやな臭いがするというので、てんで売れなかった」のである（*BP*, p. 62）。ブヴァールの意識と

---

11) Alberto Cento, *Commentaire de* Bouvard et Pécuchet, Liguoli, Napoli, 1973, pp. 32-33.
12) Jean Gayon, *art. cit.*, pp. 67-69.

しては、ペキュシェが自然の素材のみで構成されたごく少量の肥料で、ある程度の収穫を得たのだから、人工肥料をたらふく加えれば完璧な成功を収めるはずだったのが、大きく期待に背く結果になる。この原因は明らかに、さまざまな肥料の混ぜすぎである。どれほど一つ一つの食材が美味でも無茶苦茶な料理法や組み合わせでは腹をこわしかねないのと同様に、過剰でしかも配合の具合を誤った肥料に土地が消化不良をおこしているのである。

　上記の引用で注目しなければならないのは、これほど奇妙な肥料にもかかわらず、それが « de l'or » だというブヴァールの言葉である。金（de l'argent）にはならないが、彼にとっては「金」なのである。さまざまな素材を混ぜ合わせて肥料をつくる行為は、ここでは錬金術とみなされている。中世の錬金術がそうであったように、ブヴァールの錬金術は真の成功には結びつかないにしても、一種の秘術へとつながる。

　今、この混合肥料を、農耕の失敗の一原因という小説の筋の枠組みから離れて、フローベールの作品における糞や堆肥の流れの中において考察する必要がある。まず気づくのは、ブヴァールのつくる肥料と、『聖アントワーヌの誘惑』における豚の夢との類似性である。豚は水面にただよう「食べ物の残り」を食べ、「凝血や青い腸やあらゆる動物の糞や大饗宴の嘔吐や、油の海のような、傷から流れ出した緑の膿」を次々と呑み込む（T1, p.179）。そこには人造肥料やぼろ切れこそないものの、肥溜めともごみ溜めともつかぬ世界が広がる。「調理場の窓から出てくるような生温い臭気」にまみれた豚は、調理場のすぐそばに開いた穴にあらゆる素材を放り込んで「悪臭の中で微笑む」ブヴァールとしてよみがえったように見える。ただ異なるのは、豚が夢の中にいるのに対し、ブヴァールは現実世界（もちろん小説という虚構の現実）にいること、そして豚が肥溜めないしはごみ溜めの中身を呑み込むのに対し、ブヴァールはそれをつくるだけである。つまり、豚はブヴァールがやがてつくりだすはずの奇妙奇天烈な混合肥料を呑み込む夢を見るのである。

　では、『ボヴァリー夫人』のベルトー農場の堆肥はどうか。すでに見たように農場主のルオー爺さんは現金収入に乏しく、彼が堆肥をつくるために何

かを買って混ぜたという可能性はゼロに近い。これは、ペキュシェがつくる肥料と同じように、手近な自然の素材で構成された堆肥と考えざるをえない。しかも、ペキュシェには十分な馬糞がなかったのに対し、ベルトーの農場には牛や羊などの家畜が多くいて、まず糞には不自由しないという好条件までそろっている。ここには、ブヴァールの肥料に見られたいかがわしさも秘術性もなく、自然と調和した世界に属するものとみなすことができる。『聖アントワーヌの誘惑』で、豚の糞をスカラベが運びながらつくる球もこの系列に入れることができるだろう。

要するに、フローベールの作品における糞や堆肥には、ブヴァールの肥料のように、人工的なものも自然なものも混ぜ込まれて、一種の錬金術的な坩堝の中で練成されるものと、ペキュシェの肥料のように天然素材の組み合わせからつくりあげられるものとがあることになる。共通しているのはどちらも経済的な成功とは結びつかない点である。ペキュシェのつくる肥料は例外のように見えるが、これも庭仕事の結果、アスパラガスや葡萄が多く取れただけで、それで金銭的な利益を得たとは書かれていない。

本章の冒頭で引用したフローベール19歳のときの書簡をもう一度見てみよう。彼はまず自分を「牛」や「スフィンクス」や「象」といった「一番大きくて一番ねばねばした」動物に譬えてから、「臭い糞をつくり、尻を糞まみれにする装置だ」と自らを規定している（*Corr.*, I, p. 83）。この巨大な糞つくり装置は、十分にいかがわしく、秘術性に欠けていないと同時に、自然性も感じさせる。ブヴァールの肥料的なものとペキュシェの肥料的なもの、両方を備えているように思われる。

この書簡から12年ほど経った1853年12月23日、『ボヴァリー夫人』の第2部を執筆中のフローベールは、ルイーズ・コレ宛てに次のように書く。

[...] enfin ne faut-il pas connaître tous les appartements du cœur et du corps social, depuis la cave jusqu'au grenier. – Et même ne pas oublier les latrines, et surtout ne pas oublier les latrines ! Il s'y élabore une chimie merveilleuse, il s'y fait des décompositions fécondantes. – Qui sait

第Ⅱ部

> à quels sucs d'excréments nous devons le parfum des roses et la saveur des melons ? [...] Nous sommes cela, nous autres, des vidangeurs et des jardiniers. Nous tirons des putréfactions de l'humanité des délectations pour elle-même. Nous faisons pousser des bannettes de fleurs sur ses misères étalées. Le Fait se distille dans la Forme et monte en haut, comme un pur encens de l'Esprit vers l'Éternel, l'immuable, l'absolu, l'idéal. (*Corr.*, II, p. 485)

> (とにかく人の心も社会集団も、地下室から屋根裏まで、あらゆる部屋を知るべきではないでしょうか。そして手洗いも忘れてはいけません、とりわけ手洗いを忘れてはなりません。そこでは素晴らしい化学反応がおこり、肥沃な分解作用がなされているのです。糞便から出るどのような分泌物のおかげで、薔薇の香りやメロンの味わいが生れてくるのか、分かったものではありません。[…] われわれは汲取り屋であり庭師なのです。人類が残す腐敗から、人類のための歓喜を引き出すのです。さらけ出された悲惨さの上に、籠いっぱいの花を咲かせるのです。「事実」は「形式」の中で蒸溜されて、ちょうど「精神」の純粋な香りが「永遠なるもの」へ、変らざるもの、絶対的なもの、理想的なものへと昇っていくように、上へと昇っていくのです。)

ここでもまたスカトロジー趣味爆発であるが、先の書簡とはやや色合いを異にする。文中「われわれ」というのは、手紙の宛先が詩人ルイーズ・コレであることを考えれば、「作家」と置き換えてもいいと思われるが、「われわれは汲取り屋であり庭師」であるということは、つまり作家とは糞尿を集める汲取り屋であると同時に、美しい花を咲かせる庭師であると言っているのである。最後の文が示すように、作家は「事実」を「形式(フォルム)」の中で蒸溜して、「精神」を「永遠」の高みへと導く。糞尿に満ちた場所も含めて、あらゆる場所を知りつくした上で、それを「永遠」の花に変えていく、「変らざるもの、絶対的なもの、理想的なもの」へと導くのが、文学創造だというわけである。

糞まみれの「事実」から「永遠なるもの、変らざるもの、絶対的なもの、

理想的なもの」を引き出していくことが、フローベールの文学の秘密なのである。『聖アントワーヌの誘惑』第1稿の豚の夢は、また同時にフローベールの夢であり、「あらゆる動物の糞」つまりあらゆる「現実」を貪り食い、流れてきた汚物を口に入れ、それらを消化していく。また『聖アントワーヌの誘惑』第3稿の草稿にあった近代都市にあらわれるイエス・キリストは、(糞まみれならぬ)泥まみれで息を引き取るとはいえ、まさしく「永遠なるもの、変らざるもの、絶対的なもの」そのものである。豚もキリストも決定稿では消えてしまったものの、フローベールの文学の奥底にあるものを体現しているのだろう。

結論

　フローベール嫌いを自認するポール・ヴァレリーは「(聖) フローベールの誘惑」の中で、フローベールは「『歴史的資料』の価値や現代に対する赤裸々な観察を信じていたが、それらは空虚な偶像であった。芸術の中で唯一現実のもの、それは芸術である」と述べている[1]。さらにヴァレリーは、『聖アントワーヌの誘惑』は一つの図書館であり、そこでは「あらゆる書物が無数の言葉を同時にわめきたて、あらゆる画集が謀反を起こして版画やデッサンを同時に吐き出したかのようである。あたかも呑みすぎた酔っ払いについて人が言うように、『彼は本を読みすぎた』と作者について人は考える」と評している[2]。ヴァレリーの批評は辛辣ではあるが、かなり的を射ているようにも思われる。一つは、フローベールの文学を『聖アントワーヌの誘惑』を中心に据えて論じている点、もう一つは作家が「歴史的資料」に酔っ払いのように耽溺し、そこから彼の文学を生み出していることを指摘している点である。そのような作家の姿は、『聖アントワーヌの誘惑』第1稿の豚の夢で、あらゆるゴミや糞や臓物を呑み込んで満足する姿に重なる (*T1*, p. 179)。つまり、フローベールも、やがてヴァレリーが指摘する自らの文学創造の姿を、文学的出発とも言える『聖アントワーヌの誘惑』第1稿の豚の夢としてほとんど戯画的に織り込んでいたと思われる。言うまでもなく、ヴァレリー

---

1) Paul Valéry, « La Tentation de (saint) Flaubert », in *Œuvres I*, Édition établie et annotée par Jean Hytier, Gallimard, « Bibliothèque de la Pléiade », 1957, p. 613. これはもともと Daragnès の版画が入った『聖アントワーヌの誘惑』(1942) の序文として書かれたものである。なお、ヴァレリーのフローベール嫌いはアンドレ・ジッドへの1894年11月10日の書簡ですでに表されている：« J'ai détesté Flaubert – comme un chat un chien » (*Ibid.*, p. 1749).
2) *Ibid.*, pp. 616-617.

は作家があらゆる書物をたらふく呑み込んでそれらにとらわれ過ぎた結果、作品の美が損なわれていると非難しているのだが、フローベール自身は呑み込んだものが徐々に発酵し、そこから新たな美が生まれると信じていたようである。実際、本書第Ⅱ部第6章の最後で引用した書簡でも、フローベールは汚物のような事実を形式(フォルム)の中で蒸留して、精神を永遠の高みへと導くことを自らの文学のいわば秘法としてルイーズ・コレに開陳していた（Corr., II, p. 485）。この手紙を書いた1853年12月にはフローベールは『ボヴァリー夫人』を執筆していたので、ここで言う事実とはたとえば農業祭での県知事の演説や当時の新聞記事であろうが、それらを取材するときのフローベールの態度と『聖アントワーヌの誘惑』の準備のためにキリスト教教父の著作にあたるときの態度は驚くほど似ている。ヴァレリーは「歴史的資料」と「現代」（le présent）とを同列に扱っていたが、フローベールにとっても両者は同じ価値のものであったにちがいない。

　本書ではフローベールの作品について論じてきたが、その創造行為をたどるためには、各章を逆順に追っていく必要があるだろう。まず本書第Ⅱ部第6章では、「歴史的資料」や「現代」の観察に対する惑溺から始まるフローベールの文学創造のあり方が、作品や書簡の中に表現されていることを指摘しようとした。『聖アントワーヌの誘惑』第1稿で描かれた豚の夢はあらゆる資料を貪り食う自らの姿を諧謔をこめて表現したものと言ってよい。豚は押し寄せるものをひたすら呑み込み、何が生まれるのか全く考えていないが、『ブヴァールとペキュシェ』の第2章ではブヴァールは穴の中にあらゆるゴミや糞や臓物、さらには人造肥料を放り込み、悪臭のただよう中で「金」« de l'or » ができたと言って微笑む。そもそも『ブヴァールとペキュシェ』という作品自体が、作家の創造行為を、あらゆる分野の書物や情報を漁りつくしながら結局何も生み出せない二人の主人公に重ねあわせたとも読める小説だけに、第2章の肥料の場面がかつての豚と夢と並んで、フローベールの創造行為の mise en abyme になったとしても不思議ではない。

　あらゆる種類のものを呑み込もうとする志向が、宗教の面においては諸宗教混淆(サンクレティスム)というかたちになるのは自然の成り行きであろう。本書第Ⅱ部第

結論

　1章から第5章までは諸宗教混淆(サンクレティスム)、とりわけキリスト教と異教との混淆がテーマとなっている。第1章ではルーアン大聖堂を中心に論を展開しており、『聖ジュリアン伝』や『ボヴァリー夫人』などの分析を通して、キリスト教的要素の中に異教的要素が織り込まれていることを指摘した。

　第2章から第5章までは、『聖アントワーヌの誘惑』における救世主(キリスト)を問題にしており、第2章ではオフィス派、第3章ではアポロニウス、第4章ではアドニスという、異教世界における救世主(キリスト)、ないしは救世主(キリスト)に相当する存在に焦点を当てている。各々の場面の生成過程を見ると、オフィス派ではプリュケの異端事典、マテルのグノーシス主義に関する著作、聖エピファニオスの著作、アポロニウスではフィロストラトスによる『アポロニウス伝』、アドニスではクロイツェルの『古代の宗教』などが主な出典なのだが、作家はさらにそれらの文献からつくりあげた要素を聖書からとった記述と並列させる。それは、作家が聖書の記述をより尊重しているということではなくて、逆に、異教の世界にもイエスのように死んで復活するもの、救世主(キリスト)が存在することを示している、つまり、イエス・キリストという存在、さらにはキリスト教自体が相対化されているのである。第5章ではイエス・キリストの死と復活そのものが問題になっているが、基盤になるのは「歴史的資料」ではなく、19世紀の都市である。「近代都市におけるイエス・キリストの死」の生成過程において、福音書に描かれたピラトやヘロデたちのイエスに対する侮辱などが織り込まれ、独自の色彩を帯びた悲喜劇へと変貌し、結局宗教的な理由というよりも作品としての統一性という観点から、この場面は削除される。そして、1873年5月に作品の最終場面が書き換えられて、太陽の円盤の中に輝くイエス・キリストがあらわれるのだが、これもキリスト教の背後に太陽崇拝という異教的なものを見ることができる。

　本書第Ⅱ部は、第6章を除き、生成論の観点から作品を分析しているが、作品が成立した後の全体の構造という観点から捉えたのが第Ⅰ部である。草稿研究では草稿の解読を通して作家の執筆意図や改変意図を探っていくことになるので、どうしても作家の意識の世界を時間軸に沿ってたどっていくことになる。それに対して、第Ⅰ部では作品の構成を作家が意識的につくって

いるのか、あるいは無意識的な操作なのかは問題にせず、すでに出来上がった作品として全体と細部を見ている。フローベールは作品を執筆するに先立って必ずセナリオを作成して、全体の構成を決めるのだが、本書第Ⅰ部の各章では、全体セナリオにもまた書簡にも明示されない隠された構造を、テクストを通して探っている。

『ボヴァリー夫人』における鏡像を扱った第1章は、基本的に決定稿を対象とした第Ⅰ部では例外的だと言えるが、執筆中に書かれ、最終的に削除されたエピローグのセナリオを解釈の鍵としている。鏡の前でオメーが自分自身も虚像ではないかという疑いを持ち始め、虚像をつくりだした実像の存在を想像するようになる。このオメーが見る鏡が、つねに虚像を追いかけるエンマを映し出す鏡となっている。第2章から第4章までの『サラムボー』『感情教育』『聖アントワーヌの誘惑』でも虚と実は問題になっている。『サラムボー』における時間は、ポリュビオスの『歴史』で言及された「3年と4ヵ月ほど」という歴史的時間を基盤にして、小説という虚構の中で現実に経過する5年近い虚構の時間がかぶさって時間のリズムがつくられ、さらにそこに宗教的、神話的時間が介入する。『感情教育』では、1840年代のパリという現実の空間を基にして小説の虚構の空間がかたちづくられ、その中でフレデリックはまるで箱を次々と開けていくようにして、愛する女性と二人だけになる空間をつくろうとするのだが、求めるものは別の空間の中に入ってしまう。『聖アントワーヌの誘惑』では、舞台空間が第1稿でまずつくられ、そこに実体として存在していた礼拝堂が壊され、アントワーヌの小屋も最後まで残るものの誘惑者たちから聖者を守る砦としての機能がなくなってしまう。第2稿、第3稿となるにつれて、礼拝堂と小屋を軸にした舞台空間が崩壊し、アントワーヌの周囲の空間から次々と新たな幻想空間が増殖して、多様な空間が絡み合う構造となる。

第5章の『三つの物語』は、各々時代も背景も異なる物語が集められたという意味では、フローベールの作品の中でもきわめて特殊なものと言えるだろう。各々の物語のセナリオはあっても、全体のプランは作成されていないし、書簡の中にも全体の構成や制作意図を明示するものはない。それにもか

かわらず、中央の『聖ジュリアン伝』では物語の中でイエス・キリストによる救済が実現し、「輝く目」という黙示録的テーマが完全なかたちであらわれ、そのようなテーマが両端の『純な心』と『ヘロデヤ』へ飛んで広がるというシンメトリックな構成が浮かび上がる。

　フローベールは歴史的資料や現実に対する観察をたらふく呑み込んだ上で、セナリオ（プラン）を練り、草稿を重ねながら文章を磨いていくのだが、特に『三つの物語』のように全体のセナリオがないのに、三つの物語がシンメトリックでしかも深いところで互いにつながった構成を見ると、この作家の意識を超えたところに真の美が開花しているように思われる。他の作品でもほぼ同様のことが言え、最初のセナリオからはずれる、あるいは全く意識しないところに思いがけない深みが顔をのぞかせる。それを作家としての技量と言ってしまえばそれで終わりだが、むしろフローベールは文章を彫琢しながらどこか天啓を待っていたのではないだろうか。そこに見られるのは、バルトの言うような「職人的エクリチュール」[3]というよりも、「宗教家的エクリチュール」と呼びうるものであろう。フローベールが1857年3月30日、ルロワイエ・ドゥ・シャントピー宛ての書簡で「何よりも私を惹きつけるもの、それは宗教です。[…] 私はキリストの御心のもとにひれ伏すカトリック教徒と同じくらい自分の物神に接吻をする黒人を尊敬しています。」と書くとき（Corr., II, p.698）、それは単に宗教に対する尊敬の念を表明しているだけではなく、歴史的資料や現実を呑み込んで、そこから生まれるものをいわば物神として崇める彼の文学上の信念（信仰）が表明されているように思われる。その意味で、フローベールがほぼ一生をかけて『聖アントワーヌの誘惑』を執筆し続け、『ブヴァールとペキュシェ』の執筆断念を癒すかのように書かれた『三つの物語』にヨハネ黙示録をはじめとする宗教的要素が色濃く見られるのは偶然ではない。「何について書かれたのでもない書物」も「何の支えもなしに宙に浮いている」（Corr., II, p.31）ようでいて、実は目に見えない宗教的な信仰という力によって支えられているのかもしれない。

---

3) Roland Barthes, *Le degré zéro de l'écriture*, Seuil, 1953, p.92.

【資料】

「近代都市におけるイエス・キリストの死」の清書原稿の転写および訳

　第Ⅱ部第5章で扱った「近代都市におけるイエス・キリストの死」の最終的な清書原稿（N.a.fr.23668 f°224）の転写とその訳を以下に掲げる。原稿の一行あたりの字数が多いので、転写は元の改行を尊重してはいない。

113.

（variante）

[Les roches, la cabane, la croix & Hilarion même ont disparu.

　Antoine n'entend plus rien. Le silence à mesure qu'il écoute lui paraît augmenter & les ténèbres sont tellement obscures qu'il s'étonne en ouvrant les yeux[1] de ne pas sentir leur résistance. Cependant elles l'étouffent comme du marbre noir qui serait moulé sur sa personne.

　Bientôt elles s'entr'ouvrent faisant comme deux murailles − & au fond dans un éloignement incalculable une ville apparaît.

　Des fumées s'échappent des maisons, des langues de feu se tordent dans la brume. Des ponts en fer passent sur des fleuves d'immondices. Des voitures, closes comme des cercueils embarrassent de longues rues toutes droites. Çà & là, des femmes avancent leur visage sous le reflet des tavernes où brillent à l'intérieur de grands miroirs. Des hommes en costume hideux et d'une maigreur ou d'une obésité grotesque s'entrecroisent[2] comme s'ils étaient pour-

---

1) « les yeux » は第11段階の草稿（N.a.fr.23666 f°112）では « les bras »。訳は第11段階の草稿に拠った。

310

【資料】

suivis, le menton bas, l'œil oblique, tous ayant l'air de cacher quelque chose.

Et voilà qu'au milieu d'eux, St Antoine aperçoit JÉSUS.

Depuis qu'il[3] temps qu'il marche sa taille s'est courbée, sa chevelure a blanchi. — & sa croix[4] fait en pliant un arc immense sur son épaule.

Elle est trop lourde. Il appelle. On ne vient pas. Il frappe aux portes. Elles restent fermées.

Il va toujours, implorant un regard, un souvenir. On n'a pas le temps de l'écouter. Sa voix se perd dans les bruits. Il chancelle & tombe sur les deux genoux.

La rumeur de sa chute assemble des hommes de toutes les nations depuis des Germains jusqu'à des nègres. — & dans le délire de leur vengeance, ils hurlent à son oreille —

« — on a versé pour toi des déluges de sang humain, façonné des baillons avec ta croix, caché toutes les hypocrisies sous ta robe[5], absous tous les crimes au nom de ta clémence ! — Moloch à toison d'agneau, voilà trop longtemps qu'elle dure ton agonie — Meurs enfin ! — & ne ressuscite pas !

Puis les autres, ceux qui l'aimaient, ayant encore sur ~~leurs~~ leurs joues le sillon de leurs larmes lui disent — « avons-nous assez prié pleuré espéré — Maudit sois-tu pour notre longue attente, par notre cœur inassouvi ! »

Un monarque le frappe avec son spectre en l'accusant d'avoir exalté les faibles — & le peuple le déchire avec les ongles en lui reprochant d'avoir soutenu les rois.

Quelques uns se prosternent par dérision. D'autres lui crachent au visage,

---

2)　« s'entrecroisent » の上の行間に « courent » と書かれている。
3)　« qu'il » は明らかな書き損じである。第11段階の草稿(N.a.fr.23670 f°192v°)では « le » となっている。
4)　一旦 « cheve » と書かれ、それに抹消線が引かれて、上に « croix » と書かれている。
5)　« ta robe » の上の行間に « ~~ta ceinture~~ » と書かれている。

sans colère, par habitude. Des marchands veulent le faire asseoir dans leur boutique. Les Pharisiens prétendent qu'il encombre la voie — les docteurs ayant fouillé ses plaies prétendent qu'il n'y faut pas croire & les philosophes ajoutent « ce n'était rien qu'un fantôme.

On ne le regarde même plus. On ne le connaît pas.

Il reste couché au milieu de la boue, & les rayons d'un soleil d'hiver frappent ses yeux[6] mourants.

La vie du monde continue autour de lui. Les chars l'éclaboussent. Les prostituées le frôlent. L'idiot en passant lui jète son rire, le meurtrier son crime, l'ivrogne son vomissement, le poète sa chanson. La multitude le piétine, le broie — & à la fin — quand il ne reste plus sur le pavé que son grand cœur tout rouge dont les battements peu à peu s'abaissent — ce n'est pas, comme au Calvaire, un cri formidable qu'on entend — mais à peine un soupir, une exhalaison.

Les ténèbres se referment.

Antoine

Horreur ! — Je n'ai rien vu ! n'est-ce pas, mon Dieu que resterait-il ?

— Moi, » dit quelqu'un !]

(訳)

岩も小屋も十字架もイラリオンさえも消えた。

アントワーヌにはもう何も聞こえない。耳を傾けるとますます沈黙が増すように思われ、暗闇も深くなり、両腕を広げても手ごたえがないので驚く。その間に、体を黒い大理石の鋳型にはめられたかのように、アントワーヌは暗闇に締めつけられて息もでない。

まもなく闇はかすかに開いて、二つの壁のようなものができる。そして奥の方、

---

[6] « yeux » と書かれ、それに抹消線が引かれて、上にまた同じ « yeux » と書かれている。

【資料】

測りしれないほど遠くに都市が出現する。

　煙が家々から漏れ、火炎が霧の中でよじれている。鉄の橋が汚物だらけの河にかかり、棺桶のように窓を閉ざした車がまっすぐな長い通りをふさぐ。あちこちで女たちは、中に大きな鏡が輝く居酒屋からの照り返しに顔をさし出している。男たちは、グロテスクなほど痩せこけたあるいは肥満した身をおぞましい服に包み、まるで追跡されているかのように、うつむき、横目でうかがいながら行き交い[7]、皆何かを隠しているかのようである。

　そのような連中のただ中に、聖アントワーヌはイエスを見る。

　歩いているときからすでに背は曲がり、髪は白くなり、十字架が巨大な弓のように曲がって肩にくいこんでいる。

　十字架はあまりに重い。呼べども、誰も来ない。戸をたたく。戸は閉まったままである。

　彼はなおも歩きつづけて、懐かしい気持ち、惜しむ気持ちを訴えようとする。誰も耳を貸す暇などない。声は騒音にかき消される。よろめいて、膝をつき倒れる。

　倒れたという噂が広まると、ゲルマン人から黒人まであらゆる国の人々が集まり、復讐の念に狂って、彼の耳にわめきかける。

　「お前のために人の血が雨のように流され、お前の十字架で猿ぐつわがつくられ、お前の衣の下にあらゆる偽善者が隠され、お前の仁慈の名のもとにあらゆる犯罪が赦された！－小羊の毛をまとったモロクめ、お前の断末魔は長く続き過ぎた、もう死ね！－そしてよみがえるな！」

　次いで他の者たち、彼を愛していた者たちが、まだ頬に涙の跡を残して、言う。「もう充分すぎるほど祈り、涙を流し、望みをかけた！－われわれは長い間待ち、心は満たされぬままだ、お前など呪われよ！」

　ある君主は彼が弱い者たちを高揚させたと非難して杖で殴る。民衆は王たちを擁護したと非難して爪でかきむしる。

　からかって平伏する者がいる。怒りもなく、いつもの癖で、顔に唾を吐く者も

---

7) 行間に書かれたヴァリアントに従えば、訳は「走り」となる。

いる。商売人の中には彼を店に座らせたがる者もいる。パリサイ人たちは彼が道をふさいでいると言い張り、医者たちは傷を調べて、信じてはならないと言い、哲学者たちは「これは幻に過ぎない」と付け加える。

　もはや人々は彼を見さえしない。彼のことを知らない。

　彼は泥の真ん中に横たわったまま、冬の太陽の光が瀕死の目を打つ。

　人々の生活が彼の周りで続く。荷車が泥を跳ねかける。娼婦たちがかすめて通る。阿呆が通りがかりに薄ら笑いを、人殺しが犯罪を、酔っ払いが反吐を、詩人が歌を吐き出す。よってたかって彼を踏みつけ、押しつぶす。そして最後に、もはや敷石の上には真っ赤な大きな心臓しか残らず、その鼓動が少しずつ弱まるとき、カルヴァリーの丘でのような恐ろしい叫びはなく、かすかに聞こえたのは、ため息、吐息である。

　暗闇が再び閉じる。

　　　　　　アントワーヌ

　恐ろしい！私は何も見なかった！ああ、一体何が残るというのか？

　「わたしだ」と誰かが言う。

書誌

I. フローベールの作品および書簡

(1) Œuvres complètes

Œuvres complètes de Gustave Flaubert, Texte établi et présenté par René Dumesnil, Les Belles Lettres, 1940-1957. 12 vol.

Œuvres complètes de Gustave Flaubert, Édition nouvelle établie, d'après les manuscrits inédits de Flaubert par la Société des Études littéraires françaises, contenant les scénarios et plans des divers romans, la collection complète des Carnets, les notes et documents de Flaubert, avec des notices historiques et critiques, et illustrée d'images contemporaines, Club de l'Honnête Homme, 1971-1975. 16 vol.

フローベール全集, 筑摩書房, 1965-1970, 10巻+別巻

(2) *Madame Bovary*

Madame Bovary, Ébauches et fragments inédits recueillis d'après les manuscrits par Gabrielle Leleu, Louis Conard, 1936. 2 vol.

Madame Bovary, Nouvelle version précédée des scénarios inédits, Textes établis sur les manuscrits de Rouen avec une introduction et des notes par Jean Pommier et Gabrielle Leleu, José Corti, 1949.

Madame Bovary, Sommaire biographique, introduction, note bibliographique, relevé des variantes et notes par Claudine Gothot-Mersch, Garnier Frères, 1971.

Plans et scénarios de *Madame Bovary*, Présentation, transcription et notes par Yvan Leclerc, CNRS Éditions, 1995.

Madame Bovary, Préface, notes et dossier par Jacques Neefs, « Le Livre de Poche », 1999.

(3) *Salammbô*

Salammbô, Chronologie, présentation, notes, dossier, bibliographie par Gisèle Séginger, Flammarion, « GF », 2001.

(4) *L'Éducation sentimentale*

L'Éducation sentimentale : Histoire d'un jeune homme, Texte présenté et commenté par Alain Raitt, Imprimerie nationale, 1979. 2 vol.

(5) *La Tentation de saint Antoine*

La Tentation de saint Antoine, Fragments publiés dans *l'Artiste*, 6e série, vol. 3. BnF, Impr., Z. 5434, 1856.

La première Tentation de saint Antoine (1849-1856), Œuvre inédite publiée par Louis Bertrand, Fasquelle, 1908.

La Tentation de saint Antoine, Édition présentée et établie par Claudine Gothot-Mersch, Gallimard, « Folio », 1983.

(6) *Trois Contes*,

Trois Contes, Edited with an Introduction, Notes and Commentary by Colin Duckworth, London, Harrap, 1959.

Trois Contes, Introduction et notes par Pierre-Marc de Biasi, « Le Livre de Poche », 1999.

(7) *Bouvard et Pécuchet*

Bouvard et Pécuchet, Édition critique par Alberto Cento, précédée des scénarios inédits, Nizet, 1964.

Bouvard et Pécuchet, avec un choix des scénarios, du *Sottisier*, *L'Album de la Marquise* et *Le Dictionnaire des idées reçues*, Édition présentée et établie par Claudine Gothot-Mersch, Gallimard, « Folio », 1979.

(8) Autres ouvrages et carnets

Carnets de Travail, Édition critique et génétique établie par Pierre-Marc de Biasi, Éditions Balland, 1988.

Le Dictionnaire des Idées Reçues et *Le Catalogue des idées chic,* Texte établi, présenté et annoté par Anne Herschberg-Pierrot, « Le Livre de Poche », 1997.

Œuvres de jeunesse, Édition présentée, établie et annotée par Claudine Gothot-Mersch et Guy Sagnes, Gallimard, « Bibliothèque de la Pléiade », 2001.

(9) *Correspondance*

Correspondance, Édition présentée, établie et annotée par Jean Bruneau [et Yvan Leclerc (Tome V)], Gallimard, « Bibliothèque de la Pléiade », Tome I, 1973 ; Tome II, 1980 ; Tome III, 1991 ; Tome IV, 1998 ; Tome V, 2007.

Ⅱ．草稿

(1) フランス国立図書館（BnF）

N.a.fr.14154： *Vie d'Apollonius de Thyanes* de Philostrate, 11 ff.

N.a.fr.23663： *Trois Contes,* Manuscrits autographes, copies et brouillons, 759 ff.

N.a.fr.23664： *La Tentation de saint Antoine* [première version], Manuscrit autographe signé, daté « mai 1848-septembre 1949 », 541 ff.

N.a.fr.23665： *La Tentation de saint Antoine* [deuxième version], Manuscrit autographe signé, daté « automne de 1856 », 193 ff.

N.a.fr.23666： *La Tentation de saint Antoine* [version définitive], Manuscrit autographe signé, daté « juillet 1870-26 juin 1872 », 136-89 ff.

N.a.fr.23667： *La Tentation de saint Antoine,* Copie corrigée par Flaubert. 203-120 ff.

N.a.fr.23668-23670： *La Tentation de saint Antoine,* Brouillons, 3 vol. 392-339-247 ff.

N.a.fr.23671： *La Tentation de saint Antoine,* Notes et plans, 227 ff.

(2) ルーアン市立図書館（BmR）

gg 9 : *Madame Bovary*, Plans et scénarios, 46 ff.

g 221 : *Madame Bovary*, Manuscrit autographe daté « septembre 1851-avril 1856 », 487 ff.

g 222 : *Madame Bovary*, Copie avec corrections et annotations de Flaubert et Maxime du Camp, 489 ff.

g 223 : *Madame Bovary*, Brouillons autographes, 6 vol. 299-316-286-290-266-366 ff.

Ⅲ. フローベールに関する文献

BANCQUART, Marie-Claire, « L'espace urbain de *L'Éducation sentimentale* : intérieurs, extérieurs », in *Flaubert, la femme, la ville*, PUF, 1983, pp. 143-157.

BARNES, Julian, *Le Perroquet de Flaubert*, Traduit de l'anglais par Jean Guiloineau, Stock, 1986.

BART, Benjamin F. & Robert Francis COOK, *The Legendary Sources of Flaubert's Saint Julien*, Toronto and Buffalo, University of Toronto Press, 1977.

BARTHES, Roland, *Le degré zéro de l'écriture*, Seuil, 1953.

BEM, Jeanne, *Désir et savoir dans l'œuvre de Flaubert : Étude de* La Tentation de saint Antoine, Neuchâtel, La Baconnière, 1979.

BEM, Jeanne, *Clefs pour* l'Éducation sentimentale, Tübingen, Guntar Narr Verlag, 1981.

BERTRAND, Louis, *Gustave Flaubert avec des fragments inédits*, Mercure de France, 1912.

BIASI, Pierre-Marc de, « L'élaboration du problématique dans *La Légende de saint Julien l'Hospitalier* », in *Flaubert à l'œuvre*, Flammarion, 1980, pp. 69-102.

BIASI, Pierre-Marc de, « Le Palimpseste hagiographique : l'appropriation ludique des sources édifiantes dans la rédaction de *La Légende de saint*

Julien l'Hospitalier », in *Flaubert 2 : mythes et religions*, Minard, 1986, pp. 69-124.

BONACCORSO, Giovanni et al., *Corpus Flaubertianum I :* Un Cœur simple, Édition diplomatique et génétique des manuscrits, Les Belles Lettres, 1983.

BONACCORSO, Giovanni et al., *Corpus Flaubertianum II :* Hérodias *I, II*, Édition diplomatique et génétique des manuscrits, Nizet & Sicania, 1991 & 1995.

BONACCORSO, Giovanni et al., *Corpus Flaubertianum III :* La Légende de saint Julien l'Hospitalier, Édition diplomatique et génétique des manuscrits, Didier-Érudition, 1998.

BOPP, Léon, *Commentaire sur* Madame Bovary, Neuchâtel, La Baconnière, 1951.

BOURDIEU, Pierre, *Les règles de l'art : Genèse et structure du champ littéraire*, Seuil, 1992.

BOWMAN, Frank Paul, « Flaubert et le syncrétisme religieux », *Revue d'Histoire littéraire de la France*, juillet-octobre 1981, pp. 621-636.

BRUNEAU, Jean, *Les débuts littéraires de Gustave Flaubert 1831-1845*, Armand Colin, 1962.

BRUNEAU, Jean, Le « Conte Oriental » de Flaubert, Denoël, 1973.

BUTOR, Michel, « La spirale des sept péchés », in *Répertoire IV*, Les Éditions de Minuit, 1974, pp. 209-235.

BUTOR, Michel, *Improvisations sur Flaubert*, Éditions de la Différence, 1984.

CARLUT, Charles, Pierre H. DUBÉ & J. Raymond DUGAN, *A Concordance to Flaubert's* Madame Bovary, New York & London, Garland, 1978. 2 vol.

CARLUT, Charles, Pierre H. DUBÉ & J. Raymond DUGAN, *A Concordance to Flaubert's* L'Éducation sentimentale, New York & London, Garland, 1978. 2 vol.

CARLUT, Charles, Pierre H. DUBÉ & J. Raymond DUGAN, *A Concordance to Flaubert's* Salammbô, New York & London, Garland, 1979. 2 vol.

CARLUT, Charles, Pierre H. DUBÉ & J. Raymond DUGAN, *A Concordance to Flaubert's* La Tentation de saint Antoine, New York & London, Garland, 1979.

CARLUT, Charles, Pierre H. DUBÉ & J. Raymond DUGAN, *A Concordance to Flaubert's* Trois Contes, New York & London, Garland, 1979.

CARLUT, Charles, Pierre H. DUBÉ & J. Raymond DUGAN, *A Concordance to Flaubert's* Bouvard et Pécuchet, New York & London, Garland, 1980. 2 vol.

CASTEX, Pierre-Georges, *Flaubert* L'Éducation sentimentale, CDU & SEDES, 1980.

CENTO, Alberto, *Commentaire de* Bouvard et Pécuchet, Napoli, Liguoli, 1973.

COGNY, Pierre, L'Éducation sentimentale *de Flaubert : le monde en creux*, Larousse, « Thèmes et textes », 1975.

COLWELL, D.J., *Bibliographie des études sur G. Flaubert (1837-1920, 1921-1959, 1960-1982, 1983-88)*, Surrey, Runnymede Books, 1988-1990. 4 vol.

DESCHARMES, René (éd), *Alfred Le Poittevin, Œuvres inédites*, Précédées d'une introduction sur la vie et son caractère par René Descharmes, Ferroud, 1909.

DESCHARMES, René, *Autour de* Bouvard et Pécuchet *: Études documentaires et critiques*, Librairie de France, 1921.

DEBRAY-GENETTE, Raymonde, *Métamorphoses du récit*, Seuil, 1988.

DIGEON, Claude, *Flaubert*, Hatier, « Connaissance des Lettres », 1970.

DU CAMP, Maxime, *Souvenirs littéraires 1822-1850*, Hachette, 1906. 2 vols.

FAY, P. B. & A. COLEMAN, *Sources and Structure of Flaubert's* Salammbô, Champion, 1914.

FISCHER, E. W., *Études sur Flaubert inédit*, Traduit de l'allemand par Benjamin Ortler, Leipzig, Julius Zeitler, 1908.

FOUCAULT, Michel, « La bibliothèque fantastique », in *Travail de Flaubert*, Seuil, 1983, pp. 103-122.

GAYON, Jean, « Agriculture et agronomie dans *Bouvard et Pécuchet* de Gustave Flaubert », Littérature n° 109, mars 1998, pp. 59-73.

GENGEMBRE, Gérard, *Flaubert* Madame Bovary, Magnard, « Texte et contexte », 1988.

GONCOURT, Edmond et Jules de, *Journal, Mémoires de la vie littéraire*, Éditions de l'Imprimerie nationale de Monaco, 1956. 22 vol.

GOTHOT-MERSCH, Claudine, *La genèse de* Madame Bovary, José Corti, 1966.

GOTHOT-MERSCH, Claudine, « Le point de vue dans *Madame Bovary* », *Cahiers de l'Association Internationale des Études Françaises*, n° 23, mai 1971, pp. 243-259.

GOTHOT-MERSCH, Claudine, « Aspects de la temporalité dans les romans de Flaubert », in *Flaubert la dimension du texte*, Manchester University Press, 1982, pp. 6-55.

GREEN, Anne, *Flaubert and the historical novel* Salammbô *reassessed*, Cambridge University Press, 1982.

HAMILTON, Arthur, *Sources of the religious element in Flaubert's* Salammbô, Champion, 1917.

ISSACHAROFF, Michael, « *Trois Contes* et le problème de la non-linéarité », *Littérature* n° 15, 1974, pp. 27-40.

KIM, Yong-Eun, La Tentation de saint Antoine *(version de 1849) : genèse et structure*, Kangweon University Press, 1990.

LEAL, R.B., « La réception critique de *La Tentation de saint Antoine* », *Œuvres et Critiques*, Tome XVI n° 1, 1991, pp. 115-134.

LECLERC, Yvan (Sous la direction de), *La bibliothèque de Flaubert : Inventaires et critiques*, Publications de l'Université de Rouen, 2001.

LOMBARD, Alfred, *Flaubert et saint Antoine*, Éditions Victor Attinger, 1934.

MADELEINE, Jacques, « Les différents "états" de *La Tentation de saint Antoine* », *Revue d'Histoire littéraire de la France*, 1908, pp. 620-641.

Manuscrits de Gustave Flaubert, Lettres autographes et Objets (Succession de Mme Franklin Grout-Flaubert), Vente à Paris, Hôtel Drouot, Salle N° 9, Les Mercredi et Jeudi 18 et 19 novembre 1931.

MASSON, Bernard, « Paris dans *L'Éducation sentimentale* : Rive gauche, rive droite », in *Histoire et langage dans* L'Éducation sentimentale, CDU et SEDES, 1981, pp. 123-128.

MAZEL, Henri, « Les Trois Tentations de saint Antoine », *Mercure de France*, 15 décembre 1921, pp. 626-643.

MÜNCH, Marc-Mathieu, *La « Symbolique » de Friedrich Creuzer*, Éditions Ophyrs, 1973.

MÜNCH, Marc-Mathieu, « Présentation de Creuzer », in *Flaubert 2 : mythes et religions 1*, Minard, 1986, pp. 59-67.

NEEFS, Jacques, « L'Exposition littéraire des religions, *La Tentation de saint Antoine* », *Revue d'Histoire littéraire de la France*, juillet-octobre 1981, pp. 637-647.

NEILAND, Mary, *'Les Tentations de saint Antoine' and Flaubert's Fiction : A Creative Dynamic*, Amsterdam, Rodopi, 2001.

NYKROG, Per, « Les *Trois Contes* dans l'évolution de la structure thématique chez Flaubert », *Romantisme* n° 6, 1973, pp. 55-66.

OGANE Atsuko, *La genèse de la danse de Salomé : L' « Appareil scientifique » et la symbolique polyvalente dans* Hérodias *de Flaubert*, Tokyo, Keio University Press, 2006.

PANTKE, Alfred, *Gustave Flauberts* Tentation de saint Antoine *: Ein Vergleich der drei Fassungen*, Leipzig, Selbstverlag des Romanischen Seminars, 1936.

RAITT, Alan, « "Nous étions à l'étude..." », in *Flaubert 2 : mythes et religions 1*, Minard, 1986, pp. 161-192.

RICHARD, Jean-Pierre, *Littérature et Sensation*, Seuil, 1954.

ROUSSET, Jean, *Forme et signification : Essais sur les structures littéraires de Corneille à Claudel*, José Corti, 1962.

ROUSSET, Jean, « Positions, distances, perspectives dans *Salammbô* », *Poétique* n° 6, 1971, pp. 145-154.

SAINTE-BEUVE, Charles-Augustin, « *Madame Bovary* par Gustave Flaubert », in *Pour la critique*, Édité par Annie Prassoloff et José-Luis Diaz, Gallimard, « Folio Essais », 1992, pp. 339-349.

SÉGINGER, Gisèle, « Poétique de l'invention et poétique de l'œuvre : Les scénarios des *Tentations de saint Antoine* », *Revue d'Histoire littéraire de la France*, novembre-décembre 1993, n° 6, pp. 879-902.

SÉGINGER, Gisèle, « Une Version apocryphe de *La Tentation de saint Antoine* », in *Flaubert 4 : intersections*, Minard, 1994, pp. 187-203.

SÉGINGER, Gisèle, *Naissance et métamorphoses d'un écrivain. Flaubert et* Les Tentations de saint Antoine, Honoré Champion, 1997.

SEZNEC, Jean, *Les sources de l'épisode des dieux dans* La Tentation de saint Antoine *(première version, 1849)*, Vrin, 1940.

SEZNEC, Jean, *Nouvelles études sur* La Tentation de saint Antoine, London, The Warburg Institute, 1949.

THOMAS, Yves, « Le cochon de saint Antoine », *Études Normandes* n° 2, 1990, pp. 39-47.

TRISTAN, Frédérik, *Les Tentations de Jérôme Bosch à Salvador Dali*, Balland /Massin, 1981.

VALÉRY, Paul, « La tentation de (saint) Flaubert », in *Œuvres I*, Édition établie et annotée par Jean Hytier, Gallimard, « Bibliothèque de la Pléiade », 1957, pp. 613-619.

WETHERILL, P. M., « Paris dans *L'Éducation sentimentale* », in *Flaubert, la femme, la ville*, PUF, 1983, pp. 123-135.

Ⅳ. フローベールが参照した文献

CREUZER, Frédéric, *Religions de l'antiquité, considérées principalement dans leurs formes symboliques et mythologiques*, Ouvrage traduit de l'allemand, refondu en partie, complété et développé par J. D. Guigniaut, Treuttel et Würtz, 1825-1851. 4 tomes en 10 vol.

EPIPHANIUS, *Adversus Octoginta Hœreses*, in *Patrologiae Graecae*, Tome 41, J.-P. Migne, 1863, pp. 173-1200.

LANGLOIS, Eustache-Hyacinthe, *Essai historique et descriptif sur la peinture sur verre ancienne et moderne et sur les vitraux les plus remarquables de quelques monumens français et étrangers*, Rouen, Édouard Frère, 1832.

LECOINTRE-DUPONT, G., *La Légende de St Julien le Pauvre, d'après un manuscrit de la Bibliothèque d'Alençon*, Poitiers, F.-A. Saurin, 1839.

MATTER, Jacques, *Histoire critique du gnosticisme, et de son influence sur les sectes religieuses et philosophiques des six premiers siècles de l'ère chrétienne*, F. G. Levrault, 1828. 2 vol.

OVIDE, *Métamorphoses*, in *Œuvres complètes d'Ovide*, Traduction nouvelle par E. Gros, C. L. F. Panckouck, 1835-1836, Tomes 4-5.

PHILOSTRATE, *Vie d'Apollonius de Tyane*, avec les commentaires donnés en anglais par Charles Blount sur les deux premiers livres de cet ouvrage. Le tout traduit en français par Castilhon, Berlin, G. J. Decker, 1774. 4 vol.

PHILOSTRATE, *Apollonius de Tyane, sa vie, ses voyages, ses prodiges par Philostrate, et ses lettres*, Ouvrages traduits du grec par A. Chassang, Didier, 1862.

PLUQUET (Abbé), *Mémoires pour servir à l'histoire des égaremens de l'esprit humain par rapport à la religion chrétienne, ou Dictionnaire des Hérésies, des erreurs et des schismes*, Nyon, 1762. 2 vol.

RENAN, Ernest, *La Vie de Jésus*, Michel Lévy, 1863.

VACHEROT, Étienne, *Histoire critique de l'École d'Alexandrie*, Ladrange,

1846-1851. 3 vol.

V. その他の文献

CARMENT-LANFRY, A.-M., *La cathédrale Notre-Dame de Rouen, Une visite guidée*, Rouen, TAG impressions, 1999.

LOISEL, Armand, *La cathédrale de Rouen*, Évreux, « Petites monographies des grands édifices de la France », (année inconnue).

LAROUSSE, Pierre, *Grand dictionnaire universel du XIXe siècle*, Larousse, 15 vol. & 2 suppléments, 1866-1878.

ROBERT, Paul, *Dictionnaire alphabétique et analogique de la langue française*, 6 vol. & un supplément, Société du nouveau Littré, 1951-1970.

VANDEREST, *Encyclopédie élémentaire du XIXe siècle ou Résumé des connaissances humaines*, Hachette, 1843.

荒井　献『原始キリスト教とグノーシス主義』, 岩波書店, 1971.

ウォーカー（バーバラ）『神話・伝承事典』青木義孝他訳, 大修館書店, 1988.

クーデール（ポール）『占星術』有田忠郎・菅原孝雄訳, クセジュ文庫, 白水社, 1973.

クレベール（ジャン＝ポール）『動物シンボル事典』竹内信夫他訳, 大修館書店, 1989.

フリース（アト・ド）『イメージ・シンボル事典』山下主一郎他訳, 大修館書店, 1984.

『新共同訳　新約聖書注解』, 日本基督教団出版局, 1991. 2巻.

『新聖書大辞典』, キリスト新聞社, 1971.

『聖書　新共同訳』, 日本聖書協会, 1987.

初出一覧

　本書は、主に大阪大学言語文化部・言語文化研究科の紀要『言語文化研究』に発表した論文等をもとに、修正や補足を加えながら構成した。もとにした論文は以下の通りである。第Ⅰ部第１章は、大阪大学文学部・外国語学部での講義などを下敷きにして書き下した。

第Ⅰ部
第２章：「『サラムボー』における時間の構造」,『言語文化研究』第14号, 1988年3月, pp. 263-281.
第３章：« Espace et sujet dans L'*Éducation sentimentale* »,『言語文化研究』第10号, 1984年3月, pp. 237-249.
第４章：「『聖アントワーヌの誘惑』における空間構造(1)」,『言語文化研究』第17号, 1991年3月, pp. 139-158；「『聖アントワーヌの誘惑』における空間構造(2)」,『言語文化研究』第18号, 1992年3月, pp. 239-258.
第５章：*Structure et sens des* Trois Contes, 修士学位論文, 大阪大学文学研究科, 1979年1月.

第Ⅱ部
第１章：「フローベールとルーアン大聖堂」,『言語文化研究』第37号, 2011年3月, pp. 21-39.
第２章：「『聖アントワーヌの誘惑』と蛇崇拝」,『言語文化研究』第29号, 2003年3月, pp. 197-217.
第３章：*Étude génétique de* La Tentation de saint Antoine ―*Épisode d'Apollonius*―, Mémoire de DEA, Université Paris VIII, 1994年6月.
第４章：「『聖アントワーヌの誘惑』におけるアドニス神話」,『言語文化研究』第

26号，2000年3月，pp. 233-250.
第5章：「『聖アントワーヌの誘惑』(1874) におけるイエス・キリストの受難―削除されたエピソードの草稿をめぐって―」,『言語文化研究』第22号，1996年3月，pp. 43-62.
第6章：「フローベールと糞」,『言語文化研究』第31号，2005年3月，pp. 85-97.

最後に

　本書は2012年に大阪大学大学院文学研究科に提出した博士論文「フローベール作品の生成と構造」を改題し、一部内容に手を加えたものである。
　博士論文のおおよそのかたちができ上がった2012年3月に、原亨吉先生がお亡くなりになり、また本の出版が決まった2013年10月に、赤木昭三先生が亡くなられて、敬愛する二人の恩師にこの本を読んでいただくことができなくなってしまった。もう少し早く書けばよかったという後悔の念とともに原稿を読み返しながら、大学院時代のことが自然によみがえってくる。
　原先生のパスカルやマラルメに関する講義は素晴らしかったが、私にとってより衝撃的であったのは大学院演習のラテン語文献講読であった。フランス文学演習という授業科目でキケローやセネカを読むことなど今では考えられないが、原先生は当時当たり前のような顔で読んでおられた。キケローやセネカのテクストは、簡にして要を得たとはほど遠い、くねくねとした文章で、内容と言えばとりとめもない議論が延々と続く。それを週に2〜3頁ずつ読んでいくと、最初のうちはわけが分からなくとも、ラテン語のリズムがつかめるとそれに身を任せて心地よくなってくる。私はフローベールの作品の中で『聖アントワーヌの誘惑』を偏愛する者だが、それは果てしない議論の続く『聖アントワーヌの誘惑』にラテン語のテクストと同じ「匂い」を感じるからである。この作品をつくるためにフローベールが参照したラテン語の文献を読んで、一層その感を強くした。同じリズム、同じ思考回路が、フローベールのフランス語のテクストに見いだされるのである。
　原先生が天上の高みから導いてくださったとすれば、赤木先生は地上で優しく導いてくださったと言ってよい。研究発表では数々のコメント、アドヴァイスをいただき、しかも論文にしてみて初めてそのコメントの意味がつ

かめる種類のものであることが多く、ただただ感嘆するばかりであった。そんな赤木先生から、『三つの物語』について書いた修士論文が思いがけなく称賛を受けた。私が有頂天になったのは言うまでもない。ただ、10年、20年経っても、「金﨑君の修論は良かった」という赤木先生の賛辞が続くと、それ以降に書いた論文は修論を超えていないのだと実感せざるを得なかった。一年目に大活躍をして、その後は鳴かず飛ばずのプロ野球選手と同じ悲哀を味わったのである。

　原先生、赤木先生は別格として、教員になってからお世話になった筆頭は柏木隆雄先生である。柏木先生からは論文や発表に関する丁寧なコメントをいただき、また熱心に出版をすすめてくださった。私が部局の管理職を任されることになったときも、柏木先生は「研究は続けとかなあかんで」と釘をさして、つねに励ましてくださった。しかし、私は柏木先生のように大学の仕事と飲み会の狭間を縫って研究をするという芸当ができない人間なので、なかなか業績を本にまとめることができなかった。

　研究科長の任がようやく終わって、ほっとしているところに、博士論文を書いてみませんかと誘っていただいたのは和田章男先生である。ほめ上手、くどき上手（変な意味ではなく）の和田先生にすすめられると何となくその気になって、時間はかかったものの博士論文のかたちにすることができた。和田先生は博士論文のドラフトを読んでくださり、論の運びから細かい誤字脱字に至るまで懇切丁寧に指摘していただいた。博士論文の審査の労をとっていただいた柏木加代子先生、森岡裕一先生、山上浩嗣先生にもお礼を申し上げたい。とりわけ柏木加代子先生はフローベールの専門家の立場から、私の思い込みや誤りを指摘してくださり、大いに助けられた。

　柏木加代子先生のみならず、フランスおよび日本のフローベール専門の先生方にもお世話になった。特に、在外研究でパリに滞在していた折に指導していただいたジャック・ネフス先生のお名前を挙げなければ礼を失するであろう。ネフス先生は当時大学の要職にあり、ご多忙だったにもかかわらず、私をサン・ドニまで車で連れて行ってくださったり、丁寧に草稿解読の指導もしていただいた。ネフス先生とお会いすると « Vous avancez ? » と挨

拶代わりに言われるので、フランスにいる間はそれなりに論文も進んだのだが、日本に帰ると先生の一言がなくなり、仕事も波のように押し寄せて、フランスの大学に提出するつもりだった博士論文はあえなく途切れてしまった。

　本書は大阪大学教員出版支援制度により、大阪大学出版会から出版される運びとなった。大阪大学出版会会長の三成賢次先生はじめ関係の方々、担当の落合祥堯氏には感謝の意を表したい。

　最後になってしまったが、大阪大学大学院言語文化研究科の先生方、特にいつも私を陰日向で支えてくれるフランス語部会の先生方、いつも石橋で非公式会議を開いて楽しませてくれる言語文化システム論講座の先生方、言語文化研究科の院生さんたち、大阪大学フランス文学研究室の皆さん、いつも本当にありがとうございます。

　　　2014年4月

　　　　　　　　　　　　　　　　　　　　　　　　　　　金﨑　春幸

金﨑春幸（かなさき　はるゆき）
1952 年生まれ
1976 年　京都大学文学部卒業
1982 年　大阪大学文学研究科博士課程単位取得退学
2013 年　博士（文学）
現職　大阪大学大学院言語文化研究科教授
共編著　『言語文化学への招待』（大阪大学出版会）
　　　　『エクリチュールの冒険』（大阪大学出版会）

フローベール研究
―作品の生成と構造―

2014 年 9 月 30 日　初版第 1 刷発行　　　　［検印廃止］

著　者　金﨑春幸

発行所　大阪大学出版会
　　　　代表者　三成賢次

〒565-0871　吹田市山田丘 2-7
　　　　　　大阪大学ウエストフロント
TEL　06-6877-1614（直通）
FAX　06-6877-1617
URL：http : //www.osaka-up.or.jp

印刷・製本　亜細亜印刷株式会社

ⒸHaruyuki KANASAKI, 2014　　　　Printed in Japan
　　ISBN 978-4-87259-484-3 C3098

Ⓡ〈日本複写権センター委託出版物〉
本書を無断で複写複製（コピー）することは、著作権法上の例外を除き、禁じられています。本書をコピーされる場合は、事前に日本複写権センター（JRRC）の許諾を受けてください。
JRRC：http://www.jrrc.or.jp　eメール：jrrc_info@jrrc.or.jp　電話：03-3401-2382